Remigiusz Mróz, geboren 1987, hat einen Ph.D. in Jura und gab seine Anwaltskarriere auf, um sich ganz dem Schreiben zu widmen. Mit Anfang 30 hat er bereits 25 Bücher veröffentlicht, darunter eine Justizthrillerreihe, die sich allein in Polen über 1,5 Millionen Mal verkauft hat und für das Fernsehen verfilmt wird. In Polen stand jedes seiner Bücher auf Platz 1 der Bestsellerliste.

«Ein wahrhaft begnadeter Erzähler.» *Polska The Times*

«Doktor der Rechte, Meister der Spannung.»
Pytanie na Śniadanie, TVP

«Ein wahres Wunder auf dem polnischen Buchmarkt.»
Czytaj PL

«Remigiusz Mróz – der heißeste Name in der polnischen Spannungsliteratur.» *Newsweek*

Remigiusz Mróz

Bis zum Ende

Thriller *Aus dem Polnischen von Marlena Breuer und Jakob Walosczyk*

Rowohlt Taschenbuch Verlag

Die Originalausgabe erschien 2019 unter dem Titel «Nieodgadniona»
bei Wydawnictwo FILIA, Poznań.

Deutsche Erstausgabe
Veröffentlicht im Rowohlt Taschenbuch Verlag, Hamburg, März 2020

Covergestaltung Hafen Werbeagentur, Hamburg
Coverabbildung MirageC/Getty Images
Satz aus der Maiola bei Dörlemann Satz, Lemförde
Druck und Bindung CPI books GmbH, Leck, Germany
ISBN 978-3-499-00252-6

Für Aga Dygant –
Dein Anruf hat die Sache entschieden

Wünsche sind stärker als ein Verdacht.
Wiesław Myśliwski, Traktat über das Aushülsen von Bohnen

Teil I

1

In meinem Leben hatte ich eigentlich nur eine wichtige Person verloren, aber das reichte, um zu wissen, dass ich früher oder später alle verlieren würde. Ob das der Grund war, dass ich im vergangenen Jahr keine neuen Bekanntschaften geknüpft hatte, weiß ich nicht, aber eine gute Ausrede war es allemal.

Ich distanzierte mich nicht nur von den Menschen, sondern auch von mir selbst. Ich schob die Vergangenheit von mir und vergaß alles, was passiert war. Lebte in den Tag hinein und konzentrierte mich nur darauf, wann ich aufstehen musste, um zur Arbeit zu gehen, welches Computerspiel ich später zu Hause spielen und mit welchem Bier ich mir den Abend vertreiben wollte.

Ich schloss das vergangene Kapitel meines Lebens vollständig, die letzte Bestätigung sollte mein Umzug in die kleine Wohnung im Dachgeschoss am Plac Daszyńskiego sein. Ich konnte sie mir nur leisten, weil das kleine Kabuff eigentlich ein umgebauter Dachboden war und die Wohnungseigentümergemeinschaft keine großartigen Gewinne von der Investition erwartete.

Ich nahm einen Kredit auf, lieh mir ein bisschen was von meinen Eltern, und nach kurzen Verhandlungen hatte ich schließlich eine eigene Wohnung. Nicht gemietet, nicht vorübergehend. Meine. Und vor allem eine, die der Beweis dafür war, dass ich ein für alle Mal mit der Vergangenheit abgeschlossen hatte.

Davon war ich bis zu dem Moment überzeugt, als ich meine vier Wände im Dachgeschoss gründlich renoviert hatte und eingezogen war. Alle herrenlosen Dinge, die ich noch fand, warf ich in einen kleinen Karton, den der Vorbesitzer dagelassen hatte. Das Pech wollte es, dass ich sie mir aus Langeweile gleich in der ersten Nacht ansah.

Ich grub eine alte VHS-Kassette aus. Normales Gerümpel, das eigentlich auf den Müll gehört. Und doch etwas, das mein ganzes Leben veränderte.

Die Kassette sah ganz normal aus. Sie steckte in einer weißen Panasonic-Papphülle mit roten und blauen Streifen. Das Etikett klebte schief, die Aufschrift war mehrfach verwischt und überschrieben worden.

Wie immer. So hatte ich das auch gemacht, wenn ich die früher aufgenommenen Folgen von *A-Team* oder *McGyver* mit *Akte X* oder *Emergency Room* überspielte. Wie die Zeiten, so das Netflix. Das Problem war nur, dass ich im Jetzt keine Möglichkeit hatte, das, was auf der Kassette war, anzuschauen. Mein letzter Videorekorder gammelte wahrscheinlich bei meinen Eltern im Keller vor sich hin, und von einem Adapter für ein anderes Gerät hatte ich noch nie gehört. Ich las die letzte, nicht verschmierte Aufschrift auf dem Sticker und überlegte, was «xc97it» heißen könnte. Ich hätte eine weniger geheimnisvolle Aufschrift erwartet, wie zum Beispiel «Erstkommunion», «Firmung» oder «Abiball».

Lange hielt ich mich damit nicht auf, ich legte die Kassette in die Schachtel zurück und setzte mich an den Computer. Ich wollte den Abend genauso verbringen wie das ganze letzte Jahr über: *Fortnite* oder ein anderes Multiplayer-Spiel spielen. Dass ich mich von den Singleplayer-Spielen auf Multiplayer verlegt hatte, sah ich als den größten Erfolg in puncto zwischenmenschliche Kontakte. Vielleicht war das Blödsinn, schließlich war das Ziel dieser ganzen Spielerei, zig andere Spieler niederzumetzeln und als einziger Überlebender auf dem Schlachtfeld übrigzubleiben.

Ich spielte eigentlich automatisch, wiederholte unbewusst das, was ich immer machte. Ich sammelte Objekte und Vorräte, machte mich zum Gefecht mit anderen Spielern bereit, aber in Gedanken war ich die ganze Zeit bei der Videokassette.

Ich schied in Rekordzeit aus. Dann drehte ich mich auf dem Stuhl um und sah den auf dem Dachboden gefundenen Schrott vorwurfsvoll an. Als sei er schuld. Beziehungsweise ein Teil davon.

Wieder überlegte ich, was «xc97it» heißen und was sich auf dem Band befinden könnte. Warum mir das keine Ruhe ließ, wusste ich nicht genau. Eine normale alte Videokassette, von denen es damals viele auf dem Müll gab. Die Leute schmissen sie massenhaft weg und überlegten gar nicht, was sie da eigentlich taten. Die hier war auch nicht anders als Hunderte, ja Tausende andere.

Warum musste ich dann also die ganze Zeit an sie denken?

Die Antwort kam in einem Moment, als ich sie gar nicht erwartete, wie immer. Nach mehreren Bier tastete ich mich ins Bett, kuschelte mich hin und driftete schon weg, als mir plötzlich ein Gedanke durch den Kopf schoss.

Ich sprang auf, machte das Licht an und stürzte zur Schachtel. Ich schaute mir die Kassette noch einmal an, um mich zu vergewissern, dass mir mein Verstand keinen Streich spielte.

Nein, die Aufschrift war immer noch so. Genau so, wie ich sie erinnerte: «xc97it».

Diesen Nickname hatte Jola Kliza bei unserem ersten Chat auf RIC verwendet, der Online-Plattform von Reimann Investigations, jener Detektei, die ich engagiert hatte, um Ewa zu finden. Es gab nicht den leisesten Zweifel.

Ich hatte unzählige Male an die damaligen Ereignisse gedacht, hatte alle meine Schritte im Kopf rekonstruiert und – ob ich wollte oder nicht – kontrafaktisches Denken betrieben: Was wäre gewesen, wenn Blitz Reimann Investigations nicht eingeschaltet hätte? Oder wenn ich mit seiner Wahl nicht einverstanden gewesen wäre?

Solche und andere Fragen gab es viele, und je mehr Zeit verging, desto schwieriger fand ich Antworten. Mit jedem Tag schien ich weniger zu verstehen.

Mein Gedächtnis trog mich jedoch nicht. Die Kassette, die ich im Dachgeschoss gefunden hatte, trug Klizas Nickname.

So schnell wie möglich versuchte ich mich auf RIC einzuloggen, aber als ich die IP-Adresse eingab, hieß es, die Seite existiere nicht. Klar. Wie die anderen Unternehmen Robert Reimanns hatte sich auch die Detektei in Asche verwandelt. Er lebte nicht mehr, und seine Frau war mit dem größten Teil seines Vermögens geflohen.

Und mit meiner Würde – obwohl genau das nicht jeder wusste.

Ich schaute die auf dem Schreibtisch liegende Kassette an. Wie war sie hierhergekommen? Konnte der vorherige Besitzer des Dachgeschosses irgendetwas mit dem, was mir passiert war, zu tun haben? Nein, das war absurd. Er war ein alter Mann, der den Dachboden nach Absprache mit den Hausbewohnern für seinen Enkel gekauft hatte. Die Eigentümergemeinschaft verkaufte die Wohnung spottbillig, und als der Junge ausgezogen war, gab sie mir der Alte für noch weniger.

Er konnte nichts mit Kliza oder dieser ganzen Sache zu tun haben. Und trotzdem hatte er mir die Kassette hinterlassen.

Ich musste nicht lange darüber nachdenken, was ich tun sollte. Schnell zog ich mir ein Hemd an, knöpfte es notdürftig zu und ging in Schlafanzughose die Treppe hinunter.

Es war fast zwölf, aber das war mir egal. Ich hielt vor Stefan Bronowiczs Tür an, entschlossen, Antworten zu bekommen. Dass wieder jemand mit mir spielte, kam nicht mehr in Frage.

Als der verschlafene Alte die Tür öffnete, sah ich schon, dass er dazu nicht fähig war. Er schaute mich nicht vorwurfsvoll an, weil ich ihn um diese Zeit geweckt hatte, sondern sehr besorgt.

«Was ist passiert?», fragte er. «Stimmt was nicht mit der Wohnung?»

Ich zeigte ihm leicht beschämt die Kassette.

«Woher haben Sie das?», fragte ich.

Stefan sah sich die Kassette an, als wüsste er nicht, wovon ich rede.

«Ich hab sie in dem Karton gefunden, den Sie oben gelassen haben», fügte ich hinzu.

«Im Karton?»

«Sie haben da ein paar überflüssige Sachen reingetan.»

«Ach so …», murmelte er, immer noch leicht verschlafen. «Darf ich?»

Er streckte die Hand aus, aber ich zögerte, ihm die Kassette zu geben. Aus irgendeinem Grund wollte ich mich nicht von ihr trennen, nicht einmal kurz. Schließlich gab ich sie Bronowicz, und der schaute sie sich einen Moment lang an.

«Keine Ahnung, was dadrauf ist, leider.»

«Aber sie gehört Ihnen?»

Er zuckte die Schultern.

«Weiß nicht», gab er zurück. Er hustete trocken und gab sich keine Mühe, die Hand vor den Mund zu halten. «Ich hatte viele von diesen Panasonics, ein paar BASFs, natürlich auch Maxelle, TDK …»

«Ich hab nur die gefunden», fiel ich ihm ins Wort. «Warum haben Sie sie in den Karton getan?»

«Ich erinnere mich nicht, dass ich das gemacht habe. Eigentlich sollte sie mit den anderen im Keller sein.»

«Im Keller?»

«In meinem», antwortete er und lächelte leicht. «Zum Dachboden gehört leider keiner.»

Das wusste ich, es stand sogar im Vertrag. Das Einzige, was ich außer der Wohnung noch bekommen hatte, war ein Parkplatz auf dem kleinen Hof. Und auch nur wenn ich Glück hatte und gerade einer frei war.

«Kann ich die Kassetten anschauen?», fragte ich.

«Natürlich. Komm morgen früh ...»

«Können wir das nicht jetzt machen?»

Ich dachte, er würde mir den Schlüssel geben und mir sagen, welcher Keller ihm gehört, einfach um mich loszuwerden. Aber er ging mit nach unten, und kurze Zeit später standen wir vor dem nächsten Karton. Er war vermodert, kaputt und mit einer dicken Staubschicht bedeckt. Stefan hatte Dutzende Kassetten hineingestopft, aber mehr interessierte mich das Kabel, das zwischen ihnen hervorlugte.

Ich zeigte darauf und hob fragend die Augenbrauen.

«Vom Videorekorder», sagte er, und meine Augen begannen zu leuchten. Sogleich wurde mir aber bewusst, dass ich mit dem Rekorder allein nichts anfangen konnte. Ich hatte zwar einen Fernseher, aber ich vermutete, dass das Smart-TV nicht smart genug war, um ein so archaisches Gerät anzuschließen.

«Und ein Fernseher?», fragte ich hoffnungsvoll. «Am besten so ein Röhrenfernseher?»

«Na ja ...»

Er zeigte auf Gerümpel neben einem alten Herd, und ich wusste sofort, dass ich noch in dieser Nacht erfahren würde, was auf der Kassette war. Zumindest wenn das Gerät nicht in den letzten zehn Jahren den Geist aufgegeben hatte.

Ich schleppte den Karton ins oberste Stockwerk, dankte Bronowicz im Vorbeigehen und versicherte ihm, dass ich morgen alles im selben Zustand zurückbringen würde. Dann schloss ich den Sanyo-Videorekorder ohne größere Probleme mit einem Cinchkabel an den Fernseher an und spürte, wie mein Herz schneller schlug.

Es war fast wie eine Zeitreise. Jetzt brauchte ich nur noch Chio-Chips, Turbo-Kaugummis, Tubenmilch und Vibovit. Natürlich nicht aufgelöst, sondern als Pulver, damit ich es mit dem angefeuchteten Finger direkt aus der Tüte essen konnte.

Ich schob die Kassette in den Schlitz, und der zog sie gierig ein, als wollte er sie verschlucken. Gleich darauf erklang das altbekannte Knacken. Das Bild war undeutlich und nach unten gerutscht, ein Drittel war abgeschnitten, außerdem schneite es heftig. Der Kontrast war schlecht und das Bild von so vielen Störungen durchsetzt, dass es schwierig war, überhaupt etwas zu erkennen. Offensichtlich hatte jemand nicht umsonst erfunden, dass die Abkürzung VHS für *Very Horrible System* steht.

Doch auch die Störungen konnten nicht verhindern, dass ich verstand, was auf der Aufnahme zu sehen war.

Ewa. Meine vor zehn Jahren verschwundene Verlobte.

Sie schaute direkt in die Kamera, bei ihrem Anblick blieb mir die Luft weg. Dann erinnerte sich meine Lunge daran, dass sie Sauerstoff brauchte. Ich verschluckte mich fast an der Luft und schüttelte den Kopf.

Es kam mir vor, als würde Ewa die Lippen bewegen, aber der Fernseher gab keinen Ton von sich. Schnell kontrollierte ich, ob die Kabel richtig angeschlossen waren. Als ich eins berührte, hörte ich schließlich die Stimme meiner Verlobten, doch gleich war der Ton wieder weg.

Kein Kontakt. Ich drückte den Stecker fester, obwohl ich nicht wusste, ob das überhaupt etwas nützte.

Es reichte vollkommen. Die Stimme war verzerrt, ein Teil abgerissen, aber trotzdem verstand ich alles problemlos. Nicht nur was Ewa sagte, sondern auch den Kontext, in dem sie das tat.

Sie saß mit angezogenen Beinen vor einer düsteren Wand, von der Decke hing eine nackte Glühbirne. Der Raum erinnerte an den Keller, aus dem ich kurz vorher Bronowiczs Gerät ausgegraben hatte.

Ich bemerkte, dass der Rekorder das Band nicht von Anfang an wiedergegeben hatte. Sofort hielt ich die Kassette an und spulte sie an den Anfang zurück. Es ertönte ein Knacken, als hätte die Spule das Band abgerissen, aber nach einem Moment spulte das Gerät weiter.

Als es stoppte, legte ich den Finger auf die Play-Taste, doch dann zögerte ich.

Nur kurz.

Gleich darauf ertönte aus dem Lautsprecher Ewas Stimme.

«Ich zeichne das auf in der Hoffnung, dass es irgendwann jemand findet», begann sie.

Mein Herz hämmerte, während ich das unscharfe Bild der Person ansah, die ich nie wieder zu sehen geglaubt hatte. Ich hörte eine Stimme, die ich mit aller Wahrscheinlichkeit nie wieder hören sollte. Und ich hörte eine Geschichte, die für immer hätte unerzählt bleiben sollen.

Um zwei Uhr nachts war ich fertig. Völlig desorientiert, schockiert, erstarrt.

Als es an der Tür klingelte, erhob ich mich automatisch vom Fußboden. Vom langen Sitzen im Schneidersitz waren mir die Beine eingeschlafen, doch das bemerkte ich kaum.

Ich ging wie in Trance zur Tür. Und erwachte erst, als ich sah, wer da auf der Schwelle stand.

Eine weitere Person, die ich nie mehr hätte sehen sollen.

Die Frau, die mein Leben zerstört hatte.

2

Ich war auf jede Reaktion von Wern gefasst. An unser letztes Gespräch konnte ich mich noch gut erinnern. Ich war wegen des WLAN zu einem McDonald's gefahren, er hatte sich in RIC eingeloggt.

Er versprach damals, eines Tages würde ich zur Verantwortung gezogen für das, was ich getan hatte. Und er würde nicht ruhen, ehe er mich fände.

Ohne Zweifel hatte er das ganze letzte Jahr über nach mir gesucht. Aber Glazur und ich hatten alles viel zu gut geplant, als dass Damian oder sonst wer uns hätte finden können. Wir waren in Sicherheit.

Eine Weile lang.

Vor zwei Wochen war mir jemand auf die Spur gekommen. Wojtek hatte den Abend auf der Geburtstagsfeier eines Freundes verbringen sollen, war dort aber niemals angekommen. Sein Freund wohnte zwei Straßen weiter. In diesem kleinen, beschaulichen Städtchen bei Nürnberg, wo jeder jeden kannte und keinem Kind etwas Böses widerfahren konnte, schien das nur ein Katzensprung zu sein.

Wir kamen uns vor wie zwei Schiffbrüchige, die nach einem Sturm endlich einen sicheren Hafen erreicht hatten. Ich begann, mich ehrenamtlich zu engagieren, Wojtek fühlte sich in der Schule und unter den anderen Kindern immer wohler. Die Sprache bereitete ihm keine großen Probleme, was nicht nur daran lag, dass er viele Jahre lang Privatunterricht erhalten hatte. Er wollte lernen. Er wollte ein neues Leben beginnen.

Mir wurde klar, dass auch er gelitten hatte. Ich hatte versucht, alles, was Robert mir antat, von ihm fernzuhalten, aber ich hätte wissen sollen, dass Kinder viel mehr sehen, als die Eltern es gerne hätten.

Aber jetzt konnten wir wieder bei null anfangen. Wir waren in Sicherheit und versteckt vor der Welt.

Zumindest dachten wir das.

Ich musste nur in Werners Augen blicken, um zu verstehen, wie falsch wir lagen.

«Was ...», brachte er hervor, bevor ich die Waffe hob.

Ohne zu überlegen, zielte ich direkt auf ihn.

Er sah die Pistole an, als wäre sie ein fremder Gegenstand aus einer ihm unbekannten, unwirklichen Welt. Er machte ein paar Schritte zurück, öffnete den Mund, brachte aber keinen Ton hervor. Kein Wunder. Meine Anwesenheit vor seiner neuen Wohnung dürfte schon verwirrend genug gewesen sein. Die Waffe musste ihn geradezu lähmen.

Für mich gehörte sie seit einem Jahr zum festen Inventar. Wie viele andere Opfer häuslicher Gewalt auch brauchte ich mehr, als bloß ein abstraktes Sicherheitsgefühl. Etwas, das man greifen konnte. Einen letzten Beweis dafür, dass ich keine Angst mehr haben musste.

In meinem Fall war es eine Ruger LC9, ein besonders bei Frauen sehr beliebtes Modell. Handlich und leicht – ohne Magazin kaum ein halbes Kilo schwer –, passte sie hervorragend in eine Handtasche.

Und jetzt sah ich überdeutlich, dass sie ihren Zweck wunderbar erfüllte.

«Wo ist mein Sohn?», fragte ich.

Ich nutzte den Umstand, dass Wern ein paar Schritte nach hinten machte, und trat in die Wohnung. Ohne ihn aus den Augen zu lassen, schloss ich hinter mir die Tür.

«Was soll das?», presste er hervor.

«Wo ist Wojtek?»

Damian kniff nervös die Augen zusammen und ging noch ein Stück nach hinten. Die Angst verschwand aus seinem Blick, er schien sich langsam in den Griff zu kriegen. Und ich wusste genau, woran das lag. Er empfand Hass. Rein und kristallklar.

Vor ihm stand ein Mensch, der ihn auf die denkbar schlimmste Weise ausgenutzt hatte. Sich als seine vermisste Verlobte ausgab, ihn in tödliche Gefahr brachte und im Grunde seine ganze Zukunft ruinierte.

Nur deshalb konnte er sich jetzt zusammenreißen. Ich aber auch.

«Ich werde kein drittes Mal fragen», sagte ich. «Antworte!»

«Keine Ahnung, wovon du redest.»

Ich kam näher, den Finger am Abzug und bereit, ihn zu betätigen. Abscheu und Entschlossenheit in seinen Augen verrieten, was er vorhatte. Gleich würde er mich angreifen. Ohne Berechnung und Zögern. Bereit, alles zu tun, um nur endlich Gerechtigkeit zu üben.

Und konnte ich mich wundern? Nein, natürlich nicht. Ich hatte ihn nicht nur ausgenutzt, sondern war aus seiner Perspektive auch noch verantwortlich für Ewas Tod. Durch mich waren Kajmans Leute überhaupt auf sie aufmerksam geworden, hatten sie getötet und ihre Leiche auf der Insel Bolko abgeladen.

«Ich habe deinen Sohn zuletzt im Auto gesehen, als wir in Richtung Grenze fuhren. Kurz bevor ihr mich angegriffen habt und ...»

«Keine Ausflüchte, Werner», unterbrach ich ihn. «Rede!»

Er wich meinem Blick aus und sah direkt in den Lauf der Pistole. «Oder du drückst ab?»

«Genau.»

«Ich glaube kaum.»

«Dann weißt du nicht, wozu eine Mutter fähig ist, die ihr Kind beschützen will.»

«Vielleicht kann ich dir doch weiterhelfen», gab er zurück und sah mich endlich an.

Sein Blick war wie ein Stich zwischen die Augen. Unwillkürlich hielt ich den Atem an, der Speichel in meinem Mund schien sich zu verdicken. Mir kamen absurde Gedanken. Über mich und ihn, völlig falsch und unangemessen. Sie kollidierten miteinander, verursachten ein dunkles Chaos und machten, dass mir nicht klar war, was ich eigentlich vorhatte. Aber aus diesem Chaos trat eines deutlich hervor:

Gott, wie ich ihn vermisst hatte.

Dieses Gefühl hatte mich lange Zeit nicht losgelassen. Monatelang belog ich mich selbst, musste es mir aber schließlich eingestehen, um endlich wieder nach vorne blicken zu können.

Er war mir näher gekommen, als ich erwartet hatte. Ich war süchtig geworden nach unseren abendlichen Chats in RIC, denen ich tagsüber entgegenfieberte, aber auch nach dem wohligen Gefühl von Sicherheit, das sie mir vermittelten.

Ich hatte Werner vermisst. Obgleich er Rache geschworen hatte. Und vielleicht meinen Sohn entführt, um mich nach Opole zu locken.

Gerade jetzt durfte ich nur daran denken. Den Erfordernissen des Moments gehorchen und die Femme fatale spielen, eiskalt und zu allem bereit.

«Letzte Chance, Tiger», sagte ich zu ihm und zuckte mit dem Finger am Abzug der Ruger. Ein nervöses Zittern durchlief Wern. In seinen Augen erkannte ich den mir nur allzu bekannten Wahn.

Ich hatte ihn fast jede Nacht bei Robert gesehen, kurz bevor er anfing mich zu schlagen.

Ich legte die Finger fester um den Griff. Mir drohte nichts, ich hatte die Lage unter Kontrolle. Es galt einzig, ruhig zu bleiben.

«Du sagst mir, wo er ist, oder ...»

«In Ordnung.»

Die Beherrschtheit in seiner Stimme wirkte auf mich wie eine kalte Dusche.

«Er ist an einem sicheren Ort», fügte Damian hinzu.

Ich lag also richtig. Er hatte mein Kind entführt.

«Du Hurensohn ...», wimmerte ich.

«Ich hab nicht vor, ihm weh zu tun. Ihm wird nichts geschehen, wenn du machst, was ich sage.»

Ich musste mich beherrschen, um nicht abzudrücken. Damian war nicht auf den Kopf gefallen, er musste irgendwelche Vorkehrungen getroffen haben. Vielleicht hatte er auch vermutet, ich würde früher oder später bei ihm auftauchen. Vielleicht hatte er gerade darauf spekuliert.

Doch hätte ich wirklich geschossen, selbst wenn ich sicher gewesen wäre, damit kein Unglück über meinen Sohn zu bringen? Den Menschen töten, der mich gerettet hatte? Und den ich so sehr vermisste?

Ja. Denn mit der Geburt eines Kindes gibt es für eine Frau nur noch einen einzigen Menschen auf der ganzen Welt. Als Wojtek zur Welt gekommen war, wurde auch ich neu geboren. Vielleicht wäre der Mensch, der ich zuvor gewesen war, nicht fähig gewesen, abzudrücken. Aber es heißt nicht umsonst, dass es keinen größeren Wahnsinn gibt als den einer Mutter, die ihr Kind zu beschützen versucht.

«Verstehst du?», fragte Wern.

«Dreckschwein ...», zischte ich unwillkürlich. «Was hast du mit ihm gemacht?»

«Nichts», versicherte er trocken. «Und ihm passiert nichts, wenn du die Ruhe bewahrst.»

Das hätte ich wissen müssen. Was hatte ich erwartet, als ich in seine Wohnung kam? Dass er beim Anblick der Ruger ganz kleinlaut wird und mir meinen Sohn zurückgibt?

«Es gibt keinen Ausweg, und das weißt du genau», drängte er. «Gib mir die Pistole.»

Er streckte die Hand in meine Richtung, und ich bemerkte, dass er am ganzen Leib zitterte. Er tat alles, um beherrscht und selbstsicher zu wirken, aber in Wirklichkeit hatte er Mühe, seine Panik zu verbergen.

Vielleicht konnte ich daraus irgendwie Profit schlagen.

Nur wie? Ihm ins Knie schießen und dann Salz auf die Wunde streuen, bis er mir sagt, wo ich Wojtek finde?

Ich war zu vielem fähig, aber dazu sicher nicht.

Viel leichter fiel es mir dagegen, mich selbst zu opfern. Denn genau darum ging es im Grunde. Würde ich mich Werner einfach ergeben, hätte er sein Ziel erreicht, und Wojtek wäre frei.

Das war die einzige Chance.

«Ich bekenne mich schuldig», brachte ich hervor, «gleich morgen früh gehe ich zur Polizei, aber ...»

«Alles der Reihe nach», fiel er mir ins Wort. «Zuerst will ich die Pistole.»

Ich sah auf seine zitternde Hand. Etwas Konkretes musste her, Zusagen, damit ich tat, was Damian von mir verlangte.

«Ich werde aussagen», sagte ich, «und schildern, was in Rewal passiert ist. Das willst du doch, oder? Ich soll für den Mord an Robert ins Gefängnis.»

«Nein. Nicht dafür.»

Er musste nichts mehr sagen. Aber er tat es trotzdem.

«Mir ist egal, wofür sie dich ins Gefängnis werfen», schob er nach. «Ich will nur, dass du dort endest, wo du hingehörst.»

Beim Blick in seine Augen hatte ich das Gefühl, es gehe ihm nicht um Rache, sondern um Gerechtigkeit. Vielleicht waren seine Worte gerade deshalb schmerzhafter, als ich erwartet hatte.

«Ich brauche eine Garantie, dass du ihm nichts antust, Wern.»

«Die gebe ich dir.»

«Und dass er nach Hause zurückkehrt.»

Damian nickte, dann sah er vielsagend auf seine ausgestreckte Hand. Ich traf die einzig denkbare Entscheidung und reichte ihm vorsichtig die Waffe. Laut prustend riss er sie mir aus der Hand. Es wirkte, als klappe er gleich zusammen.

Er schleppte sich ein paar Schritte rückwärts und fiel schwer in einen Sessel.

Er zielte nicht auf mich, drohte nicht, er sah nicht einmal so aus, als meine er es schlecht mit mir. Als er den Blick auf mich richtete, meinte ich darin Dankbarkeit zu erkennen. Ich stand wie gelähmt in der Mitte des Zimmers.

«Bist du verrückt geworden?», fragte Damian.

Ich hob die Augenbrauen, denn das war das Allerletzte, was ich zu hören erwartet hatte.

«Dachtest du wirklich, ich könnte Wojtek entführen?», fügte er kopfschüttelnd hinzu. «Für wen hältst du mich eigentlich?»

«Aber ...»

«Damit habe ich nichts zu tun.»

Wie zur Bestätigung dieser Worte fing er an, am Magazin herumzumachen. Endlich zog er es aus der Pistole.

«Ich hatte keinen Schimmer von irgendeiner Entführung, bis du mir davon erzählt hast.»

«Aber ...», wiederholte ich.

«Du richtest eine Pistole auf mich. Wundert es dich da etwa, dass ich dir das Blaue vom Himmel erzähle?»

Innerlich schimpfte ich mich dafür, dass ich ihm so ohne Weiteres geglaubt hatte. Jetzt erst begriff ich, wie durcheinander ich in den letzten zwei Wochen gewesen war. Zu viele schlaflose Nächte, allzu zerrüttete Nerven. Ich verging vor Sorge um das Schicksal meines Sohnes, ohne auch nur das Geringste darüber zu wissen.

Ich wusste nicht, was passiert war, hatte keine Spur. Bis plötzlich ein Hinweis auf Opole auftauchte. Nichts schien logischer, als Wern mit der Entführung in Verbindung zu bringen.

Aber Einstein hat recht gehabt, als er sagte, Logik bringe uns lediglich von A nach B. Phantasie dagegen verfrachte uns an jeden beliebigen Ort. Und mit etwas mehr Phantasie hätte ich begriffen, wie viele Szenarien denkbar waren.

«Setz dich», ließ Damian sich hören und zeigte auf ein Sofa unter der Dachschräge.

Ich begriff, wie ungemütlich meine Lage war.

«Damit du in aller Ruhe die Polizei anrufen kannst? Nein, danke, Wern.»

Ich drehte mich um und war bereit zu gehen. Die Pistole hatte ich längst abgeschrieben.

«Warte.»

«Worauf denn? Oder glaubst du, ich erinnere mich nicht, was du mir bei unserem letzten Gespräch versprochen hast?»

Beim ersten Schritt Richtung Ausgang sprang Wern aus seinem Sessel. Er würde nicht schießen, dazu kannte ich ihn viel zu gut. Vielleicht sogar besser als Ewa und mit Sicherheit viel besser, als er sich selber kannte.

Trotzdem vernahm ich laut und deutlich, wie er das Magazin wieder in die Pistole schob.

Vorsichtig drehte ich mich um. Er schaute auf die Pistole und reichte sie mir mit dem Griff voraus.

«Die wirst du brauchen», sagte er. «Und wahrscheinlich nicht nur die, denn wenn Wojtek wirklich irgendwo in der Nähe ist, haben ihn Roberts Leute zu fassen bekommen.»

Ich nahm die Pistole und steckte sie in meine Handtasche. Für einen Moment blickten wir einander wie zwei Fremde an, die unsicher sind, mit wem sie es zu tun haben.

«Du kannst jede Hilfe gebrauchen.»

«Ich komm zurecht.»

«Und wie?», gab er schroff zurück. «Zur Polizei wirst du kaum gehen, da wartet ein Haftbefehl auf dich. Für die Ermittler in Rewal war alles klar. Deine Fingerabdrücke waren auf der Scherbe und ...»

«Ich weiß, was ich getan habe.»

«Dann solltest du dir auch im Klaren darüber sein, dass du ganz schnell ins Gefängnis wanderst, wenn dich irgendwer in der Stadt erkennt.»

Ich sah mich unsicher um, immer weniger entschlossen, das Loft so bald wie möglich zu verlassen.

«Und diese Warnung kommt gerade von dir, ja? Du bist doch der Erste, der zu meiner Festnahme gratuliert.»

Er schwieg, während ich ihn aufmerksam besah, als könnte ich mit einem langen Blick zu seinen Gedanken durchdringen. Da war noch etwas. Ich verstand nur nicht, was.

«Gib mir ein paar Minuten», sagte er schließlich.

«Warum?»

«Ich zeig dir ... was soll's, also, vielleicht gibt es etwas, bei dem du mir helfen könntest.»

«Ich dir?»

«Glaub schon», erwiderte er mit einem Seufzen. «Und ich will nicht ausschließen, dass die Sache etwas mit Wojteks Verschwinden zu tun hat.»

«Was meinst du damit?»

«Weiß ich selbst nicht so genau, aber ... das Timing gibt mir zu denken.»

Er ging zu einem auf dem Boden stehenden Röhrenfernseher und beugte sich dann zum Videorekorder hinunter. Drückte ‹eject›, worauf das Gerät mit seinem typischen Knirschen eine Kassette ausspuckte.

Ich schloss die Augen und erstarrte. Ein einziges, scheinbar völlig bedeutungsloses Geräusch versetzte mich in meine Zeit mit Robert zurück. Eine Weile lang liehen wir uns in der Videothek Filme aus und machten Kinoabende, mit Drinks und haufenweise Popcorn aus der Mikrowelle.

Und jeder Abend endete gleich. Mit Aggression, Brutalität und Erniedrigung.

Als ich die Augen öffnete, hielt Wern mir eine Kassette hin.

«Sagt dir xc97it etwas?», fragte er.

Ich schielte auf den Sticker.

«Nein. Sollte es?»

«Das war Klizas Nickname bei unserem ersten Chat in RIC.»

«Kliza?», fragte ich unsicher. «Hast du die Kassette von ihr?»

Er schüttelte den Kopf, dann erzählte er, wie er das Band im Gerümpel des Vormieters gefunden hatte. Dann setzte er sich wieder hin, als wüsste er, dass er genug gesagt hatte, um mich zum Bleiben zu bewegen.

Er hatte recht.

Das Auftauchen dieses Videos konnte mit Wojtek überhaupt nichts zu tun haben, aber die Tatsache, dass es plötzlich da war, gerade als ich eine Spur zu haben glaubte, musste mir zu denken geben.

«Das ergibt keinen Sinn», sagte ich. «Wie in aller Welt kommt irgendein Vormieter an die Kassette von Kliza?»

«Ich weiß es nicht. Aber vermutlich kannst du mir auf die Sprünge helfen.»

«Ich?»

«Erst recht, wenn man bedenkt, was auf dem Band zu sehen ist.»

«Was denn?»

«Schau selbst.»

Ich drehte die Kassette um und trug sie vorsichtig zum Fernseher, als hielte ich eine Zeitbombe in der Hand. Dann setzte ich mich auf den Boden, schob die Kassette in den Rekorder und wartete. Als das verzerrte Bild aufleuchtete und undeutlich eine Stimme erklang, spürte ich Werners anklagenden Blick im Rücken.

«Du weißt ganz genau, was auf der Kassette ist, nicht wahr?»

Ich sagte nichts.

«Wahrscheinlich kannst du jede Zeile dieses Videos auswendig aufsagen», fügte er, ohne aufzustehen, hinzu.

Ich drückte ‹Pause› und drehte mich zu ihm um.

«Nicht nur dieses einen Videos», gestand ich schließlich. «Aller anderen auch.»

3

Die Sache war für mich klar. Alles, was Ewa auf dem Band verewigt hatte, hatte ich schon früher gehört. Einiges war anders festgehalten, aber das meiste deckte sich fast zu hundert Prozent mit dem, was ich schon kannte.

Alles war auf den Aufnahmen, die Kasandra mir auf den USB-Sticks übermittelt hatte, als sie mich durch das ganze Land jagte und mich irreführte und manipulierte, wo es nur ging.

Sie hatte das Material fast genau kopiert. Die Geschichte über Ewas Eltern, über die Plastiktüten unter der Spüle. Über das Eis an heißen Tagen. Über die Aussage gegen Kajman, ihren Status als Incognito-Zeugin und darüber, dass die Vergewaltigung an der Spötterloge eine Warnung sein sollte. Und schließlich über unseren Abstecher nach Jarocin. Sie hatte ihre Version von Ewas Erinnerungen aufgezeichnet.

Ich vermutete, dass es auf den Originalkassetten noch mehr davon gab. Ihre ganze Lebensgeschichte.

Ich begriff, dass alles, was ich durch Kasandras Aufnahmen erfahren hatte, die wahre Geschichte meiner Verlobten war. Nur dass nicht Ewa sie erzählt hatte, sondern jemand anders.

«Kannst du mir das erklären?», fragte ich und zeigte auf den Bildschirm.

Kasandra nickte unsicher.

«Wahrscheinlich kannst du dir das meiste selbst denken», antwortete sie.

«Momentan habe ich so ein Durcheinander im Kopf, dass ich es nicht kann. Nee, eigentlich nicht. Und wenn ich es könnte, würde ich es trotzdem gerne von dir hören.»

Sie machte den Eindruck, als spürte sie selbst, dass sie mir das schuldig war. Wenn ich jedoch vor einem Jahr etwas gelernt hatte, dann, dass ich Kasandra Reiman unter keinen Umständen vertrauen konnte.

Sie drückte auf ‹Stop›, und das Bild verschwand.

«Hast du dich mal gefragt, woher ich die ganzen Informationen über euer Leben hatte?», fragte sie.

Ich antwortete nicht.

«Komm schon, du hast dich sicher gefragt, woher ich wusste, dass sie dich ‹Tiger› genannt hat, von den Konzerten, deinen Vorlieben, eurer Kindheit und ...»

«Ich hatte gedacht, du hättest das über RI herausgefunden», fiel ich ihr ins Wort. «Immerhin konntest du da auf alle Hilfsmittel zurückgreifen, die eine Detektei so hat. Und du hattest einen Mitarbeiter, der alles für dich getan hätte.»

Der Konjunktiv war unnötig. Glazur hatte tatsächlich alles für sie getan.

«Ich dachte, ihr hättet mich schon einige Zeit elektronisch beschattet, vielleicht habt ihr euch in meinen Computer und meine Konten im Internet gehackt ... Zugang zu den Clouds erhalten, meine Backups durchsucht. Und so weiter.»

In einer Zeit, in der alles online stattfand, erschien mir das eine logische Schlussfolgerung. Kasandra hatte sich lange vorbereitet, um Ewas Identität anzunehmen, und Glazur hatte sicher nicht weniger gründlich mein ganzes Leben erforscht.

Kopien meiner alten Tagebücher befanden sich noch immer auf der Festplatte meines Laptops, wahrscheinlich auch alte Fotos und

Kontakte. Und das Herumwühlen in meiner Vergangenheit musste sich ja nicht auf mich beschränken.

«Nein», sagte Kasandra schließlich. «Zumindest nicht ganz. Das mussten wir gar nicht machen, Wern.»

Ich schwieg weiter.

«Das wolltest du von mir hören?»

«Ich wollte viel mehr von dir hören.»

«Dann frag», antwortete sie leise und schaute weg.

Mir war schon klar, dass sie ein besonderes Interesse daran hatte, mit mir zu sprechen. Sie wollte mir das geben, was ich mir so sehr wünschte – Antworten –, damit ich ihr half, Wojtek zu finden.

Genau deshalb konnte ich ihr das nicht übelnehmen. Aber andere Sachen schon.

«Auf den übrigen Kassetten ist das, was ich in deinen Aufnahmen gehört habe?»

«Ja.»

«Und nur deshalb wusstest du alles aus unserem Leben?»

«Was heißt hier ‹nur›, Wern», antwortete sie und seufzte. «Auf den Kassetten erzählt Ewa stundenlang über sich, über dich, ihre Eltern, Kajman. Das ganze Material ist ein bisschen mehr als eine kurze Erzählung über die Vergangenheit.»

Jetzt hätte ich mir gern Alkohol aus dem Kühlschrank geholt, um mich so schnell wie möglich zu betäuben. Aber ich bewegte mich nicht vom Sofa. Kasandra hatte etwas zu sagen, und ich wollte nicht ein Wort davon verpassen.

«Versteh ich nicht», sagte ich. «Wo sind die Kassetten her? Warum hat sie sie aufgenommen? Wann? Und wo?»

Es waren so viele Fragen, und ich konnte mich nicht konzentrieren. Alles schien immer verwirrter.

«Weiß ich nicht.»

«Weißt du nicht?», zischte ich. «Woher hast du sie dann? Wie hast du sie bekommen? Und wer ...»

«Lass mich reden.»

Ich schlug mit der Hand auf den Sitz und fluchte leise. Zu spät wurde mir klar, dass sich Kasandra durch meine nervöse Reaktion verspannt hatte. Anscheinend hatte das schon gereicht, dass sie die Dämonen der Vergangenheit wieder hörte.

«Du hattest recht. Glazur und ich haben uns irgendwann sehr bemüht, so viel wie möglich über dich zu erfahren», fing sie an. «Über dich und natürlich auch über Ewa. Wir versuchten alles, um ihre Spur zu finden, und am Ende stießen wir auf etwas.»

«Auf was?»

«Glazur hatte genau verfolgt, was Prokocki zehn Jahre vorher gemacht hat. Wie du weißt, hat er Ewa dazu überredet, gegen Kajman auszusagen. Er hat sie versteckt und alles getan, um sie zu schützen.»

«Er behauptet, dass das nicht stimmt.»

Seine Worte hallten auch ein Jahr später noch in meinem Kopf. Der Kommissar hatte gesagt, dass Ewa nie mit der Justiz zusammengearbeitet hatte, weil es dazu keinen Grund gab. Die ganze Geschichte mit Kajman sei Kasandras Erfindung gewesen, die Vergewaltigung und die Entführung an der Młynówka hatten nichts mit einem organisierten Verbrechen zu tun.

Ewa war das zufällige Opfer irgendwelcher degenerierter Typen geworden.

Prokocki konnte jedoch nicht erklären, warum ihre Leiche auf der Insel Bolko aufgetaucht war, kurz nachdem ich wieder begonnen hatte, mich mit der Sache zu beschäftigen. Er hatte mir versichert, dass sie es ist, dass ihre Identität durch eine DNA-Analyse bestätigt worden war. Aber konnte ich ihm glauben? Ich wollte natürlich nicht. Ich wollte weiter an dem Glauben festhalten, dass Ewa noch lebte. Dass sie sich immer noch irgendwo versteckte und Kasandras Version stimmte.

Jetzt hatte ich die Bestätigung. Die Aufnahmen bewiesen, dass

Kajman meine Verlobte tatsächlich verfolgt hatte. Und die Leiche auf der Insel war gar nicht Ewas. Vielleicht versuchte Prokocki sie noch immer zu schützen.

Nein, das konnte nicht sein. Jetzt war ich vollkommen paranoid.

Ich redete mir diese Version ein, seit ich nach Opole zurückgekehrt war. Aber der Kommissar hatte mir Bilder von der Obduktion gezeigt. Ich hatte sie angeschaut und Ewa ohne Schwierigkeiten erkannt.

Sie waren echt. Auch der größte Photoshop-Künstler hätte so etwas nicht herstellen können.

Das hieß aber, dass Kasandra gelogen hatte, zumindest in dieser Sache.

«Und was dann?», fragte ich. «Hat Glazur eine Spur gefunden?»

«Eine kleine, aber es reichte. Sie führte nach Obice.»

«Obice?»

«Ein kleines Dorf bei Kielce. Prokocki hatte in der Gegend zweimal getankt, wir haben bei den Anwohnern nachgefragt und schnell erfahren, dass jemand in eines der zum Verkauf stehenden Häuser eingezogen war.»

Dann war Ewa dort hingekommen? Sie hatte sich in einem Dorf in der Wojwodschaft Świętokrzyskie versteckt, war ganz allein und bangte noch immer um ihr Leben und ihre unsichere Zukunft?

«Hat Glazur sie gefunden?»

«Nein. Als er dort auftauchte, war Ewa nicht mehr da. Prokocki hatte sie wohl woanders hingebracht. Wir haben nur die Kassetten gefunden.»

Ich rieb mir nervös die Stirn.

«Es tut mir leid, Wern», sagte Kasandra. «Dort endete die Spur.»

«Aber ihr habt erkannt, dass ihr damit alles hattet, was ihr braucht. Ihre ganze Geschichte auf Video.»

Sie antwortete nicht, aber das war auch nicht nötig. Als sie nach

Obice kamen, stellten sie fest, dass sie auf eine Goldader gestoßen waren. Vielleicht hatten sie sich schon vorher eine Geschichte ausgedacht, die sie mir erzählen wollten, aber die Videokassetten änderten alles. Damit konnten sie sicher sein, dass ich mich irreführen ließ.

«Wir haben uns bemüht, sie zu finden.»

«Klar.»

«Wirklich», betonte Kas. «Wir haben alles gemacht, um herauszufinden, wo sie ist. Immerhin war sie für uns eine ...»

«Gefahr?»

Kasandra bestätigte mit einer Kopfbewegung.

«Na ja, schon», murmelte ich. «Wenn sie plötzlich aufgetaucht wäre, während du vorgibst, sie zu sein, hätte sich dein ganzer Plan in Luft aufgelöst.»

Wieder musste sie nicht antworten.

«Du verstehst nicht, was auf dem Spiel stand ...»

Ich verstand es sehr gut, denn ich erinnerte mich noch an die grauenvollen Statistiken. Ich wusste nicht, ob sie aktuell waren, aber soweit ich gelesen hatte, starben jährlich etwa fünfhundert Frauen an den Folgen häuslicher Gewalt. Fast zehn pro Woche.

Und Kasandra musste auch noch an ihr Kind denken.

«Ich denke, ich verstehe das ganz gut», antwortete ich leise. «Aber es gibt viele Sachen, die ich nicht begreifen kann.»

Sie wartete, dass ich weitersprach.

«Ihr habt vorausgesetzt, dass Blitz gerade eure Detektei auswählen würde», fügte ich hinzu. «Warum?»

«Da hat ein bisschen gut platzierte Werbung auf Google gereicht.»

Das hatte ich vermutet, aber sicher war ich nicht gewesen. Fast alle bei Reimann Investigations waren Informatiker, die vor allem über das Internet arbeiteten. Man musste nicht viel tun, damit ein paar Wochen lang alle Anfragen aus Opole für eine «Detektei» zur

Internetseite von RI gelenkt wurden. Es war nicht einmal besonders teuer.

«Aber wenn es nicht funktioniert hätte?», fragte ich. «Wenn Blitz trotzdem jemand anderen ausgesucht hätte?»

«Wir waren bereit, uns pro bono publico einzuschalten.»

Wie der Privatdetektiv Rutkowski bei einigen Affären mit ungeklärten Todesfällen im Ausland und geheimnisvollerweise verschwundenen Menschen. Natürlich.

«Was willst du noch wissen, Wern?»

«Nur zwei Sachen.»

«Frag ...»

Und dann hilf, meinen Sohn zu finden? Ja, sicher lag ihr das auf der Zunge. Und je mehr sie redete und je länger sie mir in die Augen sah, desto mehr war ich bereit, das zu tun, womit sie rechnete.

«Warum ist Blitz gestorben?», fragte ich. «Und wer hat ihn umgebracht?»

Sie senkte den Blick, auf ihrer Stirn erschien eine steile Falte.

«Ich wollte nicht, das irgendjemand ...»

«Mich interessiert nicht, was du wolltest oder was du nicht wolltest», unterbrach ich sie. «Ich will nur wissen, warum er gestorben ist.»

Sie holte tief Luft.

«Jemand bei der Polizei hat bemerkt, dass Ewas Foto auf dem Facebook-Profil von Spotted aufgetaucht ist.»

«Nicht Ewas, dein Foto.»

«Klar, aber das wussten sie nicht», antwortete sie leise, als schämte sie sich. «Deshalb bemerkten sie, dass jemand Kommentare hinterließ und nach Ewa fragte. Dein Freund.»

Sie wartete auf eine Reaktion von mir, aber ich wartete reglos.

«Du weißt, dass in der Opoler Polizei einer von Kajmans Männern sitzt», fügte sie hinzu.

«J. Falkow.»

«Ja», bestätigte sie. «Ich weiß nicht genau, was passiert ist, aber ich vermute, er hat erfahren, dass jemand Ewa auf die Spur gekommen ist. Vielleicht hat er versucht, etwas aus Blitz herauszubekommen, ihn zum Reden zu bringen, dann kam es zum Kampf, und dann ...»

Sie musste den Satz nicht beenden, immerhin saß die Person vor ihr, die am Morgen die Leiche gefunden hatte.

Wir schwiegen beide einen Moment. Ich ließ meinen Blick durchs Zimmer schweifen, sie ließ weiter den Kopf hängen. Hatte sie ein schlechtes Gewissen wegen alldem, was sie getan hatte? Vielleicht rechtfertigte sie es damit, dass Wojtek sicher war und ihr Mann niemandem mehr schaden konnte?

«Du hast gesagt, du willst noch etwas wissen», meldete sie sich.

Ich schüttelte den Kopf und versuchte kurz, mich zu erinnern, wo noch ein Fragezeichen war.

«Das Foto, das ich von Ewa unter der Alten mit dem Stier gemacht habe», sagte ich. «Es ist im Internet gelandet, aber eigentlich hatte nur ich darauf Zugriff.»

«Von dem Bild gab es einige.»

«Was heißt das?»

«Das Original und eine Kopie in der Cloud. Und eine auf deinem Computer, von einem Backup.»

Ich schloss die Augen und fluchte in Gedanken. Das war so offensichtlich, dass ich mich auch nicht damit entschuldigen konnte, ich sei unausgeschlafen und verlegen.

«Also habt ihr euch doch in mein Konto gehackt», sagte ich.

«Schon, aber ...»

Ich winkte ab und stand auf. War das wichtig? Ein Eingriff in die Privatsphäre war nichts im Vergleich zu dem, was diese beiden mir sonst angetan hatten.

Und alles wegen der Kassetten, die sie gefunden hatten. Den Kassetten, ohne die ich vielleicht bemerkt hätte, dass ich Opfer einer Täuschung wurde.

Aber warum hatte Ewa sie aufgenommen? Unter welchen Umständen? Wenn sie vorgehabt hätte, irgendwann ihre Geschichte zu erzählen, hätte sie dafür verschiedene andere Möglichkeiten gehabt. Ihre Erinnerungen aufschreiben, sie auf ein Diktaphon sprechen oder ein paar kleine Filme mit dem Smartphone drehen.

Eine traditionelle Videokamera zu benutzen und dann alles später auf eine VHS-Kassette zu überspielen schien mir eine unnötige Mühe. Umso mehr, weil sie sich in einem Dorf bei Kielce versteckt hatte und auf keinen Fall Aufsehen erregen wollte.

Ich schob diese Gedanken von mir. Früher oder später musste ich mich mit ihnen beschäftigen und Antworten finden, aber in diesem Moment gab es ein paar Dinge, die ich dringender ansprechen musste.

«Wo ist Glazur?», fragte ich.

Kas stand auch auf und kam zu mir in die Küche. Ich hatte noch nicht alle Sachen ausgepackt, ein Teil befand sich in den Kartons unter den Küchenschränken. Nicht einmal die Uhr hatte ich an die Wand gehängt.

Sie sah sich in dem Raum um, als suchte sie etwas.

«Weiß ich nicht», antwortete sie.

«Du weißt nicht, wo dein ...»

Wer? «Partner» wäre wohl zu wenig, aber ich vermutete, dass sie ihre Beziehung nicht offiziell gemacht hatten.

«Wir haben uns getrennt.»

«Machst du Witze?»

«Vor vier Monaten», antwortete sie, als hätte sie meine Frage nicht gehört. «Aber wenn man bedenkt, wie unser Zusammenleben ausgesehen hat, ist das schon lang.»

«Was heißt das?»

«Ich will nicht darüber reden, Wern», sagte sie schnell und schaute in ein paar leere Schränke.

Ich wusste nicht, was sie suchte, aber ich hatte auch keine Lust zu fragen. Und auch nicht etwas vorzuschlagen. Ich hatte alles erfahren, was ich wissen musste.

Zumindest was die Vergangenheit anging. Jetzt interessierte mich nur die Gegenwart. Und das Schicksal des unschuldigen Kindes, das wir in diese ganze Scheiße verwickelt hatten.

Ich kannte Wojtek nicht gut, weil ich keine Zeit gehabt hatte, mich mit ihm anzufreunden. Aber ich wusste nur zu gut, was der Junge durchgemacht hatte. Und das reichte, damit mich sein Schicksal interessierte.

«Woher weißt du überhaupt, dass dein Sohn in Opole ist?», fragte ich.

Sie zögerte, obwohl sie dafür keinen Grund hatte. Wenn ich bereit war, ihr ein bisschen zu vertrauen, sollte sie das auch sein.

«Sein Handy ist eingeschaltet», sagte sie schließlich. «Und die Ortung zeigt, dass er irgendwo hier ist.»

«Ich dachte, du bist die Handys losgeworden, nachdem wir aus Rewal weggefahren sind.»

«Nicht losgeworden, sondern dortgelassen.»

«Na ja ...»

Ich sah zum Kassettenrekorder hin und verstand plötzlich alles.

«Diese Kassetten hattest du auch zu Hause, oder? In Rewal?»

«Ja. Auf dem Dachboden versteckt.»

«Und du hast sie dortgelassen?»

Sie nickte, und ich sah, dass auch sie alles zu einem logischen Ganzen zusammengefügt hatte. Vielleicht schon früher, viel schneller als ich. Vielleicht schon in dem Moment, als sie sah, was auf der Kassette geschrieben stand.

Jola Kliza.

Wenn Kliza mir die Kassetten geschickt hatte, musste sie irgendwie ins Haus der Reimanns gekommen sein, bevor die Polizei dort aufgetaucht war. Sie hatte die Kassette und das Handy von Wojtek mitgenommen. Und jetzt war sowohl Erstere als auch Letzteres in Opole aufgetaucht.

Ich schaute Kas an und versuchte zu beurteilen, ob sie mehr wusste als ich. Gerade hatten wir noch darüber geredet, und jetzt wurde klar, dass wir beide zur selben Version neigten. Zur einzig logischen.

«Aber was will sie denn auf diese Weise erreichen?», fragte ich.

«Weiß ich nicht.»

«Und glaubst du wirklich, dass sie deinen Sohn entführen würde?»

Kasandra breitete ratlos die Hände aus.

«So gut kannte ich sie nicht. Wir haben schon geredet, aber nur über berufliche Sachen.»

«Bis du sie rausgeworfen hast», warf ich ein. «Vielleicht geht es um das?»

«Nicht ich, sondern Robert. Ich habe alles versucht, um sie zu schützen.»

Ich wollte sagen, dass sie anscheinend nicht alles gemacht hatte, aber biss mir noch rechtzeitig auf die Zunge. Kas hatte nicht in einer vergifteten, sondern in einer radioaktiven Beziehung gelebt. Es war eigentlich ein Wunder, dass sie so lange ausgehalten und es schließlich geschafft hatte zu entkommen.

Vielleicht sollte es mich auch nicht wundern, dass es mit Glazur schiefgegangen war. So ein Trauma verschwindet nicht einfach, egal wie weit wir die Vergangenheit hinter uns lassen. Das wusste ich selber.

«Wie auch immer, irgendwas hast du ihr getan», antwortete ich. «Denn die Kassette sollte mir sicher helfen zu erkennen, was wirklich passiert ist.»

«Aber wie hat sie sie hierhergebracht?»

«Das weiß ich nicht. Aber die Botschaft ist klar.»

«Und unnötig. Ich wüsste auch so, dass das eine Attacke auf mich ist. Immerhin hat sie mein Kind da mit reingezogen, Wern.»

«Wenn sie es war.»

«Du sagst selbst, dass es keine andere Möglichkeit gibt.»

«Die gibt es schon», antwortete ich. «Aber diese ist die wahrscheinlichste.»

Rächte sie sich an ihr? Dann wäre es vielleicht besser, nicht Kasandra, sondern Kliza bei mir aufzunehmen. Und mit ihr zusammen alles zu tun, damit die Person, die die Identität meiner Verlobten gestohlen hatte, die Konsequenzen zu spüren bekam.

Ich hatte keine Kraft mehr, mir das zu überlegen. Nicht in dieser Nacht. Ich musste ein bisschen ausruhen und Kasandra sicher auch. Ich bot ihr das Zimmer an, das ich in aller Eile zum Gästezimmer erkoren hatte. Eigentlich war es mein einziges Schlafzimmer, aber ich konnte auch auf dem Sofa schlafen.

Ich erwartete nicht, dass Kasandra den Vorschlag annehmen würde, aber sie war sofort einverstanden. Wahrscheinlich schien es ihr besser, eine Nacht hier zu riskieren, als auf der Straße erkannt zu werden. In Opole gab es noch ein paar Leute, die sich an Ewa erinnerten, und wenn jemand eine Frau sah, die ihr so ähnlich sah, würde schnell eine Reaktion folgen.

Ich konnte nicht einschlafen und warf mich von einer Seite auf die andere, wie ein Fisch, den man aus dem Wasser gezogen hat. Am Anfang machte ich mir weis, das sei gleich vorbei, dass meine Gedanken sich plötzlich beruhigen und nicht mehr pausenlos im Kreis drehen würden. Nach einer Stunde oder zwei war aber klar, dass es keinen Sinn hatte, weiter im Bett zu bleiben.

Ich holte mir ein Bier aus dem Kühlschrank, setzte mich vor den Fernseher und schaltete ihn an, nur um die Kassette aus dem Rekorder zu holen. Ich schaute sie an wie eine Reliquie. Irgendwann hatte Ewa sie in den Händen gehalten. Ich versuchte mich an ihre Hand zu erinnern, aber ohne Erfolg, dabei hatte ich sie früher so gut gekannt. Elf Jahre sind eine lange Zeit.

Ich schaute mir den verwischten Teil des Etiketts an, überzeugt, dass meine Verlobte die Kassette beschriftet hatte. Aber wer hatte in diesem Fall mit schwarzem Edding darübergeschrieben? Kliza? Und warum sollte sie das tun?

Ich drehte die Kassette im Licht und schaute sie mir aus unterschiedlichen Winkeln an. Vielleicht konnte ich doch noch etwas entdecken.

Schließlich schaffte ich es. Da war eine Aufschrift unter dem Edding.

«3/15».

Ich hielt mir die Kassette noch dichter vor die Augen, damit ich nichts übersah.

Nein, wirklich eine Drei und eine Fünfzehn. Aber was bedeutete das? Das dritte Band von fünfzehn? Das schien zweifelhaft, denn auf dem Video hatte Ewa unsere Geschichte von Anfang an erzählt. Was war dann auf den zwei vorherigen Kassetten?

Ich warf einen Blick Richtung Schlafzimmer. Kas hatte zwar behauptet, dass es noch mehr Aufnahmen gab, aber gleich fünfzehn? Ewa hatte auf der einen fast alles gesagt. Ich musste auch davon ausgehen, dass mich Kasandra absichtlich in die Irre führte, auch wenn ich mir in diesem Moment nicht vorstellen konnte, warum.

Mich beunruhigten zu viele Fragen, und schließlich erkannte ich, dass es Zeit war, wenigstens auf einen Teil davon Antworten zu bekommen. Ich stand auf und ging zur geschlossenen Tür, um mit Kas zu reden.

Bevor ich dort ankam, kam sie schon aus dem Zimmer und schaute mich verwirrt und erschrocken an.

«Was ist passiert?», fragte ich gegen meinen Willen.

«Ich weiß, wo ...», sie räusperte sich unsicher. «Ich weiß, wo

Wojtek ist», fügte sie hinzu und streckte mir ihr Handy hin. Ich schaute ungläubig auf das Display.

«Wern, du musst mir helfen», sagte sie.

Ich war bereit, das zu tun, trotz des Gefühls, dass mit mir gespielt wurde. Und dass ich da bei einer Sache mitmachte, die ich bis zum Ende meines Lebens bereuen würde.

4

Ich glaubte nicht, dass mir die lokalen Medien bei der Suche nach Wojtek weiterhelfen konnten. Trotzdem klickte ich immer wieder die altbekannten Seiten an, die ich damals schon genutzt hatte, um mich über Opole zu informieren.

Die Lokalausgabe der *Gazeta Wyborcza. Opole24.pl. Nowa Trybuna Opolska. Magazyn Opolski.* Eigentlich kannte ich diese Seiten schon viel zu gut und wusste genau, wo die wichtigen Neuigkeiten zu finden waren. Auf einem dieser Portale fand ich etwas, das mir das Blut in den Adern gefrieren ließ.

Der Schock währte nur kurz. Ich rannte aus dem Schlafzimmer und stieß vor der Tür fast mit Werner zusammen. Ich hielt ihm das Smartphone hin und bat um Hilfe.

«Kannst du mich da hinbringen?», fragte ich mit zitternder Stimme.

Er nickte nur und schnappte sich seine Jacke.

Einen Augenblick später fuhren wir mit dem alten Škoda Felicia Richtung Aleja Witosa, während ich mich nervös durch die Portale suchte und Opole24.pl immer wieder aktualisierte, in der Hoffnung, dort etwas Neues zu lesen.

«Was gefunden?», fragte Wern.

«Nein.»

Klar war nur, dass ein nicht identifizierter Junge aufgetaucht war.

Er trug weder Ausweis noch Telefon bei sich, und auch sonst hatte man nicht das Geringste bei ihm gefunden.

Es wurde gemeldet, er befinde sich auf der Intensivstation des Universitätsklinikums an der Aleja Witosa. Mit Kopfwunden, die aber nicht lebensbedrohlich seien. Allerdings befand er sich in einem Koma, wovon ein Foto beredtes Zeugnis ablegte.

Offensichtlich wollte man das Kind zum jetzigen Zeitpunkt um jeden Preis identifizieren. Daher hatte man ein Bild veröffentlicht, das Wojtek im Krankenbett mit offenen Augen und geöffnetem Mund zeigte. Sein Gesicht war zu einer Grimasse verzogen. Mir schien, sie drücke quälenden Schmerz und tiefe Ungläubigkeit aus.

Ich ertrug dieses Bild nicht, sah aber trotzdem die ganze Zeit hin. Das schien gar nicht mein Kind zu sein, sondern irgendein fremder Junge, der seit Jahren von Maschinen am Leben gehalten wurde. Der alles um sich herum wahrnahm, aber unfähig war, selbständig zu funktionieren.

Ich schloss die Augen und lehnte den Kopf gegen das Autofenster. Das durfte nicht wahr sein.

«Kas?»

Jetzt erst wurde mir klar, dass Damian mit mir redete. Ich öffnete die Augen und sah ihn an. Er sah kurz zu mir rüber, und ich erkannte in seinen Augen echte Sorge.

«Hast du was gesagt?»

«Wurde gemeldet, wo sie ihn gefunden haben?»

Ich prüfte noch einmal das Smartphone.

«Nein», sagte ich, «dazu steht hier nichts. Nur die Information zur Kopfwunde.»

Vor lauter Unwissenheit stellte ich mir die schlimmsten Geschichten vor.

«Gott», stöhnte ich und fuhr mir mit der Hand durch das Haar. «Wie konnte das passieren? Wer macht so etwas?»

«Das finden wir heraus.»

Wern klang sehr überzeugt, das machte mir Mut.

«Wie?», wollte ich wissen.

«Ich gehe ins Krankenhaus und erzähle denen, dass ich das Kind erkannt habe.»

«Du?»

Wieder schielte er kurz zu mir rüber.

«Wer sonst? Du hast doch wohl nicht vor, dort selbst hinzugehen?»

«Doch, genau das habe ich vor. Das ist mein Sohn, Wern. Alles andere ist egal.»

«Sollte es aber nicht sein.»

Seine Worte drangen zu mir durch, aber ihr Sinn erschloss sich mir höchstens zur Hälfte. Ich konnte keinen klaren Gedanken fassen und fühlte mich, als käme ich nach einer von Roberts Prügelorgien wieder zu mir.

«Die Entführer von Wojtek werden im Krankenhaus auf dich warten», fügte Werner hinzu. «Vielleicht geht es auch gerade darum.»

«Das interessiert mich nicht.»

An der Kreuzung der Ulica Ozimska und Plebiscytowa schaltete die Ampel auf Rot. Ich kannte die Topographie der Stadt so gut wie auswendig und wusste, dass es höchstens fünf Minuten bis zum Krankenhaus waren.

«Falls Roberts Leute Jagd auf dich machen, werden sie dich dort erwarten», bemerkte Wern. «Die schnappen dich, sobald du aus dem Auto steigst.»

«Völlig egal.»

Damian drehte sich zu mir.

«Merkst du eigentlich, was du da sagst?»

«Du verstehst nicht, Wern.»

Die Wörter kamen mir wie von selbst über die Lippen. Ich überlegte gar nicht, ob sie irgendeinen Sinn ergaben. Es zählte nur, so schnell wie möglich das Krankenhaus zu erreichen und bei Wojtek zu sein.

«Ich verstehe, dass du jetzt nicht logisch denkst.»

Ich sah ihn vorwurfsvoll an. Als hätte er nicht eine Tatsache festgestellt, sondern eine Beleidigung ausgestoßen.

«Würdest du logisch denken, wäre dir klar, dass das eine Falle ist.»

«Mein Sohn liegt im Koma», entgegnete ich entschieden, «ich kann nicht einfach so ...»

«Lass mich das machen», unterbrach er mich, legte den ersten Gang ein und fuhr los. «Nach dir werden sie Ausschau halten, mich kennen sie nicht. Ich finde alles heraus, dann überlegen wir, was zu tun ist.»

Es dauerte nur kurz, ehe ich verstand, dass es nur so und nicht anders ging. Es hatte nicht viel Überzeugungskraft gebraucht – obwohl ich zunächst verwirrt war, hatte mich meine Erfahrung gelehrt, wie man in kritischen Momenten die Ruhe bewahrt.

Wern parkte aus Sicherheitsgründen bei einem Block unweit des Krankenhauses. Er stieg aus, ging zur Beifahrertür und wartete, bis ich das Fenster heruntergekurbelt hatte.

«Der Schlüssel steckt», sagte er, drehte sich um und ging, ohne eine Antwort abzuwarten, Richtung Krankenhaus.

Es brauchte keine weiteren Worte, damit ich verstand, was er meinte. Innerlich stimmte ich ihm zu. Sollte er nicht bald wieder hier sein, musste ich wegfahren. Den Rückzug antreten, die Kräfte neu ordnen und überlegen, wie ich Wojtek aus dem Krankenhaus holen sollte.

Doch selbst wenn mir das gelingen sollte, was weiter? Großer Gott, mein Sohn lag im Koma. Das war kein Trick der Entführer, keine geschickte Manipulation.

Die kalte Morgenluft drang durch das heruntergelassene Fenster ins Auto, half mir aber nicht dabei, meine Gedanken zu sortieren. Ich hielt Ausschau nach Werner und konnte keine Sekunde stillsitzen. Er musste schon über eine halbe Stunde weg sein.

In Wirklichkeit waren es gerade mal ein paar Minuten. Aber die reichten aus, um mir fast den Verstand zu rauben.

Als ich ihn endlich kommen sah, blickte ich sofort auf die Uhr. Er war zwanzig Minuten weg gewesen. Was konnte das bedeuten? Hatte er in Erfahrung bringen können, was mit Wojtek geschehen war und in welchem Zustand er sich befand? Oder kam er unverrichteter Dinge zurück?

Als ich ihn über den Krankenhausparkplatz gehen sah, hatte ich Lust, auszusteigen und ihm entgegenzulaufen. Er ging entschieden langsamer als sonst, als wollte er den Moment unseres Zusammentreffens hinausschieben.

Ich tadelte mich für diese Schwarzseherei. Gerade sie konnte ich jetzt am allerwenigsten gebrauchen, außerdem wollte Wern sicher nur keinen unnötigen Verdacht erwecken.

Schließlich stieg er ein und schlug die Tür zu.

Seinem Gesichtsausdruck nach zu urteilen, war meine Skepsis durchaus angebracht gewesen.

«Was ist passiert?», wollte ich wissen. «Hast du irgendwas herausgefunden?»

Damian schluckte mühsam.

«Wern?»

Er schaute sich aufmerksam um, als vermute er, das uns von irgendwoher Unheil drohe.

«Er ist nicht da», sagte er leise.

«Was?»

«Ich habe ihn überall gesucht. Schließlich sagte mir die Stationsschwester, dass sich vor ein paar Stunden jemand gemeldet und ihn mitgenommen hat.»

Es war, als stünde ich mitten in einem Gewitter auf dem Gipfel eines hohen Berges und ein heftiger Donnerschlag lasse plötzlich das Gestein unter meinen Füßen erbeben.

«Aber ...», brachte ich nur hervor.

«Der Artikel mag erst heute erschienen sein, aber Wojtek wurde schon gestern ins Krankenhaus eingeliefert», bemerkte Wern. «Die Schwester sagte nur, seine Pupillen seien starr gewesen und er habe keinerlei Reaktion gezeigt. Er war aber bei Bewusstsein und hatte nur diese eine Kopfwunde.»

Ich fühlte mich schwach.

«Vor ein paar Stunden kam dann ein Mann», fuhr Werner fort. «Er zeigte Wojteks Reisepass vor, das Foto hat gepasst. Sie hatten keinen Grund, misstrauisch zu werden.»

Ich wollte fragen, wie es sein konnte, dass die Krankenhausverwaltung einen Patienten im Koma einfach so entlässt, konnte aber keinen Ton sagen.

«Das ... ist nicht möglich ...»

Ich sprach so leise, dass Damian mich nicht hörte.

«Mehr konnte mir die Stationsschwester auch nicht sagen», fuhr er fort. «Ich habe sie nach dem Mann ausgefragt, aber sie erinnerte sich nur, dass er groß und brünett war. Mehr wusste sie nicht.»

Meine Hände zitterten, ich spürte, wie mir kalte Schweißtropfen den Nacken hinunterliefen. Ich verstand nicht, was mit mir passierte. Ich fühlte mich noch viel schlechter als bei Roberts Prügelattacken.

«Wie?», brachte ich mit Mühe hervor. «Wie konnten sie ihn nur entlassen?»

Die Wörter wollten mir kaum über die Lippen gehen, meine Stimme zitterte.

«Sein Zustand muss entsprechend gewesen sein», erwiderte Damian leise. «Er muss selbständig geatmet haben. Ansonsten hätten sie ihn nicht gehen lassen, Kas.»

Ich krallte mich an diesem Gedanken fest und redete mir ein, dass das jetzt das Wichtigste sei. Wojtek ist am Leben, sein Zustand ist nicht kritisch. Ich finde ihn, und dann wird alles wieder gut.

«Der Mann, der ihn mitgenommen hat ...»

«Hatte keine Narbe im Gesicht», beendete Werner den Satz schnell für mich.

Für einen Augenblick schwieg ich.

«Das wolltest du doch wissen, nicht wahr? Sichergehen, dass es nicht Glazur war?»

«Nicht ganz ...»

«Was ist zwischen euch vorgefallen?»

«Das ist jetzt nicht wichtig, Wern», winkte ich ab und holte Luft. «Und die fehlende Narbe heißt nichts. Glazur hat sich operieren lassen, kurz nachdem wir in Deutschland waren. Niemand sollte ihn erkennen, du verstehst schon.»

Damian legte die Stirn in Falten und nickte.

«Er kann es also gewesen sein?», wollte er wissen.

«Wär gut.»

«Gut?», fragte er schüchtern. «Du hättest wirklich nichts dagegen, wenn dein Kind diesem Typen in die Hände fällt?»

Die Frage musste kommen. Aus Damians Perspektive war Glazur das personifizierte Böse. Für mich war er das glatte Gegenteil – und unsere Trennung änderte nichts daran.

«Wir sind im Guten auseinandergegangen», erklärte ich.

«So was gibt's?»

«Es gab keinen Streit, einfach ...»

Ich sprach nicht weiter, in der Hoffnung, Damian würde nicht nachhaken.

«Was?», fragte er trotzdem.

«Wahrscheinlich bin ich nicht fähig, eine Beziehung zu führen», entgegnete ich und bedauerte sogleich, dass ich mich geöffnet hatte. Besonders jetzt, da ich mir ohnehin völlig wehrlos vorkam. «Aber eigentlich ist das im Moment belanglos.»

Kurz dachten wir beide nach, was jetzt zu tun war. Wo sollten wir nach meinem Sohn suchen? Wie herausfinden, wer ihn entführt hatte? War es dieselbe Person, die ihn aus dem Krankenhaus geholt hatte? Nein, gerade diese Möglichkeit schien sinnlos.

Schließlich kamen wir überein, dass im Krankenhaus nichts mehr zu holen war. Vielleicht hätten wir noch etwas herausgefunden, wenn ich selbst zur Stationsschwester gegangen wäre, aber das kam nicht in Frage.

Irgendwo draußen konnte ich hoffen, dass ich niemandem auffiel und nicht erkannt wurde. Im Krankenhaus war das unmöglich – eine Mutter, die ihr verlorenes Kind sucht, bleibt nicht unsichtbar.

Wir fuhren in die Ulica Daszyńskiego zurück, wo Wern das Auto auf dem einzigen freien Platz im Hof parkte. In tiefes Schweigen versunken, stiegen wir die Treppe bis ganz nach oben. Vor der Wohnungstür blieben wir wie angewurzelt stehen.

«Was ist das?», fragte ich und starrte auf ein Blatt Papier, das jemand in den Türspalt geklemmt hatte.

Damian holte es heraus und faltete es vorsichtig auseinander.

«Eine Nachricht für dich.»

«Für mich?»

Er gab sie mir, bevor ich die nächste dumme Frage stellen konnte. Ich las den Inhalt mit einem Blick. Zwei kurze handschriftliche Sätze.

«Dein Sohn wird um 12 Uhr auf dem Plac Wolności warten. Komm alleine.»

«Kennst du die Handschrift?», fragte Wern, noch bevor ich den Text verdaut hatte. «Ist es Glazur?»

«Ich weiß nicht. Ich habe mir seine Handschrift nie angesehen ...»

«Das muss er sein», schoss es aus Damian, während er die Tür öffnete.

Er trat vorsichtig ein und sah sich um, als erwarte er, dass man uns mehr hinterlassen habe als bloß eine Nachricht.

«Das können wir nicht wissen», widersprach ich, «ebenso gut kann die Nachricht von den Entführern stammen.»

«Und die würden einfach so vorschlagen, dir das Kind zurückzugeben?»

«Nein, natürlich nicht. Das ist eine Falle.»

«Eine kaum verschleierte noch dazu.»

Darüber wollte ich nicht diskutieren. Es zählte nur, dass ich bald meinen Sohn wiedersehen sollte.

«Das ist Schwachsinn», bemerkte Werner. «Warum sollten sie gerade so vorgehen? Was wäre damit erreicht? Wenn sie dich kriegen wollten, hätten sie das längst in deinem Dorf bei Nürnberg haben können.»

Er hatte absolut recht. Irgendetwas stimmte nicht, aber ich verstand nicht, was.

«Vielleicht», stimmte ich zu. «Aber was macht das für einen Unterschied?»

«Ich würde sagen, einen sehr großen.»

«Nicht für mich. Und nicht jetzt.»

Er lehnte sich gegen die Wand und sah mich finster an. Er versuchte sich klarzumachen, ob ich nach wie vor die beherrschte und kühl kalkulierende Frau war, die er einst gekannt hatte.

«Du solltest da nicht hingehen», sagte er entschieden.

«Ich sollte vieles nicht machen.»

Ob er die Anspielung wohl verstand? Wir sahen einander kurz in die Augen, und zum wiederholten Male merkte ich, wie sehr er mir gefehlt hatte.

Aber das tat nichts zur Sache. Wir hatten uns nicht einmal richtig kennengelernt. Ich wusste zwar, welche Filme und Serien er mochte, welche Musik er hörte, wo er gerne aß und was seine Stimmung hob, aber er wusste eigentlich gar nichts über mich. Er kannte nur die Kunstfigur, die ich für ihn geschaffen hatte. Und die nichts mit der Wirklichkeit zu tun hatte.

Warum zog er mich so an? Es war nichts Körperliches, oder nicht nur. Es ging sehr viel tiefer. Vielleicht lag es daran, dass nur er wusste, welchen Horror ich durchgemacht hatte. Und sein Leben riskiert hatte, als meines in Gefahr gewesen war.

Dabei hatte er das alles nicht einmal für mich getan, sondern für den Menschen, als den ich mich ausgegeben hatte.

«Aber das ganz besonders», murmelte er.

«Was?»

Ich war so tief in Gedanken versunken, dass ich vergessen hatte, worüber wir eigentlich sprachen.

«Ich sagte, dass du gerade das auf keinen Fall machen solltest», erklärte er. «Du kommst von dort nicht wieder, das garantiere ich dir.»

«Was schlägst du vor?»

Er hatte keine Antwort parat.

«Und warum interessiert dich das überhaupt?», fügte ich hinzu. «Wenn die Entführer mich kriegen wollen, dann solltest du doch eher auf ihrer Seite sein, nicht auf meiner.»

Er hob die Augenbrauen.

«Verdächtigst du mich?»

«Nein, darum geht es nicht ... Es ist nur ...»

Mir schien, als seien alle und alles gegen mich. Nicht erst seit heute. Oder seit gestern. Aber diesen Gedanken behielt ich für mich.

«Ich muss dahin, Wern», erklärte ich. «Ich darf kein Risiko eingehen.»

Endlich verstand er. Oder respektierte wenigstens meine Entscheidung, weil er erkannte, dass nur ich allein sie treffen konnte.

Kurz vor zwölf Uhr gingen wir gemeinsam los, trennten uns aber kurz vor dem Plac Wolności. Wern blieb vor einem Sushi-Restaurant stehen, ich ging weiter in die Richtung, wo Wojtek auf mich warten sollte.

Ich sah ihn schon von weitem. Er saß mit einem Mann auf einer Bank in der Nähe des Brunnens. Ich kam von hinten auf sie zu. Der Unbekannte hatte den Arm um meinen Sohn gelegt, und Wojteks Kopf ruhte scheinbar friedlich auf seiner Schulter.

Scheinbar.

Als ich einen Bogen gelaufen war, sah ich im Gesicht meines Sohnes dieselbe gespenstische Grimasse, die ich aus dem Internet kannte. Er starrte mit leerem Blick in den Himmel, sein Körper war schlaff, als wäre er eine Stoffpuppe. Ich lief schneller und spürte mein Herz immer heftiger schlagen.

Dann erkannte ich Glazur.

Also hatte er Wojtek gefunden und aus dem Krankenhaus geholt. Wahrscheinlich war er genauso auf seine Spur gestoßen wie ich auch. Was denn sonst? Schließlich hatte er den GPS-Tracker, der mich nach Opole geführt hatte, in Wojteks Handy eingebaut. Das hätte mir gleich einfallen können.

Ich atmete erleichtert auf, denn bei allem, was zwischen uns vorgefallen war, konnte ich doch sicher sein, dass Glazur meinem Sohn niemals etwas antun würde. Er war hier, um mir zu helfen. Er konnte nicht anrufen, weil ich mein Telefon ausgeschaltet hatte, aber er musste davon ausgehen, dass ich mich in Opole an den einzigen Menschen wenden würde, den ich hier kannte. Daher auch die Nachricht an Werners Tür.

Ich ging schneller und dachte jetzt nur noch daran, dass ich meinen Sohn wiederhatte.

Mich trennten von ihnen nur ein paar kurze Schritte, als plötzlich nichts mehr weiterging.

«Halt, stehen bleiben! Polizei!»

Von den nahen Bänken sprangen plötzlich einige Personen auf. Alle zogen sie ihre Waffen und zielten auf mich.

5

Ich schaute mir alles aus der Ferne an und wusste nicht, wie ich reagieren sollte. Zuerst machten zwei Beamte die um sich schlagende Kasandra unschädlich, dann stürzten die übrigen auf Glazur und Wojtek zu.

Den Mann warfen sie ohne Aufhebens auf den Boden und legten ihm sofort Handschellen an. Einer nahm den Jungen an der Hand und ging mit ihm schnell zu einem in der Nähe parkenden Streifenwagen.

Der Hinterhalt war gut vorbereitet worden. Aber Glazur war nicht dafür verantwortlich. Die Polizisten behandelten ihn um einiges ruppiger als Kasandra, und es war deutlich, dass er nicht weniger Probleme als sie hatte.

Aber wer steckte dann hinter dem Ganzen? Und was wollte er auf diese Weise erreichen?

Bevor ich es wusste, sammelte sich eine Menschenmenge und bewegte sich Richtung Plac Wolności. Ich war zu verwirrt, um eine Entscheidung fällen zu können, aber ich erlag dem Druck der Menge und lief mit ihr zum Zentrum des Geschehens.

Kasandra wehrte sich und versuchte, zu Wojtek zu kommen. Als sie begriff, dass es ihr nicht gelingen würde, sah sie sich nervös um. Mir war klar, dass sie unter den versammelten Gaffern mich suchte, also stieß ich einen Mann zur Seite und lief los.

«Wern», schrie sie, als sie mich sah.

Ich versuchte, mich zu ihr durchzuschlagen, aber die Polizisten zogen Kasandra schon zum Streifenwagen.

«Kümmer dich um ihn!», rief sie mir zu. «Da sind noch mehr Kassetten, du musst sie finden!»

Mehr konnte sie nicht sagen. Sie verschwand aus meinem Blickfeld, der Polizist knallte die Wagentür hinter ihr zu. Die Menge hielt plötzlich an, wie bei einem Spiel, wenn die Gegenseite im letzten Moment ein Tor geschossen hat und es nichts mehr gibt, worüber man sich aufregen kann.

Wenn die Leute gewusst hätten, an wen Kasandra ihre letzten Worte gerichtet hatte, hätten sie sich jetzt auf mich konzentriert. Aber in dem ganzen Durcheinander war es nicht mehr möglich, eine einzelne Person zu identifizieren.

Ich zog mich unauffällig zurück. Dann ging ich ein Stück Richtung Ulica Krakowska, der Einkaufsmeile in Opole, und setzte mich bei der Philharmonie auf eine Bank.

Ich ließ den Kopf hängen und hörte den Trubel in der Ferne. Noch immer verstand ich nicht, was passiert war. Auch nicht, was mir Kasandra eigentlich hatte sagen wollen.

Natürlich hätte sie in dieser Situation jeden darum gebeten, sich um ihren Sohn zu kümmern. Aber was war mit dem zweiten Teil? Vorher hätte ich mir einreden können, dass die Aufschrift «3/15» gar nicht bedeutete, dass es noch mehr Aufnahmen gab. Und das Kasandra gelogen hatte, als sie sagte, dass noch mehr da waren. Aber jetzt hatte sie es wieder gesagt, und ich musste davon ausgehen, dass diese Kassetten tatsächlich existierten. Aber warum lag ihr so viel daran, dass ich sie fand?

Was war hier los, verdammt noch mal?

Ich saß wie erstarrt da. Die Erschöpfung, die mich seit einiger Zeit im Griff hielt, schien sich in eine physische, mich umgebende dicke Haut verwandelt zu haben.

Keine Ahnung, wie lange ich vor der Philharmonie saß. Als ich mich schließlich erhob, war ich fest entschlossen, endlich Antworten zu finden.

Ich ging schnell, wollte nicht anhalten, bevor ich die Wohnung erreichte. Aber es sollte anders kommen. Ich blieb wie erstarrt stehen, als ich an einem Sushi-Restaurant vorbeikam.

Ich sah unwillkürlich hinein, warum auch immer. Aber es reichte, um eine Person zu sehen, die an einem Tisch am Fenster saß. Fast traf mich der Schlag.

Ich stand vor dem Schaufenster mit der Aufschrift *Kaiseki* und starrte die Person an, die ich überhaupt nicht in Opole erwartet hätte.

Nach einem Moment hatte ich den Schock überwunden und riss mich zusammen. Ich öffnete die Tür und ging hinein. Die Frau, sie saß am ersten Tisch, bemerkte mich nicht.

Sie konzentrierte sich mit gesenktem Kopf aufs Essen, dunkle Haare fielen ihr ins Gesicht.

Ich war ihr nie begegnet, aber im Internet hatte ich damals alles angeschaut, was ich finden konnte. Es konnte nicht anders sein – das war Jola Kliza.

Als ich auf sie zuging, hob sie endlich den Kopf. Sie erstarrte mit einem Stück Sushi in der Hand, und mir ging durch den Kopf, dass sie genauso schockiert sein musste wie ich.

Dann aber steckte sie sich das Hoso-Maki in den Mund und begann zu kauen.

«Hi, Wern», nuschelte sie.

Ich schaute sie ungläubig an, aber sie deutete nur auf den Stuhl ihr gegenüber.

«Willst du dich setzen?»

Ich schüttelte den Kopf und versuchte, mit dieser vollkommen surrealen Situation zurechtzukommen.

«Was machst du hier?», stieß ich hervor und setzte mich hin.

«Ich verdrücke Hoso-Maki mit Tamago und Futo-Maki mit Lachs. Und ich warte eigentlich auf dich.»

«Jetzt mal langsam ...»

«Na gut, eigentlich auf eine Gelegenheit, mit dir zu reden. Aber das würde nicht so gut klingen, oder?»

Eine Kellnerin kam und gab mir die Speisekarte, aber ich sagte ihr schnell, dass ich nichts wollte. So war es auch. Ich wollte nur Antworten – aber stattdessen bekam ich ein weiteres Fragezeichen.

Ich schaute Kliza an und erkannte, dass ich alle Höflichkeiten vergessen konnte.

«Dann hast du mir die Videokassette hinterlegt?»

«Welche Videokassette?»

«Die mit deinem Nickname von RIC drauf.»

Jola strich ein bisschen Wasabi auf ihr Futo-Maki und nahm es gekonnt mit den Stäbchen hoch.

«Weiß nicht, was du meinst.»

«Und ich glaube, du weißt es ganz genau.»

Sie hob flehend den Blick und kaute. Sie machte den Eindruck, als befände sie sich in einer anderen Realität, einer, in der Kasandra und Glazur nicht gerade von der Polizei festgenommen worden waren.

Ich wollte gar nicht daran denken, was das für Kas bedeutete. Klar sollte sie bestraft werden für das, was sie getan hatte, aber nicht für alles. Der Mord an Robert Reimann hatte immerhin für Gerechtigkeit gesorgt.

Kasandra kam dafür hinter Gitter, eine andere Möglichkeit gab es nicht. Die Ermittler hatten mehr als genug Beweise gesammelt, außerdem hatten sie meine Aussage. Die hatte ich gleich gemacht, nachdem Kasandra mich reingelegt hatte. Ich war wütend gewesen und hatte nicht richtig nachgedacht. Und ich hatte alles so dargestellt, dass ihre Strafe wirklich schwer ausfallen würde.

Damals schien es mir begründet, denn sie hatte mich manipuliert, wie sie gerade Lust hatte. Und jetzt hatte ich den Eindruck, dass Kliza das Gleiche versuchte.

«Du willst das echt abstreiten?», fragte ich. «Du tauchst gerade hier auf, als Kasandra und Glazur festgenommen werden, und willst mir sagen, dass ...»

«Was soll das heißen?», unterbrach sie mich und legte die Stäbchen beiseite. «Wieso festgenommen?»

«Hast du das nicht gehört?»

Sie schaute sich vorsichtig um, was mich davon überzeugte, dass ihre Sicherheit nur gespielt war. Unter dieser harten Hülle saß eine ängstliche junge Frau, die irgendwann gelernt hatte, das zu verstecken.

Ich warf einen Blick auf die Uhr und sah, dass seit der Aktion auf dem Plac Wolności erst eine halbe Stunde vergangen war.

«Wie lange sitzt du hier schon?», fragte ich.

«Etwas über eine halbe Stunde», sagte sie schnell fürs Protokoll und warf ihre Haare nach hinten. «Vielleicht kannst du mir erklären, was passiert ist?»

«Könnte ich schon, ich weiß aber nicht, ob ich das sollte.»

Sie schaute mich vorwurfsvoll an, blickte aber schnell wieder weg. Seit ich hereingekommen war, hatte sie mich immer nur flüchtig angesehen.

Allerdings hatte Kliza mir nach Blitzers Tod aus der Patsche geholfen. Sie hatte mich quasi an der Hand aus Opole herausgeführt und dafür gesorgt, dass mir die Polizei nicht auf die Spur gekommen war, und zwar in einem für mich sehr schwierigen Moment.

Doch das reichte nicht, um ihr zu vertrauen. Besonders, weil ich mich immer mehr darin bestärkt sah, dass es nur zwei Gründe gibt, warum man einer Person nicht trauen sollte. Erstens: weil wir sie nicht kennen. Zweitens, und das ist vielleicht wichtiger: weil wir sie kennen.

«Wie ist es dazu gekommen?», fragte Kliza. «Und wann?»

Ich antwortete nicht, weil ich noch immer nicht entschieden hatte.

Ich stand auf und hob die Hände.

«Ich habe keine Ahnung, was hier los ist, aber ich weiß, dass es nicht mein Problem ist.»

«Warte mal ...»

Ich wollte zum Ausgang gehen, aber Kliza griff nach meiner Hand. Sie sah etwas verlegen aus, aber ihr Griff war fest. Ich hatte den Eindruck, dass dieses Verhalten irgendwie ihren ganzen Charakter widerspiegelte.

«Du hast gesagt, dass du eine Kassette mit meinem Nickname drauf bekommen hast?»

«Eher gefunden.»

«Und du denkst, ich habe sie dir geschickt?»

Ich nickte unsicher.

«Und dir ist nicht eingefallen, dass jemand dir einen Hinweis gegeben haben könnte, an wen du dich wenden sollst?»

«Und das heißt?», fragte ich und drehte den Kopf. «Wieso sollte jemand so etwas machen?»

«Das weiß ich nicht, weil du mir eigentlich noch nichts erklärt hast.» Sie ließ meine Hand los. «Aber vielleicht hat der Absender meinen Nickname draufgeschrieben, damit du dich mit mir in Verbindung setzt?»

Noch eine Weile versicherte sie mir, dass sie nichts von einem Band wusste, und ich versuchte zu entscheiden, ob sie wirklich so gut spielte oder doch die Wahrheit sagte. Wenn mich meine Intuition nicht trog, war sie keine Schauspielerin. Ich beschloss, dass ich sie wenigstens anhören sollte.

«Okay», antwortete ich und setzte mich wieder. «Dann sag mir jetzt, was du hier machst.»

«Ich bin gekommen, weil Glazur mich gebeten hat.»

«Was?»

Sie nahm die Stäbchen, drehte sie in der Hand und runzelte die Stirn.

«Du weißt wirklich nichts», bemerkte sie.

«Nein, offensichtlich nicht.»

Sie musterte mich, und für einen Moment fürchtete ich, sie würde, bevor sie mir alles erklärte, die Bedingung stellen, dass ich ihr zuerst erzähle, was mit Kasandra und Glazur passiert ist. Glücklicherweise kam sie zu dem Schluss, dass das sinnlos war.

«Kasandras Sohn ist verschwunden.»

«Das weiß ich.»

«Also weißt du wenigstens etwas.»

«Nur das. Und dass sie irgendwo bei Nürnberg gelebt haben.»

«In Winkelhaid», antwortete Jola und nahm ein Hoso-Maki. «Eine Zeitlang lief es gut mit ihnen, zumindest wenn das stimmt, was Glazur sagt.»

«Warst du mit ihnen in Kontakt?»

«Vor allem mit ihm, aber einmal habe ich sie besucht.»

Ich erinnerte mich an die Informationen, die Blitz und ich gefunden hatten, bevor wir Reimann Investigations engagierten. Kliza hatte irgendwo in Deutschland gewohnt und dort studiert. Vielleicht war sie, nachdem Robert sie aus der Firma geworfen hatte, in die alte Gegend zurückgekehrt.

«Sie waren nicht lange ein Paar», fügte sie hinzu. «Kasandra kam nicht damit zurecht. Und das ist auch kein Wunder.»

«Wusstest du, was sie durchgemacht hat?»

«Glazur hat es mir erst spät erzählt und erst nachdem sie sich getrennt hatten.»

Sicher hätte er das nicht machen sollen, aber die beiden hatten wohl eine engere Beziehung, als ich angenommen hatte.

«Jedenfalls richtete sie langsam ihr Leben mit Wojtek in Winkelhaid ein», sprach Jola weiter. «Bis er verschwand. Sie war sofort überzeugt, dass es mit Robert zu tun haben muss, und ist fast verrückt geworden.»

«Woher weißt du das?»

«Von Glazur.»

«Und woher wusste er es? Sie waren doch getrennt.»

Ich gab ihr einen Moment, damit sie fertig kauen konnte. Sie legte die Stäbchen wieder auf den schwarzen, länglichen Teller.

«Er hat ein paar Bekanntschaften geschlossen, während er in Winkelhaid war. Ich nehme an, dass der Rest Spekulationen waren. Aber er kennt Kasandra gut genug und weiß, wovon er spricht.»

«Sicher», murmelte ich und erinnerte mich unwillkürlich daran, wie mich die beiden niedergeschlagen und am Straßenrand liegen gelassen hatten.

«Was ist dann passiert?», fragte ich.

«Glazur nutzte den GPS-Tracker, den er ein paar Jahre vorher ins Telefon des Jungen eingebaut hatte.»

«Ins Telefon, das in Rewal geblieben war», bemerkte ich.

«Ja», gab Jola zu. «Aber das Signal tauchte in Opole auf. Und wir waren sicher, dass Kasandra es auch geortet hatte.»

Das klang danach, als wären Kliza und Glazur unzertrennlich, aber wahrscheinlich übertrieb ich. Mit meiner Phantasie sah ich eigentlich überall Verschwörungen und Machenschaften. Vielleicht nicht ohne Grund.

«Es reichten der Benutzername und das Passwort», redete sie weiter. «Damit konnte man ohne Probleme nachschauen, wo das Handy ist.»

«Also hat es jemand aus Rewal mitgenommen und in Opole eingeschaltet», sagte ich. «Wieso?»

«Keine Ahnung.»

Ich runzelte die Stirn, als bekäme ich Migräne.

«Also seid ihr sofort hierhergefahren?», fragte ich.

«Wir wollten helfen.»

«Weil?»

«Glazur muss ich wohl nicht erklären», antwortete sie mit deutlichem Unwillen in der Stimme. «Und was mich betrifft ...»

«Hast du das für ihn getan?»

«Nein. Mein Gott, auf keinen Fall», wehrte sie ab. «Sagen wir es so: Kasandra war der einzige Mensch, der irgendwann mal für mich gekämpft hat.»

Ich holte tief Luft und überlegte, was ich glauben sollte. Bisher klang Klizas Geschichte glaubwürdig, aber vielleicht wollte sie mich auch nur elegant einwickeln.

«Und hier sind wir auf Wojteks Spur gestoßen», fügte sie hinzu. «Glazur hat ihn sofort aus dem Krankenhaus geholt und ...»

«Also wisst ihr nicht, was mit ihm passiert ist?»

Jola schüttelte den Kopf.

«Oder wer ihn entführt hat? Und warum?»

«Nein. Wir haben versucht, etwas zu erfahren, aber ... Mein Gott, hast du den Jungen gesehen? Er ist Gemüse.»

Ich verzog das Gesicht, als ich diesen Ausdruck hörte. Kliza schüttelte sich schließlich auch, als sie bemerkte, dass das ein bisschen hart war.

«Deshalb konnten wir auch nicht herausfinden, wer hinter dem Ganzen steckt», redete sie weiter. «Dich hatten wir auch schon im Verdacht.»

«Mich?»

«Wer hätte einen besseren Grund, sich an Kasandra zu rächen?», fragte sie, aber ich antwortete nicht. «Wir wussten, dass sie bei dir war, und für alle Fälle haben wir den Brief dagelassen, in dem stand, dass sie allein zum Plac Wolności kommen soll.»

Ich schaute sie argwöhnisch an.

«Gestern hast du mich noch als Entführer verdächtigt, und heute sprichst du mit mir, als wäre nichts gewesen?», fragte ich.

«Für mich warst du von Anfang an ein schwacher Kandidat», antwortete sie und zuckte die Schultern. «Aber Glazur war anderer Meinung.»

Die Kellnerin kam noch einmal zu uns, um sich zu vergewissern, dass ich wirklich nichts bestellen wollte. Ich warf einen Blick in die Karte und wählte die erstbesten Nigiri.

«Warum bist du nicht mit ihm zum Plac Wolności gegangen?», fragte ich. «Du hast hier ruhig gesessen, während er ...»

«Willst du mich beschuldigen?»

«Nein. Ich finde nur, dass das verdächtig ist.»

«Du klingst, als wärst du paranoid, Wern.»

«Vielleicht sollte ich das sein», gab ich zurück. «Und du solltest mir erklären, warum du nicht dort mit Glazur gewartet hast.»

«Wir fanden, dass meine unerwartete Anwesenheit Kasandra beunruhigen könnte. Und dass es besser wäre, wenn er alles allein erledigt.»

Das war allerdings nicht dumm. Je weniger Personen, desto weniger Durcheinander und Notwendigkeit, alles zu erklären. Sicher war ihnen daran gelegen, dass Kas alles so schnell wie möglich verstand und keine unnötigen Fragen stellte. Ich vermutete, dass sie geplant hatten, sofort nach dem Treffen zu verschwinden.

Aber das hatte nicht geklappt.

«Das ist alles, Wern», sagte Jola. «Und ich sag dir, von Kassetten wusste ich nichts. Ich bin hergekommen, um Wojtek zu helfen.»

Es wäre wirklich einfach, das alles zu glauben. Das, was Kliza gesagt hatte, klang glaubwürdig genug und erschien wie ein schlüssiges, logisches Ganzes. Aber die Erfahrung hatte mich gelehrt, keine übereilte Entscheidung zu treffen.

Allerdings musste Kliza das nicht wissen.

«In Ordnung», sagte ich.

«Jetzt bist du dran», sagte sie schnell. «Sag, was auf dem Platz passiert ist.»

Ich beschrieb ihr den Hinterhalt, und sie machte keinen Moment den Eindruck, als hätte sie das erwartet. Nein, mehr. Sie sah immer schockierter aus.

Als ich geendet hatte, brauchte sie einen Moment, um alles zu verdauen. Ich nutzte die Gelegenheit und aß Nigiri mit Lachs, nachdem ich das Fischende in Sojasoße getaucht hatte. Erst jetzt wurde mir bewusst, dass ich mich in der letzten Zeit nur von drei Dingen ernährt hatte: Wasser, Hopfen und Malz. Mit einer kleinen Dosis Alkohol.

«Und bist du sicher, dass sie das gesagt hat?»

«Was?»

«Dass es noch mehr Kassetten gibt und dass du sie finden musst.»

«Verhört habe ich mich wohl kaum.»

Sie schwieg wieder und dachte einen Moment nach.

«Aber was ist dadrauf?», fragte sie. «Und wo sind sie?»

«Weiß ich nicht.»

Sie schaute mir direkt in die Augen. Diesmal hielt sie es länger aus.

«Dann wird es höchste Zeit, dass wir es herausfinden», sagte sie.

6

In der Sammelzelle war niemand außer mir. Aber nicht deshalb fühlte ich mich einsam. Jemand hat mal gesagt, die größte Einsamkeit empfinden wir, wenn wir zusehen, wie die ganze Welt zerbricht und wir absolut nichts dagegen machen können. Genau so ist es.

Nachdem die Polizei Glazur und mich auf dem Plac Wolności festgenommen hatte, kam ich sofort in U-Haft. Man trennte uns, und ich hatte keine Gelegenheit, ihm irgendwelche Fragen zu stellen.

Ich wusste nur, dass auch er in eine Falle gelockt worden war. Wer auch immer das Ganze ersonnen hatte, wollte uns beide loswerden.

Im Verdacht hatte ich diverse Leute. Von Werner über Kliza bis hin zu Roberts Partnern, die Rache wollten. Rache oder aber Roberts Geld, das jetzt in Deutschland lag. Ich hatte systematisch Riesensummen auf eine Reihe von Konten transferiert, um mich für die Zeit nach der Flucht abzusichern.

Motive hatten sie alle zur Genüge. Roberts Leute wie auch die anderen Kandidaten. Jeder und jede hatte Gründe, mich vernichten zu wollen.

Aber wer wäre bereit gewesen, ein Kind zu opfern?

Wojteks Gesichtsausdruck ließ mich nicht los, und ich wusste genau, dass er mich noch nie so sehr gebraucht hatte wie jetzt. Er hatte niemanden außer mir, um ihn herum mussten jetzt lauter Fremde sein.

Wer hatte ihm dieses Schicksal bereitet?

Es war Zeit, der Wahrheit ins Auge zu blicken. Ich kannte die Antwort sehr genau.

Wem wollte ich was vormachen? Mir selbst? So, wie ich Werner mitgespielt hatte?

Ich hatte keine Zweifel, wer es auf mich abgesehen hatte. Genau deshalb hatte ich Damian im letzten Moment zugerufen, er solle auch die übrigen Kassetten suchen.

Aber was änderte das? Konnten sie mich vor dem Gefängnis bewahren?

Während mein Blick durch die leere Zelle schweifte, glaubte ich noch an Rettung. Als die Tür aufging und eine junge Frau in die Zelle trat, mit der ich offenbar die nächsten Stunden verbringen sollte, schwand jede Hoffnung.

Die Mitgefangene setzte sich auf die Pritsche gegenüber und stützte die Arme auf die Knie. Sie sah mich durchdringend und herausfordernd an, sagte aber kein Wort. Die zahllosen Tätowierungen auf ihren Armen waren keine große Kunst, eher gewöhnlicher Pfusch, wie man ihn aus Gefängnissen mitbringt.

Sie hatte eine Glatze und scharfe, beinahe männliche Gesichtszüge. Angesichts ihrer blutunterlaufenen Augen vermutete ich, dass sie auch hinter Gittern an Sachen kam, die sie zumindest für eine Weile in eine andere Welt beamten.

«Migota», sagte sie.

Ich sah auf, verstand aber nicht.

«Und du?», schob sie hinterher.

Erst jetzt verstand ich, dass sie sich vorgestellt hatte.

«Kasandra.»

Migota lächelte breit, und ich sah schwarzen Belag an ihren Zahnansätzen.

«Also bin ich richtig hier.»

Seit sie in die Zelle gekommen war, wurde ich das Gefühl nicht los, unser Zusammentreffen sei kein Zufall. Ihre Worte bestätigten das.

«Du siehst nicht besonders überrascht aus», wunderte sie sich.

«Sollte ich?»

«Scheiß drauf. Wahrscheinlich nicht.»

Sie stand auf, als wollte sie mich angreifen, aber ich rührte mich keinen Millimeter. Ich würde heil aus der Sache herauskommen.

Sie baute sich vor mir auf und sah zu mir herunter.

Komisch. Ich spürte keine Gefahr. Das Gefühl, das sich eingestellt hatte, sooft Robert aggressiv wurde, blieb diesmal aus.

Trotzdem begriff ich, wie wenig fehlte, bis sie handgreiflich würde.

«Richtig üble Sache mit deinem Kind», sagte Migota.

Ich nickte.

«Und noch beschissener ist, dass du dich nicht um den Kleinen kümmern kannst.»

«Stimmt.»

«Und dass du selbst schuld bist.»

Ich sah sie an und stand langsam auf. Sie blieb stehen, wo sie war, sodass uns nur ein paar Zentimeter trennten. Wir blickten einander in die Augen.

«Alte, du hast sein ganzes scheiß Leben ruiniert.»

Sie war einige Jahre jünger als ich, aber offensichtlich störte sie das nicht.

«Er hätte Mädchen aufreißen können, mit seinen Kumpels saufen und das Leben genießen, stattdessen wird er als gottverdammtes Gemüse enden.»

Ich versuchte, nicht hinzuhören. Ihre Worte sollten an mir vorbei ins Leere gehen. Und: Wenn sie bis jetzt noch nicht zugeschlagen hatte, würde sie es nicht mehr tun, jedenfalls nicht als Erste. Sie provozierte, weil sie wollte, dass ich angriff.

«Du scheißt also auf alles, ja?», fuhr sie fort. «Was bist du denn für eine Mutter? Kapierst du nicht, dass dein Sohn dich in Zukunft brauchen wird, wie er dich noch nie gebraucht hat?»

Ich antwortete nicht.

Dabei dachte ich an nichts anderes. Mir fielen die vielen Augenblicke ein, in denen ich Wojtek alleine lassen musste. Das erste Mal Kindergarten, der erste Schultag, das erste Ferienlager.

Sein langer Blick aus glasigen Augen hatte mir jedes Mal von Neuem das Herz gebrochen. Die meisten seiner Schulkameraden freuten sich auf längere Ausfahrten, er dagegen nie. Ich hatte jedes Mal das Gefühl, sie seien für ihn die Höchststrafe.

Aber Robert traf die Entscheidungen. Und manchmal protestierte ich nicht einmal, denn ich wusste, jeder Tag außer Haus schützte Wojtek vor dem, was daheim zwischen seinem Vater und mir vorging.

«Ich fass es nicht», redete sie weiter, «die haben mir gesagt, dass du nicht bei Trost bist, aber ...»

Sie schüttelte den Kopf, zischte voll Hochmut und ging wieder zu ihrer Pritsche. Wieder stützte sie ihre Arme auf die Knie.

«Hock dich hin», riet sie. «Dauert eine Weile.»

«Was?»

«Bis wir uns überlegt haben, was du jetzt machst.»

Ich nahm meinen Platz ein und wartete auf die Fortsetzung.

«Steigst du durch?», wollte Migota wissen. «Ist dir klar, wer mich schickt?»

«Ja.»

Ganz sicher war ich nicht, aber die Wahrscheinlichkeit, dass ich danebenlag, war verschwindend gering.

«Sehr gut», sagte meine Mitgefangene. «Damit entfallen die ganzen lästigen Erklärungen.»

«Mhm.»

Sie beugte sich in meine Richtung vor.

«Und jetzt erklär mir, was mit den beschissenen Kassetten ist», schoss es aus ihr heraus.

Mir blieb keine Zeit zu antworten, denn jemand entriegelte die Tür. Sie öffnete sich mit einem unangenehmen metallischen Quietschen, und ein Mann in grauem Pullover kam herein.

Er sah mich an, dann Migota. Mit einem Seufzer wies er ihr den Weg in den Korridor.

«Verpiss dich.»

«Aber ...»

«Los, raus», unterbrach er sie und vergrub seine Hände in den Hosentaschen. «Was machst du hier überhaupt? Wer hat dich reingelassen?»

«Niemand.»

Migota stand auf und ging eilig aus der Zelle, als hätte sie sich urplötzlich in einen ganz anderen Menschen verwandelt. Im Vorbeigehen lächelte sie dem Wächter noch schief zu, und ich glaubte zwischen ihnen eine alte Vertrautheit zu erkennen.

Dann schloss der Beamte die Tür und sah zu mir herüber.

«Da hat irgendwer ganz schön was durcheinandergebracht», sagte er und wies zur Tür. «Die sollte gar nicht hier sein.»

«Alles okay.»

«Sie hat dich nicht bedroht oder so?»

«Nein.»

«Dann ist gut», antwortete er, scheinbar leicht verlegen. Er kratzte sich am Kopf. «Hast du die Belehrung schon hinter dir?»

«Belehrung?»

«Über die Gefährdung deiner persönlichen Sicherheit und den Umgang mit destruktiven Verhaltensweisen, wie sie typisch sind für Vertreter krimineller Milieus?» Er musste diese Formel schon unzählige Male aufgesagt haben.

«Ja.»

«Dann weißt du, dass du den Beamten vorliegende Gefährdungen deiner Person sowie anderer vorläufig Inhaftierter zu melden hast?»

«Ja», bestätigte ich.

«Hast du jetzt etwas zu melden?»

«Nein.»

Was der Wärter erzählte, hatte mir vorher schon ein anderer Beamter mitgeteilt. Er war aufgetaucht, kaum hatte ich meine Sachen abgegeben und die Gefängniskluft abgeholt. Er sprach lang und eintönig, als sage er ein Mantra auf und verstehe gar nicht, dass seine Worte den Eindruck vermittelten, mein Leben, wie ich es bislang kannte, gehöre für immer der Vergangenheit an.

«Alles klar», schloss der Wärter, «in zwei Tagen ist dein Aufnahmegespräch, da erfährst du alles Weitere. Verstanden?»

«Ja», sagte ich zum wiederholten Mal.

Er schien zufrieden, dass ich kurze und entschiedene Antworten gab. Dieses offensichtliche Wohlwollen wollte ich nutzen.

«Ich muss jemanden darüber informieren, dass ich hier bin.»

«Später.»

«Der Beamte vorhin sagte, ich habe das Recht ...»

«... die Fresse zu halten», vollendete er. «Und davon machst du besser schnell Gebrauch, sonst werde ich wütend.»

Ich erstarrte mit offenem Mund. Vielleicht war dieser rüde Ton zu erwarten gewesen. Er war jung und wahrscheinlich erst seit kurzem im Dienst. Das hieß, dass er für endlose Auseinandersetzungen mit den Inhaftierten, für Spott, Schikane und Beleidigungen, für tägliche Arbeit unter den denkbar schwersten Bedingungen höchstens 1300 Złoty netto bekam.

Er war sicher frustriert. Außerdem musste er mehr als einmal den Eindruck gewonnen haben, dass die Gefangenen über deutlich mehr Rechte und Privilegien verfügten als ihre Wärter. Irgendwie musste er sich abreagieren.

«Verstehst du?», fragte der Beamte.

«Ja.»

Protest war sinnlos. Regeln sind zwar schön und gut, besonders, wenn sie niedergeschrieben sind, aber hier und jetzt zählte nur das Gewohnheitsrecht. Und das kannte ich noch nicht.

«Weißt du überhaupt, wo du bist?», fragte er.

Eine rhetorische Frage, deshalb nickte ich nur.

«Hast du von diesem Ort gehört?»

Eigentlich wusste ich nur, dass sich dieses konkrete Untersuchungsgefängnis bei Opole befand und einen Trakt für Frauen hatte.

«Du würdest wohl nicht so seelenruhig dasitzen, wenn du Bescheid wüsstest», fügte der Beamte hinzu. «Das ist Zamtuz.»

Der Name war mir vor einer Weile schon einmal untergekommen, und zwar nicht in seiner altpolnischen Bedeutung als Freudenhaus. Ich hatte sogar einige Artikel darüber gelesen, ebenso wie über Babiniec bei Wrocław. Beides waren Frauengefängnisse, die keinen besonders guten Ruf hatten.

Es hieß, Prostitution sei an der Tagesordnung, Vergewaltigungen auch, wenn auch nicht ganz so häufig, und die Bezahlmethode für alles Mögliche sei Sex.

«Aha», bemerkte der Wächter, «jetzt geht dir also doch ein Licht auf.»

«Ja, aber ...»

«Ganz ruhig. Das meiste, was man liest, ist Blödsinn. Wenn du auf dich achtgibst und dich an die richtigen Leute hältst, passiert dir nichts.»

«Und diese richtigen Leute ...»

«Sind wir», antwortete er, ohne zu zögern. «Je besser du mit uns auskommst, desto weniger Probleme wirst du haben.»

Er lehnte sich mit dem Rücken gegen die Tür, die Hände nach wie vor in den Hosentaschen vergraben. Musterte mich aufmerksam, als wollte er ergründen, ob ich Ärger machen würde oder nicht.

War ich wirklich in Zamtuz gelandet? Ich war nicht sicher, welche Abteilung genau man so nannte, wusste aber, dass sie irgendwo in der Gegend von Opole war.

Schlimmer hätte ich es nicht treffen können. Ausgang gab es nur für Frauen, die bereit waren, mit der einzig gültigen Währung dafür zu bezahlen. Gleiches galt für den Zugang zu Telefonkarten, die hier den Wert eines Lotteriegewinns hatten.

Wenn mich nicht alles täuschte, hatte ich auch von käuflichem Sex gelesen. Der Preis schwankte zwischen 50 und 200 Złoty. So viel kostete hier die weibliche Ehre. Und wenn man die einmal verloren hatte, gab es keinen Weg, sie zurückzuerlangen. Wer irgendwann keine Lust mehr darauf hatte, den Wärtern sexuelle Dienste zu erweisen, wurde einfach gezwungen. Die Zustände hatten für Aufsehen gesorgt, als eine der Frauen schwanger geworden war.

Aber vielleicht hatte der Wärter ja recht, und die Medien machten die Sache größer, als sie in Wirklichkeit war. Das wäre nicht das erste Mal gewesen. Und sicher auch nicht das letzte.

«Weißt du, was ich meine?», fragte er und riss mich aus meinen Gedanken.

«Ja.»

«Hervorragend.»

Er sah aus, als wollte er noch etwas sagen, schwieg aber.

Dann bemerkte ich, wie sich eine seiner Hände in der Hosentasche bewegte. Ich stellte mir schon alle möglichen widerlichen Dinge vor, aber dann zog der Wärter seine Hand aus der Tasche, und ich sah ein Handy. Einige Jahre alt, Touchscreen, aber keines der Topmodelle.

«Betrachte das als einen Hinweis darauf, dass es Sinn macht, sich mit uns gutzustellen», erklärte er mir.

Was sollte ich ihm antworten? Wenn die Horrorstorys aus der Presse stimmten, konnte ich gleich einen schrecklichen Fehler begehen. Wenn nicht – eine einmalige Chance verpassen.

Wenn Wern tat, was ich von ihm verlangte, konnte ich aus der ganzen Sache heil herauskommen. Wobei er keine Vorstellung davon hatte, was genau ich wollte. Meine nichtssagende Bitte, die anderen Kassetten ausfindig zu machen, war vielleicht zu wenig.

Verflucht, sie war bestimmt zu wenig! Ich bildete mir nur ein, dass er verstand. Er brauchte viel mehr Hinweise.

«Willst du das benutzen?», fragte der Wärter.

«Warum ...?»

«Du willst niemanden anrufen? Gerade wolltest du noch jemanden in Kenntnis setzen.»

Ich schwieg und überlegte hin und her.

«Wenn du dir Gedanken machst, welche Gegenleistung du erbringen musst, kann ich dich beruhigen: Keine.»

Selbst wenn das stimmte, wollte ich das Entgegenkommen der Beamtenschaft nicht über Gebühr strapazieren. Das konnte auch nach hinten losgehen, insbesondere gleich zu Beginn meines Aufenthalts hier.

Allerdings musste ich Werner sagen, was zu tun war, um mich hier herauszubekommen.

«Okay», sagte ich. «Danke.»

Er lächelte, reichte mir das Telefon aber nicht, sondern schob es zurück in die Hosentasche.

Dann begann er, die andere Hand zu bewegen.

«Du musst gar nichts machen», flüsterte er fast. «Bleib einfach da sitzen.»

Er starrte mich an, während sich seine Hand immer schneller bewegte. Als er laut zu stöhnen begann, sah ich zur Seite.

«Hey!», schrie er. «Schau mich an!»

Das hatte ich nicht vor.

«Hey, ich rede mit dir!»

Ich drehte mich zur Seite. Hätte ich diesen ersten Schritt gemacht, wäre später kein Halten gewesen.

Der Wärter hörte auf, dann stieß er einen Fluch aus.

«Wie du willst», bellte er und öffnete die Tür. «Aber wart's nur ab, du wirst noch blasen wie eine Wahnsinnige, sobald die Sehnsucht nach deinem Söhnchen zu groß wird. Und dann bin ich nicht mehr so verdammt freundlich wie jetzt.»

Er ging hinaus, und ich verstand, dass ich in der Hölle gelandet war.

7

Mir war klar, dass niemals etwas ohne Grund passiert. Wie jetzt, als ich mir die Kassette ansah und überlegte, wie das wohl kam, dass sie bei mir zu Hause aufgetaucht war. Wer hatte sie geschickt? Und warum?

Ich schaute sie ununterbrochen an, Kliza auch. Und wie ich hatte auch sie keine Ahnung, was sie von alldem halten sollte.

Ich schlug ihr vor, bei mir zu schlafen, aber sie lehnte sofort ab. Sie wollte im Hotel Kamienica beim Solaris Center übernachten und behauptete, sie hätte dort alles, was sie brauchte. Am nächsten Morgen kam sie wieder, und es reichte ein flüchtiger Blick, um zu erkennen, dass sie nicht viel geschlafen hatte. Bei mir war es ähnlich.

«Eine Sache ist für mich klar», begann sie, als sie reinkam. «Ewa hat das alles nicht grundlos aufgenommen.»

Das war wohl die Begrüßung.

«In Ordnung», murmelte ich noch ein bisschen verschlafen.

«Warum also hat sie es gemacht?»

«Sie wollte ihre ganze Geschichte erzählen.»

«Wem?»

«Dem, der die Kassette findet ...», nuschelte ich. «Ich meine die Kassetten, wenn man Kasandra glauben kann.»

«Glauben? Wern, dir liegt immer noch Kasandras Gift im Magen. Nur dass sie dir weisgemacht hat, es sei dein Lebenselixier.»

Ich schwieg und überlegte, ob es so gut war, gerade mit Kliza an einer Lösung zu tüfteln. Noch immer war ich mir nicht sicher, wem ich trauen konnte und wem nicht.

«In diesem Fall scheint sie glaubwürdig», antwortete ich und ging in die Küche. Ich goss Wasser in den Kocher und warf Teebeutel in zwei rote Nescafé-Tassen. «Außerdem ist da diese Aufschrift auf der Kassette: drei von fünfzehn.»

Jola stand daneben und betrachtete skeptisch die Tassen skeptisch.

«Hast du keine Kaffeemaschine?», fragte sie und sah sich um.

«Nicht wirklich.»

«Auch keinen Kaffee? Filterkaffee? Instant?»

Ich schüttelte den Kopf und bemerkte erst so richtig, wie mager meine Vorräte zu Hause waren. Das kam daher, dass mir zum Überleben ein gutes Onlinespiel, ein paar Dosen Bier und irgendetwas Nahrungsähnliches reichte.

«Lassen wir das», sagte sie. «Und lassen wir das mit Kasandra. Jetzt konzentrieren wir uns auf Ewa.»

«Machen wir.»

«Also überlegen wir, warum diese Aufnahmen entstanden sind.»

«Aus einem inneren Bedürfnis, jemandem zu erzählen, was ihr zugestoßen ist? Vielleicht irgendein Sicherheitsventil, damit sie nicht verrückt wurde, nachdem sie verschwunden war?»

Kliza suchte in den leeren Küchenschränken herum.

«Dann denkst du also, sie wurde entführt? Oder dass sie selbst abgehauen ist?»

«Ich weiß nicht, was ich denken soll», antwortete ich leise. «Ebenso gut kann auch Prokocki dahinterstecken.»

«Hast du mit ihm gesprochen?»

«Nein. Und ich habe es auch nicht vor.»

«Vielleicht solltest du aber.»

Ich prustete, dann legte ich die Hand auf die Schranktür, die sie gerade öffnen wollte. Sie verstand den stummen Hinweis, dass die Suche umsonst war, sofort.

«Dieser Typ hat mir Bilder von der Leiche gezeigt und wollte mir weismachen, das sei sie», antwortete ich. «Anscheinend macht er alles, damit ihr niemand auf die Spur kommt. Auch ich nicht ... oder vor allem ich nicht.»

«Und dir ist nie in den Kopf gekommen, dass sie das sein könnte?»

«Nein.»

«Weil?»

«Weil Kas behauptet, dass sie lebt. Und dass die ganze Sache mit den Aussagen gegen Kajman die Wahrheit ist.»

«Aber Prokocki bestreitet das.»

«Genau», gab ich zu. «Und deshalb will ich nicht mit ihm sprechen.»

Kliza wartete, bis ich den Tee aufgegossen hatte, dann setzte sie sich mit der Tasse an den kleinen Tisch. Ich hatte ihn spottbillig auf OLX gekauft, genauso wie die beiden Stühle. Eigentlich hatte ich alle Möbel für die Wohnung auf diese Weise zusammengestellt, deshalb machten die Räume auch den Eindruck, als wären sie absichtlich im Retro-Look gehalten.

«Vielleicht solltest du in diesem Fall mit jemand anderem sprechen?», meinte Kliza.

«Mit wem?»

«Mit Kajman.»

Ich schaute sie ungläubig an und wartete, dass sie erklären würde, das sei nur ein unbedachter, eher zufälliger Vorschlag. Jolas Gesichtsausdruck änderte sich allerdings nicht.

«Das ist keine schlechte Idee, Wern.»

«Du machst wohl Witze.»

«Ehrlich gesagt kann ich das nicht so gut. Ich verbocke jeden Witz.»

«Den hast du nicht verbockt.»

«Weil es keiner war», antwortete sie und umfasste die Tasse mit den Händen. «Dieser Typ könnte genau das wissen, was dich interessiert.»

«Stimmt», musste ich zugeben. «Aber er ist ein Gangster, der eine organisierte Verbrechergruppe angeführt hat. Die Schwindeleien von Robert Reimann sind nichts dagegen.»

«Hast du Angst vor ihm?», spöttelte sie.

Ich setzte mich ihr gegenüber und sah sie lange an.

«Wenn ja, dann ist das Pech.»

«Pech?»

«Weil ich einen Antrag auf Besuchserlaubnis gestellt habe.»

«Was hast du?»

«Ich dachte, es wäre am besten ...»

«Sich mit dem Mann zu treffen, der aller Wahrscheinlichkeit nach noch immer meine Verlobte jagt?»

Diese Wahrscheinlichkeit gab es nur, wenn Kasandra die Wahrheit sagte. Ich war allerdings überzeugt, dass sie das tat, auch wenn Kliza daran zweifelte.

«An was dachtest du denn?», feuerte ich los. «Ich bekomme doch gar nichts aus ihm raus. Er dagegen wird alles tun, um etwas aus mit herauszubekommen.»

«Nur dass du nichts weißt.»

«Und er erst recht nicht.»

«Bist du sicher?»

Nein, ich war nicht sicher. In dieser Sache gab es so viele verwinkelte Sträßchen und Sackgassen, dass ich den Weg zum Ziel nicht bestimmen konnte. Es war, als hätte mich jemand in ein Labyrinth gesperrt und sich zur Aufgabe gemacht, mich bis zum Ende meines Lebens den Ausgang suchen zu lassen.

Aber wo führte das eigentlich hin? Zur Suche nach Ewa? Zur Jagd nach dem Phantom einer Person, die früher alles für mich bedeutet hatte und jetzt vielleicht bis zur Unkenntlichkeit verändert war?

«Du musst dich mit ihm treffen», fügte Jola nach einer Weile hinzu. «Wenn Kajman nichts weiß, können wir ihn wenigstens von der Liste streichen.»

«Um ihn zu streichen, müssten wir sicher sein, dass er uns die Wahrheit sagt», antwortete ich. «Und ich bin überzeugt, dass er mir nur Lügen erzählen wird. Wenn er sich überhaupt mit mir treffen will.»

«Er wird die Gelegenheit nutzen, ein neues Gesicht zu sehen und aus der Zelle herauszukommen, wie jeder Gefangene.»

Ich nahm einen Schluck Tee und zischte, als ich mir Zunge und Gaumen verbrannte. Jetzt war offensichtlich nicht die Zeit für ein Heißgetränk, überlegte ich und ging zum Kühlschrank, um mir etwas anderes zu holen. Ich nahm eine Flasche Prosecco.

«Ich wusste gar nicht, dass du auf den Geschmack gekommen bist.»

«Bin ich nicht.»

«Also hast du ihn für Kasandra gekauft? Du wolltest ihr wohl etwas bieten?»

Ich zuckte die Schultern und nahm ein Glas aus dem Schrank. Weingläser hatte ich noch nicht. Vielleicht brauchte ich sie auch gar nicht.

«Sie hat mit dem Prosecco aufgehört», fügte Jola hinzu. «Er löst bei ihr schlechte Erinnerungen aus.»

Ich ignorierte die Bemerkung und öffnete die Flasche. Nach dem ersten Schluck war mir sofort besser. Nicht so sehr, dass ich einfach darüber hinwegkam, dass Kliza eine Konfrontation mit einem Mafioso wollte, aber wenigstens etwas.

«Ein treffen mit Kajman wäre der richtige Schritt, Wern», versicherte sie mir. «Du hättest das schon längst machen sollen.»

«Aber ich wollte mich nun mal nicht mit einem Menschen treffen, der den Auftrag gegeben hat, meine Verlobte zu vergewaltigen. Und der der Grund war, warum sie verschwunden ist.»

«Zumindest laut der offiziellen Version», bemerkte Kliza.

Unnötigerweise zweifelte sie die noch immer an. Dabei war sie die einzig logische.

Ewa sagt gegen Kajman aus, der engagiert Verbrecher, die uns überfallen sollen. Prokocki kann Ewa keinen staatlichen Schutz garantieren, also versteckt er sie auf eigene Faust.

Aber was passierte dann? Warum war sie nie zu mir zurückgekehrt? Warum hatte sie nicht einmal ein Lebenszeichen von sich gegeben?

Auf der Basis dieser Fragen hatte Kasandra ihre eigene Version geschaffen und sie benutzt, um mich einzuwickeln. Aber das war bloß ihre Erfindung. Was tatsächlich mit Ewa passiert war, war eine große Unbekannte.

Doch die Antworten waren irgendwo. Auf den vierzehn übrigen Kassetten.

«Ich hab die Spur nachgeprüft, die Kasandra dir untergeschoben hat», sagte Kliza nach einer Pause, als wollte sie ihre Zurückhaltung rechtfertigen.

Ich runzelte die Stirn, weil ich nicht so recht wusste, worauf sie hinauswollte.

«Ich meinen dieses Dorf bei Kielce, wo Ewa sich versteckt haben soll. Und wo Kasandra das Band gefunden hat.»

«Obice.»

Kliza nickte.

«Es sieht so aus, als sei das eine Sackgasse. Es gibt keinen Beweis, dass Ewa jemals dort war.»

«Aber Prokocki war doch da. Er hat in der Nähe getankt.»

«Sagt Kasandra.»

Ich holte tief Luft und nahm noch einen Schluck Prosecco. Wenn ich zu dieser Tageszeit trank, hieß das, dass ich mich den ganzen Tag wie zermalmt und ausgekotzt fühlen würde, aber das interessierte mich jetzt nicht besonders.

«Kasandra sagt, dass meine Verlobte lebt», antwortete ich ernsthaft. «Und daran halte ich fest.»

«Und warum hat Ewa sich dann die ganzen Jahre nicht bei dir gemeldet?»

«Vielleicht wurde sie gegen ihren Willen festgehalten.»

«Von wem?»

«Von Kajmans Leuten.»

«Dann haben sie sie nicht umgebracht, sondern nur gefangen genommen?»

Ich zuckte die Schultern. Kliza ärgerte mich mit ihren Fragen, obwohl ich wusste, dass sie vollkommen berechtigt waren.

«Und dann haben sie ihr erlaubt, diese Aufnahmen zu machen?»

«Vielleicht haben sie gedacht, sie seien nicht gefährlich. Oder sie haben nichts davon gewusst. Vielleicht war sie in einem Keller eingesperrt und hat einen VHS-Rekorder und eine Kamera entdeckt und alles aufgenommen. Vielleicht hat sie die Bänder irgendwo versteckt und gehofft, jemand würde sie finden.

«Aha. Das klingt sehr wahrscheinlich.»

«Man kann es nicht ausschließen.»

Sie schaute mich einen Moment an, als wollte sie prüfen, wie wenig Enthusiasmus sie sich erlauben konnte.

«Nehmen wir mal an, du hast recht», antwortete sie schließlich. «Dann hätte Ewa die Gelegenheit doch genutzt, oder nicht?»

«Für was?»

«Um in den Aufnahmen etwas zwischen den Zeilen zu sagen.»

Ich rieb mir den Nacken und streckte die Schultern.

«Wie Juan Carlos Ortiz», sagte ich.

«Wer?»

Ich konnte nicht glauben, dass sie sich nicht erinnerte. Schließlich hatte sie mir doch damals die Geschichte dieses Mannes und von der Befreiung der Geisel erzählt.

«Der Typ, der die Idee hatte, die FARC mit einer als Morsecode in einem Lied versteckten Nachricht zu überlisten.»

Ich sah, dass sie sich erinnerte.

«Ach ja», antwortete sie. «Natalia Gutierrez Y Angelo. *Better Days*.

Hatte Kasandra in ihrer Manipulation dieses Motiv gerade deshalb genutzt, weil sie, nachdem sie die Kassetten gefunden hatte, zum gleichen Ergebnis gekommen war wie Kliza jetzt? Ich musste zumindest annehmen, dass es möglich war.

Ja, alle Hinweise, die Kasandra mir zugespielt hatte, waren von ihr ausgedacht. Aber vielleicht hatte sie sich vom Inhalt der Kassetten inspirieren lassen.

Ich schielte zum Videorekorder hinüber, als wollte ich ihn herausfordern.

«Und da ist nichts? Keine versteckte Botschaft?»

Ich schüttelte den Kopf.

«Ich hab das schon zigmal angeschaut», murmelte ich vor mich hin. «Wenn da was wäre, hätte ich es längst gefunden.»

«Vielleicht war das nicht so offensichtlich wie die Spuren, die Kasandra hinterlassen hat. Sie musste nicht so extrem vorsichtig sein wie Ewa.»

Kliza hatte recht. Wenn meine Verlobte tatsächlich etwas zwischen die Zeilen schmuggeln wollte, hätte sie viel vorsichtiger sein müssen. Es war möglich, dass die Entführer die Aufnahmen einfach ignorierten, solange sie dachten, sie seien ungefährlich.

Ich schloss kurz die Augen und rief mir alles in Erinnerung, was auf dem Band war.

«Willst du es noch mal anschauen?»

«Nein», antwortete ich, ohne zu zögern. «Ich erinnere mich an alles, da ist nichts.»

«Bist du ...»

«Ich bin absolut sicher», fiel ich ihr ins Wort. Es hatte keinen

Sinn, noch länger darüber zu diskutieren. «Vielleicht geht es gar nicht um das, was sie sagt, sondern um das Bild. Vielleicht hat sie etwas mit einer Geste, einem Gesichtsausdruck oder auch nur einem Blick übermittelt. Aber auf dieser beschissenen Aufnahme ist sowieso nichts zu sehen.»

Ich konnte nicht einmal richtig erkennen, was Ewa anhatte. Was sollte ich dann über irgendwelche Nuancen sagen, die sie vielleicht in die Aufnahme gelegt hatte.

«Sie musste wissen, dass das Material nicht so wahnsinnig gut sein würde», meinte Jola irgendwann.

«Vielleicht.»

«Na ja, dann hat sie wahrscheinlich auf die Worte gesetzt», beharrte sie. «Schauen wir es uns noch mal an.»

Ich wollte protestieren, weil ich alles auswendig konnte und noch beim Einschlafen die von Rauschen verzerrten Worte meiner Verlobten im Kopf hatte. Jola wartete aber nicht, dass ich etwas dagegen sagen konnte.

«Setz dich», sagte sie und zeigte auf den Boden vor dem Fernseher. «Und hör zu.»

«Ich habe das schon oft genug gehört.»

«Aber vielleicht hast du dich nicht auf das konzentriert, was du hören solltest.»

«Was heißt das?»

Ich nahm das Glas und ging zu ihr. Resigniert nahm ich den Platz vor dem Bildschirm ein und fühlte mich wie ein Kind, das bei seinen Eltern nicht das durchsetzen konnte, was es wollte.

«Erinnerst du dich an Kasandras Version?», fragte Kliza.

«An jedes Wort. Genauso gut wie an Ewas.»

Sie warf mir einen vielsagenden Blick zu. Als hätte ich mich zu Gefühlen für beide Frauen bekannt.

«Wie sehr unterscheiden sie sich?»

«Nicht besonders. In ein paar Kleinigkeiten, die eigentlich ...»

«Was?»

«Nichts bedeuten», fügte ich hinzu und zog die Brauen zusammen.

Kliza lächelte, als hätten wir gemeinsam eine bahnbrechende Entdeckung gemacht. Sie legte den Finger auf ‹Play› und sah mich fragend an.

«Also?», fragte sie. «Bist du bereit, dich auf das zu konzentrieren, was deiner Meinung nach nicht wichtig ist?»

Ich nickte, dann starrte ich den Röhrenbildschirm an.

Und noch einmal hörte ich die Worte, aber diesmal ignorierte ich alles, was sich in beiden Aufnahmen wiederholte. Alles, was Kasandra kopiert hatte.

Ich achtete nur auf das, was sie ausgelassen hatte, denn sicher war ihr das ebenfalls unnötig und unbedeutend vorgekommen.

Schnell bemerkte ich, dass Kas sich geirrt hatte. Jedes Wort hatte Bedeutung.

8

In der Zelle dominierte die Farbe Grün. Die Wände schimmerten blassgrün, die beiden Stockbetten, Tisch und Stühle waren smaragdfarben. Sogar die Schwämmchen, die zwischen Fensterscheibe und Gittern in der Sonne trockneten, waren farblich passend gewählt. Allerdings sorgte das grüne Ambiente weder für Ruhe noch für Komfort in der Zelle. Die Farbe blätterte überall ab, sodass der Raum eher einen bedrückenden Eindruck machte.

Zwischen den Stockbetten hatten die Häftlinge Wäscheleinen gespannt, auf denen Blusen und Handtücher trockneten. Auf dem Tisch unterhalb des Fensters lagen Bücher, Kreuzworträtsel, Schreibutensilien, ein zerfleddertes Kartenspiel und verschiedene Lebensmittel.

Ich fühlte mich sofort eingeengt, denn auf einen Menschen entfielen hier kaum mehr als drei Quadratmeter. Abgesehen davon spürte ich die deprimierende Atmosphäre dieses Ortes beinahe physisch.

Zwei der Frauen schienen mich gar nicht zu bemerken. Sie lagen auf ihren Pritschen, mit dem Rücken zur Tür. Die dritte aber sprang sofort auf.

«Leck mich doch am Arsch», rief sie aus, «wer kommt denn da geflogen!»

Migota starrte mir ins Gesicht, und ich war absolut sicher, dass ihre Überraschung nur gespielt war. Und auch die beiden anderen mussten sich wahrscheinlich gar nicht umdrehen, um zu wissen, wer ihnen als neue Zellengenossin zugewiesen worden war.

Migota wies auf eine der Pritschen oben.

«Die gehört dir.»

Ich fragte mich, wo der berüchtigte Knastjargon blieb, von dem ich so viel gehört hatte. Freilich immer nur im Zusammenhang mit Männergefängnissen.

In einer Hinsicht jedoch unterschied sich diese Strafanstalt für Frauen kaum von denjenigen für Männer, die ich in Reportagen und Dokumentationen gesehen hatte: Die Zellen waren genauso trostlos und schmutzig.

Ein kümmerlicher Vorhang, wie man ihn höchstens noch in ärmlichen Badezimmern an den Rändern moderner Großstädte finden konnte, trennte die Toilette vom Rest der Zelle ab. Im Raum herrschte ein unangenehmer Geruch, der sich mit billigem Parfüm mischte, das freilich mehr an männliche denn weibliche Düfte denken ließ.

«Na», legte Migota los, «steh nicht so rum. Mach's dir bequem. Und sag schon, was man dir vorwirft.»

Während ich auf dem Bett meine Sachen zusammenlegte, blickte ich immer wieder hinunter zu der Frau, die unter mir schlafen sollte. Sie war älter als ich und einigermaßen füllig, zwischen ihrem schütteren Haar leuchteten hier und da kahle Stellen auf. Die Vierte im Bunde war ungefähr so alt wie Migota.

«Ich hab gefragt, was man dir vorwirft!»

«Mord.»

Die beiden anderen drehten sich endlich um, aber keine sagte etwas.

«Wen hast du umgelegt?», fragte Migota.

«Meinen Mann.»

Alle drei durchbohrten mich mit ihren Blicken, und einen Augenblick lang kam es mir so vor, als spielte ich hier nicht im Drama meines Lebens, sondern in irgendeiner Komödie.

Aber die Stimmung änderte sich schnell.

«Warum fragst du sie aus?», mischte sich jetzt die Ältere ein.

«Weil ich Lust hab, Tante.»

«Mehr brauchst du nicht zu wissen.»

«Ja, aber ...»

«Und überhaupt wird sie nicht lange in dieser Zelle bleiben.»

Ich wurde unruhig. Die drei hatten mich erwartet. Es war kein Zufall, dass ich in dieser Zelle saß, ebenso wenig wie meine Begegnung mit Migota gleich zu Beginn zufällig gewesen war. Die mich ins Gefängnis gebracht hatten, hatten sichergestellt, dass auch hinter Gittern alles nach ihrem Plan lief.

«Die Frage ist nur, ob sie rafft, wovon ich rede», warf Migota ein und sah mich an. «Ich wollte mich nur vergewissern, oder darf ich nicht?»

«Lass sie, verflucht noch mal, in Frieden», brummte die Junge.

«Oder was?»

«Oder ich steh auf. Und hau dir in die Fresse, dass dir die Zähne demnächst zum Arsch wieder rauskommen.»

Migota lachte in sich hinein.

«Alle Daumen hoch!», quittierte sie. «Du lässt es krachen, Kamikaze.»

Ich stand unbeweglich an meinem Bett, nicht sicher, wie ich mich verhalten sollte. Das einzig Positive an diesem Wortwechsel war, dass ich nun wusste, mit wem ich einsaß. Migota, Tante und Kamikaze. Letztere schien mir noch am wenigsten feindlich gesinnt – obwohl ihr Spitzname so klang, als wäre ihr alles zuzutrauen.

Sie setzte sich wieder hin und sah mich aufmerksam an.

«Dir ist klar, dass du nicht zufällig hier bist?», fragte sie.

«Ja.»

«Und du kannst dir denken, was unsere Aufgabe ist?»

Mir schien Schweigen die beste Antwort. Auch wenn ich nichts Gutes erwartete, wollte ich doch nicht genauer nachfragen. Zumindest nicht, wenn alle zuhörten.

«Wir haben nichts gegen dich», fuhr Kamikaze fort, «verstehst du? Du hast uns nicht ans Bein gepisst oder sonst was. Du hast deinen Typen umgelegt, schön, du wirst deine Gründe gehabt haben, nicht unsere Sache. Aber wir müssen tun, was man uns sagt. Klar?»

«Hört mal ...»

«Anders geht es nicht», unterbrach mich Kamikaze, dann zeigte sie auf den schmutzstarrenden Duschvorhang. «Dahinter ist die Latrine. Wir machen hier keine Spielchen wie im Fernsehen. Du gehst da rein, drehst das Wasser auf und erledigst dein Geschäft, dann kommst du wieder raus. Keine Schweinereien, kein Jammern. Verstanden?»

Ich nickte leicht.

«Warst du schon in der Krankenabteilung?»

«Nein.»

«Dann holen sie dich bald, um dir in den Mund und in die Fotze zu sehen.»

«Was?»

«Du musst zum Zahnarzt und zum Gynäkologen, verstehst du?»

Als ich mir die beiden Ärztezimmer vorstellte, wurde mir beinahe schlecht.

Kamikaze seufzte.

«Um sechs Uhr ist Wecken. Von acht bis neun ist Highlife, dann erst wieder am Abend», ergänzte sie und schien zu begreifen, dass ich ihr nicht folgen konnte. «Nach neun schalten sie den Strom ab.»

«Warum?»

«Stromsparen.»

«Sagen sie zumindest», warf Migota ein, «aber eigentlich geht es darum, uns eins reinzuwürgen.»

«Du gewöhnst dich besser an diese Schikanen», riet Kamikaze. «Die werden dich hier nicht rauslassen, bis du tust, was sie von dir wollen. Und dann geht's in den geschlossenen Trakt, zu den anderen Mördern.»

Sie präzisierte nicht, wer ‹Die› waren, aber das war auch nicht nötig. Ich wusste auch so Bescheid.

Und ich hatte keine Zweifel, was ‹Die› von mir wollten.

«Im geschlossenen Trakt sitzt du noch tiefer in der Scheiße. Aber da hast du wenigstens zwei Besuchstage im Monat. Eine Stunde jedes Mal.

«Und Müttern steht ein dritter zu», schaltete sich Migota ein. «Aber weil dein Sohn ein Gemüse ist, siehst du den höchstens mal in der Kantine wieder.»

Sie lachte auf, dann kehrte Stille ein. Tante und Kamikaze warfen Migota einen langen Blick zu.

«Hat's dir die Sprache verschlagen?», durchbrach Kamikaze das Schweigen.

Migota senkte schweigend den Blick. Offensichtlich endete auch hier der Spaß, wenn es um Mütter und ihre Kinder ging.

Tante stand auf und ging zu Migota. Einen Moment lang blickte sie sie an, als erwarte sie eine Entschuldigung. Aber Migota mied jeden Blickkontakt.

Tante drehte sich um, und die Spannung verflog. Sie kam zu mir herüber und begann ungefragt, in den Sachen zu wühlen, die mir von der Gefängnisverwaltung ausgehändigt worden waren.

«Ist okay», sagte ich schließlich, «ich denke sowieso an nichts anderes.»

«Logisch», erwiderte Tante.

Das war nicht übertrieben. Sooft ich die Augen schloss, sah ich Wojtek an jeder Menge medizinischer Geräte hängen. Der eine Teil flößte ihm einen Brei ein, der das Essen ersetzen sollte, der andere führte ab, was die Verdauung davon übrig ließ.

Es schüttelte mich, meine Augen füllten sich mit Tränen. Ich konnte nicht sagen, ob vor Hilflosigkeit oder vor Wut.

Rasch riss ich mich zusammen und verscheuchte alle Gedanken an Dinge, auf die ich keinen Einfluss hatte. Zumindest jetzt. Wenn ich hier rauskäme, würde ich Wojtek die bestmögliche Pflege zukommen lassen. Meine Bankkonten waren noch immer prall gefüllt mit Roberts Geld. Wojtek würde in einer hervorragenden Einrichtung untergebracht und nur die neuesten, wirksamsten Therapien bekommen, ich würde dafür sorgen, dass er ein normales Leben hätte.

Tante holte eine Zahnbürste hervor und besah sie im Licht.

«Weißt du, wofür die ist?»

«Was meinst du damit?», entgegnete ich.

«Komm mit», sagte sie und ging Richtung Duschvorhang.

Wir waren in einem mickrigen Kabuff mit gesprungenen Fliesen. Sie waren so alt, dass man kaum sagen konnte, welche Farbe sie ursprünglich hatten. Das Waschbecken war in einem ordentlichen Zustand, die Toilettenschüssel dagegen sah umso schlimmer aus – sie war mit dunklen Ablagerungen übersät, und hier und da sah ich Kotspritzer.

«Hallo», kommentierte Tante.

Ich hob den Blick und sah ihr direkt in die Augen. Als sie ihre Lippen leicht öffnete, sah ich, dass ihre Schneidezähne stark abgenutzt waren.

Sie zeigte wieder auf die Zahnbürste, und ich verstand, dass eine gründliche Reinigung notwendig war, bevor man sie benutzen konnte. Ich wollte gar nicht wissen, was genau man vorher mit ihr gemacht hatte.

Gleich erfuhr ich es trotzdem.

Tante beugte sich herab und fuhr mit der Zahnbürste durch die verdreckte Kloschüssel. Ehe ich mich versah, tauchten auch Migota und Kamikaze in der Toilette auf. Sie packten mich und drehten mir die Arme auf den Rücken, ohne dass ich irgendwie reagieren konnte.

«Hey, immer mit der Ruhe!», rief ich.

«Fresse halten», zischte Migota. «Wenn einer der Bullen dich hört, hast du endgültig verschissen.»

Ich beobachtete entsetzt, wie Tante mit der Zahnbürste noch eine Weile die Kloschüssel scheuerte. Dann richtete sie sich auf. Beim Anblick der dunkelbraunen Flecken auf den weißen Borsten wurde mir elend zumute.

«Wie gesagt, ist nichts Persönliches», sagte sie noch.

Sie schien völlig gleichgültig. Im Gegensatz zu ihr konnten die anderen beiden ihre Emotionen nicht verstecken. Migota war im siebten Himmel, Kamikaze dagegen machte den Eindruck, als wäre sie das eigentliche Opfer.

«Zeit zum Zähneputzen!», kam es von Migota.

Als mir Tante die besudelte Zahnbürste unter die Nase hielt, wurde mir schlecht. Ich presste die Lippen zusammen, so fest ich konnte, aber Tante gelang es, mir die Zahnbürste tief in den Mund zu schieben. Der Würgereflex durfte jetzt nicht stärker sein als ich, aber als ich die Borsten über meine Zähne gleiten spürte, wusste ich, dass ich nicht lange aushalten würde.

Sie ließen mich los, als es mir hochkam. Ich entleerte meinen Mageninhalt in die Kloschüssel.

Mir blieb nicht einmal Zeit, mir den Mund abzuwischen. Ich spürte, wie mich jemand am Nacken packte und meinen Kopf mit aller Kraft hinunter in die Schüssel drückte. Jemand anderes betätigte die Spülung.

Schwer zu sagen, wie lange diese Prozedur dauerte.

Als sie von mir abließen, kauerte ich mit angezogenen Beinen auf dem Boden. Das Wasser aus der Toilette lief mir in dünnen Fäden das Gesicht hinunter. Mir schien, als müsste ich mich gleich wieder übergeben.

Kurz darauf hörte ich, wie jemand den Riegel zurückschob und das Schloss öffnete. Einer der Wärter kam in die Zelle, fragte nach mir, dann schob er den Vorhang beiseite. Er musterte mich gleichgültig.

«Trockne dich besser ab», empfahl er. «Für dich ist Besuch da.»

Ich war zu schwach, um zu fragen, wer. Rührte mich nicht vom Fleck, obwohl ich alles getan hätte, um diesen Ort wenigstens für einen Moment zu verlassen.

Mein Gott, war das alles wirklich passiert?

Wieder wurde mir schlecht.

«Hörst du?», fragte der Wärter, dann machte er ein paar Schritte zurück. «Was ist mit ihr?»

«Nichts», antwortete Migota. «Sie hat sich sauber gemacht.»

Er sagte noch etwas, aber ich verstand nicht genau. Dann packten mich die beiden Jüngeren, hoben mich auf, und Kamikaze trocknete mir nachlässig die Haare ab. Gleich darauf führte mich der Wärter aus der Zelle.

Ich erwartete, er würde mich ins Besuchszimmer führen, stattdessen jedoch gingen wir in einen kleinen Raum am Ende des Gangs.

Ich wurde unruhig. Vielleicht würden mir die Erlebnisse in der Zelle schon sehr bald wie der unschuldige Beginn meiner wahren Hölle erscheinen.

Der Wärter jagte mich hinein, als wäre ich ein Tier, das von seiner Herde Reißaus genommen hat. Dann ging er wieder in den Korridor und knallte die Tür zu.

In dem kleinem Zimmer erwartete mich schon ein anderer Mann. Er lehnte an der Wand, obwohl in der Mitte des Raums ein Tisch und zwei Stühle standen.

«Endlich lernen wir uns kennen», begrüßte er mich.

Ich sah auf, erkannte ihn aber nicht.

«Setz dich.»

Ich tat, was er sagte. Jeder Widerstand würde ein schlechtes Ende nehmen.

«Weißt du, wer ich bin?»

«Nein.»

Endlich rührte er sich vom Fleck. Er setzte sich auf den Tischrand, legte eine Hand auf sein Knie und neigte den Kopf leicht zur Seite. Er musterte mich, als wäre ich irgendein seltenes Exemplar.

«Kommissar Prokocki», stellte er sich vor.

Ich kniff die Augen zusammen und taxierte ihn.

«Du weißt, warum du hier bist?»

«Ich habe meinen Mann getötet.»

Er stieß ein kaltes, bedrohliches Lachen hervor, und mir wurde klar, dass meine Antwort nichts mit der Wahrheit zu tun hatte.

Wir wussten es beide. Eigentlich waren wir die einzigen Menschen, die wussten, was wirklich vor sich ging.

Einen Moment rührte er sich nicht, sein Gesicht war zu einer Grimasse verzerrt.

Dann stand er auf, stützte die Hände auf den Tisch und beugte sich vor. Er schniefte einige Male, wahrscheinlich roch er die Kotze und das, was sich auf der Zahnbürste befunden hatte.

«Erklär mir für den Anfang mal eine Sache», sagte er. «Warum redest du Damian Werner ein, dass seine Verlobte noch am Leben ist?»

9

Seit dem Morgen klingelte ich bei Stefan Bronowicz an der Tür. So wie vorher öffnete mein Nachbar auch jetzt nicht.

«Vielleicht hat er den Löffel abgegeben?», flüsterte Kliza neben mir. «Wie oft hast du es schon versucht?»

«Zu oft.»

Ich würde weitermachen, bis es klappte. Durch Bronowicz hatte ich die Kassette überhaupt erst bekommen, und außerdem hatte er ganz zufällig alle Geräte zur Hand, die ich zum Abspielen brauchte.

«Was hast du gesagt, wie alt er ist?»

«Höchstens siebzig.»

«Na ja, da ist es für manche schon höchste Zeit», bemerkte Jola. «Zumindest plane ich, mich vor dieser Höchstgrenze zu verabschieden.»

Ich drückte noch einmal auf die Klingel, wieder ohne Erfolg.

«Wenn ich wie Maggie Smith wäre, würde ich eine längere Karriere planen. Oder wie Judi Dench, Jane Fonda oder Sophia Loren ... Wusstest du, dass Letztere schon vierundachtzig ist?»

«Nein.»

«Maggie Smith steckt sowieso alle in die Tasche.»

Ich drehte mich um und lehnte mich mit dem Rücken an die Tür.

«Du hast keine Ahnung, wovon ich rede, oder?», fragte sie, wartete aber nicht auf eine Antwort. «Gräfinwitwe Violet aus *Downton Abbey*. Und Lehrerin für Verwandlung in Hogwarts, Minerva ...»

«Schon klar», unterbrach ich sie. «Aber wenn wir es nicht schaffen, das Schloss in dieser Tür in Götterspeise zu verwandeln, hilft uns das auch nicht besonders.»

«Und selbst wenn», antwortete Kliza. «Es kann nämlich sein, dass drinnen statt einer Antwort die Leiche dieses Herrn wartet.»

Ich schaute sie ungläubig an, aber so abwegig war der Gedanke nicht. Stefan Bronowicz war zwar nicht schlecht in Form, aber wenn man bedachte, was in dieser ganzen Sache alles passierte, war es durchaus denkbar, dass er unter nicht ganz natürlichen Umständen abgetreten war.

Ich schüttelte den Kopf und befand, dass es keinen Sinn hatte, sich Klizas Wahnsinn hinzugeben. Ich zeigte auf die Treppe, dann gingen wir beide hinunter auf den Hof. Der alte Škoda Felicia stand dort, wo ich ihn stehen gelassen hatte.

Die Benzinleitung hatte eine Kontrolle nötig, die Gangschaltung und die Bremsklötze gehörten ausgewechselt, aber das Auto meines Vater fuhr noch. Als meine Eltern auf öffentliche Verkehrsmittel umstiegen, war das Auto in meinen Besitz übergegangen.

Kliza musste ein wenig mit der Beifahrertür kämpfen, bevor sie sie aufbekam, wir stiegen ein, und sie schaute das Radio mit Kassettenspieler misstrauisch an.

«Nimmst du auch an Oldtimertreffen teil?», fragte sie.

Ich antwortete nicht, sondern drehte den Zündschlüssel in der Hoffnung, dass der Anlasser dieses Mal gleich in Gang kommen und der Felicia Jola Lügen strafen würde. Aber der Motor brauchte wie immer ein bisschen.

Wir fuhren vom Hof und über das unebene Pflaster Richtung Ulica Kołłątaja. Unser Ziel war eine Viertelstunde entfernt, falls es nicht den üblichen Stau auf der Ulica Piastowska gab. Die Tageszeit war nicht schlecht, also rechnete ich damit, dass wir den Ort, den Ewa uns in der Aufnahme gezeigt hatte, ziemlich schnell finden würden.

Ich wollte sofort hin, nachdem ich den versteckten Hinweis in der Aufnahme gefunden hatte. Kliza allerdings bestand darauf, dass ich mich zuerst darüber informierte, worauf ich mich da einließ. Sie forschte schnell noch ein bisschen nach und fand eigentlich nichts Bedeutendes, deshalb verließen wir kurz darauf die Wohnung und beschlossen auf dem Weg nach unten, noch einmal nachzuprüfen, ob Bronowicz zu Hause war.

Die Nachricht in der Aufnahme war gut versteckt. Ich bemerkte sie nicht sofort, weil sie mit einem anderen Thema zusammenhing und scheinbar nichts zu bedeuten hatte.

Ewa erzählte von Biskupin und davon, dass sie sich schon als Kind für Archäologie interessiert hatte, besonders für das frühe polnische Siedlungswesen. Daraus hatte Kasandra einen Teil des Puzzles im Archäologischen Museum konstruiert, wo einer der USB-Sticks auf mich wartete.

Aber in alldem steckte noch etwas anderes. Ewa sprach darüber, warum sie sich überhaupt für Archäologie interessierte. Sie betonte, dass bis heute noch so viele Geheimnisse ungelöst waren. Vom unvollendeten Obelisken von Assuan über die unterirdischen Tunnelsysteme aus der Steinzeit, die von Schottland bis in die Türkei reichen, bis zu den Hunderten geheimnisvollen Steinkugeln, die auf Costa Rica gefunden wurden und deren Bedeutung niemand kennt. Am Schluss fügte Ewa hinzu, dass wir von solchen Rätseln umgeben sind, ganz egal, wo auf der Welt wir uns befinden. Auch in Opole. Als Beispiel nannte sie eine von Legenden umrankte Kapelle und sagte, die Historiker könnten nicht einmal feststellen, wer an diesem Ort umgekommen war und wann sie errichtet wurde.

Ich hatte keine Ahnung, was sie meinte, aber mir war klar, dass es sich um einen Hinweis handelte. Er tauchte auch nicht in Kasandras Aufnahmen auf, weil sie ihn als unwichtig betrachtet hatte. Ich konnte mich jedoch des Eindrucks nicht erwehren, dass diese Information nicht ohne Grund auf der Kassette war.

Was wir im Internet dazu fanden, half uns aber nicht weiter. Google lieferte fast nur Ergebnisse aus anderen Städten und ohne das Wort «Opole». Schnell wurde uns klar, dass wir so nicht weiterkamen.

Ich kannte nicht viele Menschen, die mir helfen konnten, das Rätsel zu lösen. Eigentlich nur die Person, zu der Kliza und ich jetzt fuhren.

Meine Geschichtslehrerin aus dem Gymnasium, die in einem Block an der Ulica Koszyka wohnte. Sie war nicht nur eine ausgezeichnete Pädagogin gewesen, sondern kannte sich auch hervorragend mit der lokalen Geschichte aus. Wenn jemand wissen konnte, um welche Kapelle es sich handelte, dann sie.

Wir hielten vor einem Wohnblock an und stiegen aus.

«Bist du sicher, dass sie da ist?», fragte Jola.

Ich schaute sie verlegen an.

«Ich weiß doch gar nicht, ob sie überhaupt noch hier wohnt.»

Beim letzten Klassentreffen hatte ich erfahren, dass sie in Pension gegangen war, aber sonst nichts.

«Woher weißt du überhaupt, dass sie hier gewohnt hat?», fragte Jola. «Ich hätte keine Ahnung, wo ich meine Lehrer aus dem Gymnasium suchen sollte.»

Ich sah in ihren Augen eine unausgesprochene Andeutung, die ihr bestimmt nicht in den Sinn gekommen wäre, wenn sie gewusst hätte, wie alt diese Lehrerin war.

«Sie hat mal für den Stadtrat kandidiert», antwortete ich. «Und weil wir so ein gutes Verhältnis zu ihr hatten, haben wir ihr im Wahlkampf geholfen.»

«Wir?»

«Ich und ein paar Bekannte», brummte ich und ging zum Treppenhaus. «Der Rest ist nicht wichtig.»

Ich ließ den Blick über die Namen an der Sprechanlage gleiten und fand schließlich den Nachnamen, den ich suchte. Ohne nachzudenken, drückte ich auf die Klingel und musste nicht lange warten, bis sich meine ehemalige Lehrerin meldete.

Sie erkannte mich sofort, und ich konnte wieder einmal sehen, dass Lehrer die Berufsgruppe mit dem besten Gedächtnis sind. Ich hatte den Eindruck, dass jeder, mit dem ich irgendwann in der Schule zu tun hatte, seine Schüler in der Stadt wiedererkennen konnte.

Renata Labeda hatte ziemlich an Gewicht verloren, seit ich sie das letzte Mal gesehen hatte. Ihr graues, dünner werdendes Haar zeugte davon, wie viel Stress sie die Jahre mit einer Horde aufdringlicher Jungs in der Schule gekostet hatten. Obwohl ich zugeben musste, dass wir sie besser behandelt hatten als die meisten anderen Lehrer – wenn man von der Tatsache absah, dass sie wegen ihres Nachnamens den Spitznamen Lebiega, also Dussel, bekommen hatte.

Sie begrüßte mich, als sei ein Neffe zu Besuch gekommen, den sie lange nicht gesehen hatte. Sie bat uns hinein, stellte Kliza ihren Mann vor, und dann hielten wir einen kurzen Plausch beim Tee.

«Ich habe davon gehört, was dir passiert ist», sagte Labeda. «Das ist ja wirklich schrecklich. Nicht nur, dass Ewa verschwunden ist, aber dann noch ... Ach.»

Ich nickte, wollte aber nicht auf das Thema eingehen.

«Es gibt schlimmere Dinge. Außerdem ist es vielleicht gar nicht so schlimm, wie es die Medien darstellen», sagte ich.

«Wirklich?»

Ich schaute Jola an. Sie lächelte, als meinte sie, dass diese Standardmiene in dieser Situation angebracht war.

«Genau deshalb quälen wir Sie hier.»

Sie hob fragend die Augenbrauen, und ich stellte die Tasse mit dem Tee ab.

«Ihr quält mich nicht», versicherte sie mir. «Worum geht es denn?»

«Ich erinnere mich, dass Sie sich mit der Geschichte von Opole beschäftigt haben», begann ich. «Und ich dachte, dass Sie mir vielleicht helfen können.»

«Na, ich werde es versuchen», erklärte sie überzeugt. «Womit soll ich denn helfen?»

«Wir suchen eine bestimmte Kapelle», schaltete sich Jola ein. «Wir wissen nicht, wem zu Ehren sie errichtet wurde und in welchem Jahr.»

«Dann sagt mir, wie sie aussieht, und vielleicht ...»

«Sie verstehen nicht», fiel Kliza ein. «Das sind alle Informationen, die wir haben.»

Ich sah, dass ich mich einschalten musste, damit die Situation nicht grotesk wurde.

«Es ist nicht nur so, dass wir das Jahr der Errichtung und ihre Bestimmung nicht kennen», meldete ich mich. «Auch die Historiker können das nicht herausfinden. Fällt Ihnen vielleicht so ein Ort ein?»

«Hier, in Opole?»

Ich nickte und analysierte dabei jeden Muskel in ihrem Gesicht, um zu erkennen, ob ihr etwas durch den Kopf ging.

«Ihr wisst auch nicht, in welchem Stadtteil sie steht?»

«Leider nicht.»

«Hm ...»

«Wir wissen nur, dass es irgendeine beunruhigende Legende zu diesem Ort gibt. Und dass man eigentlich nicht viel mehr weiß.»

«Fällt Ihnen gar nichts ein?», meldete sich Kliza.

«Ich muss kurz überlegen.»

Sie starrte vor sich hin, dann runzelte sie die Stirn, als erinnerte sie sich an jede Kapelle in Opole. Irgendwann schüttelte sie den Kopf, stand auf und ging zu einem Regal, das mit verstaubten Büchern vollgestellt war. Sie nahm eins heraus und legte es auf den Tisch. Eine Weile lang blätterte sie in dem Buch, wobei sie vorher jedes Mal den Finger befeuchtete, um die Seiten umzuschlagen.

«Fällt Ihnen dazu etwas ein?», wiederholte Jola hoffnungsvoll.

«Kann sein ...»

Schließlich hörte sie auf zu blättern und stieß den Zeigefinger wie eine Reißzwecke auf eine Seite.

«Wójtowa Wieś», verkündete sie und drehte das Buch zu uns, damit wir es sehen konnten.

Auf dem Schwarzweißfoto war eine kleine gemauerte Kapelle abgebildet, eindeutig vernachlässigt und an ein kleines Gebäude angebaut. Die kleine Muttergottesstatue hatte ausgebreitete Arme, ihre Gewänder hingen flügelartig von den Unterarmen.

«Das ist die einzige, die es meiner Meinung nach sein könnte», erklärte Labeda. «Man vermutet, dass sie im 19. Jahrhundert gebaut wurde, aber man ist sich nicht einig, wann genau. Einige sagen, in den ersten Jahren, andere 1866 und noch mal andere 1871.»

Ich schaute mir das kleine Bauwerk an und überlegte, warum Ewa gerade diesen Ort gemeint haben könnte.

«Genauso unklar ist die Frage, welche Bestimmung sie hatte», sprach Renata weiter.

«Und das heißt?», fragte Kliza. «Solche Gebäude sind doch nur für eine Sache gedacht, oder?»

«Im Prinzip schon, aber sie entstehen aus unterschiedlichen Motiven ... Einige wurden gebaut, um eine gute Ernte oder eine andere Gnade zu erbitten, andere aus Dankbarkeit, als Ort, an dem an ein bedeutendes Ereignis erinnert werden sollte, oder um Buße zu tun.»

«Ich dachte, es geht nur darum, Gott zu ehren. Also eher ohne Interessen dahinter.»

«Solche gibt es auch.»

Ich tippte mit dem Finger auf die Kapelle, die uns meine Lehrerin gezeigt hatte.

«Und niemand weiß etwas über den Zweck von dieser hier?», fragte ich.

«Unsicher. Manche behaupten, sie sei im Gedenken an einen gefallenen Offizier erbaut worden, andere, dass sie an ein Gefecht der preußischen und österreichischen Armee erinnern soll, oder ... wenn wir noch weiter zurückgehen, vielleicht wurden an diesem Ort Soldaten aus Napoleons Armee begraben.

Ich holte tief Luft. Das klang tatsächlich so, als hätten wir den Ort gefunden, den Ewa gemeint hatte.

«Und die Legende?», fragte ich.

«Man erzählt sie sich schon gute hundert Jahre in Wójtowa Wieś, vor allem, weil zumindest eines sicher ist.»

«Was?», fragte Jola.

«Dass darunter Leichen liegen. In jeder Version kommt das vor.»

«Okay», warf ich ein. «Aber was ist mit der Legende?»

Die Historikerin begann von einem Piotr Gis zu erzählen, einem Jungen, dessen Mutter ihn eines Tages in den Laden schickte, um Petroleum zu holen. Als er an der Kapelle vorbeikam, sah er auf dem Dach eine undeutliche, mit einem weißen Leichentuch umhüllte Gestalt. Er begann eine Melodie zu pfeifen, wahrscheinlich um sich ein bisschen Mut zu machen, womit er den Zorn der Gestalt auf sich zog.

«Die verwandelte sich in eine Katze, sprang vom Dach und wickelte sich um seinen Hals», fuhr Labeda fort. «Er wäre erstickt, wenn er sich nicht an ein altes Gebet erinnert hätte, das die Geister daran erinnern sollte, Gott zu fürchten.»

Ich schluckte. Das klang nicht allzu ernsthaft, und trotzdem wurde mir aus irgendeinem Grund unbehaglich zumute.

«Der Junge kehrte sicher nach Hause zurück», fügte meine Lehrerin hinzu. «Die Geschichte wurde noch Jahre später zu Zeiten der Volksrepublik erzählt.»

Wir mussten nicht nachprüfen, ob es noch andere Kapellen gab, auf die unsere Suchkriterien passten. Das war die richtige. Wir fragten Labeda, wo die Kapelle steht, dann bedankten wir uns schnell. Kurze Zeit später verließen wir den Wohnblock, überzeugt, dass uns in Wójtowa Wieś einige Erscheinungen erwarteten.

Die Anfahrt aus Zaodrze dauerte knapp zehn Minuten. Die Umgebung passte überhaupt nicht zum Namen, denn das neue Viertel von Opole hatte überhaupt nichts mehr mit dem Dorf zu tun, das der Ort noch im Namen trug. Wir kamen an einer überdachten Schwimmhalle vorbei, an exklusiven Siedlungen, die aus dem Boden geschossen waren wie Pilze nach dem Regen, und einer Unmenge moderner Einfamilienhäuser.

Es dauerte einen Moment, bis wir den richtigen Ort gefunden hatten. Wir befanden uns abseits, und es war relativ schwierig, rein zufällig dorthin zu gelangen. Der Zustand der Kapelle hatte sich seit der Zeit, als das Foto in dem Buch gemacht wurde, verschlechtert. Wir gingen um sie herum und schauten uns alle Details genau an. Dann blieben wir davor stehen.

«Okay ...», murmelte Kliza. «Und was jetzt?»

Ich ging zur Statue der Gottesmutter. Sie war früher wohl einmal weiß gewesen, aber jetzt war sie mit einer schwarzen Patina überzogen. Besonders beunruhigend sah das in den Augenwinkeln aus, weil es wirkte, als würde die Gestalt schwarze Tränen weinen.

Ich sah Reste von vertrockneten Blumen, Kerzenstummel und ein bisschen Wachs. Nichts, was mir helfen würde zu erraten, warum Ewa gerade diesen Ort gemeint hatte.

«Wern?»

«Ich hab keine Ahnung.»

«Das heißt? Sollen wir beten?»

Kliza blieb neben mir stehen. Sie fuhr mit dem Finger über die Wange der Figur und klopfte dann dagegen.

«Hier ist nichts!», sagte sie.

«Und was hast du erwartet? Ein Paket mit alten VHS-Kassetten?»

«Ich weiß nicht ... Irgendetwas. Egal was.»

Wir blickten uns ratlos um. Als Versteck eignete sich dieser Ort perfekt. Die Kapelle war eigentlich ein Nebengebäude des hier stehenden Hauses, deshalb konnte niemand, der hier zufällig vorbeikam, Kliza und mich sehen. Die einzigen Menschen, für die wir sichtbar waren, waren die Bewohner, ein Fenster ging auf diese Seite hinaus.

Das Haus unterschied sich von der Kapelle, es war vor kurzem renoviert worden, und obwohl die Form an die alten schlesischen Häuser erinnerte, bewiesen die Fassade und alles andere, dass jemand die neuesten architektonischen Trends umgesetzt hatte.

«Vielleicht fragen wir den Besitzer?», schlug ich vor.

«Was denn? Ob er zufällig Ewa gesehen hat?»

Ich schaute sie vorwurfsvoll an, aber Kliza hob schnell entschuldigend die Hände. Ich sollte mich nicht über ihre Frustration wundern, mir ging es ja genauso. Nicht nur, dass wir bisher nicht weitergekommen waren, wir standen auch unter Zeitdruck. Beide wussten wir, dass der Motor einer Maschinerie in Gang gekommen war. Jemand realisierte seinen Plan, der damit begonnen hatte, ein Kind zu entführen. Außerdem konnte jede Minute im Gefängnis für Kasandra fatal sein. Wir sprachen zwar nicht darüber, aber bewusst war es uns beiden. Ich vermutete, dass Jola bereit war, ihr bei der Flucht zu helfen, wenn es die Möglichkeit gäbe, und ich ... ach, noch vor ein paar Tagen hätte ich mich über diesen Ausgang gefreut. Jetzt nicht. Und dabei ging es nicht nur darum, dass ein im Koma liegendes Kind seiner Mutter entrissen worden war.

«Versuchen wir's», meldete sich Kliza schließlich. «Schaden kann's nicht.»

Wir kamen hinter der Kapelle hervor, aber als ich den Wagen sah, der sich gerade näherte, packte ich Jola am Arm und riss sie nach hinten.

«Hey, was ist denn ...»

«Warte», stieß ich flüsternd hervor und zog sie noch weiter zurück.

Der Fahrer konnte uns nicht entdecken, aber als ich mich ein bisschen vorbeugte, hatte ich keine Schwierigkeiten, ihn zu sehen. Und zu erkennen.

Die Tatsache, dass Kommissar Prokocki hier war, bewies, dass wir den richtigen Ort gefunden hatten.

10

Zurück in der Zelle – oder im Zimmer, wie die anderen sagten –, ging ich das Gespräch mit Prokocki immer wieder durch. Seine Worte hallten als stummes Echo durch meinen Kopf, und wann immer ich die Augen schloss, erschien mir sein bohrender Blick.

Es hatte nur seinen kurzen Einstieg gebraucht, damit ich begriff, dass er die Lage nicht schlechter überblickte als ich selbst. Als er sich über mich beugte, wurde mir klar, dass gerade er mein größtes Problem war.

«Warum redest du Damian Werner ein, dass seine Verlobte noch am Leben ist?»

«Weil es stimmt.»

Er lachte laut auf, zum zweiten Mal, seitdem ich im Raum war. Er schien belustigt, aber in Wirklichkeit musste es genau andersherum sein. Sicher befürchtete er, dass alles, was er vor elf Jahren unternommen hatte, nun an die Öffentlichkeit gelangte.

«Du weißt genau, dass das Unsinn ist», entgegnete er und setzte sich auf den Stuhl gegenüber.

«Ich weiß, dass sie lebt. Und Damian wird sie finden.»

Wieder lachte er schallend.

«Wir haben die Leiche gefunden, sie wurde identifiziert. Er hat Bilder von der Autopsie gesehen.»

«Und er weiß, was Photoshop ist», parierte ich, «und versteht nur zu gut, dass heute jeder Amateur solche Fotos produzieren kann.»

Er schien das Ganze immer lustiger zu finden.

«Zugegeben: Als Schwindlerin bist du unübertroffen.»

Ich sagte nichts. Worüber hätte ich mit diesem Menschen auch reden sollen? Zum jetzigen Zeitpunkt konnte das meine Lage nur verschlechtern.

«Zugegeben, Werner hat einen leichten Schaden», gab der Kommissar zu. «Aber nicht einmal er kann sich vormachen, dass Ewa noch lebt.»

Ich schwieg eisern.

«Gib's auf», riet mir Prokocki. «Glaubst du wirklich, dass du auf diese Weise deiner Strafe entgehst?»

«Auf welche Weise?»

«Indem du deine Spielchen mit ihm spielst», sagte er schnaubend. «Das führt zu nichts Gutem. Vor allem für dich selbst.»

«Drohen Sie mir?»

«Normalerweise halte ich mich nicht mit so etwas auf, sondern handele gleich.»

Er lächelte unentwegt, während ich immer stärker das Gefühl hatte, fehl am Platz zu sein. Ich hatte keine Ahnung, ob die Gefängnisverwaltung überhaupt wusste, dass dieses Gespräch stattfand. Und selbst wenn, würde irgendwer auch nur den kleinen Finger rühren, um mir im Fall der Fälle zu helfen?

«Das ist als guter Rat gemeint», fügte Prokocki hinzu. «Und den gebe ich dir nur, weil du noch etwas Kredit bei mir hast.»

«Wofür?»

«Für deine Entschlossenheit. Und weil du keine Kompromisse eingehst.»

Dann wurde er ernst, holte tief Luft und verschränkte die Arme hinter dem Kopf. Er blickte zur Decke, als müsste er nachdenken.

«Aber erklär mir, wie du auf diese Idee gekommen bist», wollte er wissen. «Was genau willst du erreichen?»

Ich gab keine Antwort.

«Warum hast du dem armen Werner diesen Floh ins Ohr gesetzt?», fuhr der Kommissar fort. «Hätte ich deine Akte nicht gelesen, müsste ich denken, du bist krankhaft dominant und manipulativ, aber ich weiß, dass das nicht stimmt. Du handelst pragmatisch.»

Er wandte den Blick von der Decke und sah mir in die Augen.

«Also hast du ein konkretes Ziel vor Augen», ergänzte er. «Aber welches?»

Seine Finger hämmerten nervös auf den Tisch.

«Und was soll das Hirngespinst mit den Kassetten?»

Bald würde er von mir ablassen, weil er erkannte, dass aus mir nichts herauszubringen war.

«Warum lässt du ihn nach etwas suchen, das es nicht gibt?», fragte er stirnrunzelnd. «Sag schon!»

Er stand auf, lief um den Tisch herum und begann im Zimmer auf und ab zu gehen. Schließlich blieb er hinter mir stehen. Ich war beunruhigt. Selbst wenn er ein vollkommen Fremder gewesen wäre, hätte ich höchstwahrscheinlich jetzt gespürt, dass er zu allem fähig war.

«Hör zu», begann er, «die Sache ist ganz einfach. Entweder du machst Schluss mit diesem Zirkus, oder du hast hier bald die Hölle auf Erden.»

«Die hab ich jetzt schon.»

Dann sagte ich kein Wort mehr. Prokocki versuchte noch eine Weile, etwas aus mir herauszubekommen, aber schlussendlich gab er auf. Der Wärter führte mich zurück in die Zelle, trotzdem ließ mich das Gefühl nicht los, dass der Kommissar noch nicht fertig mit mir war.

Meine drei Zellengenossinnen sahen mich an, als wären die

Ereignisse auf der Toilette nur der Auftakt zu dem gewesen, was mich noch erwartete.

Ich musste der Wahrheit ins Auge sehen: Alle waren gegen mich. Ich hatte keinen einzigen Verbündeten. Nicht nur hier drinnen, auch da draußen war niemand.

Mit Ausnahme von Werner vielleicht. Obwohl er selbst sicherlich anderer Ansicht war.

Ich setzte mich auf meine Pritsche und überlegte, was er jetzt wohl unternahm. Ging er den Weg, den ich ihm angedeutet hatte? Zerbrach er sich den Kopf darüber, warum ich so plötzlich verhaftet worden war? Er hatte seit einem Jahr darauf gewartet. Vermutlich hatte er die Sache damit einfach abgehakt.

In jedem Fall war Damian der einzige Mensch, der mich hier herausholen konnte. Wobei ich keine Möglichkeit hatte, Kontakt zu ihm aufzunehmen.

Paradoxerweise hatten Frauen, über die bereits ein rechtskräftiges Urteil gesprochen worden war, mehr Rechte als solche, die erst in U-Haft saßen. Ich fühlte mich, als befände ich mich irgendwo am Rande des Strafvollzugssystems, in einer Grauzone, in der keine Regeln galten und die Menschenrechte ausgesetzt waren. Und wo man mit Gefangenen machen konnte, was auch immer man wollte.

Ich legte mich hin und schloss die Augen.

Wern, bist du aktiv da draußen? Spürst du der Wahrheit nach? Oder doch eher dem, was dir alle als Wahrheit verkaufen wollen?

Ich seufzte. Ich war nicht sicher, ob Damian die richtigen Schritte unternehmen würde. Und selbst wenn, konnte er auf Abwege geraten.

Irgendwie musste ich Kontakt zu ihm aufnehmen. Sofort. Solange wenigstens noch etwas von meiner Ehre zu retten war.

«Hast du's bequem?», hörte ich Migotas Stimme.

Die junge Frau stand an meinem Bett.

«Wahrscheinlich bist du Wasserbetten und so Zeugs gewohnt, stimmt's?»

«Nicht unbedingt.»

Sie stützte ihren Ellenbogen auf meine Pritsche, dann legte sie das Kinn auf ihre geballte Faust. Sie sah mich einen Moment lang an, während ich alles tat, um ihrem Blick auszuweichen.

«Ich kann mir gut vorstellen, wie du draußen bist», fügte sie hinzu, «Jacketts, Hüte, lauter solche Dinge.»

«Hast du nicht irgendwas zu tun?», fragte ich schroff.

«Einmal die Woche Fitness, Yoga, einmal Zumba oder sonst ein Scheiß. Abends ein Weinchen, Kerzenschein und der ganze andere Blödsinn.»

Endlich sah ich sie an.

«Du hast keine Ahnung, wie meine Abende waren.»

«Keine Kerzen?»

Ich setzte mich auf, aber Migota blieb unbeeindruckt.

«Gebumst habt ihr sicher wie die Karnickel», redete sie weiter, «ich meine, du und dein Lover, schließlich wirst du deinen Mann ja nicht einfach so umgelegt haben.»

Sie lachte laut auf und drehte sich nach Kamikaze um, als wollte sie von ihr Bestätigung haben. Aber die schien uns völlig zu ignorieren.

«Schon gut», schoss es aus Migota, «hier werden deine Abende noch besser, du musst nur ein paar Sachen lernen.»

Wahrscheinlich fand dieses Gespräch nicht zufällig statt. Es war das Vorspiel zum nächsten Akt der Erniedrigung.

Wirkte ich auf die drei wirklich so, wie Migota sagte? Eine Frau, die eben noch auf hohen Absätzen herumstöckelte, Jacketts trug und nun plötzlich all das ablegen und in eine völlig fremde Welt übersiedeln musste?

Wenn ja, hatten sie keine Ahnung davon, was häusliche Gewalt bedeutet. Und wie kampferprobt man hinterher ist.

«Sicher hast du dir ab und zu mal eine Haarsauna gegönnt», fuhr Migota fort. «Und ein kleines Lifting fürs Gesichtchen. So Sachen haben einfach dazugehört, nicht wahr?»

Ich sprang von der Pritsche und stand neben ihr. Sie machte eine halbe Drehung und stand mir direkt gegenüber. Wiegte den Kopf hin und her und sah mich herausfordernd an.

«Willst du wissen, was bei mir dazugehörte?», fragte ich geradeheraus. «Jede Nacht Prügel von meinem Mann, manchmal bis ich bewusstlos war. Ständige Angst, mein Sohn könnte etwas mitbekommen. Wachsende Abstumpfung und ...»

«Ginge mir am Schwanz vorbei, wenn ich einen hätte», unterbrach mich Migota und griff sich zwischen die Beine. Sie kam einen Schritt näher, und kurz hatte ich den Eindruck, sie würde gleich zuschlagen. «Glaubst du, nur du sitzt wegen solcher Sachen?»

«Die Hälfte von uns ist genau deswegen hier», hörte ich Tante sagen.

«Nur dass nicht alle von uns in scheiß Villen gewohnt haben», ergänzte Migota. «Dort warst du ein Luxusweibchen, hier bist du niemand. Merkst du den Unterschied?»

Aus dem Augenwinkel sah ich, dass Kamikaze aufstand. Gleich darauf erhob sich auch Tante. Alle drei standen jetzt um mich herum.

Ich dachte fieberhaft nach, was ich tun konnte, um nicht wieder vermöbelt zu werden. Einen auf Mitleid machen war sinnlos, so viel war klar. Sie hatten klare Anweisungen bekommen von Leuten, die als Folterknechte sogar Robert Konkurrenz machten.

Vielleicht waren sie bezahlt worden. Wenn ja, konnte ich mich eventuell freikaufen. Das Problem war nur, dass sie mir nicht glauben würden und ich von hier aus nicht an mein Geld konnte.

Protektion? Das war wohl die einzige Möglichkeit. Ich hatte gehört, dass sexuelle Beziehungen in Frauengefängnissen einen anderen Charakter haben als solche in Anstalten für Männer. Dort trieb es jeder mit jedem, hier waren die Frauen fest zusammen, niemand wurde zu etwas gezwungen, es gab keine Vergewaltigungen. Man spielte einander Liebe vor – und hatte kein Problem damit, an den Besuchstagen Freunde, Verlobte und Ehemänner tränenreich zu empfangen.

Selbst wenn ich bereit gewesen wäre, die bittere Pille zu schlucken und mich jemandem hinzugeben, wäre höchstwahrscheinlich keine der drei interessiert, eine Beziehung mit mir einzugehen.

Großer Gott, dachte ich wirklich darüber nach? Mir wurde noch klarer, wie surreal die Welt war, in der ich mich befand.

Und wie allein ich darin war. Nur auf mich gestellt.

«Hast du eine Sonderbehandlung erwartet, nur weil du Prügel bezogen hast?», fuhr Migota fort. «Da müsste so ziemlich jede hier eine beanspruchen, klar?»

«Klar.»

«Keine hier hat einfach so jemanden kaltgemacht. Jede, die wegen Mord sitzt, hat getan, was sie tun musste. Weil es keinen anderen Ausweg gab. Sie haben im Affekt gehandelt oder um sich zu verteidigen.»

Daran hatte ich nicht den geringsten Zweifel. Ich hatte die Statistiken im Kopf, und wenn mich nicht alles täuschte, verbüßten in Polen rund dreitausend Frauen eine Freiheitsstrafe. Davon dreißig Prozent wegen Tötungsdelikten.

Und in neunzig Prozent der Fälle war der Lebenspartner das Opfer gewesen. Ich wusste zwar nicht, ob diese Statistiken noch aktuell waren, denn seit einer Weile machte ich einen weiten Bogen um das Thema, aber das allgemeine Bild dürfte sich kaum verändert haben.

Mir wurde bewusst, dass mein Aufenthalt im Gefängnis in Wirklichkeit nur die letzte von Roberts Misshandlungen war. Aber Migota hatte recht, wenn sie sagte, dass ich hier damit nicht allein war. Möglicherweise sollte ich bei denen Hilfe suchen, die Ähnliches erlebt hatten? Oder um meine Verlegung bitten, dorthin, wo die schlimmsten und gefährlichsten Häftlinge saßen? Vielleicht würde man die nicht so ohne weiteres von draußen steuern können?

All das waren leere Erwägungen. Ich musste lernen, mit der jetzigen Situation umzugehen, um überhaupt an irgendeine Zukunft denken zu können.

«Hört mal ...»

«Was?», fiel mir Migota ins Wort. «Hast du einen Vorschlag?»

«Vielleicht, aber ...»

«Du willst dir deine Sicherheit erkaufen, hä?», die junge Frau lachte auf, klatschte, dann begann sie, sich die Hände zu reiben. «Klingt gut, lass uns mal überlegen, was du anzubieten hast. Damenbinden? Tampons?»

Ich öffnete den Mund, sagte aber nichts.

«Ist alles scheiße wertvoll hier», ergänzte sie. «Fällt alles nicht vom Himmel.»

Ich blickte mich unsicher um. Vielleicht konnte ich bei den dreien an weibliche Solidarität appellieren.

«Sie geben uns nicht mal Binden?», fragte ich, ganz bewusst mit dem Pronomen ‹uns›.

«Hast du 'nen Schuss?», platzte es aus Migota heraus. «Tante haben sie mal von draußen zwei Packungen geschickt, die hat sie mit uns geteilt. Ansonsten gibt's hier nicht mal 'nen feuchten Pups.»

«Wir kommen irgendwie zurecht», schaltete Kamikaze sich ein. «Und du gewöhnst dich auch dran.»

An fehlende Damenbinden und zweimal die Woche baden? An Körperhygiene mit Hilfe von Schwamm, nassem Handtuch und einer Schüssel Wasser? Daran, meine Notdurft im Beisein von drei anderen zu verrichten? Kann sein. An das, was diese drei sonst noch mit mir anstellen würden? Eher nicht.

«Und nicht nur daran gewöhnst du dich», erklärte Migota. «Na ja, es sei denn, dein Typ hat dich in den Kakao genagelt. Dann musst du dich nicht gewöhnen.»

Ich sah ihr direkt in die Augen. Das musste doch ein Witz sein.

«Was ist los?», fragte sie. «Dachtest du, mit dem Zepter da im Scheißhaus putzen wir das Klo?»

Der bloße Gedanke ließ mich erzittern. Bevor Migota ihren Worten Taten folgen lassen konnte, quetschte sich Tante zwischen uns. Sie wies mit dem Blick auf den Vorhang und ging Richtung Toilette.

«Komm mit ...»

«Aber ...»

«Dir passiert nichts.»

Ich zögerte, entschied aber, dass in dieser Situation sie als Einzige mich beschützen konnte, wenn überhaupt.

Zumal Migota auf ihre Pritsche zurückgekehrt war und scheinbar das Interesse verloren hatte.

Tante schloss den Klodeckel und setzte sich hin.

«Zieh den zu», forderte sie mich auf, als könnten wir hinter dem Vorhang ein wenig Privatsphäre spielen.

Ich tat, was sie sagte, und ging neben ihr in die Hocke.

«Wo bist du gewesen?», fragte sie leise.

«Nicht wichtig.»

Sie schüttelte resigniert den Kopf, wie eine Mutter, die mit ihrem trotzigen Balg Kämpfe ausficht.

«Verstehst du nicht, worum es hier geht?», flüsterte sie.

«Ich verstehe ganz hervorragend.»

«Dann muss dir auch klar sein, dass du nicht zufällig in diesem Zimmer bist.»

«Mhm», bestätigte ich leise.

«Und du solltest auch verstehen, dass ich über alles Bescheid weiß.»

Als sie sich nach vorne beugte, spürte ich den Gestank billigen Fusels. Offensichtlich war der Zugang zu Schnaps hier kein Problem. Das überraschte mich nicht, denn ich hatte gelesen, dass Frauen in solcherlei Fragen viel einfallsreicher sind als Männer. Die weiblichen Häftlinge von Babiniec bei Wrocław waren in die Gefängnishistorie eingegangen, weil sie eine Methode entwickelt hatten, wie man auf einem Bügeleisen Brot toasten konnte. Diese frohe Botschaft hatte bald auch andere Strafanstalten erreicht.

«Mit wem hast du gesprochen», wollte Tante wissen, «Prokocki?»

Ich hob die Augenbrauen. Allem Anschein nach wusste sie wirklich mehr, als ich gedacht hatte.

«Was hast du ihm erzählt?»

«Nichts.»

«Sicher? Du weißt, dass sich das leicht überprüfen lässt.»

Ich nickte. Einen Augenblick schwiegen wir.

«Ich hab meine Anweisungen», sagte sie schließlich.

«Wer gibt sie dir?»

«Das weißt du selbst», entgegnete Tante so leise, dass die andern zwei nichts verstanden. Dann sah sie vielsagend die Toilettenbürste an. «Und das von Migota war kein Scherz. Wir sollen dir das Ding wirklich in den Arsch stecken.»

Ich verschluckte mich fast an der Luft. Sie sagte das mit einer Ruhe, als gäbe sie das Wetter für die kommenden Tage durch.

«Hast du's mal anal probiert?»

«Nnnein», brachte ich hervor.

«Dann wird's umso schlimmer.»

«Aber ...»

«Ich kann nichts für dich tun, verstehst du?»

«Moment mal ...»

«Ich muss das machen.»

Sie sagte das zu laut, zu entschieden. Bevor ich verstand, was das zu bedeuten hatte, wurde der Vorhang zur Seite gerissen, und Migota und Kamikaze tauchten auf. Wieder packten sie mich so, dass es kein Entkommen gab. Trotzdem versuchte ich, mich loszureißen.

Sie drehten mich mit dem Rücken zu Tante, und die riss mir sofort Hose und Schlüpfer herunter. Ehe ich begriff, schlug mir Migota so stark in den Bauch, dass ich mich unwillkürlich nach vorne beugte.

Dann spürte ich etwas Hartes zwischen den Gesäßbacken. Ich schrie auf, aber Migota reagierte blitzschnell und rammte mir ihre Faust noch stärker in den Bauch.

«Mit wem hast du gesprochen?», fragte Tante.

«Prokocki!»

«Hast du ihm erzählt, was er hören wollte?»

«Gar nichts hab ich dem erzählt, verfluchte Scheiße!»

Die Spitze der Toilettenbürste drang noch etwas tiefer ein. Was passierte hier? Ich schien innerlich zu sterben, als zerrte jemand meine Seele nach außen und jagte sie an einen Ort, von dem es kein Zurück mehr gab. Ich schloss die Augen in dem Gefühl, wieder an einer von Roberts Gewaltorgien teilzunehmen.

Nur dass die keine sexuelle Komponente hatten. Robert holte sich seine Befriedigung auf andere Weise.

Was mich jetzt erwartete, war neu und machte mir dadurch noch mehr Angst.

«Er weiß nichts!», schrie ich. «Das schwöre ich!»

Die Zeit schien stehenzubleiben. Davon, ob Tante eine einzige heftige Bewegung nach vorne machte, hing der Rest meines Lebens ab.

Ich würde nie mehr wie vorher sein. Da brauchte ich mir nichts vorzumachen.

11

Als Prokocki weitergefahren war, atmeten wir beide auf.

«Hast du gesehen? Er ist an der Kapelle langsamer gefahren und hat sich umgeschaut, als würde er etwas oder jemanden suchen.»

Ich atmete schwer und konnte immer noch nicht begreifen, was das alles bedeutete. Meine wachsende Frustration suchte ein Ventil, ich hatte das Gefühl, gleich zu explodieren.

«Wern.»

«Ja.»

«Es sieht so aus, als wären wir dort, wo wir sein sollen.»

Daran hatte ich keinen Zweifel mehr, seit ich Prokocki gesehen hatte. Aber woher wusste er, dass er hier auftauchen sollte? Mich beschattete er sicher nicht, und dass Kliza in Opole war, wusste er vielleicht nicht einmal.

«Aber das bringt uns nichts», fügte Jola hinzu. «Solange wir nicht wissen, worum es Ewa bei diesem Ort ging.»

Ich starrte die Kapelle an und unterdrückte den Impuls, mit der Faust gegen die Wand zu schlagen.

Ich hatte genug von den Fragen, jetzt brauchte ich Antworten. Ich drehte mich um und ging wortlos zum Eingang des angrenzenden Gebäudes. Die Leute, die dort wohnten, waren die Einzigen, die mir die Situation ein bisschen verständlicher machen konnten.

Jola stieß kurz vor der Tür zu mir. Ich drückte auf die Klingel und setzte dann eine beherrschte Miene auf. Eine etwa dreißigjährige Frau im Marvel-T-Shirt öffnete. Sie schaute uns an, dann sah sie sich konsterniert um, als hielte sie uns für Kuriere und wunderte sich, wo das Paket sei.

«Guten Tag», sagte ich. «Haben Sie einen Moment für uns?»

Sie schaute uns unsicher an.

«Wir haben eine Frage», schaltete sich Jola ein. «Haben Sie sich schon einmal gefragt, warum die Kirche lehrt, dass der Heilige Geist eine Person ist, wo er doch eine Kraft Gottes ist?»

Ich blinzelte ungläubig, während die Frau den Eindruck machte, als wollte sie uns die Tür vor der Nase zuschlagen.

«Oh, Entschuldigung, aber jetzt kann ich nicht ...»

«Moment», fiel ihr Kliza ins Wort und lächelte. «Das war ein Witz.»

Die Frau an der Tür schaute sie noch verdutzter an. Klizas Taktik schien mir im besten Fall sinnlos, aber als ich sah, dass die Frau die Tür doch nicht schließen wollte, atmete ich auf.

«Ich nehme an, es ist leichter, jemandem einen Satz Töpfe aufzuschwatzen, wenn man zuerst versucht, ihm seine Religion zu verkaufen», fügte Jola hinzu.

Ich musste zugeben, dass die Frau in meinen Augen mit jeder Minute an Statur gewann.

«Verkaufen Sie Töpfe?»

«Nein. Auch wenn nicht gesagt ist, dass wir nicht irgendwann so enden.»

Miss Marvel, wie ich sie in Gedanken nannte, schaute uns wieder an, als wären wir Vollidioten.

«Zumindest vorerst verkaufen wir nichts», sagte Kliza und zeigte auf das angrenzende Gebäude, das der Grund für unser Hiersein war. «Wir wollten uns einfach nach der Kapelle erkundigen.»

Die Frau verzog das Gesicht.

«Also doch Religion», murmelte sie und verschränkte die Hände vor der Brust. «Sammelt ihr für eine Reparatur? Ich hab kein Problem damit, macht, was ihr wollt. Wir haben der Pfarrei von Anfang an gesagt, dass wir nicht stören werden.

«Von Anfang an?»

«Als wir das Haus gekauft haben.»

«Vorher hat es der Kirche gehört?», fragte Jola und sah sich um.

Einen Moment lang überlegte ich, wo sich das nächste Gotteshaus befand. Dass sich meine Religiosität im Abstieg befand, merkte ich daran, dass ich wusste, wo der Kletterclub Asgard, das Schwimmbad Wodna Nuta und das Restaurant Salomon waren, aber in welcher Straße man eine Kirche finden konnte, wusste ich nicht.

«Ja, schon», antwortete Miss Marvel. «Ihr seid nicht von der Kirche?»

«Nein», antwortete ich. «Wir wollten nur etwas in Erfahrung bringen ...»

«Warte», fiel sie mir ins Wort. «Bist du nicht dieser Typ, der vor zehn Jahren seine verschwundene Verlobte gesucht hat?»

«Vor elf. Und eigentlich ...»

«Also geht es darum», unterbrach sie mich noch einmal. «Aber sie lebt doch nicht mehr.»

Zu spät bemerkte sie, dass sie nicht mit irgendeinem Menschen über eine abstrakte Sache aus den Medien redete, sondern über etwas, das direkt mit dem Leben dieses Menschen zu tun hatte.

«Oh Gott», stöhnte sie. «Entschuldigung, ich wollte nicht ...»

«Schon gut.»

«Was wollt ihr über die Kapelle wissen? Hängt das mit dieser Sache zusammen?»

Kliza schaute mich ungläubig an, und ich merkte, dass ich ihr noch beibringen musste, welche Gewohnheiten in Kleinstädten herrschten. Hier hatten Nachrichten solcher Art fast staatliche

Bedeutung, wodurch sogar eine so unscheinbare Person wie ich den Leuten im Gedächtnis blieb. Vor allem, weil hier jeder jeden kannte. Oder jemanden, der jeden kannte.

«Eigentlich schon», meldete sich Jola, bevor ich es konnte.

«Und was wollt ihr genau wissen?»

«Nichts Genaues, aber alles Generelle.»

«Aber ...»

«Eine gewisse Spur hat uns hierhergeführt», schaltete ich mich ein. «Wir wurden zur Kapelle gelotst, aber ohne Erklärung, warum.»

Der Gesichtsausdruck von Miss Marvel wirkte, als hätte man sie gerade für ein bedeutendes historiographisches Projekt gewonnen. Sie fühlte sich sichtlich verantwortlich.

«Wir wohnen hier erst seit ein paar Monaten», teilte sie uns mit. «Wir haben das Grundstück von der Pfarrei gekauft, und die Kapelle ... steht halt da, das Gelände gehört wohl der Gemeinde. Wir haben gesagt, dass sie uns nicht stört und dass wir nichts dagegen haben, wenn sie sie renovieren wollen. Aber seitdem haben wir nichts mehr gehört.»

Ich kratzte mich am Kopf. Was sollte daran jetzt wichtig sein?

«Wer hat denn vorher hier gewohnt?», fragte ich.

«Bestimmt die Pfarrer.»

«Die wohnen eher im Pfarrhaus, aber hier ist keine Kirche in der Nähe.»

«Dann war das vielleicht irgendein Gästehaus oder so», antwortete die Frau. «Ich habe keine Ahnung, wirklich. Ihr müsst vielleicht direkt dort fragen.»

Wie sahen ein, dass wir das wohl machen sollten. Die eigentliche Kirche zu finden war auch nicht schwer, wir fragten einfach den erstbesten Nachbarn.

Wenig später erreichten wir das Pfarrbüro, wo uns ein junger Pfarrer mit fettigem Haar und ungesundem Teint begrüßte. Wenn er sprach, sammelten sich in seinem Mundwinkel weiße Bläschen, was mich ungemein irritierte.

Er war neu und wusste nicht, was sich früher im Haus neben der Kapelle befunden hatte. Allerdings bot er an, in den Kirchenunterlagen nachzuschauen, und kurze Zeit später wusste er, wozu das Haus gedient hatte.

«Das war ein Clubraum», sagte er. «Oder zumindest so etwas Ähnliches. Wahrscheinlich eher ein Treffpunkt für die Jugend hier. Dort fand die Katechese statt, aber auch einfach nur Treffen und Kulturveranstaltungen.»

«Auch vor elf Jahren?», fragte ich.

«Sieht so aus, aber ich frag noch mal nach.»

Er griff zum Telefonhörer und wählte eine Nummer. Er redete kurz mit jemandem, fragte nach Einzelheiten, und ich versuchte immer noch zu verstehen, warum uns Ewa gerade an diesen Ort geführt hatte.

Aber vielleicht hatte sie das gar nicht? Vielleicht hatte sie nur etwas erwähnt, was ihr in diesem Moment durch den Kopf gegangen war? Trotzdem würde das heißen, dass sie sich an diesen Ort erinnerte. Nur war sie, soviel ich wusste, nie hier gewesen. Ich bezweifelte, dass eine Legende, die sich um ein Dorf bei Opole rankte, ausreicht hätte, um Ewas Interesse zu wecken.

Außerdem war Prokockis Besuch hier kein Zufall.

Die Antwort war zum Greifen nah, ich spürte es.

«Nein, es sind nur zwei Leute hergekommen, die danach fragen», sprach der Pfarrer ins Telefon und riss mich damit aus meinen Gedanken. «Nein, nicht aus der Kirchengemeinde.»

Er schaute uns an und nahm den Hörer vom Ohr. Auf seinem Gesicht erschien ein freundliches Lächeln, und in seinen Mundwinkeln trat der Speichel hervor.

«Warum interessiert euch dieses Gebäude?», fragte er.

«Wir suchen jemanden», antwortete Kliza.

«Wen?»

«Eine Person, die ... na ja, die Kapelle verwaltet, so kann man das sagen.»

Sie sah mich hilfesuchend an.

«Ja», übernahm ich. «Vielleicht so etwas wie einen Verwalter.»

Wir hatten es ins Blaue probiert, und als der Pfarrer unsere Worte ins Telefon wiederholte, hatten wir beide die Hoffnung, dass wir richtiglagen. Jola hatte das nicht schlecht gemacht, zumindest schien es mir so. Irgendein Pfarrer musste für die Pflege dieses Ortes verantwortlich sein – und wenn jemand wissen konnte, auf welche Art das mit Ewa zusammenhing, dann war das diese Person.

Der Geistliche hörte noch einen Moment zu, nickte und brummte zustimmend, dann bedankte er sich und legte auf. Er lächelte uns wieder an.

«Es tut mir leid, aber diese Person ist nicht mehr bei uns.»

«Gestorben?», fragte Kliza.

«Nein, nein. Aber er ist kaum noch aktiv.»

«Ist er in den Ruhestand gegangen?»

«Den staatlichen? Ja», antwortete der Pfarrer und wischte sich den Mund ab. «Den kirchlichen? Nicht ganz. Er macht noch ein bisschen Seelsorge.»

«In welchem Bereich?»

«Er arbeitet mit Gefangenen.»

«Ist er Kaplan?»

«Nein, er leistet den Frauen, die in der Anstalt bei Opole inhaftiert sind, seelischen Beistand», antwortete er und seufzte. «Man sieht, dass der Herr erkannt hat, dass das jetzt nötig ist.»

«Und wo ist das genau?», schaltete ich mich ein.

«Ich erinnere mich nicht genau. Aber ich weiß, dass sie diesen Ort ziemlich unschön Zamtuz, also Bordell, nennen.»

Ich tauschte einen irritierten Blick mit Kliza.

«Stimmt was nicht?», fügte der Pfarrer hinzu.

12

Das war das Ende. Es gab nichts, was ich hätte sagen oder tun können. Ich konnte mich nur in mein Schicksal fügen und hoffen, dass die Angreiferinnen nicht allzu brutal vorgehen würden.

Ich wusste, womit das alles enden konnte. Ein gerissener Schließmuskel. Entzündungen. Schäden am After und am Darm.

Die Horrorszenen mehrten sich in meinem Kopf, bis mir klar wurde, dass es sich dabei nicht um pessimistische Hypothesen handelte, sondern um den allerwahrscheinlichsten Ausgang dessen, was mir bevorstand.

Und diese Erkenntnis setzte neue Kräfte in mir frei. Während ich spürte, wie Migota mir die Bürste zwischen die Schenkel schob, riss ich mich los. Aber die Erleichterung währte nur kurz, denn gleich hatte sie mich wieder geschnappt und hielt mich mit Kamikaze zusammen fest.

«Bleib ruhig», riet mir Tante, «dann tut es weniger weh.»

Ich schrie auf, aber Migota drehte mir sofort den Arm auf den Rücken und hielt mir den Mund zu.

«Halt still», redete mir Migota zu, «je mehr du dich bewegst, desto schlimmer geht die Sache für deinen Kakao aus.»

Ich versuchte noch heftiger, mich loszureißen. So heftig, dass mir schien, meine Schulter sei ausgekugelt. Und trotzdem verbesserte sich meine Lage um keinen Deut.

«Dann heißt es bye-bye Schließmuskel», ergänzte Migota, «und mindestens zwei Wochen in Windeln rumlaufen.»

«Lass mich los», schrie ich, als ihre Hand von meinem Mund glitt.

Ich versuchte alles, um mich zu befreien. Kopfstöße, Tritte. Alles vergeblich. Ich fühlte mich vollkommen hilflos, und das Schlimmste war, dass mir diese Hilflosigkeit immer stärker bewusst wurde.

Schließlich ließ ich es geschehen.

So ähnlich musste Ewa sich gefühlt haben, als sie und Wern an der Młynówka angegriffen wurden.

Ausgleichende Gerechtigkeit?

Bevor mir das Schicksal eine Antwort geben konnte, hörte ich ein Geräusch, das mich auf Rettung hoffen ließ.

Im ersten Moment war ich nicht sicher, ob es real war oder nur eingebildet. Als aber meine drei Folterknechte plötzlich auseinanderstoben, als würde es brennen, verstand ich, dass tatsächlich die Tür entriegelt worden war.

Ich hörte Schritte und dann die Frage, wo ich sei.

Die drei hatten den Vorhang zugezogen und lagen wieder auf ihren Pritschen.

«Die sitzt auf dem Klo», sagte Migota gelangweilt, «du musst ein bisschen warten. Am besten draußen, wenn du nicht gerade eine Gasmaske zur Hand hast.»

Ich wollte keine Minute länger alleine mit den dreien bleiben. Also zog ich mir den Schlüpfer und die Hose wieder hoch und schob den Vorhang zur Seite. Röchelnd sah ich den Wärter an, der zu meinem Retter geworden war.

«Siehst du?», fragte Migota. «Die leistet da Schwerstarbeit.»

Ihm konnte nicht entgehen, wie verweint und zerzaust ich war, aber er sagte kein Wort. Er machte ein Zeichen mit der Hand, dann trat er wieder hinaus in den Gang. Ohne einen Blick in den kleinen

Spiegel zu werfen, der an der Wand angebracht war, folgte ich ihm nach draußen.

«Wohin gehst du mit ihr?», hörte ich Tante sagen.

«Zum Raben.»

«Warum?»

«Er will sie sehen.»

Ich hatte keine Ahnung, ob das ein Name war oder ein Wort aus dem Knastjargon. Eigentlich benutzten die Beamten ihn nicht, aber der hier konnte es sich leisten.

Als er mich in Richtung der Gefängniskapelle führte, verstand ich, dass ich richtiggelegen hatte.

«Der Rabe ist ein Priester?», fragte ich. «Der Gefängnispfarrer?»

«Genau.»

Mit einem leichten Schubs gab mir der Wärter zu verstehen, dass ich schneller gehen sollte. Er stellte keine Fragen, mein Zustand schien ihm egal. Und ich wusste, es war besser, ihm gegenüber gar nicht erst davon anzufangen.

«Warum will er mich sehen?»

«Wahrscheinlich will er dich auf den rechten Weg zurückführen.»

«Aber ...»

«Was weiß ich», unterbrach er mich. «Und hör auf zu quatschen.»

Wir blieben am Eingang zur Kapelle stehen. Mit einer Handbewegung gab mir der Wärter zu verstehen, dass ich hineingehen sollte.

Der Priester wartete schon. Er saß in der ersten Reihe, und als er sich umdrehte, erwartete ich, in ein bekanntes Gesicht zu blicken. Nur so konnte ich mir erklären, dass der Geistliche mich treffen wollte.

Diesen Mann hatte ich jedoch noch nie gesehen. Er war an die siebzig, füllig, die Härten des Lebens hatten ihre Spuren in seinem

Gesicht hinterlassen. Als ich näher kam, bemerkte ich, dass er blutunterlaufene Augen und gerötete Wangen hatte.

«Gelobt sei der Herr», begrüßte ich ihn.

«In Ewigkeit, Amen.»

«Hochwürden wissen gar nicht, wie passend der Moment gewählt war ...»

Er lächelte, dann wies er auf den Platz neben sich. Ich setzte mich hin, aber ehe ich mich zu ihm wandte, blickte ich kurz zum Altar hinüber. Nach unserem Gespräch würde ich kurz bleiben und ein Dankgebet sprechen. Eigentlich hatte mich ein Wunder gerettet.

«Damit würde ich mich nur allzu gerne schmücken, nur ...»

Er hielt inne, und ich sah noch einmal zum Altar.

«Ich weiß schon, wem ich zu danken habe», sagte ich.

Der Geistliche lächelte und schüttelte den Kopf.

«Nein, mein Kind, nicht Gott hat dich aus dieser Zelle geholt.»

Diese Worte klangen beunruhigend, und sein Lächeln, eben noch tröstend, erschien mir mit einem Male giftig.

«Wer sind Hochwürden?»

Er stellte sich als Pater Antoni vor, gehörte demnach einem Orden an. Ich dachte, er würde weiterreden, stattdessen aber verstummte er, als sollte ich fortfahren. Offensichtlich konnte ich fragen, was ich wollte.

«Wenn der Dank nicht Gott gebührt, wem ...»

«Gott gebührt Dank zu jeder Stunde, mein Kind», fuhr er dazwischen. «Für jeden Sonnenstrahl, jeden Atemzug und jede Mahlzeit.»

«Und doch hat nicht Er es so gefügt, dass Hochwürden nun hier sind.»

«In gewisser Weise war es doch Er, nur über Umwege.»

«Wem also hat der direkte Dank zu gelten?»

«Du kennst Damian Werner, vermute ich.»

Ich hob die Augenbrauen, unsicher, ob ich mich nicht verhört hatte. Vor ein paar Minuten noch war ich in einer ausweglosen Lage gewesen, nur einen Schritt entfernt von den Abgründen des Wahnsinns. Und nun saß ich einer sicheren Kapelle und hörte einen Priester sagen, dass Damian mich gerettet hatte.

Wie in aller Welt hatte er das angestellt?

«Ja», erwiderte ich und versuchte, ruhig zu bleiben. «Und was hat er damit zu tun?»

«Er hat mich gesucht.»

«Was hat das zu bedeuten?»

Pater Antoni legte den Arm auf die hölzerne Lehne und rückte näher. Wären nicht die Soutane und das Kollar, ich hätte dieses Verhalten als leicht anzüglich empfunden.

«Vor kurzem hat mich ein guter Freund angerufen und gemeint, Damian sei in meiner alten Gemeinde aufgetaucht und hätte nach mir gefragt.»

«Welche Gemeinde?»

«In Wójtowa Wieś.»

Das sagte mir nichts. Ich hatte keinen Schimmer, was Damian dort zu suchen hatte. Aber wenn er tat, worum ich ihn gebeten hatte und darüber dorthin gelangt war, dann musste dieser Ort eine Bedeutung haben.

«Was kann Damian von Hochwürden wollen?»

«Es geht ihm um eine Begegnungsstätte, die ich einmal betreut habe.»

«Welche Art von Begegnungsstätte?»

Er drückte sich um die Antwort. Mir schien, als achte er auf jedes einzelne Wort, das er sprach.

«Ein Klub, Gemeinschaftsräume ... Wie auch immer. Dort traf sich die örtliche Jugend.»

«Verstehe.»

«Die jungen Leute nannten diesen Ort *Kappa*.»

«Warum?»

Die Antwort interessierte mich nicht im Geringsten, aber ich vermutete, er würde weniger auf seine Worte achten, je länger wir sprachen.

«Wegen der Kapelle nebenan», erklärte er. «Kapelle kommt übrigens von Lateinisch *cappa*. Mantel.»

«Passt aber nicht besonders zu einem solchen Ort», bemerkte ich, «obwohl ... weil man die Schäfchen dort in den Mantel der Fürsorge hüllt oder so etwas?»

Wieder lächelte Antoni. Jetzt erst meinte ich darin ein gewisses Überlegenheitsgefühl zu erkennen.

«Es ist weniger metaphorisch, als du meinst», dozierte er fast schon. «Der Name hat sich eingebürgert, weil der Mantel des heiligen Martin an einem solchen Ort aufbewahrt wurde.»

Endlich zwang ich mich zu einem Lächeln, auch wenn ich mich, nach dem, was gerade in der Zelle passiert war, am liebsten wie ein verletztes Tier auf dem Boden zusammengerollt hätte. Aber ich musste stark sein. Jetzt und auch später. Für Wojtek.

«Damian interessierte sich für Hochwürden also wegen der *Kappa*?»

«Genau.»

«Und haben Hochwürden mit ihm gesprochen?»

«Ja, wir haben kurz gesprochen. Er bat mich, Kontakt mit dir aufzunehmen ... was ich hiermit tue.»

Wieder diese Grimasse.

Irgendwas stimmte nicht, dieser Mensch wirkte nicht wie ein Geistlicher und redete auch nicht so. Er machte eher den Eindruck eines Gangsters.

«Hat er noch etwas gesagt?», wollte ich wissen.

«Er würde mich gerne treffen und ein paar Fragen stellen.»

«Hat er gesagt, welche?»

«Leider nicht», versetzte Pater Antoni mit einem Seufzen. «Aber dieser Freund sagte mir, Damian interessiere sich dafür, was vor elf Jahren im *Kappa* los war.»

«Und was genau war damals los?»

«Nichts Besonderes, vermute ich. Die Leute spielten Tischkicker oder Tischtennis, manche schauten irgendwelche Filme auf Video, andere machten Hausaufgaben ... Die Atmosphäre war immer gut.»

«Kein Zweifel.»

Der Priester rückte noch näher, als wollte er mir etwas zuflüstern. Aber er blieb still.

«Sollen mir Hochwürden etwas von Damian ausrichten?», fragte ich hoffnungsvoll.

«Nein, natürlich nicht. Und selbst wenn, könnte ich das nicht machen.»

Das musste auch Wern klar sein. Und wenn dem so war, dann ging er wahrscheinlich davon aus, dass schon mein bloßes Zusammentreffen mit Pater Antoni in gewisser Weise eine Nachricht war.

Nur welche? Ich erfuhr nicht viel. Mit Sicherheit wusste ich jetzt nur, dass er eine Kapelle und Gemeinderäume gesucht hatte. Und den Priester, der hier neben mir saß.

Ging es gerade darum? Sollte ich mich auf diesen Menschen einlassen und versuchen, etwas aus ihm herauszukriegen?

Nur darum konnte es gehen.

«Sag mir, mein Kind, gibt es etwas, weswegen ich mich sorgen sollte?»

«Bitte?» Die Frage brachte mich aus dem Konzept.

«Planst du, törichte Schritte zu unternehmen?»

Das klang, als schlage er mir zumindest die Flucht aus dem Gefängnis vor.

«Nein», entgegnete ich, «Hochwürden brauchen sich keine Sorgen zu machen.»

«Warum hat Damian dann so darauf gedrängt, dass ich dich hier treffe?»

Schulterzucken. Ich war überzeugt, Damian wollte, dass ich ihn ausfrage. Doch selbst wenn ich etwas erfahren sollte, das Wern nützen konnte, wie in aller Welt sollte ich ihm das mitteilen?

«Droht dir hier Gefahr?», fragte er.

«Nur Demoralisierung und Depression. Also wahrscheinlich nur das Übliche an einem Ort wie diesem.»

«Vielleicht bist also du die größte Gefahr für dich selbst?»

«Nein», antwortete ich ohne Zögern.

«Wenn du erlaubst, frage ich geradeheraus, mein Kind.»

«Natürlich.»

«Denkst du an Selbstmord?»

Diesmal beugte ich mich zu ihm hinüber.

«Ich bin mit einem prügelnden Mann klargekommen», sagte ich. «Ich komme also auch mit ein paar dummen Gedanken zurecht.»

Endlich hörte Antoni auf, mich anzusehen, und richtete den Blick auf den Gekreuzigten über dem Altar. Eine Weile schwiegen wir beide, und ich überlegte krampfhaft, wie ich dieses Treffen weiter in die Länge ziehen konnte. Ich war zu allem bereit, um meine Rückkehr in die Zelle hinauszuzögern. Und damit das Unvermeidliche.

«Du weißt also wirklich nicht, warum Damian so sehr darauf bestand, dass ich hierherkomme und dich sehe?»

«Leider nicht. Ich vermute, Hochwürden wissen sogar weit mehr als ich.»

Er murmelte etwas Unverständliches und wandte sich wieder zu mir.

«Unser Kenntnisstand ist ungefähr gleich, glaube ich», erwiderte er.

«Wirklich?»

«Auch wenn du vielleicht in der etwas bequemeren Lage bist.»

Ich verstand nicht, worauf er hinauswollte, aber in seiner Stimme schwang eine Anklage mit, die für mich völlig unerwartet kam.

«Ich für meinen Teil kann eines noch immer nicht begreifen», fügte er hinzu.

«Und das wäre?»

«Warum lügst du wegen der Kassetten?»

Mir lief es kalt den Rücken hinunter. Unwillkürlich rückte ich ein Stück weg.

«Woher wissen Hochwürden ...?»

«Was willst du damit erreichen?», fragte er, ohne mich ausreden zu lassen. «Du weißt doch ganz genau, dass es keine Aufnahmen gibt.»

Ich wusste nur eines: Vor diesem Menschen musste ich mich in Acht nehmen.

«Hochwürden täuschen sich.»

«Nein, ich täusche mich nicht», entgegnete er ohne Zögern und wies dann auf den kleinen Altar. «Und das kann ich schwören, gleich hier und jetzt. Bist auch du bereit, das zu tun?»

Ich schluckte.

«Kannst du mir schwören, dass es diese Kassetten wirklich gibt?» Er gab nicht auf. «Tust du das im Angesicht des Herrn?»

Die Frage überraschte mich, noch mehr aber sein salbungsvoller Ton.

Was war hier los? Woher wusste dieser Mensch überhaupt von den Kassetten?

«Diese Frage hat nur dann einen Sinn, wenn Hochwürden davon ausgehen, dass ich tiefgläubig bin.»

«Bist du das denn nicht?»

«Das versuche ich immer noch herauszufinden.»

Er schüttelte unzufrieden den Kopf und fuhr sich mit der Hand über sein Doppelkinn. Dann stand er schwerfällig auf, dabei stützte er sich auf die Bank, als würden seine Knie gleich unter seinem Gewicht zusammenbrechen.

«Das ist eine ausgesprochen ausweichende Antwort», bemerkte er.

«Stimmt.»

«Und konkreter geht es nicht?»

«Ich fürchte, nein.»

Der Priester sah zum Ausgang hinüber, und mir wurde klar, dass ich einen Fehler gemacht hatte. Ich hätte unser Treffen verlängern können, wenn ich gesagt hätte, was Antoni hören wollte. Freilich hätte ich damit das, was mich erwartete, nicht aus der Welt geschafft, sondern nur vor mir hergeschoben.

Außerdem musste ich der Wahrheit ins Auge sehen – der Geistliche war nicht auf meiner Seite. Davon zeugte die Tatsache, dass er von den Videos wusste. Und wollte, dass ich erklärte, es gebe sie nicht.

«Unentwegt erleuchtet der Herr uns, und er ruft uns dazu auf, die Wahrheit zu künden», fiel er plötzlich ein. «Die Wahrheit, die uns frei macht.»

Ich nickte unsicher.

«Vielleicht ist es höchste Zeit, dass du dich selbst davon überzeugst?»

Ich war nicht sicher, ob das wirklich eine Frage war.

«Wende dich ab von der Lüge», ergänzte er. «Denn den Herrn ekelt vor den Lippen, die sie aussprechen. Die Lüge tötet die Seele und bringt Verderben über die Feinde der Wahrheit.»

Er streckte die Hand aus und sah mir tief in die Augen. Ich wartete kurz ab, dann stand auch ich auf. Er zog die Hand zurück.

«Dich erwartet hier nichts Gutes, mein Kind.»

«Das weiß ich.»

«Aber noch kannst du auf den rechten Weg zurückfinden.»

«Was meinen Hochwürden damit?»

Er kam einen Schritt näher, und ich vernahm den scharfen Geruch seines Schweißes.

«Du weißt sehr gut, was ich damit meine», flüsterte Antoni mir zu. «Und wenn es irgendjemanden gibt, dem du nichts vorzumachen brauchst, dann bin ich es.»

Wir standen einander schweigend gegenüber, während sich in meinem Kopf die Puzzleteile langsam zu einem Ganzen zusammenfügten. Zwar fehlte mir noch manches Teil, aber über diese Lücken half mir die Logik hinweg.

Vielleicht hatte der Priester recht. Wir hatten wirklich den gleichen Kenntnisstand.

«Können Hochwürden mich hier herausholen?»

«Ja.»

Kein Zögern, kein Zweifel. Damit waren alle meine Vermutungen bestätigt. Er war hier, um mir ein Angebot zu machen, das ich nicht ablehnen konnte.

«Was muss ich tun?»

«Alles, worum wir dich bitten, liebe Kasandra.»

Ich nickte, mir noch immer nicht im Klaren darüber, mit wem ich es hier wirklich zu tun hatte. Ganz gleichgültig, was er verlangte, ich würde es ihm nicht abschlagen. Ich konnte nicht wieder in die Zelle und zurück zu den drei Frauen, die darauf warteten, mein Leben zu zerstören, wie nicht einmal Robert es gekonnt hatte.

Ich hatte keine Wahl. Und das wusste er ganz genau.

«Lassen Sie uns erst einmal eines klarstellen», versuchte ich wenigstens eine Illusion von Kontrolle zu schaffen. «Ich werde nicht wieder in diese Zelle gehen. Dort erwartet mich ein Horror, den sich Hochwürden ...»

«Ich kenne die Zustände hier.»

«Wenn das so ist ...»

«Es gibt nichts, was ich tun kann», unterbrach er mich, und in seiner Stimme klang etwas mit, das sich nach echtem Schmerz anhörte. «Ich würde gerne etwas tun, glaub mir. Aber ich bin machtlos.»

Hatte ich mich getäuscht? Mir schien, gerade das war der Preis, den sie zu zahlen bereit waren, damit ich mit ihnen zusammenarbeitete.

Sie hatten mich mit dem Rücken zur Wand und konnten mit mir machen, was sie wollten, und jetzt hatte ich sogar erklärt, zu ihrer Komplizin zu werden. Es gab keinen Grund, warum sie zulassen sollten, dass Migota und der Rest mich weiter quälten.

«Hochwürden, bitte ...»

«Ich kann wirklich nichts tun. Nicht in dieser Sache.»

«Aber Hochwürden können jemanden kontaktieren, der ...»

«Nein», fuhr er entschieden dazwischen. «Wenn ich auch nur das Geringste tun könnte, ich würde keine Sekunde zögern.»

Wir maßen einander mit Blicken, als erwarteten wir, dass dieses unausgesprochene, fragile Einverständnis zwischen uns beiden mit einem Mal zu Staub zerfällt.

«Du kommst hier raus», sagte Antoni, «du musst nur das Nötige tun.»

Als ich zur Bestätigung nickte, sprach er weiter. Was er sagte, hörte ich zunächst zweifelnd, dann ungläubig. Als er geendet hatte, verstand ich, dass ich die Situation falsch eingeschätzt hatte.

Vieles hatte ich erraten. Einen Teil jedoch falsch gedeutet.

«Ist dir alles klar?», fragte der Priester.

Angesichts der neuen Fakten konnte es nur eine Antwort geben.

«Ja.»

Kurz darauf verabschiedeten wir uns. Auf dem Gang wartete der letzte Mensch, den ich gerade treffen wollte. Ich erkannte ihn sofort: den Wärter, der mich in Zamtuz willkommen geheißen und vor mir onaniert hatte.

Er sagte kein Wort und schien sich nicht mehr an mich zu erinnern. Schweigend führte er mich an den Ort, an den ich mich für den Rest meines Lebens erinnern sollte. Als meine persönliche Hölle. Wir gingen langsam, und ich tat, was ich konnte, um unsere Ankunft hinauszuzögern.

Ich musste nur durchhalten, dann würde ich frei sein. Das hatte Pater Antoni versprochen.

«Du hast es nicht eilig», ließ der Beamte vernehmen.

«Nein.»

«Behandeln sie dich schlecht?»

«Wie jede Neue», antwortete ich kurz. Je weniger ich sagte, desto besser für mich.

Plötzlich packte mich der Wärter an der Hand. Ich blieb stehen, und er drehte mich in seine Richtung.

«Ich kann dir helfen», erklärte er, dann zeigte er auf eine Tür rechts von uns. Ein Türschild informierte, dass es sich um einen Lagerraum handelte.

Der Beamte wartete meine Reaktion ab. Würde ich protestieren, meine Hand seinem Griff entwinden? So konnte er schnell und wirkungsvoll testen, ob ich bereit war zu tun, was unter normalen Umständen undenkbar war.

«Nur ein Wort von dir», fügte er hinzu, «und ich sorge dafür, dass du in eine andere Zelle kommst. Und zwar sofort. Dann musst du nie wieder in die alte zurück.»

Mein Mund wurde trocken.

«Ich will nur eine kleine Belohnung.»

Ich schluckte. Wie konnte ich so ruhig bleiben, mich nicht losreißen, protestieren ... sein Angebot rundweg ablehnen? Ich dachte ernsthaft darüber nach.

«Und wie sieht die aus?»

Er schaute rüber zur Tür.

«Du lutschst ein bisschen, und das war's.»

Er wartete keine Antwort ab. Ihm reichte aus, dass Empörung und Ablehnung ausblieben. Er öffnete die Tür, dann winkte er mich hinein. Ich trat langsam in die Kammer, benebelt, als verstände ich nicht, was vor sich ging. Er schlüpfte hinein, kaum war ich über die Schwelle. Schloss die Tür und schaltete das Licht ein.

Stellte sich vor mich hin, legte mir die Hände auf die Schultern und beförderte mich mit einem leichtem Druck auf die Knie.

«Tust du es?», fragte er.

Ich sagte nichts. Mein Denken schaltete auf Stand-by, das Letzte, was mir noch durch den Kopf ging, war die Alternative zwischen Oralsex und einer Analvergewaltigung. Der Gedanke lähmte mich.

«Ich lasse jemanden deine Sachen holen», sagte er weiter, «du musst nie wieder dorthin zurück.»

Dann öffnete er den Hosenschlitz, und ich hörte, wie sein Atem immer lauter wurde.

«Ich lass dich wen anrufen. Du erfährst, wie es deinem Sohn geht, klingelst im Krankenhaus durch ... oder wo auch immer du willst», schob er hinterher, während sein Atem immer flacher ging. «Schließ die Augen, dann geht es schnell vorüber.»

Ich fühlte mich, als hätte mir jemand einen Plastiksack über den Kopf gezogen und zugeschnürt. Ich war halb bewusstlos, fühlte mich fremd in meinem Körper. Als wäre ich jemand anderer.

«Tu es», sagte er.

13

Ich ließ den Blick über die Passanten schweifen, während Kliza überlegte, was sie von der Karte auswählen wollte. Wir warteten im *Kaiseki* auf Pater Antoni, aus dem wir alle Informationen herausholen wollten, die wir brauchten.

Er hatte sich ohne Vorbehalte zu einem Treffen bereiterklärt. Außerdem hatte er versichert, dass er Kasandra in der Zelle besuchen würde. Ich wollte ihr über ihn eine Nachricht zukommen lassen, aber er sagte sofort, das sei nicht möglich.

«Futo-Maki Premium Ibodai», sagte Jola.

«Was?»

«Das klingt nicht schlecht.»

«Ich weiß nicht mal, was das ist.»

«Macht nichts», antwortete sie. «Ich bestell es einfach für dich zum Probieren.»

«Aber ich ...»

«Dann probiere ich zuerst und sage dir dann, wie es ist.»

Ich hatte keine Lust zu widersprechen, außerdem war ich in Gedanken weit weg. Ich schaute jeden Passanten an, der am Restaurant vorbeiging, aber ich sah niemanden in Soutane. Zwischendurch sah ich auf die Uhr. Noch eine knappe Viertelstunde bis zur vereinbarten Zeit.

Ich seufzte und nickte leicht, als Kliza bestellt hatte.

«Beruhig dich, Wern», sagte sie. «Wir kriegen das schon heraus.»

«Falls er etwas weiß. Und falls ...»

«Sicher weiß er was», antwortete sie. «Ewa hat nicht grundlos auf diesen Ort hingewiesen.»

Das sagte sie mir, seitdem wir auf Antoni gestoßen waren, aber überzeugt war ich noch nicht. Klar, wir folgten der Richtung, die uns meine Verlobte gewiesen hatte, aber was nützte das? Etwas Konkretes hatten wir nicht.

«Dass sich die Jugendlichen dort versammelt haben, ist doch schon etwas», fügte sie hinzu.

«Zumindest denkst du das.»

«Das sagt mir der beste Berater, den ich jemals hatte.»

Ich wollte nicht fragen, wie oft ihre Intuition sie trog, weil ich fürchtete, dass es zu oft war.

«Mit diesem Jugendhaus stimmte etwas nicht», fuhr sie fort. «Sonst hätten sie den Ort nicht geschlossen und verkauft. Schließlich ist es in ihrem Interesse, unter der Landjugend eine christliche Einstellung zu verbreiten, oder?»

Wójtowa Wieś gehörte seit 2012 zu Opole, aber ich hatte keine Lust, das jetzt zu sagen.

«Was willst du damit sagen?», fragte ich.

«Nichts, weil ich eine gute Ermittlerin bin.»

«Schon ...»

«Ich drehe die Hypothese nie so hin, dass sie passt», verwahrte sie sich, als hätte sie früher nicht in einer Detektei gearbeitet, sondern bei der Staatsanwaltschaft. «Ich nehme an, das alles möglich ist, solange nicht bewiesen ist, dass es unmöglich ist.»

«In Ordnung. Was ist in diesem Fall möglich?»

«Dass Ewa irgendwie mit der *Kappa* in Verbindung stand.»

«Tat sie nicht», antwortete ich sofort. «Sie war nie dort.»

«Sie hat an der Technischen Hochschule studiert, oder? Der Campus ist nicht weit von der Kapelle entfernt.»

Ich schüttelte den Kopf und sah mir weiter die Passanten an.

«Die Wirtschaftsfakultät ist in der Ulica Lobuszycka», antwortete ich. «Und ich sage dir, ich hätte es gewusst, wenn Ewa auf der anderen Seite gewesen wäre.»

«Wart ihr vierundzwanzig Stunden am Tag zusammen?»

«Fast.»

«Dreihundertfünfundsechzig Tage im Jahr?»

Ich schaute sie zweifelnd an.

«Und ihr hattet nie eine Beziehungspause? Keine Funkstille, ein paar Tage, an denen ihr euch nicht gesehen habt? Bist du nie ohne sie aus Opole weg gewesen?»

«Lass das!»

«Lass du das!», antwortete sie. «Du weißt ganz genau, dass es einige Sachen gibt, die du über Ewa nicht wusstest. Wenn es nur um Kasandras Theater ginge, könntest du dir einreden, dass sie lügt. Aber du hast die Kassette gesehen und weißt, dass es die Wahrheit ist.»

Schließlich riss ich den Blick von der Straße los. Ich wollte Kliza antworten, aber die Kellnerin kam mit unseren Gerichten. Kaum hatte sie den Teller Sushi vor mich hingestellt, nahm Jola mit ihren Stäbchen eine Rolle von mir. Sie kaute, dann zog sie beide Teller zu sich hin.

«Dir reicht der Ingwer, und außerdem hast du eh keinen Hunger», verkündete sie.

Ich sagte nichts, während ich überlegte, ob das, was sie über Ewa gesagt hatte, wahr sein konnte.

Wie viel wusste ich eigentlich von meiner Verlobten? Jahrelang hatte sie die Wahrheit über ihre Eltern vor mir verborgen. Ganz zu schweigen, dass sie beschlossen hatte, gegen einen regionalen Mafioso auszusagen.

Aber was hätte sie in der *Kappa* machen sollen? Sie war nicht besonders religiös und nie in solchen Gruppen aktiv. Klar, von

Zaodrze aus war es nicht weit nach Wójtowa Wieś, aber ich hätte doch bemerkt, wenn sie dort hingefahren wäre.

«Hörst du jetzt endlich auf!», mümmelte Kliza undeutlich, während sie an ihrem Futo-Maki kaute.

«Womit?»

«Damit, wie auf heißen Nadeln zu sitzen. Der Pfarrer kommt gleich.»

Sie bugsierte ein bisschen Wasabi auf ein Stäbchen und leckte es ab. Schon beim Gedanken daran, was das mit ihren Geschmacksnerven machen musste, verzog ich das Gesicht. Sie aber kaute gemütlich weiter, und ich konnte auch keine Tränen in ihren Augenwinkeln entdecken, wie das normalerweise bei Leuten der Fall ist, die unmittelbar mit japanischem Essen in Kontakt kommen.

«Und warum hast du ihn überhaupt darum gebeten, sich mit Kasandra in Verbindung zu setzen?»

Ich wusste nicht genau, was ich antworten sollte, deshalb schwieg ich lieber.

«Hast du gedacht, sie bekommt etwas aus ihm heraus?»

«Vielleicht.»

«Das ist sehr unwahrscheinlich.»

«Wenn du das denkst, weißt du nicht, wie hartnäckig sie ist.»

Jola nahm sich ein Scheibchen Ingwer, um ihre Geschmacksknospen vor dem nächsten Stück Sushi zu reinigen.

«Ist sie gar nicht», bemerkte sie. «Als es darum ging, mich zu schützen, hat sie gleich das Handtuch geworfen.»

«Damals hatte sie Robert Reimann gegen sich.»

Kliza blinzelte und hob leicht die Mundwinkel. Damit erinnerte sie an einen guten Kumpel, der gerade etwas begriffen hat, was zu mir noch nicht durchgedrungen ist, und mir einen vielsagenden Blick zuwirft.

«Jetzt verteidigst du sie?», fragte sie. «Nicht übel. Vor allem nach all dem, was sie dir angetan hat.»

«Ich sage nur, dass ...»

«Vielleicht hast du ja den Pfarrer zu ihr geschickt, um ihr zu sagen, dass du sie nicht vergessen hast? Wolltest du ihr Mut machen, Wern?»

Hätte ich jetzt tatsächlich mit einem Kumpel geredet, ich hätte ihn sicher mit einem deftigen Schimpfwort bedacht. Kliza bemerkte meine Verärgerung, sie legte die Stäbchen hin und kreuzte die Hände auf dem Tisch.

«Du hast wohl vergessen, dass sie nur aussieht wie Ewa», stieß sie hervor. «Aber sie ist nicht Ewa.»

«Das hab ich nicht vergessen.»

«Dann bist du vielleicht ein bisschen verblödet, weil sie sich als sie ausgegeben hat? Vielleicht denkst du immer noch, dass sie es ist?»

Ich schüttelte den Kopf und machte mir gar nicht erst die Mühe zu antworten.

«Sie ist nicht deine Verlobte, Wern», sprach Jola weiter. «Und sie war es auch nie. Sie hat sie benutzt, um ...»

«Ich weiß, was sie gemacht hat.»

«Warum siehst du dann aus, als hättest du das vergessen?»

«Ich hab's nicht vergessen», antwortete ich stur. «Ich halte das Ganze einfach auf Abstand.»

«Ihre Lügen? Machst du Witze?»

Ich hätte ihr lange erklären können, was ich im letzten Jahr durchgemacht hatte. Ich hätte die gewundenen Pfade beschreiben können, auf denen sich meine Gedanken bewegten, bevor sie sich schließlich geordnet hatten. Aber ich vermutete, dass sie das sowieso nicht verstehen würde.

Ich erinnerte mich natürlich an alles, was Kasandra gemacht hatte. Und mir war auch bewusst, was sie dazu getrieben hatte. Wäre ich an ihrer Stelle genauso vorgegangen? Auf diese Frage konnte ich nur schwerlich antworten, weil ich keine Kinder hatte. Ich konnte nur vermuten, wie das den Blick auf die Welt verändert.

«Hast du ihr verziehen?», fragte Kliza plötzlich.

«Weiß ich nicht.»

«So etwas weiß man normalerweise.»

«Und wäre dann alles anders?», gab ich zurück. «Die Vergangenheit kann ich sowieso nicht ändern.»

Kliza lächelte halbherzig.

«Wenn man verzeiht, macht man es nicht für das, was war, sondern für das, was sein wird», bemerkte sie.

«Ich weiß, was sein wird.»

«Und?»

«Es wird wirklich eine Tragödie geben, wenn du mit diesen Sinnsprüchen nicht aufhörst.»

«Vielleicht haben sie nicht so viel Sinn», antwortete sie und nahm geschickt die Stäbchen zwischen die Finger. «Aber sie betreffen wichtige Dinge.»

Ich hatte nicht vor, das Gespräch weiterzuführen, es ging in keine besonders interessante Richtung. Ich wusste selber nicht, wie ich Kas einzuschätzen hatte. Aber noch viel weniger hatte ich eine Ahnung, wie ich mit Kliza über Kas sprechen sollte.

Das Klingeln des Telefons rettete mich glücklicherweise davor, das Thema zu vertiefen. Schnell griff ich nach dem Handy und sah eine unbekannte Nummer.

«Wer ist das?», fragte Jola.

«Wahrscheinlich jemand, der mir einen Kredit andrehen will, ein Angebot machen, oder der mir sagt, ich soll an einer öffentlichen Umfrage teilnehmen, oder einen Satz Töpfe aus Vibranium, Adamantium oder sonst was testen.»

Klizas Blick zeigte mir, dass sie sich in der Welt von Marvel auskannte. Ich lehnte den Anruf ab, legte das Handy auf den Tisch und schaute mir wieder die Leute an, die draußen vorbeigingen.

Fast sofort klingelte es wieder. Es war dieselbe Nummer.

«Nimm ab», riet mir Jola. «Vielleicht will En Sabah nur dich als neuen Apokalyptischen Reiter anwerben.»

Ich quittierte die Bemerkung mit einem schiefen Lächeln, dann nahm ich das Handy.

«Ja?», fragte ich.

«Wern ...»

Kasandras Stimme war das Letzte, was ich zu hören erwartet hatte. Unwillkürlich stand ich auf, warum, wusste ich nicht. Ich sah mich um, als müsste sich Kas hier irgendwo befinden.

«Wern, bist du da?», fragte sie.

«Ja», antwortete ich schnell. «Von wo aus rufst du an? Das heißt, wie hast du ...»

«Aus dem Zamtuz», fiel sie mir ins Wort. «Aber egal. Wichtig ist, dass ich dich erreicht habe.»

Irgendwie klang sie nicht wie eine Gefangene, die in einem der schlimmsten Gefängnisse Polens saß, sondern wie eine Geschäftspartnerin, die mir schnell etwas sagen will. Ich vermutete jedoch, dass ihre Beherrschung nur gespielt war. Das konnte sie nach Jahren in einer vergifteten Beziehung sehr gut.

«Wo bist du?», fragte sie.

«Im *Kaiseki*. Das heißt ...»

«Ich weiß, was das ist. Ich hab nachgeschaut.»

Natürlich. Sie kannte jede Kneipe in Opole, und die Speisekarten aus dem *Manekin*, dem *Grabówka* und dem *Pierożek* kannte sie sicher auswendig. Schließlich musste sie sich damals gut auf die Rolle vorbereiten, die sie irgendwann mit mir spielen wollte.

Kurz schwiegen wir beide, und ich schob diese Gedanken so schnell wie möglich von mir. Jetzt war nicht die Zeit, sich an die negativen Erlebnisse zu erinnern.

«Gut, dich zu hören, Wern», meldete sich Kasandra, als hätte sie meine Gedanken gelesen.

«Na ja ...»

«Deine Stimme hat mir gefehlt.»

Hatte ich mich verhört? Nein, sie hatte das tatsächlich gesagt. Und jetzt schwieg sie wieder, als wäre ihr klargeworden, dass sie übertrieben hatte.

«Na ja ...», antwortete ich.

«Du kannst wenigstens sagen, dass du dich auch freust, mich zu hören.»

«Ja, ja, aber ...»

«Bist du mit Kliza dort?», unterbrach sie mich.

«Ja.»

«Hört sie, was wir reden?»

«Nein.»

Ich schaute Jola an, und diese antwortete, indem sie fragend die Augenbrauen hob. Sie hatte keine Ahnung, mit wem ich sprach, aber offensichtlich wollte sie es unbedingt erfahren.

«Das ist gut», sagte Kas. «Ich weiß nämlich nicht, inwieweit wir ihr trauen können.»

«Wir?»

«Oder du. Wenn du gern in der Überzeugung weiterleben willst, dass du mutterseelenallein bist.»

«Bin ich», antwortete ich überzeugt. «Und ehrlich gesagt wird die Überzeugung immer fester.»

Ich rechnete damit, dass sie widersprechen würde, aber sie sah anscheinend, dass es keinen Sinn hatte. Ich jedoch tadelte mich in Gedanken dafür, dass ich das Gespräch in diese Richtung gelenkt hatte. Ich wusste nicht, was sie machen musste, um Zugang zu einem Telefon zu bekommen. Doch leicht gewesen war es sicher nicht. Und die Gesprächszeit war begrenzt.

«Pass einfach nur auf, solange wir nichts Näheres wissen», fügte sie hinzu.

Ich lief Richtung Flur, weil ich wusste, dass das Gespräch freier würde, wenn ich nicht ständig Klizas fragenden Blick spürte.

«Kannst du mir erklären, was hier passiert?», fragte ich.

«Nicht ganz.»

«Schön.»

«Aber ich sage dir, soviel ich kann. Den Rest später.»

«Wann?»

«Hör zu, Wern», antwortete sie mit der Stimme, die ich so gut kannte.

In dieser Stimme hatte ich geschwelgt, während ich die Dateien anhörte, die in verschiedenen Winkeln des Internets auf mich gewartet hatten. Und dann auf den USB-Sticks an verschiedenen Orten.

Ich musste mich selbst ermahnen, dass es nicht Ewas Stimme war, sondern Kasandras. Und das sie nur ein Werkzeug war, mit dem Letztere mich steuerte.

«Ich habe ein paar Informationen, die ich dir weitergeben muss», fügte sie hinzu. «Aber sag mir erst, was das mit Pater Antoni soll.»

«Was soll mit ihm sein? Hat er dich besucht?»

«Ja.»

Ich wartete auf mehr, aber umsonst.

«Hast du dich mit ihm verabredet?», fragte Kas.

«Eigentlich warte ich gerade auf ihn.»

Ein lautes Seufzen.

«Du brauchst nicht zu warten», antwortete sie. «Antoni kommt nicht.»

«Warum nicht? Und woher weißt du das?»

«Sagen wir mal, dass sich die Situation geändert hat.»

«Es wäre gut, wenn ich wüsste, auf welche Art.»

Entweder überlegte sich Kas eine Antwort, oder es gab bei ihr ein Problem. Ich konnte mir leicht vorstellen, wie die Gefangene, von der sie sich wohl das Telefon ausgeliehen hatte, es zurückforderte und sie zur Eile antrieb.

«Ich kann hier raus, Wern», sagte Kasandra schließlich. «Aber nur, wenn du mir hilfst.»

«Machst du Witze?», antwortete ich automatisch. «Natürlich ...» Ich unterbrach mich und schüttelte den Kopf. «Sag mir, was ich machen soll.»

Sie atmete direkt in den Hörer, und ich konnte mich des Eindrucks nicht erwehren, dass sie leicht lächelte, als sie meine Bereitschaft hörte, ihr zu helfen. Mir wurde bewusst, dass ich sie seit Beginn dieses Gesprächs vor Augen hatte.

Solche Sachen sollten nicht passieren. Sie waren nicht nur Ausdruck einer imaginären, nicht existierenden Beziehung, sondern auch ein Nachbild des Betrugs, dessen Opfer ich geworden war. Daran musste ich mich erinnern, auch wenn Kas in warmem, gefühlvollem Ton sprach. Besonders dann.

«Ruf Prokocki an», sagte sie.

«Wieso denn? Er ist der Letzte, mit dem ich ...»

«Nur er kann mir helfen, Wern.»

«Wie?»

«Er kann dir alles sagen.»

Ich ging auf den Gang des kleinen Einkaufszentrums hinaus, eigentlich eine Miniatur dessen, was man normalerweise darunter verstand. Dann schloss ich die Restauranttür und ließ den Blick ringsum schweifen.

«Machst du Witze?», fragte ich.

«Du kannst sicher sein, dass es hier nichts zu lachen gibt.»

«Aber ...», wieder schüttelte ich den Kopf. «Ich verstehe das nicht. Wie kann er uns helfen?»

«Uns?»

«Dir.»

Wieder schien es mir, als würde sie lächeln. Aber vielleicht sah ich mit den Augen der Phantasie nur das, was ich unbewusst sehen wollte.

«Er erklärt dir alles.»

«Er kann mir erklären, soviel er will, aber das ändert nichts an der Tatsache, dass ich ihm kein Wort glaube.»

«Wern ...»

«Dieser Typ behauptet, dass Ewa nicht lebt», sagte ich stur. «Und dass ich komplett verrückt geworden bin, wenn ich glaube, es sei anders. Ich habe nicht vor, mit ihm zu reden.»

«Hör zu ...»

«Sehr gern», unterbrach ich sie. «Aber nur, wenn du mir etwas Konkretes sagst.»

«Kann ich nicht. Nicht jetzt.»

«In dem Fall tut es mir sehr leid, aber dann helfe ich dir nicht.»

Sie schwieg einen Moment, während ich zur Treppe ging, die ins Obergeschoss des Kaufhauses führte. Ich lief ohne Ziel und nur deshalb, weil ich nicht stillstehen konnte.

«Du bist der Einzige, der das machen kann», sagte Kasandra nach einem Moment. «Ich kann mich nur auf dich verlassen. Du kannst dir gar nicht vorstellen, wie viel mich dieses Telefonat gekostet hat ...»

Ich schüttelte den Kopf, als könnte sie das sehen.

«Ich bitte dich, Wern.»

«Worum?», erwiderte ich kühl. «Dass ich dir vertraue? Weißt du eigentlich, wie unsinnig das klingt?»

Sie antwortete nicht, und ich fühlte, wie in mir die Emotionen hochkochten, die ich vor einiger Zeit zum Schweigen gebracht hatte.

«Noch vor ein paar Tagen war ich selbst bereit, dich einzusperren.»

«Weiß ich.»

«Und jetzt erwartest du, dass nur dein Wort reicht, und ich treffe mich mit einem Menschen, der es mir von Anfang an erschwert hat, Ewa zu finden?»

Ich umrundete die Etage, dann ging ich wieder nach unten.

«Alles hängt von dir ab, Wern», antwortete sie mit emotionslosem Ton. «Entscheide einfach.»

«Dann sag mir, warum Pater Antoni nicht kommt.»

«Kann ich nicht.»

«Wenn das so ist, kann ich nicht ...»

«Mach, was du für richtig hältst», fiel sie mir ins Wort, dann hörte ich den Ton, der mir sagte, dass die Verbindung beendet war.

Ich schaute das Handy ungläubig an, steckte es in die Tasche und kehrte ins Restaurant zurück. Kliza hielt nervös nach mir Ausschau, als hätte sie erwartet, dass jemand mich entführt haben könnte.

Ich stellte mich neben den Tisch, warf einen Blick auf das Sushi und griff dann nach dem Portemonnaie. Ich nahm ein paar Scheine heraus.

«Was machst du da?», fragte Jola.

«Ich zahle dein Futo-Maki.»

«Ich dachte eher ...»

«Offensichtlich habe ich etwas von einem Trottel an mir», antwortete ich leise und ging zum Ausgang.

Kliza kam gleich danach heraus und holte schnell auf. Sie musste nicht lange bitten, damit ich ihr von dem Gespräch erzählte, das ich gerade erlebt hatte. Ich vertraute ihr, und Kasandras Argwohn konnte daran nichts ändern.

Nachdem ich geendet hatte, dachte Jola einen Moment nach.

«Wo gehen wir hin?», fragte sie.

«Zum Präsidium.»

«Willst du das machen, worum sie dich gebeten hat?»

Ich warf ihr einen kurzen Blick zu.

«Ja», antwortete ich stur. «Und dann will ich erfahren, was hier, verdammt noch mal, passiert.»

«Aus Prokocki kriegst du nichts raus.»

«Wenn er mit mir zusammenarbeiten will, muss er mir etwas sagen.»

Kliza nahm meine Hand und blieb stehen. Dann schaute sie mir in die Augen, und weil sie das sehr selten tat, fühlte ich mich unbehaglich.

«Das ist keine gute Idee.»

«Warum?»

«Weil dir Prokocki nur Probleme macht. Er ist nicht auf deiner Seite.»

Ich lächelte und breitete ratlos die Arme aus.

«Wer tut das schon?», fragte ich.

«Ich ...»

«Phantastisch.»

«Und das sollte dir zum Glück reichen», fügte sie hinzu. «Während ich darauf gewartet habe, dass du dein Gespräch mit Kasandra zu Ende bringst, hab ich meine Recherchen beendet.»

«Welche Recherchen?», fragte ich und blinzelte.

Sie sah zur Seite, als hätte sie gerade bemerkt, dass Augenkontakt sie verlegen machte.

«Wie du weißt, habe ich in einer Detektei gearbeitet», sagte sie zufrieden. «Und meine ganze Arbeit bestand darin, Menschen im Netz auszuspionieren.»

«Weiß ich.»

Ich sah auch, dass ich nicht weiterfragen musste, worauf sie hinauswollte, weil sie mir gleich alles erklären würde.

«Ich war von Anfang an nicht ganz sicher, ob Antoni sein Wort halten würde», fuhr sie fort. «Ich habe also ein bisschen nachgeforscht, aber etwas Konkretes habe ich nicht gefunden. Bis jetzt.»

Ich hob fragend die Augenbrauen.

«Ich habe die Seite der Pfarrgemeinde durchsucht, in der er tätig war, aber ich habe nichts zu dieser Kapelle gefunden. Da ist natürlich ein geschichtlicher Überblick zu der Kirche, Informationen zum Grundstein, zur Weihe, den Kirchenältesten, der Theatergruppe und ...»

«Zur Sache, Kliza», drängte ich und schielte zum Plac Wolności hinüber.

«Da war auch eine Bildergalerie, in der sich ziemlich viele alte Fotos befinden.»

«Auch welche aus dem Zeitraum, der uns interessiert?»

«Nein.»

Ich zuckte ein bisschen irritiert die Schultern.

«Worum geht es denn dann?»

«Darum, dass es nicht viel braucht, um mit FTP auf einem fremden Server herumzustöbern. Sie haben da noch ziemlich viele andere Scans, natürlich auch Fotos. Die meisten hat jemand gemacht, der sich Cauvak nennt. Vielleicht ist das ein Spitzname, vielleicht der Nachname oder vielleicht eine Firma, wer weiß. Sagt dir das was?»

«Nein.»

«Jedenfalls hat der Typ unter anderem auch in der Kapelle fotografiert.»

Als sie sich wieder zwang, mir in die Augen zu schauen, lief mir ein Schauder über den Rücken.

«Auf einem Foto ist Ewa», verkündete sie. «Zusammen mit deinem Kumpel Blitz.»

14

Wirklich feste Bindungen gründen auf Wissen, aber in diesem Fall würden es auch Geheimnisse tun. Ich konnte Werner nicht verraten, was wirklich vor sich ging, weder jetzt noch irgendwann später.

Wieder einmal musste ich ihn durch ein Labyrinth führen und dabei so tun, als liefen wir tatsächlich zum Ausgang. Ich hatte keine Zweifel, dass er alles mit sich geschehen lassen würde, auch wenn nichts dafür sprach, mir noch einmal zu vertrauen.

Was mit mir geschehen war, hätten andere als gerechte Strafe empfunden und überhaupt nichts unternommen. Aber Damian verhielt sich anders.

Gleich nach unserem Gespräch ging er zur Polizeiwache. Vor Prokocki machte er die Aussage, um die ich ihn gebeten hatte. Weitere Anweisungen hatte mir der Kommissar nicht übermitteln lassen.

Während ich im Besuchszimmer auf seine Ankunft wartete, versuchte ich, mein Abbild in der Scheibe, die Häftlinge und Besucher voneinander trennte, zu ignorieren. Ich sah schrecklich aus und erkannte mich selbst kaum wieder, obwohl das nach all den Jahren mit Robert keine völlig neue Erfahrung war.

Kosmetika waren außerhalb meiner Reichweite. Migota, Tante und Kamikaze hätten mir nicht einmal eine Handcreme geliehen, und seitdem ich in eine andere Zelle verlegt worden war, mied ich jeden Kontakt zu den anderen Insassinnen.

Freilich war mein äußeres Erscheinungsbild das geringste Problem. Viel komplizierter stand es um meinen inneren Zustand.

Prokocki kam leicht verspätet. Er nahm seinen Platz in der Box ein, breitete vor sich auf dem Tisch irgendwelche Dokumente aus und nahm den weißen Hörer. Ich tat auf meiner Seite das Gleiche.

«Da ist alles», erklärte er.

Keine Begrüßung, keine Nachfragen, ob mit mir alles in Ordnung sei. Als wollte er mich daran erinnern, dass unsere Beziehung rein geschäftlicher Natur war, nichts als ein *Quid pro quo*.

«Werner war auf der Wache und hat eine Aussage gemacht», sagte er.

«Alles wie gewünscht?»

Prokocki nickte und blätterte einen Moment in den Dokumenten. Dann seufzte er, verschränkte die Arme und sah mich scharf an.

Unwillkürlich dachte ich an die Verletzungen in meinem Gesicht. Dieser Reflex war bei allen Opfern häuslicher Gewalt ausgeprägt. In all den Jahren meiner Ehe mit Robert reichte der flüchtige Blick eines Vorübereilenden, um mich an meinen wunden Körper zu erinnern. Hatte ich die Hämatome ausreichend überschminkt? Waren die Spuren am Hals verdeckt? Sah man nicht irgendwo eine Schnitt- oder Platzwunde? Mein Leben mit Robert war gleichermaßen ein Betrug an mir selbst wie auch an der ganzen Welt gewesen.

«Was hast du Werner gesagt?», sagte er schließlich.

«Genau das, was verabredet war», versicherte ich ihm. «Warum, stimmt etwas nicht?»

Der Kommissar rieb die Handflächen aneinander.

«Er wollte gar nichts von mir wissen.»

«Ist das nicht gut?»

«Eher verdächtig, würde ich meinen», entgegnete Prokocki und atmete tief ein. «Er hätte mich ausfragen müssen. Alles Mögliche tun, um mich zum Reden zu bringen und wenigstens irgendwas aus mir herauszuholen.»

«Vielleicht hat er einfach eingesehen, dass er auf Granit beißt?»

Er stülpte zweifelnd die Lippen vor.

«Er hat nicht eine einzige Frage gestellt, nicht einmal versucht hat er es.»

«Und was soll das beweisen?»

«Das weiß ich nicht. Aber irgendwas ist hier faul.»

Wie ich die Sache einschätzte, konnte nur mit Werns Aussage etwas faul sein. Aber da er sich scheinbar genau an die Verabredung gehalten hatte, sah ich keinen Grund zur Besorgnis.

«Ist aus formaler Sicht alles in Ordnung?», wollte ich mit einem Blick auf die Dokumente wissen.

«Ja, Damian hat ausgesagt, dass du in Notwehr gehandelt hast, unsere Forensiker bestätigen das.»

Ich schloss die Augen. Das Ganze kam mir so irreal vor.

«Hast du mit dem Staatsanwalt gesprochen?»

Der Plan war, dass Prokocki all das noch vor seinem Besuch bei mir erledigen sollte, aber ich war nicht sicher, ob ihm das gelungen war. Selbst auf der letzten Geraden konnte von irgendwoher plötzlich ein Hindernis auftauchen.

«Hab ich. Noch bevor du dein Einverständnis gegeben hast», erwiderte er und schob die Dokumente auf dem Tisch hin und her. «Da von dir keine Gefahr für die öffentliche Ordnung ausgeht und ein weiterer Freiheitsentzug schwerste Folgen für deine nächsten Angehörigen hätte, wirst du morgen aus der Haft entlassen.»

Wäre nicht der trockene Beamtenton gewesen, ich hätte es für einen makabren Scherz gehalten. Sollte dieser Horror wirklich ein Ende haben?

Meine Würde war zwar unwiederbringlich weg, aber es hätte alles noch viel schlimmer kommen können.

«Die Staatsanwaltschaft hebt den Arrest auf und stellt die Ermittlungen ein», ergänzte Prokocki. «Es ist alles erledigt.»

«Sicher?»

«Mach dir keine Sorgen.»

Seine Stimme klang fest und überzeugt, aber aus irgendeinem Grund wurde ich den Gedanken nicht los, dass Prokocki nicht zu trauen war. Sein Angebot war vorteilhaft für mich, aber es fußte auf einem arglistigen und kühl kalkulierten Plan. Das machte mir bewusst, dass dieser Mensch zu allem fähig war.

Auch dazu, mich im letzten Moment reinzulegen.

«Also, wie geht es weiter?», fragte ich.

«Ich brauche einige Informationen», antwortete er und zeigte auf die Papiere. «Reine Formalitäten.»

Er zuckte mit den Schultern, als ginge es nicht um meine Freiheit, sondern um irgendeine Lappalie.

«Okay», sagte ich, «und wenn wir damit fertig sind?»

«Dann geht's nach draußen.»

«Einfach so?»

Mir schien, als wollte er mit den Augen rollen, aber in letzter Sekunde riss er sich zusammen.

«Hör mal ...», grummelte er, «ich weiß, das Ganze muss dir wie eine einzige Phantasterei vorkommen, in der du irgendeinen Betrug witterst, aber du musst dir klarmachen, dass es in unser beider Interesse ist, wenn wir zusammenarbeiten.»

Ich nickte.

«Und was ist mit Wern?», wollte ich wissen.

«Er spielt keine Rolle. Nicht für mich und nicht für dich.»

«Im Gegenteil.»

Sein Kopf schnellte zur Seite, als hätte ich ihm eine Ohrfeige verpasst. Er griff sich mit der Hand in den Nacken und schnaubte.

«Alles klar», warf er spöttisch ein. «Warum tust du das alles?»

«Für Wojtek, aber das bedeutet nicht, dass ...»

«Interessiert mich alles nicht weiter», unterbrach er mich. «Du kannst dir einbilden, was auch immer du möchtest. Vielleicht glaubst du irgendwann sogar, dass dir Werner etwas bedeutet. Mich interessiert nur das hier», er klopfte auf den Stapel Papiere. «Ich brauche ein paar Informationen.»

Wir ließen das Thema und wandten uns Werners Aussage zu. Ich präzisierte einige Fakten, erklärte Prokocki einige Dinge, und er notierte alles penibel. Als wir fertig waren, knipste er die Mine seines Kugelschreibers ein und schob ihn in seine Sakkotasche.

«Das wäre alles», erklärte er. «Oder gibt es noch etwas, das du dir einreden möchtest?»

Ich hängte den Hörer ein und stand wortlos auf. Jeder weitere Satz wäre einer zu viel gewesen.

Kurz darauf führte mich eine Wärterin aus dem Besuchszimmer und brachte mich in meine Zelle. Ich legte mich auf die Pritsche, starrte an die Decke und überlegte, was wohl zu tun sei, damit die Zeit schneller verging. In der Nacht schlief ich nicht. Ich wurde das Gefühl nicht los, dass jeden Augenblick etwas passieren konnte, das mich auf unbestimmte Zeit hier in Zamtuz festsetzen würde. Schließlich aber brach der ersehnte Morgen an, und schon kurz nach dem Morgenappell wurde ich aufgefordert, meine Sachen zu packen.

Ich ging durch den Korridor in Richtung Freiheit, begleitet von derselben Wärterin, die mich nach dem Gespräch mit Prokocki wieder in die Zelle zurückgeführt hatte. Alles lief wie am Schnürchen.

Zunächst.

Dann schnitt uns jener Mann den Weg ab, der dafür gesorgt hatte, dass ein Teil von mir vielleicht für immer hier in Zamtuz bleiben würde.

«Ich übernehme», erklärte der Beamte.

«Aber ...»

«Ich führe sie weiter, und du gehst zurück in den Block», gab er zurück.

Statt eines ausgebleichten Pullovers trug er jetzt eine Uniform mit Namensschild. Darauf las ich den Namen des Mannes, der mich erniedrigt hatte.

A. Kałwak

Den Namen würde ich den Rest meines Lebens nicht vergessen. Ebenso wenig wie all das, zu dem er mich gezwungen hatte. Nicht wie Robert mit blanker Gewalt. Sondern indem er meine Mutterliebe ausnutzte, was viel schlimmer war. Als wäre sie nur ein weiteres Instrument männlicher Unterdrückung.

Ich hatte erwartet, die Wärterin würde darauf bestehen, mich selbst zum Ausgang zu führen, aber sie gehorchte sofort. Kałwak taxierte mich mit einem Blick, und kurz erwartete ich, in seinem Gesicht gleich ein lüsternes Lächeln zu sehen. Doch es blieb wie versteinert.

Er wies auf den Ausgang, und wir setzten uns in Bewegung.

«Die Staatsanwaltschaft stellt die Ermittlungen angeblich ein», sagte er.

«Ja.»

«Ist ein bisschen verdächtig.»

Ich wollte keine Diskussionen mit ihm führen. Nicht jetzt, wo mich von der Freiheit nur noch ein paar Dutzend Schritte trennten. Es fehlte nicht viel, und ich wäre aus der Haut gefahren. Vielleicht legte er es gerade darauf an.

«Du bist mit denen irgendeinen Handel eingegangen, stimmt's?»

«Nein.»

Er wandte den Kopf zu mir, aber ich ignorierte ihn. Ich hielt den Blick starr Richtung Ausgang gewandt, als würde er dadurch näher rücken.

«Solche Sachen kommen früher oder später ans Tageslicht», fügte Kałwak hinzu. «Ich finde das raus, so oder so.»

Mein Atem ging schneller, das Herz pochte.

«Wegen des Anrufs, den ich dich hab machen lassen?», wollte er wissen.

Keine Ahnung, was ich antworten sollte. Alles konnte ihn provozieren.

«Falls ja, dann ... hat sich's doch gelohnt, mir einen zu blasen.»

Ich beschleunigte den Schritt, aber kaum hatte ich das getan, schob er seinen Arm wie eine Schranke vor mich.

«Ganz ruhig.»

«Ich bin ruhig.»

«Wenn nicht, lässt du mir keine Wahl, als dich hier festzuhalten.»

Ich musste schlucken, als mir klarwurde, wie viel von einem Menschen abhing, der in dieser Situation doch eigentlich nichts mehr zu melden hatte.

Langsam ging ich geradeaus und versuchte, nicht einmal zu blinzeln. Ich fürchtete mich, unter den geschlossenen Lidern Ausschnitte der Dinge aufflackern zu sehen, die ich mit Kałwak gemacht hatte.

«Mach keine Dummheiten», sagte er, «nicht jetzt, wo es nur noch ein paar Schritte sind.»

Seine Stimme klang, als bereite ihm die ganze Situation außerordentliche Freude. Wahrscheinlich labte er sich an dem Gedanken, dass mein Schicksal in seinen Händen lag.

Würde er das ausnutzen? Ganz sicher.

Ich sollte zu einer ganz bestimmten Uhrzeit freikommen, aber würde ich mich um wenige Minuten verspäten, fiele das wahrscheinlich niemandem auf. Und diese Zeit würde Kałwak vollkommen ausreichen.

«Ich werde dich immer in guter Erinnerung behalten.»

Er wartete auf eine Antwort, aber ich hatte nicht vor, ihm die zu geben.

«Du mich wahrscheinlich auch.»

Ein paar Schritte gingen wir schweigend, und mir schien, die Tür entferne sich.

«Schließlich hast du nur wegen mir durchgehalten», fügte er hinzu. «Hätte ich nicht für deine Verlegung gesorgt, Migota und die anderen hätten dir den Rest gegeben. Du solltest mir dankbar sein, meinst du nicht?»

Ich riss mich zusammen. Von der Erlösung trennten mich ein paar Schritte, und ich musste alles tun, um auf diesen letzten Metern nicht steckenzubleiben. Selbst um den Preis einer weiteren Entwürdigung.

«Doch», sagte ich und dachte an Wojtek.

Ich tat das alles nur für ihn. Er war am allerwichtigsten. Deshalb war es letzten Endes gleichgültig, was ich dem Wächter erzählte.

«Das dachte ich mir ...», sagte er. «Ich finde, ich hätte mir noch eine kleine Belohnung verdient.»

«Ich hab alles getan, was du wolltest.»

«Was Sie wollten», verbesserte er mich.

Als ich schwieg, gab er mir einen leichten Schubs.

«Was Sie wollten», parierte ich.

«Das stimmt. Und du hast deine Sache gar nicht schlecht gemacht, auch wenn ... mir im Großen und Ganzen noch viel mehr zusteht. Findest du nicht?»

«Nein.»

Er packte mich an der Hand und brachte mich zum Stehen. Ich drehte mich sofort nach hinten um, in der Hoffnung im Gang seien potenzielle Zeugen.

Aber wir waren allein.

«Du bist eine ganz schön undankbare kleine Schlampe», brummte er, «ist dir das klar?»

Was sollte ich tun? Die Freiheit war ganz nah. Höchstens zehn Schritte entfernt und zwei Türen, hinter denen sich andere Menschen befanden. Wären die hier gewesen, ich hätte mich in Sicherheit gewähnt.

«Na, sag schon», drängte er, «ist dir das klar oder nicht?»

«Ja.»

«Dann sollte dir auch klar sein, dass du dafür bestraft gehörst.»

Ich schloss die Augen, öffnete sie aber gleich wieder, weil auf der Innenseite meiner Lider der Horrorfilm lief. Und Szenen daraus konnten sich gleich in der Realität wiederholen.

«Ich muss dich bestrafen», fuhr Kałwak fort. «Andernfalls wirst du nie begreifen, was echte Dankbarkeit bedeutet.»

Ich nickte unbewusst.

Der Beamte sah sich um und seufzte. Als er eine der Türen fixierte, an denen wir eben vorbeigegangen waren, fiel mir ein, dass sich dahinter ein kleiner Lagerraum befand.

Gleich würde ich mit ihm dorthin verschwinden. Noch einmal erniedrigt, noch einmal reduziert zu einer entmenschlichten Null.

Als er mich zur Tür drängte, wurde mir übel.

«Wenn du dir ein bisschen Mühe gibst, geht das ganz schnell», sagte Kałwak, dann schaute er sich um und hielt mir den Mund zu.

Mit dem Zeigefinger streichelte er meine Unterlippe.

«Ich erzähl dir jetzt, wie ich es am liebsten hab», fuhr er fort.

Ich kämpfte mit dem Brechreiz.

Als ich Kałwak meine Hand zusammenpressen spürte, merkte ich, dass es Zeit war, eine Entscheidung zu treffen. Andernfalls würde er für mich entscheiden.

Ich schloss kurz die Augen. Diesmal wollte ich mir genau ins Gedächtnis rufen, was er mit mir gemacht hatte.

«Malst du dir schon aus, wie du mir einen bläst?», flüsterte er und kam einen Schritt näher.

Ich öffnete die Augen und sah ihn an. Es machte keinen Sinn, weiter darüber nachzudenken, was ich tun sollte. Es gab nur einen einzigen Ausweg.

«Ich male mir aus, was passiert, wenn ich hier raus bin», sagte ich. «Und ein paar Journalisten von den Dingen erzähle, die hier vor sich gehen.»

Er runzelte die Stirn.

«Wie die Wärter mit den Insassinnen umgehen, insbesondere einer von ihnen.»

Ich presste die Lippen zusammen und fokussierte das Schild mit seinem Namen.

«Glaubst du, es finden sich noch mehr Frauen, die ... Oh, Pardon», sagte ich und presste meinen Körper an seinen. «Ich meine natürlich, glauben Sie, dass sich noch mehr Frauen finden, die meine Version bestätigen?» Ich ballte die Fäuste, als Wut in mir hochstieg. Am liebsten hätte ich ihm ins Gesicht gespuckt und wäre ihm an den Hals gegangen, hätte ihn bis zur völligen Erschöpfung mit Schlägen traktiert.

Kaławak sah mich forschend an, unsicher, was er mit meinen Worten anfangen sollte.

«Na, sag schon, du Hurenbock, finden sich noch mehr wie ich?»

«Du solltest ...»

«Du verlierst nicht nur deine Arbeit, sondern landest auch selbst an einem Ort wie diesem hier.» Und dabei ließ ich meinen Blick durch den Korridor schweifen. «Und ich schwöre dir, dass du dort den ganzen Tag genau das machst, wozu du jetzt die Frauen hier zwingst.»

Natürlich war ich nicht die Einzige. Ich musste nicht einmal rumfragen, um mir ganz sicher zu sein.

«Und wer wird dir glauben?», wollte er wissen.

«Ein paar Leute, vielleicht einige Dutzend», gab ich zu und riss meine Hand aus seiner Umklammerung. «Aber das ist nur der Anfang. Diese Zahl wird steigen, wenn weitere Frauen meine Geschichte bestätigen. Und im Übrigen reicht es auch völlig aus, wenn meine Geschichte nur einer oder vielleicht zwei Personen zu Ohren kommt. Deinem Vorgesetzten vielleicht oder einem Staatssekretär, dem an guter PR gelegen ist. Und schon bist du Hurensohn die Verkörperung aller Pathologien des polnischen Strafvollzugs. Und die Medien werden nicht ruhen, ehe ...»

«Das reicht.»

Ich sah ihm in die Augen, bis er es nicht mehr aushielt und den Blick abwandte.

Er wies nachlässig Richtung Ausgang, dann gab er mir einen leichten Klapps auf den Rücken. Ich ignorierte ihn und marschierte los.

Mit jedem Schritt wurde mein Traum von Freiheit immer realer.

Gleich war es so weit. Und dieser Mensch würde mir nie mehr Leid zufügen.

Nach einigen Minuten war es so weit.

Ich stand vor dem Gefängnis.

Die Straße war uneben und voller Schlaglöcher. Sie erinnerte an die vergessenen Überlandstraßen, die keiner mehr nutzt, weil parallel dazu moderne Autobahnen verlaufen. Ich atmete tief ein und streckte den Rücken durch. Ich war frei, aber der düstere Kasten hinter mir rückte mir noch immer allzu penetrant auf die Pelle. Viel zu dicht, um mich wirklich frei zu fühlen.

Ich sah mich nach Prokocki um, aber er war nirgends zu sehen. Er hätte schon seit einer guten Viertelstunde auf mich warten sollen.

Vielleicht war etwas vorgefallen. Irgendein Detail war nicht nach Plan gelaufen, gleich würde ein Wärter auf die Straße treten und erklären, es handle sich um ein Versehen.

Ich hielt Ausschau nach einem Auto, wartete auf das Anspringen eines Motors, aber da war nichts. Ich war allein.

In der Nähe war eine Bushaltestelle mit ruinierter Bank und beschmierten Plexiglasscheiben. Die Schmierereien waren das Ergebnis des fröhlichen Dilettantismus all jener Frauen, die Zamtuz vor mir verlassen und versucht hatten, in die Stadt zu kommen. Wahrscheinlich nutzte niemand sonst diese verlassene Haltestelle.

Ich stellte mich unter das Dach und ließ einen Finger über den Fahrplan gleiten. Hier hielt nur eine Linie, und der nächste Bus sollte erst in einer Stunde kommen. Ich setzte mich auf die beschädigte Bank und ließ den Kopf hängen.

Noch immer wurde ich das Gefühl nicht los, gleich würde jemand kommen und mich wieder hinter Gitter führen.

Erst das Geräusch eines heranfahrenden Autos weckte mich aus meiner Trance. Ich stand auf und versuchte den Fahrer zu erkennen.

Es war nicht Prokocki.

Ich erstarrte. Als das Auto neben mir anhielt, stand ich noch immer wie festgewachsen da. Das Fenster wurde heruntergefahren, und ich blickte auf die Person hinter dem Steuer.

«Ewa?», brachte ich mit Mühe hervor.

Teil II

1

Die Nummer, von der aus Kas mich angerufen hatte, gehörte zu einem Mann. Ich probierte sie aus, und als ein Unbekannter verkündete, ich hätte mich verwählt. Vielleicht war er ein Wärter oder der Freund einer Insassin, die durch irgendein Wunder ein Handy in die Hand bekommen hatte. Wie auch immer, auf diesem Weg konnte ich Kasandra nicht erreichen.

Eigentlich nicht nur auf diesem nicht, sondern auf keinem. Kliza und ich wussten, dass sie Zamtuz bald verlassen würde, aber wir hatten keine Ahnung, wann.

Vor ein paar Tagen hatte ich auf dem Polizeipräsidium meine Aussage gemacht. Prokocki versicherte mir, dass sie vollkommen ausreichte, damit der Staatsanwalt die Haft aufhob. Und wenn alles gut lief, würde die Sache vielleicht sogar eingestellt.

Das schien mir unwirklich. Wie auch immer es gewesen war, jemand aus Rewal war tot, und obwohl er ein wirklich grausamer Mensch gewesen war, sollte sich trotzdem das Gericht damit beschäftigen. Wenn auch nur um Kasandra freizusprechen und die Sache ein für alle Mal abzuschließen.

Kliza und ich warteten auf Nachrichten, aber es kam nichts. Als wir uns noch einmal im Präsidium meldeten, schickte uns ein Beamter niederen Ranges wieder weg. Er behauptete, Prokocki sei weggefahren. Wohin, wollte er nicht sagen.

Er war wie vom Erdboden verschluckt, und wäre es nur um ihn gegangen, hätte ich keinen Verdacht geschöpft. Doch mit Kasandra und meinem Nachbarn, von dem ich noch ein paar Antworten brauchte, war das Gleiche passiert.

Auch Pater Antoni war verschwunden, Glazur saß irgendwo in Nordpolen in Untersuchungshaft, und Wojtek war wieder im Krankenhaus in der Aleja Witosa. Sie hatten ihn nicht an Apparate angeschlossen, denn sein Körper konnte alle Lebensfunktionen aufrechterhalten. Doch er war noch immer nicht ansprechbar und bekam seine Nahrung intravenös oder über ein Rohr. Ich wollte nicht daran denken, was er durchmachte, falls er bei Bewusstsein war.

Mehrere Tage lang versuchten Kliza und ich herauszufinden, wo der Priester steckte, der sich früher um die Kinder in der *Kappa* gekümmert hatte, aber ohne Erfolg. Die Verwaltung des Untersuchungsgefängnisses behauptete, er hätte Urlaub genommen und einen anderen Geistlichen eingesetzt. Der wiederum wusste nicht, wo sich sein Vorgänger aufhielt.

Wir wussten nicht mehr weiter. Alle Spuren waren im Sande verlaufen, und uns blieben nur die Fotos, die Jola auf dem Server der Pfarrei gefunden hatte.

Ich hatte sie mir oft genug angesehen und kannte jedes Detail auswendig. Einen Teil davon hatte ein gewisser Cauvak gemacht, aber dieser Spitzname – oder Firmenname – war das Einzige, was wir über den Fotografen wussten.

Auf den Fotos waren viele Jugendliche zu sehen, die wichtigsten jedoch waren zwei: Ewa und Blitz.

Ich wusste nicht, dass die beiden sich ohne mein Wissen auch nur kurz getroffen hätten. Und jetzt entdeckte ich elf Jahre nach dem Verschwinden meiner Verlobten, dass sie zumindest einmal zusammen in der *Kappa* gewesen sein mussten. Einem Ort, von dem ich nie zuvor gehört hatte.

Wie konnte das sein?

Klar, dass Blitz Geheimnisse vor mir haben konnte, von denen ich nichts wusste, aber Ewa ...

Nein, es hatte keinen Sinn, mir etwas vorzumachen. Wenn sie mir verheimlicht hatte, dass sie gegen einen Gangster ausgesagt hatte, der eine Bande Krimineller anführte, dann konnte sie das sicherlich auch mit weit weniger wichtigen Angelegenheiten.

Aber warum hätte sie das tun sollen? Was war da in der *Kappa* los, dass mir nie jemand von diesem Ort erzählt hatte?

Ich wusste nur eins: Jetzt, nach Jahren, war er der Schlüssel.

Alle Spuren liefen dort zusammen. Ewa hatte in der Aufnahme auf ihn hingewiesen, mein toter Freund war dort gewesen, und Pater Antoni waltete dort so wie momentan in der Haftanstalt, in die Kasandra gekommen war. Außerdem beobachtete Prokocki die *Kappa* aus irgendeinem Grund.

Was das alles zu bedeuten hatte, wusste ich nicht.

Ich geriet langsam in eine Spirale des Wahnsinns, ich konnte mich auf nichts anderes mehr konzentrieren. Es ging sogar so weit, dass sich meine nächtlichen Sitzungen mit *Fortnite* wie vergeudete Zeit anfühlten, denn stattdessen konnte ich darüber nachdenken, wie sich meine Situation lösen ließ und vielleicht auf eine Idee kommen.

Es wurde immer schlimmer mit mir, und das machte mir Kliza ausdrücklich klar, als sie eines Abends bei mir vorbeikam, eine Tüte mit indischem Essen aus dem *Tulsi* um die Ecke dabei. Sie fegte mit dem Blick durch das Dachgeschoss, das man nicht mehr wirklich Wohnung nennen konnte, weil es so unordentlich war. Dann seufzte sie mitleidig.

«Wenn ein einsamer Mann aufhört, Onlinespiele zu spielen, ist etwas im Busch», verkündete sie und stellte die Tüte auf den Tisch.

Ich setzte mich dazu und wühlte in meinen Haaren. Sie waren klebrig.

«Quälst du dich immer noch?», fragte sie und nahm das Essen heraus.

«Ich quäle mich nicht, ich überlege.»

«Was denn diesmal?»

Ich schloss die Augen und rief mir die Bilder von Ewa und Blitz ins Gedächtnis.

«Wegen der Fotos.»

«Schon wieder?»

«Blitzer hatte so ein T-Shirt an, *The Colour and the Shape* von den Foo Fighters.

Kliza öffnete die Verpackung und überlegte völlig unnötig, ob wir Teller benutzen sollten. Schnell wurde ihr klar, dass alle schmutzig waren. Sie spülte zwei Löffel ab, das reichte für Curry-Gerichte.

«Schon wieder diese Band?», murmelte sie.

«Das war ihr erstes Album», sagte ich. «Erst gab es eine Demo, die Dave Grohl mit seinem Produzenten aufgenommen hat, und ...»

«Ich sehe, du hast dich informiert.»

«Musste ich», antwortete ich. «Aber wichtig ist, dass die CD '97 erschienen ist. Das heißt, das Foto kann nicht älter sein.»

Jola schob mir eine Schachtel herüber.

«Dazu müssen wir nicht wissen, wann welche CD von den Foo Fighters erschienen ist», bemerkte sie. «Ewa und Blitz sehen aus wie Gymnasiasten.»

«Stimmt. Außerdem kam das nächste Album, *There Is Nothing Left To Lose*, zwei Jahre später heraus.»

«Und?»

«Dann hätte Blitz schon das neue T-Shirt angehabt.»

«Vielleicht hat er es nicht gekauft und sich mit dem alten zufriedengegeben.»

«Nein, sicher nicht. Er war so ein Fan, er wäre sicher im neusten T-Shirt herumgelaufen.»

Jola war nicht überzeugt.

«Also Ende der Neunziger», bemerkte ich. «Und er war ein Teenager, der auf Rockmusik fixiert war.»

«Okay», stimmte sie schließlich zu und riss ein Stück Naan-Brot ab. «Dann wurde das Foto also zwischen 1997 und 1999 gemacht, als ihr auf dem Gymnasium wart.»

Ich nickte und runzelte die Stirn.

«Ewa und ich waren damals absolut unzertrennlich.»

«So wie es aussieht, nicht absolut.»

Ich stützte die Ellbogen auf den Tisch, rieb mir die Schläfen und legte mein Gesicht in die Hände.

«Wern?»

«Das kann doch nicht sein», sagte ich undeutlich. «Wenn ich mir vorstellen soll, wann wir die tollsten Gefühle in unserer Beziehung hatten, dann würde ich sagen, gerade damals. Wir waren immer zusammen.»

Kliza zuckte die Schultern.

«Was soll das heißen?», fragte ich.

«Weiß ich nicht.»

«Du wolltest doch etwas sagen.»

«Vielleicht nur, dass deine Hormone verrücktgespielt haben, aber das muss überhaupt nicht heißen, dass ...»

«Hör auf.»

Ich wollte schon in die Offensive gehen, obwohl ich wusste, dass Jola recht haben konnte. Auf einer Klassenfahrt hatten wir das erste Mal miteinander geschlafen. Dann hatte sich alles verändert, uns schien, wir wären kurz vor der Hochzeit und der damit verbundenen Entscheidung, den Rest des Lebens miteinander zu verbringen. Ich hielt es keinen Moment ohne Ewa aus, wartete auf jede Pause, damit ich mit ihr im Flur sitzen konnte, anstatt mit Freunden auf den Schulhof zu gehen und dort ein paar Zigaretten zu rauchen. Und ich hatte gedacht, so sei es auch bei ihr.

Offensichtlich hatte ich mich geirrt.

«Hast du noch nie gehört, dass Selbstmitleid genauso hilfreich ist, wie seine eigene Scheiße zu fressen?»

Ich schaute Kliza streng an und wies auf das Essen.

«Sorry. Du hast eh keinen Appetit, und mir macht es nichts aus», fügte sie hinzu. «Außerdem geht es mir nur darum, dass das unproduktiv ist. Du stößt etwas ab und nimmst es dann sofort zurück.»

Ich hoffte, dass die Metaphern damit enden würden. Jola allerdings wollte ihren Gedanken zu Ende bringen.

«Du schaffst einen geschlossenen Kreislauf deines Leids, anstatt ...»

«Was schlägst du also vor?», fiel ich ihr ins Wort.

Sie sah erst ihre, dann meine Schachteln mit dem Essen an.

«Dass du zumindest mal dieses Brot probierst», riet sie mir und wies auf das Naan. «Wenn du es nicht magst, ist das unsere letzte gemeinsame Mahlzeit.»

«Und ich dachte, du magst lieber Sushi», antwortete ich. «Und was ich meinte, war eher, was wir mit Ewa machen sollen, *sensei*.»

Sie legte den Löffel hin und nickte gedankenverloren.

«*Senpai-chan* reicht.»

«Hä?»

«Egal», beendete Kliza das Thema. «Es gibt nur eine Sache, die wir machen können.»

Sie griff nach einer kleinen Tasche, nahm ihren Laptop heraus und stellte ihn auf den Tisch. Sie fuhr eine Weile mit dem Finger über das Touchpad, dann drehte sie den Bildschirm zu mir.

«Schau dir das an und sag, was du meinst.»

Ich sah mir das Bild von Ewa und Blitz in der *Kappa* an.

«Ich kenne das Bild bestens, Kliza.»

«Dann präg dir die andern genauso ein.»

«Hab ich schon.»

«Und?», fragte sie und schob sich ein besonders großes Stück

Huhn mit Soße in den Mund. «Die anderen Personen haben wir noch nicht identifiziert», nuschelte sie.

«Weil ich die nicht kenne.»

Die Zweifel in ihren Augen sagten mir, dass ich mir so eine kategorische Antwort zweimal überlegen sollte.

«Niemanden?»

«Niemanden.»

«Aber diese Stadt ist doch nur so groß wie ein Stadtteil von Warschau», bemerkte sie. «Hier kennt jeder jeden. Und du willst mir sagen, dass du diese Jugendlichen nie im Leben gesehen hast? Ihr seid doch alle im selben Alter.»

«Aber es gibt nicht so viele Bilder.»

«Auf dem Server waren nur die. Das muss reichen.»

«Wäre es nicht einfacher, diesen Cauvak zu finden?»

«Hab ich schon versucht.»

Wenn sie nichts gefunden hatte, hatten sich nach all den Jahren die Spuren dieses Menschen wohl in Luft aufgelöst, oder sie waren so dünn, dass man sie nicht mehr sehen konnte. Ewa hatte auch nie von ihm gesprochen.

«Schau sie dir an und denk nach. Streng dich an.», riet sie mir. «Und mach das, solange ...»

«Ich sag dir doch, dass auf den Bildern niemand ist, den ich kenne.»

«Das will ich nicht hören.»

Ich zuckte mit den Schultern. Ich hatte keine Kraft mehr, nicht für mein Schicksal und nicht für Jolas Erwartungen.

«Diese Kids kamen sicher aus der Umgebung», antwortete ich. «Aber dort hatte ich keine Bekannten.»

«Kennst du jemanden, der welche hatte?»

Wenn es mir jemals leidgetan hatte, dass ich in meiner Schulzeit nicht mehr Zeit in Bars anstatt am Computer verbracht hatte, dann jetzt. Ich konnte allerdings nicht alles meinen Freizeitvorlieben zuschieben, Schuld war diese Liebe. Ewas Gesellschaft hatte mir gereicht, ich hatte überhaupt keine Lust gehabt, mit jemand anderem Zeit zu verbringen. Ich brauchte niemand anderen.

«Wern?»

«Weiß nicht. Lass mich kurz.»

Sie fluchte leise, drehte den Computer wieder zu sich, ging auf Facebook und loggte sich auf meiner Seite ein.

«Woher weißt du ...»

«Ich hab mir dein Passwort vor ein paar Tagen besorgt.»

Ich schaute meinen ausgedienten PC an und überlegte, dass ich ihn mit einem Passwort schützen sollte, solange Kliza hier war.

«Schau dir mal die Leute vom Gymnasium an», sagte sie. «Schau mal, ob von den alten Bekannten, die dich schon zehnmal vergessen haben, jemand zufällig in der Nähe der *Kappa* wohnt. Oder gewohnt hat.»

Ich erinnerte mich an niemanden, auf den das zutraf, aber nachschauen konnte nicht schaden. Auch wenn ich nicht auf eine konkrete Spur stieß, konnte ich mein Gedächtnis ein bisschen auffrischen und mich erinnern, ob nicht jemand in Szczepanowice oder Wójtowa Wieś zu Schule gegangen war.

Nach einer Stunde war klar, dass ich nichts finden würde. Vor ein paar Jahren wäre es vielleicht möglich gewesen. Damals hatte jeder seinen Geburtsort angegeben, den Wohnort, die Arbeit, Traumferien und was auch immer ihnen in den Sinn kam. Seit der Datenschutz-Grundverordnung aber schienen sich die Leute wieder an die Vorteile der Online-Anonymität zu erinnern.

«Genug», sagte Jola, dann nahm sie mir den Laptop weg.

«Was jetzt?»

«Wir nutzen die Waffe, mit der Kasandra dich angegriffen hat.»

«Also?»

Bevor sie antworten konnte, war ich selbst darauf gekommen. Spotted.

Kliza stellte ein paar Fotos auf die Seite von Opole und schrieb dazu, dass sie versuchen wollte, die Jugendlichen zu identifizieren. Das Foto von Ewa und Blitz stellte sie nicht ein, weil sie Angst vor einer Debatte hatte.

Die Antworten kamen fast sofort, wir schauten sie uns ungeduldig an. Die meisten fragten, warum wir uns ausgerechnet für diese Personen interessierten, andere schrieben ein paar nostalgische Kommentare über die Neunziger, und wieder andere spotteten über die unförmige Kleidung der Jugendlichen damals.

Aber nichts Konkretes. Bis zu dem Moment, als eine Person eine andere markierte und die eine weitere. Eine Kette von Beziehungen setzte sich in Gang, und wir wussten, dass etwas kommen würde. Als das letzte Glied erschien, waren wir überzeugt.

«Jemand hat Andrzej Kałwak markiert», sagte Jola.

«Was?»

Ich ging schnell um den Tisch herum und stellte mich neben Kliza. Ich starrte den Hyperlink zum Profil eines Mannes an, der höchstwahrscheinlich die Fotos gemacht hatte.

Er verschwand sofort. Ich hatte nicht einmal Zeit, mir das kleine Bild anzuschauen.

«Was denn?», fragte ich.

Kliza runzelte die Stirn.

«Jemand hat den Post gelöscht.»

«Schon, aber ...»

«Warte», sagte sie schnell, als wäre sie eine Chirurgin, die gerade eine komplizierte Operation durchführt.

Blitzartig schrieb sie ins Suchfeld «Andrzej Kałwak», dann klickte sie das Profil an. Wir hatten keine gemeinsamem Freunde, aber er musste die richtige Person sein. Im Feld «Geburtsort» stand Opole, ansonsten gab es keine Information. Ein Foto gab es auch nicht.

Kliza klickte trotzdem die Liste mit den Freunden an.

«Was machst du?»

«Ich suche.»

«Was?»

Sie schaute sich konzentriert die Miniaturfotos an, dann schnippte sie mit den Fingern. Sie zeigte mir eins, dann ging sie auf das Profil. Ich begriff, dass sie eine Person erkannt hatte. Es war eine stark gebräunte junge Frau mit üppigem Make-up.

«Das Püppchen hier hat ihr Bild mit ihm verlinkt», sagte sie. «Und das heißt, dass ...»

«Sie wusste, dass er das Bild gemacht hat.»

«Also war sie auch dort.»

Kliza drehte sich zu mir um, und ich hatte den Eindruck, dass sie sich im letzten Moment davon abhielt, mir ihre Hand für ein High Five hinzuhalten.

«Wir haben also zwei Personen, die etwas wissen könnten», sagte sie und kehrte zu Kaławaks Profil zurück. «Selbst wenn eine uns absagt, kö ...»

Der Seiteninhalt verblasste plötzlich, im Vordergrund erschien ein Kästchen, in dem stand «Die gesuchten Inhalte sind nicht verfügbar».

«Arschloch ...», zischte Jola. «Er hat sein Konto gelöscht.»

«Machst du Witze?»

Sie klickte die Seite noch einmal an, aber diesmal erschien die Nachricht, die Seite, die sie suche, existiere nicht.

«Der war schnell», bemerkte sie. «Fast sofort, nachdem er markiert wurde.»

«Aber ... warum?»

Die Frage hing wie eine regenschwere Wolke in der Luft. Wir starrten vor uns hin, unsicher, was eigentlich passierte, aber von einem überzeugt. Uns blieb nichts anderes übrig, als mit der Frau zu sprechen, die Kaławak markiert hatte.

2

Virtuelle Verbindungen zwischen Karolina Falkowska und mir gab es nicht viele, aber eine gute reichte, damit Kliza und ich fanden, was wir brauchten. Die Telefonnummer.

Ich bekam sie von meiner Nachbarin aus Zaodrze, die nicht nur Falkowska unter ihren Freunden hatte, sondern auch ein paar Fotos von Partys, auf denen sie zusammen gewesen waren.

Wir wussten nicht, was wir erwarten sollten, als wir die Nummer wählten, aber wir erkannten schnell, dass uns das Glück hold war. Karolina erinnerte sich nicht an mich, aber sie hatte nichts gegen ein Gespräch. Sie erschien mir einfältig und aufrichtig, als meinte sie, dass man jemanden, der ihre Hilfe brauchte, zumindest anhören sollte.

Sie sagte mir, sie sei am Nachmittag mit ihrer Arbeit bei McDonald's an der Ulica Czêstochowska fertig, und wenn wir dann dort hinkämen, würde sie uns gerne auf alle Fragen antworten.

Wir warteten draußen an einem Tisch, etwa eine halbe Stunde vor Schichtwechsel. Diese Gelegenheit konnten wir uns nicht entgehen lassen.

Als Falkowska aus dem Gebäude trat, winkten wir ihr entgegen. Sie kam auf uns zu und lächelte uns vorsichtig an.

Sie war genauso stark geschminkt wie auf dem Foto, ihre natürliche Haarfarbe kam am Ansatz durch, und ihre Ohrringe waren etwas zu groß. Sie war in meinem Alter, vielleicht ein bisschen älter, das Foto auf Facebook war wohl nicht ganz aktuell.

Wir begrüßten uns, dann ließ Karolina den Blick umherschweifen.

«Kennt ihr keinen besseren Platz?», fragte sie. «Ich habe eigentlich genug. Wahrscheinlich wollt ihr meinen Mitarbeiterrabatt nutzen, das kann ich verstehen. Aber ich sag euch gleich, dass er euch nicht umhauen wird. Wobei, die Arbeit ist nicht so schlecht, wie alle sagen. Ich hab vor kurzem im Internet gelesen, dass wir in der Probezeit neun Złoty bekommen und dann elf. Aber das ist Blödsinn. Tatsächlich ...»

«Wir können woanders hingehen», schaltete ich mich ein.

Karolina redete so viel und wirkte nicht, als könnte sie ein Geheimnis gut für sich behalten. Das stimmte mich optimistisch. Von Kliza konnte ich das allerdings nicht sagen. Sie machte den Eindruck, als würde sie sich gleich von uns verabschieden.

«Klar, können wir», antwortete Karolina. «Irgendwohin, wo die Leute ihre Hände waschen. Weil, wenn du bei McDonald's arbeitest, lernst du eine Sache: immer saubere Hände haben. Wenn zu uns welche aus anderen Lokalen kommen, wundern sie sich immer, dass es so sauber ist. Du musst dich nur am Kopf kratzen oder dir eine Haarsträhne hinters Ohr schieben, dann musst du schon ins Bad rennen und die Hände waschen. Und wisst ihr, welche Mythen es gibt? Dass bei uns ...»

«Was schlägst du vor?», fiel ich ihr ins Wort.

«Ich schlage vor, dass die anderen unsere Gewohnheiten übernehmen. Ich war mal in einem echt geilen Restaurant, ich schaue, und da kratzt sich der Kellner am Arsch und ...»

«Ich habe eigentlich gemeint, du sollst einen anderen Ort vorschlagen.»

Sie sah sich um und blinzelte.

«Zahlt ihr?»

«Sicher.»
«In dem Fall ...»

Sie machte eine kurze Pause, überlegte und wedelte dann mit der Hand.

«Ach, egal», sagte sie und setzte sich zu uns. «Also, um was geht es? Was wollt ihr wissen?»

Ich warf Kliza automatisch einen vielsagenden Blick zu, aber diese starrte nur auf die Tischplatte. Sie fühlte sich in der Gesellschaft der geschwätzigen jungen Frau nicht wohl, und nicht zum ersten Mal überlegte ich, dass sie voller Widersprüche war.

«Am Telefon hast du vom Haus Antoni gesprochen», sprach Falkowska weiter, ohne uns Zeit für eine Antwort zu geben. «Bist du dort auch hingegangen?»

«Haus Antoni?»

«*Kappa, Haus Antoni, Casa de Antonio* ... Dieser Versammlungsraum hatte viele Namen. Manche haben sie auch *Kappel, Käppchen, Kappselei* oder ...»

«Egal, wie sie geheißen hat», unterbrach ich sie und überlegte, dass ich das öfter machen sollte, wenn wir etwas erfahren wollten. «Was war dort los?»

«Verschiedenes. Aber warum fragst du überhaupt, wenn du nie dort warst?»

«Meine Freundin war oft da.»

«Echt? Wie heißt sie?»

«Ewa.»

Sie rieb sich das Ohr und zupfte an ihrem gigantischen Ohrring.

«Eine Ewa gab es bei uns nicht. Aber vielleicht hatte sie einen Spitznamen? Ein paar so Outsider kamen immer wieder, die gar nicht sagen wollten, wie sie hießen.

«Sie hatte keinen Spitznamen.»

Soweit ich wusste.

«Und um welchen Zeitraum geht es dir?»

«Ende der Neunziger. Warst du damals dort?»

«Na ja, schon.»

Ihr Tonfall sagte mir, dass sie das für die dümmste Frage hielt, die man stellen konnte. Ich schaute wieder Kliza an, aber sie war in Gedanken immer noch völlig woanders.

«Jeder der dort wohnte, ist ins *Kappa* gekommen.»

«Warum?»

«Weil es einen Grund gab?», antwortete Karolina und prustete. «Wir hatten dort Tischtennis, Tischkicker, einen gar nicht üblen Computer mit Spielen für die Jungs, ein paar Comics, andere Sachen ...»

«Und Alkohol, was Stärkeres?»

Falkowska lachte und krümmte sich auf der Bank.

«Machst du Witze?», fragte sie.

«Nein.»

«Pater Antoni wäre eher zum Araber konvertiert, als zu erlauben, dass in *Kappo Verde* jemand qualmte. Auch bei stärkeren Sachen. Es gab keine Joints. Du musst nicht glauben, dass manche es nicht versucht haben, aber ich sage dir, das waren die Harten. Die drehten sich vielleicht im Beichtstuhl einen, aber mit Pater Antoni ging das nicht. Der machte sofort Schluss, und das war's dann.»

Ich hörte aufmerksam zu, obwohl es mir nicht leichtfiel.

«Klar, dass wir mal einen geraucht haben, bevor wir dort hingegangen sind oder hinter der Kapelle. Aber er musste das nur riechen, dann ist er durchgedreht. Und mit Fahne brauchte man schon gar nicht da ankommen, denn wenn sich Pater Antoni aufregte, hat der sogar bei den Eltern angerufen. Eigentlich ein guter Typ, aber nur solange du ihm nicht aufgefallen bist. Der hat dich so klein mit Hut gemacht.»

Trotz dieser Auswahl an Bezeichnungen redete sie über ihn mit einer gewissen Wertschätzung in der Stimme, als sei er tatsächlich eine Art geistiger Beistand für diese Jugendlichen gewesen. Ich stellte mir diese Gesellschaft vor, die vor allem aus Leuten bestand, mit denen Ewa nicht viel gemein hatte.

Sie kam aus einer gut situierten Familie, die sich so hoch in der gesellschaftlichen Hierarchie befand, dass sogar ich den Kopf heben musste.

«Gab es da mal Streit? Oder Reibereien?»

«Reibereien?», fragte sie und prustete wieder. «Mann ...»

Ich zuckte die Schultern.

«Klar gab es manchmal Streit, aber wenn es mal zu Handgreiflichkeiten kam, sorgte Pater Antoni sofort wieder für Ordnung.»

Ich schloss die Augen und holte Luft. Es gab noch so vieles, was ich fragen wollte, dass ich nicht wusste, wo ich anfangen sollte. Gleichzeitig konnte ich mich aber des Eindrucks nicht erwehren, dass es mir auch nicht helfen würde, wenn ich die ganze Geschichte dieses Ortes kannte.

«Erinnerst du dich an Blitz?», schaltete sich Jola schließlich ein.

Falkowska schüttelte den Kopf, als würde ihr erst jetzt bewusst, dass noch eine andere Person am Tisch saß.

Sie antwortete nicht. Nicht sofort. Sie schwieg, was eher beunruhigend war.

«Na klar erinnere ich mich. Blitzer war ...»

Sie machte eine Pause und starrte mich an. In ihren Augen flackerte plötzlich Erkenntnis auf.

«Ja, Scheiße», rief sie. «Das bist du, oder?»

«Ich?»

«Blitzers Kumpel. Der Typ, der seine Verlobte gesucht hat, und sie ist später auf der Bolko aufgetaucht. Also ihre Leiche. Oder?»

Es war sinnlos zu erklären, dass diese Person mit meiner Ewa nichts zu tun hatte. Ich nickte also und spielte tiefe Trauer.

«Oh Gott», stöhnte Karolina. «Sorry. Manchmal denke ich echt nicht nach. Manchmal rede ich einfach, ohne nachzudenken.»

«Manchmal?», fragte Kliza vor sich hin.

Falkowska ignorierte sie und legte mir die Hand auf den Arm.

«Ich wollte nichts Böses.»

«Schon okay», antwortete ich.

«Also deshalb hast du nach Ewa gefragt?», fragte sie. «*No way* ... Hast du eine Spur?»

«Das versuche ich gerade herauszufinden.»

Sie zog ihre Hand zurück und setzte sich auf dem Stuhl zurecht, als hätte sich ihr gerade die Chance eröffnet, in die Geschichte einzugehen.

«Stell deine Fragen», verkündete sie. «Ich sage dir alles, was ich weiß.»

Ich schaute zu Jola hinüber. Sie verstand meine Anspielung und holte den Laptop aus ihrem Rucksack. Falkowska musste nicht lange überlegen, was auf dem Foto war, das Jola ihr zeigte.

«Garantiert die *Kappa*», sagte sie. «Und da ist Blitz. Ist die daneben Ewa?»

«Ja.»

«Die hab ich bei uns nie gesehen. Wahrscheinlich ist sie gekommen, als ich gerade nicht da war. Oder in den Ferien? Im Sommer war ich selten in der Stadt, meine Eltern wollten immer, dass ich mit zu den Großeltern nach Głuchołazy komme. War blöd, weil mir dann zwei Monate fehlten. Alle anderen saßen herum und konnten nicht wegfahren. Manche haben mich beneidet, aber ich hätte gerne mit ihnen getauscht.»

«Okay», schaltete sich Kliza ein. «Wer ist dann dieser Kałwak?»

«Äääh ...»

Das klang nicht gut.

«Du hast ihn auf Facebook markiert, unter dem Post, den wir eingestellt haben.»

«Ja, stimmt.»

«Und gleich danach hast du die Markierung wieder gelöscht.»

«Er wollte das.»

«Warum?»

So langsam klang die Unterhaltung wie ein Verhör, und Falkowska gefiel das offensichtlich überhaupt nicht.

«Was weiß denn ich?», antwortete sie. «Er hat mir eine Nachricht geschickt, ob ich ihn nicht löschen kann, und das hab ich gemacht.»

«Hast du nicht gefragt, wovor er Angst hat?»

«Wer sagt denn, dass er Angst hatte?», meinte sie. Ihr Gesichtsausdruck sagte, dass wir gegen die elementaren Ermittlungsregeln verstießen. «Ich hab gefragt, aber er hat nicht zurückgeschrieben. Und dann habe ich die Sache vergessen.»

«Okay. Warum dann überhaupt diese Markierung?»

«Weil ich mich dran erinnert habe, dass dieser Typ Bilder in der *Kappa* gemacht hat.»

«Erinnerst du dich oft an Leute von vor zwanzig Jahren?»

«Was ist denn das für eine Frage?», empörte sie sich.

«Und hast du die oft als Freunde bei Facebook?»

Ich war nicht sicher, ob Jola nicht ein bisschen zu hart war, aber Falkowska schien von den vielen Fragen nicht abgeschreckt. Vielleicht redete sie wirklich nur gern, egal über wen und was.

«Er hat mir irgendwann eine Freundschaftsanfrage geschickt», erklärte sie. «Bevor ich sie bestätigt habe, habe ich erst mal nachgeprüft, wer das ist. Und dann hab ich mich erinnert, dass wir uns irgendwann mal über seinen Nachnamen lustig gemacht haben.»

Klar, dass sich die Jugendlichen einen Spaß daraus gemacht hatten, dass die ersten drei Buchstaben Kacke bedeuteten.

Karolina zeigte auf das Foto auf dem Bildschirm.

«Pater Antoni hat nur einen Fotografen in die *Kappa* gelassen. Und das war wohl das einzige Mal, dass überhaupt jemand Fotos von uns geschossen hat.»

Kliza rief die anderen Fotos auf, und Falkowska schaute sie sich schweigend an.

«Wenn er nur einmal da war und Ewa auf diesen Fotos ist, musst du sie ja gesehen haben», bemerkte Jola.

«Nicht unbedingt.»

«Was heißt das?»

«Dass ich an dem Tag nicht in der *Kappa* war.»

Ich sah, dass Kliza ziemlich irritiert war.

«Woher hat er dich also gekannt? Warum hat er dir die Anfrage geschickt?»

«Du weißt wohl nicht, wie Facebook funktioniert», schoss Falkowska zurück und breitete die Hände aus.

«Du kannst es mir ja erklären.»

Karolina holte tief Luft und erzählte uns dann alles von Anfang an. Von Kałwak hatte sie gehört, als ihr die anderen von der Fotosession erzählt hatten. Sie hatten ein bisschen über seinen Namen gelacht und ihn dann vergessen. Irgendwann war er mit den entwickelten Fotos wiedergekommen, da hatte Falkowska ihn kennengelernt.

Das klang glaubwürdig.

«Und dann hat er dir einfach so eine Freundschaftsanfrage geschickt?», murmelte Jola.

«Er hat gesehen, dass wir einige gemeinsame Freunde haben und auf das grüne Rechteck gedrückt. So funktioniert das, oder?»

Von einer Sackgasse in die nächste. Wir kamen nicht vorwärts.

Doch, kamen wir.

«Ich erinnere mich, weil, wie ich ja schon gesagt habe, nur einmal Fotos gemacht wurden. Sonst haben wir immer Filme gedreht», sagte Karolina.

«Wie bitte?», fragte ich.

«Pater Antoni hatte von jemandem aus der Pfarrei eine Kamera bekommen. Die haben wir ein bisschen ausprobiert. Keine Pornos. Wir haben getan, als wären wir Schauspieler und haben *Kappawood* gedreht und so einen Quatsch. Wir gaben vor der Kamera flache Witze zum Besten, so Zeugs, das man in Familienshows erzählt, schließlich waren wir alle nüchtern, aber ungefähr eine Woche lang hatten wir schon Spaß.»

Diesmal sah mich Kliza vielsagend an.

«Hattet ihr dort Videokassetten?», fragte sie.

«Mit dem, was wir gemacht haben?»

«Nein, andere.»

«Na klar, immerhin war das ein Clubraum, oder?»

Ihre Frage echote in meinem Kopf. Sie war so offensichtlich, dass ich sie mir hätte stellen sollen, als Jola und ich dort waren. Natürlich. Ein Clubraum.

Das konnte kein Zufall sein.

Ich schaute mir ein Bild an und wollte feststellen, ob das der gleiche Ort war, an dem Ewa ihre Aufnahmen gemacht hatte. Keine Chance. Das Bild auf Band Nummer «3/15» war zu undeutlich und außerdem abgeschnitten und nach unten gerutscht.

Aber ich konnte nicht ausschließen, dass die Aufnahme in der *Kappa* gemacht wurde. Nicht damals, sondern Jahre später.

Wann hatte die Pfarrei die Immobilie verkauft? Miss Marvel hatte gesagt, dass sie vor ein paar Monaten dort eingezogen war. Gekauft hatte sie das Haus schon früher, die Fassade war erneuert worden. Wobei, sie hatte die ehemalige *Kappa* vielleicht auch renoviert und gleichzeitig darin gewohnt.

«Wusstest du, dass die Kirche das Grundstück verkauft hat?», fragte Jola.

«Sicher. Wir haben es alle gewusst. Pater Antoni hat es uns gesagt.»

Mir entging nicht, dass sie immer mit der gleichen Wertschätzung über ihn sprach. Immer «Pater Antoni», nie der Vorname oder ein Spitzname. Mir schien es unmöglich, dass sie ihm keinen gegeben hatten. Immerhin schrie er danach, dass man ihn Antonio Fa Caldo, Banderas oder sonst wie nannte. Aber nicht ein einziges Mal hörte ich in Karolinas Stimme Geringschätzung.

«Er versuchte die Pfarrei zu überreden, das Grundstück nicht zu verkaufen. Aber ihr wisst ja, wie das ist. Erstens brauchten sie Geld, zweitens wurde die *Kappa* schon einige Zeit nicht mehr benutzt, und drittens ... hatte Pater Antoni nicht mehr die Connections von früher.»

«Warum?», fragte ich. «Was ist passiert?»

«Na ja, wie immer. Neue Leute, neue Regeln. Genauso wie in *Pitbull.*»

Wir unterhielten uns noch ein bisschen, aber es war mir klar, dass Kliza und ich nichts Hilfreiches mehr erfahren würden. Trotzdem hörten wir Falkowskas Ausführungen genau zu. Wir mussten gar nicht nach Einzelheiten fragen, sie erzählte uns alles freiwillig.

Als sie fertig war, standen wir ziemlich erleichtert auf und bedankten uns für ihre Hilfe. Sie versicherte mir, dass sie sich sofort melden würde, wenn ihr noch etwas einfiele. Als sie wegging, schauten wir ihr hinterher und gingen dann zum Auto zurück.

«Das war ein riesiger Reinfall», murmelte ich und wischte mir die Stirn ab. «Außerdem bekommt man von ihrer Stimme Migräne.»

Kliza schwieg.

«Findest du nicht?»

Ich schaute sie an und sah, dass sie mit den Gedanken schon wieder woanders war. Sie starrte geradeaus, als würde sie etwas in den dichten Büschen, die den Sitzplatz von der Straße abschirmten, wahrnehmen.

«Kliza?»

«Gleich.»

«Gleich was?»

«Starte das Auto und fahr ihr hinterher.»

Sie zeigte eilig auf das Zündschloss.

«Von was redest du?»

«Davon, dass du jetzt schleunigst hinter Falkowska herfährst oder dass wir wahrscheinlich nie erfahren werden, was mit deiner Verlobten passiert ist.»

Ich schaute verunsichert in den Spiegel und sah, wie Karolina vom Parkplatz fuhr. Aber Kliza schien ihrer Sache so sicher zu sein, dass ich nicht lange nachdenken musste. Ich setzte zurück und folgte dem weißen Fiat Punto.

«Was ist denn?», fragte ich. «Hab ich was übersehen?»

«Dass unsere Fiffi wohl schon seit ihrer Geburt große Ohrringe trägt.»

«Wie bitte?»

«Fiffi.»

Diesen Ausdruck hatte ich noch nie gehört, vermutete aber, dass er irgendein Regionalismus war. Ich beschleunigte ein wenig, um Falkowska nicht zu verlieren. Zu viel Abstand war wohl nicht nötig, sie vermutete sicher keine Verfolger.

«Warum fahren wir ihr eigentlich hinterher?»

«Weil sie gelogen hat.»

«Wann?»

«Als sie gesagt hat, dass sie nicht in der *Kappa* war, als Kałwak die Fotos gemacht hat.»

Die Ampel schaltete auf Rot, und ich ließ ein Auto aus einer Seitenstraße vor mir rein, damit wir uns nicht direkt hinter Falkowska befanden.

«Sie war doch gar nicht auf den Fotos», bemerkte ich. «Und außerdem, warum sollte sie lügen?»

«Weiß ich nicht.»

«Und woher weißt du, dass ...»

«Deshalb», antwortete Kliza und zog den Laptop heraus.

Als der Fußgänger, der gedrückt hatte, auf die Straße trat, zeigte mir Kliza ein Foto. Ich schaute es genau an, entdeckte aber nichts Besonderes.

«Oben rechts», half sie mir. «Was siehst du da?»

Ich schaute noch mal und sah erst dann ein Stück von einer Person. Das Gesicht war nicht zu sehen, nur ein Teil des Profils. Aber gerade genug, um zu sehen, dass diese Person fast lachhaft große Ohrreifen trug.

«Entweder waren bei euch damals Pygmäen in Mode, oder das ist sie», bemerkte Kliza.

Die Haarfarbe passte zu dem Haaransatz, den wir heute an Karolina gesehen hatten. Aber warum sollte sie nicht die Wahrheit sagen?

«Und du hast doch nicht an diese Geschichte von der zufälligen Freundschaftsanfrage geglaubt, oder?»

«Weiß nicht.»

«Quatsch», sagte Jola, als die Ampel grün wurde und ich in den ersten Gang wechselte. Wir fuhren hinter Falkowska her, aber das Auto vor uns war ein bisschen langsam. Ich würde es überholen müssen, um kein Risiko einzugehen.

«Manchmal braucht es nicht viel, damit ein Typ einer hübschen jungen Frau eine Freundschaftsanfrage schickt», warf ich hin.

«Du findest dieses Tusse hübsch?»

Ich schielte zu Kliza hinüber.

«Du hast einen großen Wortschatz in puncto ...»

«Zuckerhäschen?»

«Du hättest dich sicher gut mit Blitz verstanden», murmelte ich.

Eigentlich konnten die beiden unterschiedlicher nicht sein, aber ich hatte den Eindruck, dass ich mit meiner Bemerkung recht hatte. Wenn nur Blitzer noch lebte.

«Das bezweifle ich», antwortete sie. «Ich komme schlecht mit Leuten zurecht, die Geheimnisse haben. Und dein Kumpel hatte mindestens eins.»

Ich hatte keine Lust, über Blitzkrieg zu reden, nicht jetzt. Auch wenn die Intuition etwas anderes sagte, sah ich ihn immer noch als Opfer in dieser Angelegenheit, nicht als Täter. Sein einziger Fehler war gewesen, dass er mir in einer gewissen Situation hatte helfen wollte.

«Wohin fährt sie?», fragte ich.

Wir wussten beide, dass sie in Malinka wohnte, aber sie fuhr an der Abfahrt dorthin vorbei und weiter Richtung Zentrum.

«Weiß ich nicht», antwortete Kliza. «Aber ich bin sicher, dass sie jemanden informieren will, dass wir herausfinden wollen, was in der *Kappa* los war.»

Ich nickte gedankenverloren, dann nutzte ich die Gelegenheit, dass die einspurige Straße breiter wurde. Ich überholte das Auto vor uns und befand mich nun direkt hinter Falkowska.

Die fuhr durch die ganze Stadt und parkte schließlich vor einem Gebäude, das wir beide kannten. Zum ersten Mal hatten wir es gesehen, als wir auf der Suche nach Informationen über Pater Antoni zu seiner Wohnung gefahren waren.

Karolina stieg aus ihrem Fiat und klingelte, aber sie traf den Hausherrn offensichtlich nicht an. Sie probierte es noch ein paarmal, dann nahm sie das Telefon und versuchte eine Zeitlang, jemanden anzurufen.

Sie gab auf und fuhr Richtung Młynówka. Kurze Zeit später parkte sie vor dem Polizeipräsidium. Wir hielten ein Stück hinter ihr.

«Sie geht zu Prokocki?», fragte ich.

«Offensichtlich.»

«Die sagen ihr doch nichts.»

So war es auch. Vom Kommissar gab es noch immer keine Spur, und seine Beamten gaben keine Auskunft. Uns nicht und auch niemandem sonst.

Karolina kam aus dem Gebäude, schaute sich irritiert um und versuchte dann wieder erfolglos, jemanden anzurufen. Sie schüttelte den Kopf, schlug mit der Hand auf die Motorhaube und setzte sich wieder ins Auto.

«Wen sie wohl warnen will»?, murmelte ich. «Und warum?»

Kliza musste nicht antworten. Auf die zweite Frage hatten wir keine Antwort, und auf die erste hatte sie Karolina selbst gegeben. Uns beiden war klar, dass eine der Adressen, zu denen sie sich jetzt begab, der Schlüssel sein würde.

Sie fuhr zu allen, die in die Sache verwickelt waren. Und damit musste sie uns irgendwann zu der Person führen, die Antworten für uns hatte. Als sie zum Stadtteil Szczepanowice fuhr, schlug mein Herz schneller.

Sie parkte vor einem Haus in der Ulica Wojska Polskiego auf dem Gehweg. Die Siedlung war nicht sehr repräsentativ, der größte Teil hinter den Bahngleisen bestand aus wie zufällig dahingeworfenen Würfeln aus der Zeit der Volksrepublik. Einzelne graue Blocks, eine Arbeitergenossenschaft, ein alter Bahnhof ... Alles machte den Eindruck, als herrschten dort noch andere Zeiten.

Wir hielten so, dass Karolina uns nicht bemerkte. Sie stieg aus und ging zu dem Haus, vor dem sie gehalten hatte, aber sie traf auch dort niemanden an. Eine Weile sprach sie mit jemandem am Telefon, dabei gestikulierte sie wild.

«Um das hören zu können, würde ich mich zu einem Sashimi schneiden lassen», sagte Jola.

Wir schauten ihr zu, wie sie schließlich etwas in den Hörer schrie und dann nervös den Finger aufs Display stieß. Dann stieg sie ins Auto, schlug die Tür zu und fuhr sofort los.

Mir schien, als sollte die Verfolgung nie enden. Doch es zeigte sich, dass ich mich grundlos sorgte.

Falkowska fuhr nur noch ein bisschen weiter, dann bog sie in eine kleine Straße ab. Sie hielt bei einer Reihe verwahrloster Garagen vor einem verfallenden Zaun unter einigen alten Bäumen.

«Nicht so nah», riet mir Kliza.

Ich parkte auf dem Gehweg. Wir beobachteten Karolina, aber sie stieg nicht aus. Die Zeit schien noch langsamer zu vergehen.

Schließlich näherte sich aus der anderen Richtung ein Auto. Es parkte direkt vor dem Fiat Punto. Den Fahrer konnte ich nicht sehen, aber auf den Beifahrer erhaschte ich einen Blick.

«Kliza ...»

«Was?»

Ich zeigte nach vorn, bemerkte aber, dass Jola nicht so gut sehen konnte.

«Schau selbst», sagte ich und machte ihr Platz. Sie lehnte sich zu mir herüber und starrte zum Auto hinüber, dass gerade gekommen war.

«Kasandra ...?», fragte sie ungläubig. «Aber woher ...»

Sie brach ab, als jemand laut an die Scheibe klopfte. Erschrocken drehten wir uns um. Der Mann draußen hielt eine Waffe in der Hand und bedeutete uns, die Scheibe herunterzulassen.

3

Ich konnte nicht glauben, was ich da sah. Ein paar Meter hinter dem Fiat Punto stand ein Wagen, den ich gut kannte. Hinter dem Lenkrad saß Wern und auf dem Beifahrersitz – Kliza.

Wie waren sie auf die richtige Spur gestoßen? Wie gerade auf diesen Ort gekommen?

Eilig ging ich im Kopf noch einmal alles durch. Als wir uns das letzte Mal gesehen hatten, lenkte ich Damian durch meinen Hinweis auf die Kassetten in eine ganz bestimmte Richtung. Wie ihn dieser Hinweis ausgerechnet hierher geführt hatte, war mir schleierhaft.

Ich sah zu ihm hinüber, konnte aber nicht feststellen, ob auch er mich bemerkte. Plötzlich beugte er sich ein wenig zur Seite, damit Kliza neben ihm Platz hatte. Sie sahen nicht, dass ein Polizeiwagen neben ihnen angehalten hatte und der Fahrer ausgestiegen war.

Als er ans Fenster klopfte, fuhren Wern und Kliza erschrocken auf, und wir entschieden, die Gelegenheit zu nutzen und davonzufahren. Sie würden uns nicht verfolgen. Dafür würde der Beamte schon sorgen.

Ich schloss die Augen und versuchte, wenigstens für einen Augenblick alles zu vergessen.

Keine Ahnung, wie viel Damian herausgefunden hatte oder wie die ganze Sache enden würde.

Stand mir ein Happy End bevor? Ich wusste nicht einmal, was ich mir darunter vorstellen sollte.

Ein Blick auf Wern hatte ausgereicht, damit mir das alles wie ein riesengroßer Fehler vorkam. Als stünde ich auf der falschen Seite.

Vielleicht war es auch so? Hätte ich mich besser für ihn entschieden?

Nein, das wäre sinnlos gewesen. Er war schwach. Außerdem konnte ich mir zwar einbilden, dass wir unsere Beziehung irgendwie kitten würden, aber es war vollkommen ausgeschlossen, dass sie die nächste Stufe erreichte.

Was machte ich mir denn vor? Dass er sich in mich verlieben würde, wie damals in Ewa? Nur weil ich mich ihr äußerlich angenähert und ihm eine Weile lang vorgespielt hatte, ich sei sie?

Eine Hand auf meiner Schulter unterbrach meine Gedanken.

Ich sah den Mann an, der neben mir saß.

«Er fehlt dir, oder?»

«Vielleicht.»

«Wenn das so ist ...»

«Das ist egal», unterbrach ich, «vollkommen egal. Es bleibt alles beim Alten.»

Er sah mir eine Weile in die Augen, als wollte er in ihnen lesen, ob er mir vertrauen konnte.

«Bist du sicher?»

«Vollkommen.»

4

Angeblich müssen Leute, die nichts zu verbergen haben, die Polizei nicht fürchten. Das Problem war nur, dass sie in einer sicheren, idealen Welt überhaupt nicht nötig wäre. Ein gutfunktionierender Polizeistaat brauchte keine Polizei, hatte William S. Burroughs einmal behauptet.

Unserer war so etwas garantiert nicht, wie diese Situation bewies. Angst schien mir in diesem Augenblick durchaus begründet.

Unsicher kurbelte ich die Scheibe herunter. Dabei kam es mir vor, als konzentriere sich die Luft und gleich werde es unmöglich, sich zu bewegen.

Saß da wirklich Kas in dem anderen Auto? Und wenn ja, wie war das möglich? Sie kannte niemanden außer mir in Opole und sicher nicht die Frau, die wir gefunden hatten. Sie hatte keine Ahnung von der *Kappa* – die hatte ich doch erst dank des Videos entdeckt.

Es schien alles komplett sinnlos. Aber ich hatte keine Zeit, darüber nachzudenken.

«Stimmt was nicht?», fragte Kliza, als sich der Polizist zu uns herunterbeugte.

Der Beamte ignorierte die Frage und konzentrierte sich auf mich.

«Wissen Sie, wo Sie geparkt haben?»

«Na ja ...»

«Auf dem Bürgersteig.»

«Wirklich?», fragte ich ungläubig.

«Im Halteverbot. Haben Sie das nicht gesehen?»

«Ich fürchte, dass ...»

Ich unterbrach, als ich hörte, wie die Autos vor uns starteten. Jola und ich schauten hinüber. Uns wurde klar, dass die Spur, die wir gerade gefunden hatten, gleich wieder verschwinden würde.

Der Punto und das andere Auto fuhren los.

«Was jetzt?», meldete sich der Polizist. «Haben Sie das Schild gesehen oder nicht?»

Ich schaute ihn an. Dass das Pech gewollt hatte, dass er uns hier anhielt, konnte nicht sein.

«Ich hab's wohl übersehen.»

«Tja, dieses Übersehen wird Sie ein bisschen was kosten», meinte er.

Ich fluchte innerlich und starrte durch die Scheibe. Die beiden Autos bogen rechts ab und verschwanden.

Es gab noch eine Chance, sie einzuholen.

«Können Sie mich nicht mit einer Verwarnung bestrafen?», fragte ich und zwang mich zu einem Lächeln.

«Und was wäre das für eine Strafe? Sie würden sie gleich vergessen und das noch mal machen.»

«Ich versichere Ihnen, dass ...»

«Führerschein und Fahrzeugpapiere bitte.»

Sein dienstlicher Ton machte die Chance zunichte, Falkowska und Kasandra doch noch hinterherzufahren. Falls das wirklich Kasandra gewesen war, die sich mit der von uns verfolgten Frau getroffen hatte.

Nachdem ich endlich alle Belehrungen und Formblätter für die Bezahlung der Strafe bekommen hatte, verabschiedeten wir uns von dem Polizisten und fuhren los. Ich bog in dieselbe Straße ein wie der Punto und fuhr dann auf den Randstreifen. Von dem Auto keine Spur.

Kliza fluchte leise.

«Wir waren so nah dran!»

«Weiß ich.»

«Aber es sieht so aus, als wüssten diese Leute, was sie tun.»

«Es besteht eine hypothetische Chance, dass der Streifenwagen zufällig vorbeigekommen ist», antwortete ich fürs Protokoll.

Sie machte große Augen, dann beschrieb sie mit der Hand einen Kreis. Sie musste nichts sagen, damit ich mir klarwurde, dass sich in diese Umgebung nur selten ein Streifenwagen verirrte. Und wenn, dann interessierten sie sich für ernsthaftere Dinge als ein missachtetes Halteverbot.

Wir saßen einen Moment lang schweigend da. Schließlich schaltete ich das Radio aus.

«Hast du sie gesehen?»

«Nicht richtig.»

«Aber das war sie schon, oder?»

«Weiß nicht. Du hast sie besser gesehen», murmelte Kliza.

Offensichtlich hatte sie keine Lust, das Thema zu vertiefen. Sie spekulierte nicht gern, und in diesem Fall lief das Gespräch ja nur darauf hinaus. Allerdings hatte ich nicht vor lockerzulassen.

«Was hat sie hier gemacht?», fragte ich.

«Sie hat im Auto gesessen.»

Ich schaute sie vorwurfsvoll an.

«Du könntest wenigstens so tun, als würdest du dich darauf konzentrieren.»

«Muss ich nicht, weil du das pausenlos machst.»

Der Streifenwagen fuhr an uns vorbei, der Polizist ignorierte uns ostentativ.

«Was genau?», fragte ich.

«Du denkst an sie.»

«Das klingt wie ein Vorwurf.»

«Kann sein», antwortete sie.

Eine unangenehme Stille trat ein. Ich erkannte, dass es das Beste war, sie nicht zu brechen. Das Gespräch ging nicht in die erwartete Richtung.

Plötzlich drehte sich Kliza zu mir um.

«Pass auf», sagte sie. «Ich weiß nicht, was in deinem Kopf passiert, aber du solltest daran denken, was diese Frau dir angetan hat.»

«Das kann ich ja schwer vergessen.»

«Und warum machst du dann den Eindruck, als wäre es genau so? Und als schiene es dir, dass euch etwas verbindet?», antwortete sie in anklagendem Tonfall. «Es wäre gut, wenn du verstehen würdest, dass das nicht so ist. Alles, was Kasandra macht, ist manipulieren. Und alles, was sie sagt, ist eine Lüge.»

«Übertreibst du da nicht?»

«Nein. Und irgendwann wirst du dich an meine Worte erinnern. Noch ist es nicht zu spät.»

Ich öffnete den Mund, aber sie gab mir keine Gelegenheit zu antworten.

«Und jetzt an die Arbeit», schlug sie vor. «Denn die Antworten kommen nicht von selbst zu uns.»

Ich runzelte die Stirn, nicht sicher, was sie meinte. Die Spur war verloren, es gab keine Möglichkeit mehr, ihr zu folgen.

«Fährst du jetzt?»

«Wohin denn?», fragte ich.

Sie schaute mich lange und vielsagend an. Ich fühlte mich wie ein Idiot, obwohl ich nicht wusste, warum.

«Sie bringt dich echt durcheinander», murmelte Jola. «Denk nach, Mensch. Falkowska hat uns von einer zur nächsten Person geführt und uns damit selbst gezeigt, wer alles in die Sache verwickelt ist. Das Haus von Antoni und der Arbeitsplatz von Prokocki bringen uns nichts, aber ...»

«Dieser kommunistische Klotz schon», vollendete ich.

Sie hatte recht. Wer auch immer in dem Gebäude wohnte, vor dem Karolina angehalten hatte, musste etwas wissen. Karolina war nicht umsonst als Drittes dort hingefahren.

Wir fuhren wieder zurück, parkten und gingen zu dem Haus. Die Bewohner waren noch immer nicht da, aber wir hatten nicht vor wegzufahren, bevor jemand auftauchte.

Nach anderthalb Stunden erschien an der nahegelegenen Bushaltestelle eine Frau in Falkowskas Alter. Sie lief auf das Haus zu, das wir im Auge hatten. Als sie vor dem rostigen Tor stehenblieb, gingen wir zu ihr.

«Guten Tag», sagte ich in einem Ton, der besser zu einem Verkäufer gepasst hätte als zu einem netten Unbekannten. «Haben Sie einen Moment Zeit?»

Ich fürchtete, man würde uns wieder für Zeugen Jehovas halten. Die Frau sah uns an, blinzelte, legte dann den Kopf schief und betrachtete mich genauer. Sie sah aus, als würde sie mich erkennen, aber ich konnte mich nicht erinnern, sie schon einmal irgendwo getroffen zu haben.

«Damian Werner?»

Kliza und ich wechselten einen unsicheren Blick.

«Ich hab alle möglichen Personen erwartet, aber dich nicht.»

«Woher ...»

Bevor ich den Satz beenden konnte, ging sie zum Haus. Sie winkte uns herein und führte uns dann in den hinteren Teil. Dort befand sich ein verwahrloster kleiner Garten, chancenlos im Wettbewerb «Blühendes Opole».

Wir blieben vor einer Veranda stehen, und die junge Frau sah mich noch einmal an.

«Electra», stellte sie sich vor.

Ich gab ihr die Hand, und es entging mir nicht, dass meine Gesprächspartnerin einen sehr feuchten Händedruck hatte.

«Von der Figur aus *Daredevil?*», fragte ich.

«Hä?»

Offensichtlich wusste sie nicht, wovon ich sprach.

«Von Electrolux», antwortete sie. «Irgendjemand hat das mal gesagt, und dann ist das daraus geworden.»

Keiner von uns wusste, wie wir das aufnehmen sollten. Electra verdrehte die Augen, dann zog sie laut die Nase hoch und wischte mit dem Finger hinterher.

«Seinerzeit hab ich ein bisschen geschnieft», erklärte sie. «Irgendjemand hat sich dabei an die Staubsaugermarke erinnert, fand es lustig, und dann blieb es bei dieser Version.»

«Geschnieft?», fragte Kliza.

«Lines gezogen.»

«Aber ...»

«Lange her. Und ich war nicht die Einzige, zumindest was die Bande von der *Kappa* betraf», verkündete sie, als wäre nichts.

Wir antworteten nicht.

«Überrascht?», fragte sie. «Aber deshalb seit ihr doch da, oder? Um über die *Kappa* zu reden.»

«Aber woher ...»

«Ich geb zu, ich hab jemand anderen erwartet.»

«Jemand anderes war auch hier», schaltete sich Kliza ein. «Vor ungefähr zwei Stunden.»

«Wer? Pater Antoni?»

Ich hatte den Eindruck, als existierten diese Leute in einer völlig anderen, mir unzugänglichen Welt. Langsam dachte ich nicht mehr an eine kleine Intrige, sondern an eine geheime Verschwörung.

Was war Ende der Neunziger in diesem Clubhaus passiert? Und warum war das für Ewa so wichtig, dass sie mich darauf aufmerksam machen wollte?

Ich wollte das von der Frau erfahren, die uns jetzt argwöhnisch ansah.

«Nein, der ist wie vom Erdboden verschluckt», erklärte ich.

«Klar.»

«Karolina Falkowska war bei dir.»

Electra lachte trocken, klopfte sich auf die Hosentaschen und verzog das Gesicht.

«Natürlich», murmelte sie. «Habt ihr 'ne Zigarette?»

Als wir verneinten, ging sie zum Fenster und nahm eine Packung Marlboro Gold vom Fensterbrett. Sie zündete sich eine an und nahm einen tiefen Zug.

«Woher wusstest du, dass wir kommen würden?», fragte ich schließlich.

«Weil ihr angefangen habt, in der Sache zu wühlen.»

«In welcher Sache?»

«Das, was '98 passiert ist.»

Endlich. Jemand gab zu, dass tatsächlich etwas geschehen war. Ich war also nicht verrückt geworden – diese Leute verbargen etwas.

«Und was ist passiert?», fragte Kliza.

Electra blies den Rauch in unsere Richtung.

«Das werdet ihr von mir nicht erfahren», wehrte sie ab. «Vielleicht bedaure ich so manches, vor allem den ganzen Scheiß mit dem Speed, aber ... es gibt Sachen, die ich nicht ausquatschen will. Die anderen würde mir das übelnehmen.»

«Die anderen?», fragte ich. «Wer denn?»

«Pater Antoni, Carolina», sie sprach den Namen aus wie den amerikanischen Bundesstaat, «die ganze Clique ... beziehungsweise der Teil, der noch lebt.»

Sie hustete ein paarmal, dann zeigte sie mit dem Finger auf mich.

«Ich habe Blitzkriegs Grab auf dem Friedhof Półwieś gesucht, aber nicht gefunden. Wo liegt er?»

Die Aussage war klar. Mein Freund hatte auch zu der Clique

gehört, er war nicht nur kurz oder zufällig in der *Kappa* gewesen. Und Ewa vielleicht auch?

«Er ist im neuen Teil begraben», sagte ich. «Schreib bei der Gräbersuche den Nachnamen ins Suchfeld, dann wird dir der Platz angezeigt.»

«Ohne Scheiß, das geht?»

Ich nickte, und Electra streckte mir die Zigaretten entgegen, also wollte sie mich für die Information belohnen. Allerdings war ich ja nicht hergekommen, um ihr welche zu geben, sondern um sie mir zu holen – und ich wusste, dass ich jetzt die Chance hatte.

Wer auch immer diese Frau war, was auch immer sie antrieb, sie plagte ein schlechtes Gewissen. Vielleicht hatte das, was passiert war, sie die letzten einundzwanzig Jahre gequält. Aber irgendwann musste sie es jemandem mitteilen.

«Eigentlich dachte ich, du kommst früher», meinte sie. «Gleich nachdem Ewa verschwunden war.»

«Vor elf Jahren? Was hätte ich denn bei dir suchen sollen?»

«Antworten.»

Ich schaute Kliza an, sie war genauso überrascht wie ich.

«Hättest du mir damals welche geben können?», fragte ich vorsichtig.

«Vielleicht.»

«Was heißt das?»

«Dass ich nicht weiß, was mit Ewa passiert ist. Vielleicht hat es mit der *Kappa* zu tun, vielleicht auch nicht. Aber das ist doch jetzt nicht mehr wichtig, oder? Vor einem Jahr hat man ihre Leiche gefunden.»

Jola hob leicht die Hand, als wolle sie Electra korrigieren, aber ich schaltete mich schnell dazwischen.

«Na ja, schon», sagte ich, weil ich davon ausging, dass es nur verlorene Zeit war, ihr meine Sicht der Dinge zu erklären.

«Aber trotzdem wusstest du, dass ich jetzt komme. Woher?»

«Pater Antoni hat uns alle angerufen.»

«Und?»

«Gesagt, dass du dich für die *Kappselei* interessierst und uns vielleicht sogar findest.»

«Hat er euch gewarnt?»

«Nicht nur gewarnt, sondern gesagt, wir sollen den Mund halten.»

Ich konnte mich des Eindrucks nicht erwehren, dass die Atmosphäre plötzlich dichter wurde.

«Und ich mach auch nichts anderes», fügte Electra hinzu. «Ich werd keinen Ton sagen, was dort passiert ist, klar?»

«Aber ...»

«Aber ich muss auch nicht», fügte sie befriedigt hinzu. «Es gibt eine viel besser Möglichkeit für euch, das zu erfahren.»

«Welche?», fragte Kliza.

«Es reicht schon, wenn ihr herausfindet, wohin das Gerümpel aus *Kappo Verde* gekommen ist.»

«Gerümpel?»

Electra zuckte so ungezwungen die Schultern, als hätte sie tatsächlich nichts entgegen Antonis' Rat gesagt.

«Ich bin sicher, dass ihr da etwas Interessantes findet.»

Ich erinnerte mich, wie Jola Falkowska gefragt hatte, ob sie in der *Kappa* Videokassetten gehabt hätten. Die hatte gesagt: «Das war schließlich ein Clubraum», und zugegeben, dass sie ein paar Filmchen gedreht hatten.

Ich konnte mir nicht richtig vorstellen, wie das mit Ewas Aufnahme zusammenhängen sollte, aber gleichzeitig hatte ich den Eindruck, als müsste es irgendwo einen Schnittpunkt geben. Ich musste ihn nur finden.

«Das war's von meiner Seite», meldete sich Electra. «Ab hier müsst ihr allein klarkommen.»

«Warte ...»

«Mehr weiß ich nicht», fügte sie hinzu und wies mit dem Blick zum Tor.

So schnell wollte ich nicht lockerlassen. Ich stellte mich vor Electra und sah ihr in die Augen.

«Wo sollen wir die Sachen aus der *Kappa* suchen?», fragte ich.

Ich wollte einen entschlossenen Ton anschlagen, der meiner Gesprächspartnerin sagen sollte, dass ich alles tun würde, um an mehr Informationen zu kommen. Ihr leichtes Lächeln bewies mir jedoch, dass es nicht geklappt hatte.

«Bei den neuen Besitzern?», fragte ich. «Haben die das Zeug?»

«Nein, alles wurde weggebracht.»

«Also bei Pater Antoni?»

«Nein, nein. Der hatte nur die Aufsicht, als die *Kappa* für den Verkauf bereit gemacht wurde, aber ... na ja, einen Teil der Sachen hat er an Bedürftige verschenkt.»

Jola machte einen Schritt in Electras Richtung und stellte sich neben mich.

«Und was hat er mit dem gemacht, was zu nichts mehr nütze war?», fragte sie, und ich sah, dass sie auch wusste, was wir suchten.

«Was heißt das? Mit was zum Beispiel?»

«Mit den alten VHS-Kassetten», sprach ich schließlich das aus, was Electra zu erwarten schien. «Da gab es doch welche, stimmt's?»

Sie nickte zufrieden, wie eine Lehrerin, die es endlich geschafft hat, einem beschränkten Schüler etwas einzutrichtern.

«Da waren welche», bestätigte sie. «Die sind zum Mesner gekommen.»

Wir hatten eine Spur. Eine unmittelbare und vielversprechende Spur.

«Zum Mesner?», fragte ich fiebrig. «Wie heißt er?»

«Lass mich nachdenken», sagte Electra und kniff die Augen zusammen.

«Okay.»

Ich blieb ruhig, zumindest äußerlich. Aber eigentlich dauerte mir das alles zu lange. Nicht dass wir wieder an einen toten Punkt gelangten. Electra kaute auf ihrer Unterlippe, dann fiel es ihr ein.

«Stefan Bronowicz», sagte sie.

5

Wir fuhren schneller zum Plac Daszyńskiego, als es die Geschwindigkeitsbegrenzung und wohl auch die technischen Voraussetzungen des Škodas erlaubten. Der Motor des Felicia heulte wie ein gequältes Tier, aber mir ging es um jede Sekunde.

«Das kann nicht sein», sagte Kliza. «Der Typ, von dem du die Wohnung gekauft hast, hat die Videos von der *Kappa*? Und war Mesner in der Pfarrei von Antoni?»

Ich wollte noch mehr Gas geben, aber das Pedal berührte schon den Boden. Also schaltete ich zurück und zwang den Felicia, auf noch höheren Touren zu laufen.

«Und dann hatte er auch noch zufällig einen alten Videorekorder, mit dem du die Kassette anschauen konntest, die dir jemand untergejubelt hat?»

«Nicht jemand.»

Sie sah mich fragend an.

«Das muss Bronowicz gewesen sein. Er hat sie in der Wohnung gelassen, damit ich sie finde. Das war alles vorbereitet.»

«Aber», begann sie, brach ab und schüttelte den Kopf. «Aber wie? Und wieso? Und wie hängt das alles zusammen?»

Die Frage, warum sich ihr Nickname von RIC auf der Kassette befand, ließ sie aus. Denn diese Tatsache stand im Widerspruch zu dem, was ich bisher verstanden hatte.

«Keine Ahnung», antwortete ich.

Sie schüttelte den Kopf, als wollte sie allen bisherigen Schlussfolgerungen widersprechen. Von Anfang an war da etwas nicht in Ordnung gewesen. Und je länger ich in dieser Situation steckte, desto klarer wurde es mir.

«Auf Kassette drei von fünfzehn ist Ewa eine erwachsene Frau», überlegte Jola halblaut. «Und die anderen Aufnahmen sollten aus den Jahren vorher stammen, als sie mit der Kamera in der *Kappa* herumhantiert hat.»

«Mhm.»

«Was hat also das eine mit dem anderen zu tun?»

Ich hatte keine bessere Antwort als ein rätselhaftes Brummeln.

«Wern?»

«Irgendeine Verbindung muss es geben.»

«Welche?»

«Das werden wir von Bronowicz erfahren.»

«Falls er diesmal die Tür aufmacht.»

Er öffnete nicht. Nachdem wir in Rekordtempo nach Hause gefahren waren, probierten wir es mehrere Minuten an seiner Tür. Aber alles wies darauf hin, dass Bronowicz nicht da war.

Ich schlug mit der Faust gegen die Tür, dann drehte ich mich um und ließ mich auf den Boden fallen. Ich setzte mich auf den Fußabtreter und zog die Beine an. Jetzt hatte ich keine Idee mehr, was ich noch tun sollte. Die Videokassetten waren nur eine Armlänge entfernt, die Antworten vielleicht auch.

Dann bemerkte ich, dass Kliza mir die Hand entgegenstreckte. Ich nahm sie, und Jola half mir auf.

«Mach dich bereit», riet sie mir. «Und klopf dir den Hintern ab.»

Ich klopfte mir den Staub von der Hose.

«Sehr gut. Und jetzt sag mir, wie viele Hausbewohner dich kennen.»

«Was?»

«Wie viele wissen, dass du den Dachboden von Stefan gekauft hast?»

«Was weiß ich. Die meisten.»

«Wunderbar.»

Ich hatte keine Ahnung, wie uns das weiterhelfen sollte, aber Kliza war wohl etwas eingefallen.

«Du sagst, dass er etwas für dich in der Wohnung gelassen hat und dass du kurz dort reinmusst.»

Wenn das eine geniale Idee sein sollte, war die Situation wirklich hoffnungslos. Aber das sagte ich lieber nicht, schließlich wusste sie es selbst.

«Also komm», trieb sie mich an und zeigte auf die Tür rechts. «Die nächsten Nachbarn haben meist den Schlüssel. Für alle Fälle, zum Blumengießen oder so.»

«Bestimmt.»

«Es zu versuchen schadet nicht.»

Ich hatte nicht den geringsten Schimmer einer Hoffnung, dass es etwas nützte, aber ich klingelte. Nach einer Weile öffnete uns eine alte Frau mit einer mehlbestäubten Schürze. Sie schaute Kliza misstrauisch an, aber dann erkannte sie mich.

«Ach, Sie sind das ...»

«Ja», sagte ich. «Ich wollte zu Stefan, aber seit ein paar Tagen ...»

«Das wird Ihnen wohl nicht gelingen», fiel sie mir ins Wort. «Stefan ist vor etwa einer Woche abgereist.»

Ich fluchte in Gedanken, auch wenn ich das hätte erwarten können.

«Wohin?», fragte Jola.

«Weiß ich nicht. Aber es ist wohl ein längerer Urlaub. Aber gut so, er hat's verdient. Jahrelang ist er nirgendwo hingefahren, und seit seine Frau fortgegangen ist ... Ach, es schien, als sei sein Lebenswille mit ihr gegangen.»

Wir nickten beide verständnisvoll.

«Ich muss da wirklich rein», sagte ich und zeigte auf die Tür. «Nur kurz. Stefan hat etwas Wichtiges für mich dagelassen und es wohl vergessen.»

«Ach ...»

«Sie haben nicht zufällig den Schlüssel?»

Ich wusste, dieser Moment war entscheidend. Entweder überwand ich diese Hürde und bekam die Kassetten, oder ich konnte mich gleich von der Idee verabschieden.»

«Den Schlüssel? Sicher nicht», antwortete die Frau. «Stefan würde ihn mir nie dalassen.»

«Wem denn dann?», fragte Kliza hoffnungsvoll.

«Eigentlich ... niemandem von uns. So vertraut ist er mit keinem der Nachbarn.»

Wir sprachen noch ein bisschen, und Jola versicherte sich mehrmals, dass nicht mal jemand kam, um die Blumen zu gießen. Die Frau behauptete nein, und es schien, als müssten wir ihr glauben, denn immerhin verbrachte sie den Großteil des Tages zu Hause.

Als wir uns verabschiedeten, hatten wir beide das Gefühl, als wäre nicht nur eine Gruppe Leute gegen uns, sondern auch das Schicksal.

«Wir hatten von Anfang an keine Chance», sagte ich. «Selbst wenn sie uns reingelassen hätte, was hätten wir machen können? Die Wohnung vor ihren Augen durchsuchen und hoffen, dass die Kassetten ...»

Ich brach ab, als mir klarwurde, wie unlogisch ich gedacht hatte. In der ganzen Eile hatte ich nur im Sinn gehabt, mich auf Bronowicz zu stürzen und Informationen aus ihm herauszuholen. Und hatte das Allerwichtigste ignoriert.

«Was ist los, Wern?»

«Ich bin ein Idiot.»

Kliza widersprach nicht, und als ich eilig die Treppe hinunterging, war sie dicht hinter mir. Wir gingen bis in den Keller, und kurze Zeit später standen wir vor der Holztür zu Stefans Abteil.

Ich rüttelte am Vorhängeschloss, dann erklärte ich Kliza, dass Bronowicz sein Gerümpel in diesem Kabuff aufbewahrte. Und von hier auch der Videorekorder stammte, mit dem ich Ewas Aufnahme angeschaut hatte.

Ich erinnerte mich gut, dass da noch irgendwelche Papiere gewesen waren. Und eine mit alten Videokassetten vollgestopfte Kiste.

«Hast du keinen Schlüssel?», fragte Kliza nervös.

«Nein. Das ist sein Keller, nicht meiner.»

«Ich denke, momentan gehört er dir», bemerkte sie und sah sich um. Sie suchte etwas, womit wir das Schloss aufbrechen konnten. Es war verrostet und schütze die Tür nur vor zufälligen Betrunkenen, die im Winter hier vielleicht Schutz suchten.

Wir hatten keine Probleme, dieses erbärmliche Hindernis zu überwinden. Das Metall hielt sich tapfer, aber vom Ziel trennte uns nur eine Schraube, die die Falle hielt. Und die war lose.

Wir kehrten mit dem ganzen Karton VHS-Kassetten in die Wohnung zurück. Ich vermutete, dass gleich eine Staubwolke aufsteigen würde, wenn wir sie bewegten, aber als wir die erste herausnahmen, bemerkte ich, dass die anderen nicht so aussahen, als lägen sie schon länger als eine Woche in der Kiste.

Ich nahm die Kassette und schaute das Etikett an. Ein Teil war mit schwarzem Filzstift übermalt, aber gleich daneben sah ich das, was ich erwartet hatte.

«7/15».

Also waren wir endlich auf das gestoßen, was wir von Anfang an hätten finden können. Ein weiterer Teil der fünfzehn.

Ich wusste nicht, was drauf war, aber ich würde es gleich erfahren.

«Das ergibt doch keinen Sinn», sagte Kliza und schüttelte den Kopf. «Warum soll das die gleiche Sammlung sein, in der auch Ewas Aufnahme war?»

«Es wird schon einen Grund geben.»

«Welchen, Wern? Welchen?», fragte sie, immer ärgerlicher darüber, dass sie nichts verstand. «Die Kassetten, von denen Electra uns erzählt hat, wurden vor über zwanzig Jahren aufgenommen. Und die von Ewa ist erst wie alt? Ein paar Jahre? Außerdem hat Kasandra behauptet, dass sie die wo noch mal gefunden hat?»

Sie konnte sich nicht mehr an den Namen des Ortes erinnern und sah mich drängend an.

«In Obice bei Kielce», verriet ich ihr.

«Falls sie nicht lügt.»

«Falls ...»

«Was sollte dann also eine von fünfzehn Kassetten dort machen? Warum war sie nicht beim Rest? Und warum waren sie überhaupt zusammen in einer Kiste?»

«Glazur ist dort erst Jahre später hingekommen. Vielleicht haben sie den Ort gewechselt und ...»

«Das ergibt doch keinen Sinn, Wern», beharrte sie.

Vielleicht hatte sie recht, aber es war sinnlos, weiter darüber zu diskutieren. Wenn wir Antworten erhalten wollten, blieb uns nichts anderes, als alle Kassetten nacheinander abzuspielen. Ich legte die erste in den Rekorder und spulte zurück.

In diesem Moment hörte ich, dass ich eine SMS bekommen hatte. Ich zögerte, weil ich dachte, dass es wohl ein Angebot für einen Expresskredit oder eine Zahlungsinformation vom Anbieter war. Aber ich musste sowieso warten, bis das Band zurückgespult war, also schaute ich aufs Display.

Die Nachricht war von RIC.

«Kliza ...»

«Was denn?»

«Ich habe gerade einen Zugangscode für den Chat von RIC bekommen.»

Es gab nur zwei Personen, die Zugang zu dieser Plattform hatten. Eine stand hier neben mir, die andere war Kasandra.

«Kann nicht sein», antwortete Jola. «Den Chat gibt es schon lange nicht mehr.»

«Offensichtlich gibt es ihn wieder.»

Das Band hatte gestoppt. Ich starrte den Videorekorder an, dann das Smartphone.

Schließlich entschied ich, dass Ewa warten konnte. Kasandra vielleicht nicht.

6

Der weiße Cursor blinkte auf dem schwarzen Bildschirm, während ich überlegte, wie lange Wern wohl auf sich warten lassen würde. Wäre er zu Hause, er würde sich wohl umgehend in RIC einloggen. Soweit ich wusste, verfolgte er noch immer die einzige Spur, die er hatte.

Er machte mir schnell klar, dass ich falschlag. Unter den Chatteilnehmern tauchte sein Nickname auf, gleich darauf erschien die erste Nachricht.

[Wern] Kannst du mir erklären, was hier los ist?

Offensichtlich war jetzt nicht die Zeit, Höflichkeiten auszutauschen. Ich beugte mich über den Laptop und holte tief Luft.

[Kas] Hast du mich gesehen?

[Wern] Ziemlich deutlich.

Das glaubte ich nicht, schließlich hatte er die letzten zwanzig Jahre damit zugebracht, im Dunkeln auf irgendwelche Computerbildschirme zu starren. Allerdings hatte ich keinen Zweifel, dass er mich wirklich erkannt hatte.

Ich wollte gleich zur Sache kommen, damit später nicht der Eindruck entstand, er habe mich bei etwas ertappt.

[Wern] Was führst du im Schilde?

[Kas] Ich versuche zu helfen.

[Wern] Wem? Dir selbst?

[Kas] Dir.

[Wern] Sieht aber nicht danach aus. Zumindest aus meiner Perspektive.

[Kas] Du hast nicht das ganze Bild.

Er dachte eine Weile über die Antwort nach, und ich stellte mir vor, wie Kliza direkt neben ihm stand und ihn kontrollierte. Vielleicht tat sie alles, damit er sich in seiner Wortwahl mäßigte, vielleicht aber diktierte sie ihm auch einfach den Text. In jedem Fall konnte ich nicht allzu offen zu ihm sein.

[Wern] Dann zeig mir das ganze Bild. Denn was ich sehe, sind nur irgendwelche Tricks.

Meine Finger schwebten bewegungslos über der Tastatur, während ich einen Moment lang nachdachte.

[Wern] Also? Wie sieht's aus?

[Kas] Ich kann nicht.

[Wern] Was kannst du nicht?

[Kas] Du erfährst alles zu seiner Zeit. Das verspreche ich.

Ich wusste nicht, ob mein Versprechen für ihn auch nur den geringsten Wert hatte. Und überhaupt konnte er gar nicht sicher sein, ob er tatsächlich mit mir kommunizierte. Schließlich konnte ich meine Zugangsdaten zu RIC auch einer anderen Person gegeben haben, mit der ich im Auto saß.

Wen konnte er noch gesehen haben? Wahrscheinlich nur mich, sonst hätte er eine Bemerkung fallenlassen.

[Wern] Warum hast du mich dann hierhergelockt?

[Kas] Weil ich dir helfen will.

[Wern] Wie?

Ich schielte hinüber zu dem kleinen Rest Prosecco in der Flasche. Hatte mir die Rückkehr zu meinem alten Lieblingsgetränk zunächst noch ein schlechtes Gewissen bereitet, so waren nach zwei Gläsern alle Skrupel verschwunden.

[Kas] **Sag mir zuerst, woher du wusstest, dass Karolina Falkowska eine Rolle spielte.**

Die Antwort ließ auf sich warten. Wahrscheinlich überlegten Jola und er, ob ich eine Verbündete war oder ein Gegner.

[Wern] **Sie war auf den Fotos aus der *Kappa*.**

Ich seufzte und leerte mein Glas.

[Kas] **Auf welchen Fotos?**

[Wern] **Die auf dem Server der Gemeinde liegen.**

Ich stellte das Glas beiseite und wischte mir den Mund ab, während ich überlegte, in welche Richtung ich dieses Gespräch lenken sollte.

[Kas] **Und woher wusstest du überhaupt, dass die *Kappa* interessant war?**

[Wern] **Von Ewa.**

[Kas] **Ewa? Was hat sie gesagt?**

[Wern] **In der Aufnahme 3/15 war von einer Kapelle die Rede. Der Rest war ein Kinderspiel.**

Ich war unsicher, was ich antworten sollte. Der Alkohol begann zu wirken, ich bekam Lust, ihn scheibchenweise mit der Wahrheit zu füttern. Der blinkende Cursor schien mich zu anzustacheln.

Allerdings war mir klar, dass ich ihm nur einen einzigen Hinweis geben konnte. Und hoffen, dass er verstand.

[Wern] **Ich habe auch die anderen Kassetten.**

[Kas] **Was?**

[Wern] **Die aus der *Kappa*. Der Mesner hatte sie, und zufällig habe ich ihm seine Wohnung abgekauft.**

Er kannte also die grundlegenden Fakten, aber konnte er sie auch zu einem sinnvollen Ganzen zusammenfügen? Wahrscheinlich nicht. Sonst wäre dieses Gespräch anders verlaufen.

[Kas] **Hast du sie alle?**

[Wern] **Den ganzen Haufen. Fünfzehn alte, kaputte VHS-Kassetten.**

Auf diesen Moment hatte ich gewartet. Ich tippte die letzte Nachricht und loggte mich sofort aus. Ich hatte getan, was ich konnte. Und was ich geplant hatte.

7

Kliza lief nervös durch die Küche und wusste nicht, wohin mit sich. Anfänglich beharrte sie darauf, wissen zu wollen, worüber ich mich mit Kasandra unterhielt, aber das ließ ich nicht zu. Irgendwie schien mir das Kasandra gegenüber nicht korrekt, obwohl sie wahrscheinlich auch nicht allein am Computer saß. Jola blieb erst stehen, als sie bemerkte, dass ich aufgehört hatte zu tippen. Sie wandte sich mir zu und murmelte misstrauisch.

«Und jetzt?», fragte sie.

«Nichts», antwortete ich und klappte den Laptop zu. «Kasandra hat sich ausgeloggt.»

«So schnell? Und du konntest sie nicht aufhalten?»

«Nein.»

Kliza kam näher, eindeutig unzufrieden.

«Und was hat sie gesagt?»

«Vor allem hat sie Fragen gestellt.»

«Und du hast ihr einfach geantwortet.»

Ich wollte automatisch widersprechen, aber war das sinnvoll? Ich hatte Kasandra tatsächlich alles gesagt, was sie wissen wollte. Und irgendwie hatte ich das Gefühl, dass sie es nicht gegen mich verwenden würde.

«Erinnerst du dich, dass du mal gesagt hast, du seist ein Idiot?»

«Das ist ja nicht so lange her ...»

«Und du hattest vollkommen recht», unterbrach sie mich. «Aber das ist nicht deine Schuld. In deinem Fall ist dieses Verhalten genetisch bedingt.»

Ich antwortete nicht, weil ich mich auf das konzentrierte, was Kasandra zuletzt geschrieben hatte.

«Ich meine die Macken deines Geschlechts.»

«Mhm.»

«Es reicht schon, dass eine Frau aussieht wie Angelina Jolie oder Megan Fox oder ...», sie brach ab, als fielen ihr nur zwei Ikonen weiblicher Anmut ein.

«Agnieszka Dygant?», schlug ich vor.

Sie winkte irritiert ab.

«Und für solche Frauen geht ihr durchs Feuer.»

«Kas ist ja wohl nicht ...»

«Sie hat etwas dafür getan, dass sie deiner ehemaligen Verlobten ähnlich ist», stieß Kliza hervor, und in ihren Augen sah ich einen echten Vorwurf. «Und sofort verlierst du den Verstand.»

Ich fürchtete, dass sich das Gespräch noch eine Stunde hinziehen würde, wenn ich das zuließ.

«Sie ist ein Klon», fügte Jola hinzu. «Eine Luftnummer.»

«Schon gut!»

«Aha», rief sie aus und hob flehentlich die Hände. «Jetzt bist du auch noch empört, wenn ich etwas Schlechtes über sie sage. Ich sag dir mal eins: Diese Frau hat überhaupt keine Skrupel, keine Empathie, kein Mitgefühl dir oder sonst wem gegenüber, das hat sie dir auf die bestmögliche Art bewiesen. Und du vergisst das die ganze Zeit.»

Ich seufzte und klopfte mit dem Finger auf den geschlossenen Laptop.

«Ehrlich gesagt weiß ich nicht, wer sie ist», sagte ich. «Aber ich muss das auch nicht, um zu wissen, dass ...»

«Dass was? Dass du gerne Glazurs Platz einnehmen würdest?»

Sie hatte ihn nicht zufällig erwähnt. Kliza bestritt zwar, dass zwischen ihnen etwas gelaufen war, aber ich vermutete, dass sie nicht immer die Wahrheit sagte. Und dass sie genau verfolgt hatte, was mit ihm seit dem Abend am Plac Wolności passiert war. Wir hatten nicht darüber gesprochen, aber es war nur logisch.

«Nein», antwortete ich. «Ich habe auch nicht vor, ihr nahezukommen.»

«Dann ist ja gut, denn offensichtlich arbeitet sie jetzt gegen uns.»

«Vielleicht.»

«Vielleicht?», fuhr sie hoch. «Das ist ja wohl ...»

«Bevor sie sich ausgeloggt hat, hat sie geschrieben, dass es nicht fünfzehn Kassetten sind.»

Kliza prustete.

«Und das soll uns helfen?»

«Anscheinend schon», sagte ich und runzelte die Stirn. «Sonst hätte sie das nicht auf diese Art hervorgehoben.»

«Welche Art?»

«Dass sie sich sofort hinterher ausgeloggt hat.»

«Vielleicht hatte sie plötzlich einen Druck auf der Blase und musste schnell mal pinkeln.»

Ich klappte den Laptop wieder auf. Jola konnte sagen, was sie wollte, aber ich war sicher, dass die letzte Information auf irgendeine Art wichtig war.

«Die Kassetten sind beschriftet, Wern. Drei von fünfzehn, sieben von fünfzehn. Jeder Dummkopf kann sehen, wie viele das insgesamt sind.»

«Vielleicht heißt die fünfzehn was anderes.»

«Was denn?»

Ich schaute zur Schachtel, die wir noch nicht ganz durchsucht hatten. Wir hatten nur die erste Kassette herausgenommen und uns ganz auf sie konzentriert und dann auf die SMS von RIC. Wir waren davon ausgegangen, dass sich die anderen Kassetten noch im Karton befanden, aber ...

Ich schaute schnell in den Karton. Meine schlimmsten Befürchtungen bestätigten sich. Die anderen Kassetten waren anders beschriftet.

Auf einigen befanden sich Ausschnitte alter Märchen von Hanna-Barbera, auf anderen die Filmhits der neunziger Jahre. Fieberhaft prüfte ich alle Kassetten, aber ich fand keine mehr, die auf ähnliche Weise wie die erste beschriftet war.

Ich richtete mich auf und fluchte leise.

«Na siehste», meldete sich Jola. «Darum ging es ihr. Es sind nicht fünfzehn Kassetten, sondern eine.»

«Nein.»

«Nein?», fragte Kliza mit Zweifel in der Stimme.

Ich starrte das angehaltene Bild auf dem Bildschirm an. Nur ein Moment trennte mich davon zu erfahren, was auf der Aufnahme war. Ich wurde immer gespannter, hatte aber auch Angst. Ersteres verstand ich ja, aber Letzteres schien mir vollkommen unbegründet.

Hatte ich Angst vor der Wahrheit? Vor etwas, das mir meine Verlobte in einem anderen Licht zeigen könnte?

«Wern?»

«Kas wollte was anderes sagen», antwortete ich, ohne zu zögern. «Sie wusste ja gar nicht, dass wir diesen Karton haben. Sie meinte es allgemeiner.»

Kliza seufzte und setzte sich auf die Sesselkante.

«Willst du jetzt so tun, als würdest du sie besser kennen als ihre eigene Mutter?», sagte sie.

«Nein, aber ...»

«Ich wiederhole: Du hast keine Ahnung, wer sie ist. Und noch weniger, wie sie denkt.»

Sie irrte sich, zumindest was das zweite betraf. Ich überlegte noch einen Moment, dann beschloss ich, bevor ich dieses Rätsel löste, erst die Kassette anzuschauen.

Ich zögerte jedoch, den Finger schon auf der ‹Play›-Taste.

«Drei-fünfzehn», sagte ich. «Sieben-fünfzehn.»

«Ja.»

«Wenn es nicht fünfzehn Kassetten gibt, ist das vielleicht gar keine Nummerierung.»

«Sondern?»

Ich hob den Blick und überlegte kurz.

«Da fällt mir nur eins ein.»

Jola schaute mich an und wartete, dass ich es ihr erklärte, aber dann bemerkte ich, dass sie auch selbst darauf gekommen war. Sie griff sich den Laptop, und ich setzte mich auf die Armlehne des Sessels.

Kliza schrieb «3/15» ins Suchfeld – auf diese einfache Weise wurde alles klar. Der erste Treffer zeigte das Ergebnis einer Division. Der zweite einen Link zu Kapitel drei, Vers 15 in einem der Bücher Mose.

«Das ist sinnvoll», bemerkte ich.

«Meinst du?»

«Es dreht sich im Endeffekt alles um diese Kapelle, den Clubraum der Pfarrei und Pater Antoni.»

«Vielleicht.»

Obwohl ihrer Stimme die Festigkeit fehlte, sah ich, dass die Intuition ihr das Gleiche gesagt hatte wie mir.

«Und ich will Feindschaft setzen zwischen dir und der Frau», las sie den Anfang des ersten Fragments. «Was also? Dass diese Kassette dich mit jemandem entzweien soll?»

Ich schaute das Band an, das ich als erstes auf dem Dachboden gefunden hatte.

«Mit Ewa?», fügte sie hinzu.

«Weiß ich nicht. Schau mal die zweite Beschriftung nach.»

Kliza schrieb schnell die Zahlen in Google.

«Kapitel sieben, Vers fünfzehn. Matthäusevangelium», rezitierte sie. «Seht euch vor vor den falschen Propheten, die in Schafskleidern zu euch kommen. Inwendig aber sind sie reißende Wölfe.»

Das klang nicht sehr optimistisch.

«Das ist eine Warnung vor falschen Propheten.»

«Hab ich gehört.»

«So heißt dieser Teil.»

Wir schauten beide auf den leise summenden Videorekorder. Das leicht flimmernde Bild schien uns zum Duell zu fordern, als warte auf der Aufnahme jemand, mit dem wir uns messen sollten.

«Und was heißt das deiner Meinung nach?», fragte Kliza.

«Die erste Aufschrift ist eher sinnlos.»

«Vielleicht. Aber vielleicht interpretieren wir sie auch falsch.»

«Aber die zweite ...»

Ich brach ab, weil ich den Satz nicht beenden wollte. Ich wusste, welche Antwort ich bekommen würde, wenn ich irgendeine Theorie aufstellte, dass mich Kasandra vor jemandem oder etwas warnen wollte. Der falsche Prophet konnte eigentlich alles bedeuten.

«Jetzt reicht's», rief Kliza. «Wenn du die Kassette nicht anschaltest, mach ich's.»

Zuerst sahen wir nur Schnee und hörten Rauschen. Dann verschob sich das Bild von unten nach oben, als käme es aus einem alten Projektor. Eine in der Mitte durchgeschnittene Gestalt erschien, und eine so verformte Stimme, dass man gar nichts verstehen konnte.

«Scheißdreck», stöhnte ich. «Diese Aufnahme ist noch schlechter als die erste.»

«Warte, vielleicht wird sie besser.»

Die Kassette musste jahrelang in Bronowiczs Keller oder einem ähnlichen Ort gelegen haben, Staub und Feuchtigkeit hatten das ihrige getan. Kliza und ich starrten auf das undeutliche, gestörte Bild und hofften, uns würde es bald gelingen, etwas zu verstehen.

Wir warteten nicht vergeblich.

Auf dem Bildschirm erschien Ewa. In derselben Kleidung und am selben Ort wie auf der ersten Aufnahme. Das Bild war auch ähnlich – undeutlich, in zwei Teile geschnitten, und es wackelte ständig hin und her. Aber die Stimme war zu hören, auch wenn sie manchmal abriss.

Den Satz, mit dem sie begann, hörte ich aber allzu deutlich.

«Ich werde mir nie verzeihen, was wir getan haben», sagte sie.

8

Ich bemerkte gar nicht, wie Kliza mir ein Bier reichte. Dass ich getrunken hatte, wurde mir erst bewusst, als die Dose leer war. Ich stellte sie auf den Boden, ohne den Blick vom Fernseher zu wenden.

Jola und ich saßen davor wie zwei Kinder, die endlich das gewünschte Programm sehen dürfen. Wir sagten nichts und schauten Ewas Aufnahme fast andächtig an.

«Meine größte Sünde sind nicht schlechte Sachen, die ich mir erlaubt habe», sagte sie. «Sondern die guten, die ich für böse Menschen getan habe.»

Ich rutschte näher zum Fernseher, als würde ich Ewa dadurch besser sehen. Ich wollte wissen, was sich in ihren Augen verbarg, während sie diese Worte sagte. Ihren Gesichtsausdruck sehen, wie sie sich verhielt, was sie zwischen den Zeilen sagte ...

Aber es ging nicht. Das schlechte Bild machte es unmöglich zu sehen, ob meine Verlobte tatsächlich an das glaubte, was sie sagte. Ich konnte mir viele Szenarien vorstellen, in denen sie gezwungen war, nicht die reine Wahrheit zu sagen.

«Alles begann mit etwas, das viel älter ist als die Bibel ...»

Meine Vorstellungskraft arbeitete auf Hochtouren. Mein Gesichtsfeld schien sich auf den Fernseher zu verengen, und ich hatte den Eindruck, als würde ich gleich ein Bild voller Störungen sehen und dann in der Mitte als Schrift, was mir Ewa sagen wollte.

Älter als die Bibel

Ich habe wirklich zu viel Zeit zum Lesen. Das klingt wie ein Oxymoron, aber es ist die Wahrheit. Ich lese nicht mehr nur das, was mich interessiert, was nützlich ist oder wertvoll. Ich lese alles. Das ist die einzige Möglichkeit, die Zeit totzuschlagen. Deshalb habe ich sogar nach der Bibel gegriffen, obwohl sie mich nie besonders angezogen hat. Ich stieß auf ein Gleichnis, das ... Ach, es eignet sich besonders für das, was ich dir sagen möchte. Es ist die Geschichte von Jonathan, dem ältesten Sohn des Königs von Israel. Der Junge war mutig, ein wenig ungestüm und tapfer – einmal stürzte er sich fast allein auf einen aus mehreren Zehnerschaften bestehenden Feindestrupp. Er errang viele Siege im Kampf, aber nicht an ihnen maß man seine Tapferkeit.

Er liebte seinen Vater und sollte aller Wahrscheinlichkeit nach sein Nachfolger werden, aber offensichtlich sah er weder ihn noch sich selbst als des Thrones würdig. Viel mehr schätzte er seinen besten Freund, David. Und zwar so sehr, dass er in ihm sogar den nächsten König sah.

Viele Gelehrte meinen, dass diese Beziehung viel mehr war als nur eine Freundschaft zwischen Männern. Einige sprechen geradeheraus von Liebe zwischen den beiden Männern, die in der Bibel klar dokumentiert sei, und die Homosexuellen, die die Verbindung zur Kirche halten wollen, bilden Gruppen, die sich auf diese beiden Gestalten beziehen.

Welche Bedeutung hat das alles? Aus meiner Perspektive erwies sich das insofern als wesentlich, als es mich daran erinnerte, was vor Jahren in der Kappa geschehen ist.

Ich habe versucht, das alles zu vergessen, aus meinem Gedächtnis zu tilgen, es sogar als ungeschehen anzusehen, aber jetzt, wo ich definitiv zu viel Zeit habe, ballen sich meine Gedanken wie schwarze Wolken wieder um die damaligen Ereignisse.

Früher hat mir Damian beim Vergessen geholfen, aber seit ich gezwungen war, mich von ihm zu trennen, musste ich selbst damit zurechtkommen. Es war nicht einfach. Eigentlich immer schwieriger, denn immer öfter kehrte ich zu dem zurück, vor dem ich geflohen bin. Zu den zwei Menschen, denen das Schicksal ihr Glück vorenthalten hat.

Außer durch ihre Beziehung erinnerten unser Jonathan und unser David in nichts an die biblischen. Sie waren nicht von hoher Geburt, hatten keine leuchtende Zukunft, hatten nie um etwas gekämpft, das genauso wichtig gewesen wäre wie der Thron Israels.

Und trotzdem machten sie den Eindruck, als ginge es um den höchsten Einsatz.

Aber ich muss von vorne beginnen ...

Alle wussten, dass zwischen Jonatan und Pater Antoni eine besondere Beziehung bestand. Blitz spekulierte von Anfang an, dass sich der Priester auf ungesunde Weise für den Jungen interessierte, aber der Rest vermutete eher, dass der Geistliche heimlich eine Freundin hatte und dass es sich dabei um Jonatans Mutter handelte.

Das war natürlich nicht die Wahrheit. Jonatans Eltern gehörten zwar nicht zu den besten, aber seine Mutter hätte sich nie auf eine Romanze eingelassen. Vor allem nicht mit einem Priester. Sie waren Menschen, die am Rand lebten, etwas demoralisiert, aber trotzdem religiös ... nein, nein, sie gingen einfach in die Kirche. Sonntags knieten sie gehorsam in der ersten Reihe und schauten andächtig auf den Altar. Ich vermute jedoch, dass sie, wenn jemand gefragt hätte, welches Evangelium sie gerade gehört hatten, nicht hätten antworten können.

Sie erzogen Jonatan auf die einzige Art, die ihnen richtig erschien, wodurch er von all denen, die zur Kappa gingen, am stärksten vergeistigt war. In der Grundschule war er angeblich die ganze Zeit Ministrant – und falls es tatsächlich so war, hätte ich das nicht komisch gefunden. Er bekreuzigte sich als Einziger vor dem Essen, was bei allen außer bei Pater Antoni für Verwirrung sorgte.

Am Anfang wurde er von den anderen verspottet, dann wurde er zum Sonderling und dann zu einem ungewöhnlichen Element, das einfach da war. Kinder können grausam sein, aber nur eine gewisse Zeit lang. Irgendwann wird für sie alles alltäglich. Sogar ihre eigene Verachtung.

Ich würde nicht sagen, dass Jonatan irgendwann von den anderen akzeptiert wurde, aber er lernte so zu funktionieren, um in dieser kleinen Gemeinschaft gut zu leben. Pater Antoni kümmerte sich darum, aber er zwang seinen Willen niemandem auf. Er wusste, dass er sonst das Gegenteil bewirken würde.

Alles wurde komplizierter, als Blitzer sie eines Abends im Tischkicker-Zimmer sah. Sie hatten gerade ein Spiel beendet und nicht bemerkt, dass Blitz auf der Schwelle stand. Der betrachtete sie, als sie sich nebeneinander auf das kleine Sofa an der Wand setzten.

Er berichtete mir alles ganz genau.

Wie Pater Antoni die Hand auf Jonatans Knie legte und sie sofort wegnahm, als er die Verwirrung des Jungen bemerkte. Wie er dann zu ihm rückte und sich zu seinem Ohr beugte.

Das war aber nur der Beginn dessen, was ...

Die Aufnahme brach plötzlich ab, Rauschen und andere Störungen ersetzten Ewa auf dem Bildschirm. Kliza schlug sofort auf den Videorekorder, aber ich vermutete, dass der Fehler nicht an dem Gerät lag.

«Verdammt», rief sie.

«Spul mal vor und dann wieder zurück.»

Sie schaute über die Schulter.

«Bringt das was?», fragte sie ohne Überzeugung.

«Das weiß ich nicht genau. Es gab früher verschiedene Tricks, manche haben funktioniert.»

Sie tat, was ich ihr gesagt hatte. Ich riet ihr, erst zu stoppen, aber auch das half nicht. Das Band war offensichtlich beschädigt.

«Gut, kehren wir zu diesem Moment zurück», sagte ich. «Schau, ob es an einer anderen Stelle weitergeht.»

Sie spulte etwas vor, aber auch das brachte nichts. Das Bild zeigte Millionen Ameisen, die sich auf dem schwarzen Hintergrund drängten. Es sah so aus, als sei die Aufnahme beendet, nicht beschädigt.

Vielleicht war es so? Vielleicht hatte jemand Ewa unterbrochen, und sie konnte deshalb nichts mehr sagen?

Ich schloss die Augen. Es durften nicht noch mehr Fragen in meinem Kopf auftauchen. Mir reichten schon die, die sich mit der kurzen Bemerkung zu mir verbanden.

Sie war gezwungen gewesen, sich von mir zu trennen.

Vorher hatte ich ihr dabei geholfen zu vergessen, was in der *Kappa* geschehen war.

«Kennst du einen VHS-Spezialisten?», fragte Jola.

«Nein, aber bald.»

Ich nahm ihren Laptop und verlor mich, ohne zu zögern, in den Tiefen des Internets. Ich suchte jemanden in der Umgebung, der VHS-Kassetten reparieren konnte. Falls dieser Beruf existierte, hatte er wohl die gleiche Zukunft wie ein Setzer oder ein Repassierer.

Ich irrte mich aber. Es gab einige Firmen, die anboten, Material von VHS auf DVDs oder andere Formate zu spielen. Außerdem versicherten arrogante Werbebilder, dass der eine oder andere

Spezialist in der Lage wäre, jede Beschädigung zu reparieren. Ich wählte den nächsten Laden, merkte mir die Adresse und gab Kliza zu verstehen, dass wir loskonnten.

Kurze Zeit später fuhren wir mit der Kassette im Rucksack Richtung Altstadt. Wir schwiegen nicht lange.

«Den Rest können wir uns im Prinzip denken», meinte Jola.

«Tatsächlich?»

«Die klassische Situation. Der Priester und der Ministrant. Was sagt dir das?»

«Nichts.»

«Für mich schreit das nach Pädophilie.»

Ich schaute sie finster an.

«Du gehst nicht oft in die Kirche, oder?»

«Eigentlich nie. Wieso sollte ich?»

«Normalerweise macht man das, um zu beten.»

Sie ließ den Blick über die Häuser schweifen, die sich bis zum Marktplatz hinzogen, dann schaute sie zu mir.

«Du machst wohl Witze», antwortete sie. «Der durchschnittliche Pole betet auf dem Sofa vor dem Fernseher, wenn er ein Fußballspiel mit der polnischen Mannschaft anschaut, mehr als in der Kirche.»

«Stimmt.»

«Und das mit der Pädophilie auch», antwortete Kliza leise. «Dein Kumpel hat gesehen, wie Antoni den Jungen betatscht hat. Das reicht mir vollkommen.»

«Vielleicht sollte es das nicht.»

«Sag das den Opfern von diesen degenerierten Typen mit Kollar. Weißt du, wie viele es sind, Wern?»

«Nein.»

«Da bist du nicht der Einzige», antwortete sie. Sie machte den Eindruck, als würde etwas in ihr hochkochen. «Wenn du einen Priester fragst, der sich mit Pädophilie in der Kirche beschäftigt, wird er dir das Gleiche sagen. Sie wissen es nicht.»

«Mhm.»

«Ich meine die, die das Problem bekämpfen sollen, nicht irgendwelche Geistlichen. Sie sollten doch etwas wissen, oder nicht?»

Ich hatte offensichtlich ein empfindliches Thema getroffen – wobei, das war in Klizas Fall wohl meistens so.

«Wenn man sich in Unwissenheit hüllt, führt das zu Straflosigkeit», fuhr sie fort. «Weißt du, dass die Kirche den Opfern auch keine Entschädigung bezahlen muss? Auch wenn sich die Vorwürfe bestätigen und der Geistliche bestraft wird. In Amerika und Australien sind sie mit dem Problem schon fertiggeworden. Wir sind in dieser Hinsicht noch in der Altsteinzeit.»

«Aha.»

«Die Hierarchen waschen ihre Hände in Unschuld. Sie schieben alles auf einen einzelnen Priester, und sie selbst distanzieren sich. Als würde der in einer anderen Welt leben und die Umgebung und die Prinzipien, die in ihr herrschen, hätten keine Bedeutung. Überhaupt keine.»

«Vielleicht ist das ja so», bemerkte ich ruhig.

Das bereute ich schnell, denn Jola ereiferte sich noch mehr.

«Und wer erlaubt ihnen das? Wer sträubt sich gegen eine Missbrauchsanzeige? Wer versetzt die Pfarrer an eine andere Stelle, damit sie der Strafe entgehen? Und wer sorgt am Ende dafür, dass die Mechanismen der Pädophilie nicht entdeckt werden? Nicht zu vergessen die, die den Opfern helfen könnten.»

«Kliza ...»

«Weißt du, wie viele Katholiken es laut Kirche in Polen gibt? Über dreißig Millionen. Und weißt du, wie viele Pfarrer geschult wurden, um den Opfern zu helfen? Ein paar über hundert. Außerdem ...»

«Kliza!»

«Was denn?»

Ich zeigte auf ein Schild auf der rechten Seite, gegenüber dem

Rathaus. Jola machte sich erst jetzt bewusst, dass wir nicht weit entfernt waren von einer der Firmen, die Kassetten reparierten.

«Krapfen?», fragte ich.

«Was?»

«Hier gibt es sehr raffinierte Riesendonuts, gefüllte Bonbons, ein Dutzend Arten ...»

«Ich rede über Pädophilie, und du denkst an Krapfen?»

Ich zuckte die Schultern.

«Das ist ein erlesener Leckerbissen. Sie wurden schon im Alten Rom gebacken.»

Ich blieb vor dem Schaufenster der Bäckerei Wytwórnia Pączków stehen und sah mir das bunt verzierte Gebäck an.

«Die mit Vanillefüllung solltest du wirklich probieren.»

Doch Kliza ging schon zu der kleinen Straße, die vom Markt abzweigte. Ich lief ihr hinterher, zufrieden, das Thema abgewürgt zu haben, denn ich hatte jetzt keine besondere Lust, darüber nachzudenken.

Ich wusste nicht, was Pater Antoni gemacht hatte. Ich kannte auch Jonathan und David nicht, über die Ewa gesprochen hatte, und ihre Worte schienen mir nicht ausreichend, um jemanden zu verurteilen.

Jola aber war anderer Meinung, und sie bestätigte mir das, kurz nachdem wir die Kassette abgegeben hatten. Während wir auf ein Urteil warteten, gingen wir zwei Krapfen kaufen.

«Weißt du, was die Statistiken über den Missbrauch Minderjähriger durch Kirchenleute sagen?», fragte sie mit vollem Mund.

Wir setzten uns auf eine Bank vor dem Rathaus. Es erinnerte an das in Florenz, aber dieses hier wurde im 19. Jahrhundert nach dem Vorbild des Palazzo Vecchio gebaut und erwies sich insofern als dauerhaft, als es sogar die Bombardierung im Zweiten Weltkrieg überstanden hatte.

«Weiß ich nicht», antwortete ich. «Was sagen sie?»

«Nichts.»

«Das sagt tatsächlich etwas.»

Sie drehte sich zu mir und wies auf meinen Mundwinkel, wo ein bisschen Zuckerguss hängen geblieben war.

«Ich wollte sagen, dass es keine Statistiken gibt. Die letzten sind schon einige Jahre alt, und sie besagen, dass für diese Verbrechen nur ein Dutzend Leute verurteilt wurden.»

Ich murmelte bestätigend.

«In anderen Ländern werden diese Sachen bekannt, bei uns kehrt man sie unter den Teppich», redete sie weiter. «Denn nicht nur die Kinder schämen sich, das zu erzählen, sondern auch die Eltern. Sie können sich nicht vorstellen, dass sie den Pfarrer anklagen sollten, vor allem auf dem Land, wo er die moralische Instanz ist.»

«Wir müssen wirklich ...»

«Wir sind noch immer nicht über die Leugnung hinausgekommen. Wie Idioten beharren wir darauf, dass das in anderen Ländern tatsächlich ein Problem ist, nur bei uns nicht.»

«Kliza ...»

«Die Verdrängungsphase», fügte sie hinzu und wedelte verärgert mit der Hand. «Und das obwohl sogar mehr Fakten bekannt sind, als wir brauchen.»

Ich konzentrierte mich auf meinen Krapfen, das war wohl das Beste.

«Der Priester Roman», warf sie ein, als würde das alles erklären. «Er hat eine Dreizehnjährige gefangen gehalten und vergewaltigt wie ...», sie brach ab und senkte den Kopf. «Er bekam acht Jahre Gefängnis, saß aber nur vier ab und wurde dann in eine andere Pfarrei versetzt.»

Ich hatte in den Medien davon gehört, obwohl die Sache wohl erst nach der Reportage von Justyna Kopińska richtig Fahrt aufnahm. Sie machte öffentlich, dass der Priester nicht nur weiterhin ein Amt innehatte, sondern auch ohne Schwierigkeiten mit Kindern in Kontakt kam.

Ich verlor plötzlich den Appetit.

«Opfer von Belästigungen gibt es Tausende», fügte Jola hinzu. «Aber derweil beschränkt sich die ganze Präventionspolitik auf die Haltung: Beten, dann wird es besser.»

Ich packte meinen Krapfen wieder ein und steckte ihn in Klizas Rucksack. Kurz überlegte ich, ob ihre starken Emotionen von Empathie motiviert waren oder ob sie in ihrer Kindheit etwas Ähnliches erlebt hatte.

Ich beschloss, nicht zu fragen. Wenn es tatsächlich so war, würde sie mir davon erzählen.

Vielleicht beging ich damit auch einen Fehler. Vielleicht blieben deshalb so viele Geschichten jahrelang unerzählt.

Als wir kurz darauf wieder zum Filmgeschäft gingen, kreisten meine Gedanken noch immer um vergangene Traumata. Dabei ging es allerdings nicht um Kliza, sondern um Kasandra. Ehrlich gesagt hatte ich nie gefragt, wie es ihr ging. Ob es sie schüttelte, wenn ein Mann sie auch nur berührte? Konnte sie nachts nicht schlafen? Fürchtete sie sich immer noch, dass ihr etwas passieren würde? Sah sie in jedem Mann, den sie traf, einen potenziellen Aggressor?

All das wäre vollkommen verständlich. Ich vermutete, dass sich die posttraumatische Belastungsstörung in diesen Fällen nicht von der unterschied, die bei Soldaten auftritt, die aus einem Kriegsgebiet zurückkehren.

Ich schob meine Überlegungen beiseite, als wir das Geschäft betraten. Der Mann im karierten Hemd hinter der Theke begrüßte uns mit einem Blick, der nichts Gutes verhieß.

«Schlechte Diagnose?», fragte ich.

«Kann man einer VHS eine andere Diagnose stellen?», antwortete der Angestellte. «Die jüngere Generation kennt sie ja nur noch aus MEMS.»

Ich quittierte diese Bemerkung mit einem schiefen Lächeln.

«Die Spoiler im Netz sind für sie der größte Albtraum, aber sie haben keine Ahnung, was für eine Überraschung es ist, wenn man eine nicht zurückgespulte Kassette einlegt und entdeckt, dass sie an der spannendsten Stelle startet.»

«Mhm», bestätigte ich. «Und was ist jetzt mit unserer?»

«Tja ... Das größte Problem besteht darin, dass wir auf der Erde ein Magnetfeld haben», antwortete er philosophisch und beschrieb mit der Hand einen Kreis. «Und das macht, dass ein Magnetband mit der Zeit immer schlechter wird, und dazu kommt noch eine Reihe anderer Faktoren. Meistens Schimmel. Du kannst dir nicht vorstellen, wie viel davon in den Kassetten zu finden ist.»

Er schaute Kliza an, die wie immer einem Menschen, den sie nicht kannte, nicht mit dem Blick begegnen wollte.

«Solche Bänder sind oft oxidiert, zerrissen, man kann sie nicht kleben, und die Videoköpfe sind so verdreckt, dass ...»

«Ist das bei unserer der Fall?», unterbrach ich.

«Nein. Eure Kassette ist fast wie neu.»

«Neu?»

Das wäre das letzte Wort, das ich benutzt hätte. Der Aufkleber fiel fast ab, das Gehäuse war kaputt und verstaubt, und auf dem Plastik waren deutlich Risse sichtbar.

«Keine Spur von Schimmel und nur wenig Staub», erklärte er.

«Wie kann das sein?», fragte Jola. «Woher kommt dann das Rauschen und das schlechte Bild?»

«Von mechanischen Beschädigungen.»

«Das heißt?»

«Das Band wurde verformt. Und wie es aussieht, absichtlich.»

Kliza und ich schauten uns an.

«Da kann ich leider nichts machen», fügte er hinzu. «Vielleicht hat jemand anderes Lust, sich damit zu beschäftigen, aber was mich betrifft – nee.»

Ich machte einen Schritt auf ihn zu und legte die Hand auf die Theke.

«Wir zahlen gut», erklärte ich.

«Ihr könnt mir so viel zahlen, wie Bayern Lewandowski gezahlt hat, das heißt, mehr oder weniger ... 11000 Złoty pro Stunde, aber ich mach das trotzdem nicht», antwortete er und seufzte. «Normalerweise macht es sich einfach nicht bezahlt, da herumzustochern, aber in diesem Fall geht es nicht um die Bezahlung. Das ist keine zufällige Beschädigung.»

«Jemand hat das Band mit Absicht verformt?»

«Sieht so aus.»

«Und da lässt sich gar nichts machen?»

«Die ganze Aufnahme lässt sich nicht mehr zurückholen.»

Ich sah ein Fünkchen Hoffnung und verstand, dass uns der Angestellte als normale Kunden ansah, die zu ihm kamen, um das ganze Material zu bekommen. Das brauchten wir aber gar nicht.

«Und Teile davon?», fragte ich. «Fragmente? Irgendwelche Abschnitte?»

«Die Qualität wird nicht gut sein.»

«Egal», versicherte ich. «Uns reicht irgendetwas.»

Ich war überzeugt, dass das so war. Damit wir die Situation verstanden, konnten uns einige aus dem Kontext gerissene Wörter reichen. Wir mussten nicht die ganze Geschichte von Ewa hören, um eine Spur zu finden.

«Ich kann es probieren, aber dass das Ergebnis umwerfend sein wird, kann ich nicht garantieren.»

«Macht nichts.»

Ich schaute Kliza an, und sie bestätigte mit einem Nicken.

«Wann können wir die Kassette abholen?», fragte ich.

Der Mann blätterte in einem kleinen Notizbuch, und ich spürte mein Herz schneller schlagen. Wenn wir nur Fetzen bekamen, konnten wir sie zu einem Ganzen zusammenfügen. Und schließlich würden wir erfahren, was in der *Kappa* passiert war und wie sich das auf alles andere ausgewirkt hatte.

«In einer Woche», sagte er schließlich.

Jola fluchte leise und machte damit auf sich aufmerksam.

«Geht es nicht schneller?», fragte ich.

«Eigentlich nicht.»

«Wir brauchen das wirklich dringend.»

«Ich kann es einen Tag früher probieren, aber ...»

«Und bis morgen?», schaltete sich Kliza ein.

«Ach ...»

«Wir zahlen den doppelten Preis.»

Der Angestellte kratzte sich kurz an der Schläfe.

«Den dreifachen», sagte Kliza.

Am nächsten Tag holten wir die reparierte Kassette ab.

Wir rasten zurück nach Hause, als hätten wir Angst, jemand würde sie uns unterwegs abnehmen. Der Angestellte aus dem Laden hatte behauptet, er hätte nicht viel herausholen können, aber dass wir einige Minuten der Aufnahme ohne Probleme anschauen konnten.

Wir glaubten beide, dass wir damit alle Antworten finden würden.

Und so war es.

9

Das Bild war immer noch voller Störungen, und das Rauschen erschwerte es zu verstehen, was Ewa sagte. Aber sie schaffte es im Lauf von etwa zehn Minuten, alles zu erzählen, was wir brauchten, um die Situation zu begreifen.

Das erste Mal kam sie wegen Blitz in die *Kappa*. Er hatte sie ohne mein Wissen mitgenommen, keine Ahnung, warum. Als sie begann, das auf der Aufnahme zu erklären, gab es einen Sprung, die Erklärung war für immer verschwunden.

Dennoch war es sicher, dass sie regelmäßig in dem Clubhaus gewesen war. Anfänglich schien mir das unmöglich, ich war überzeugt, dass wir jede freie Minute miteinander verbracht hatten. Aber als mich Kliza fragte, an wie viele volle Tage während der Schulzeit ich mich tatsächlich erinnerte, musste ich zugeben, dass es nicht viele waren.

Wir hatten uns in der Schule gesehen, außerdem nach dem Unterricht. Doch eigentlich nicht immer. Manchmal ging sie nach Hause, um vor einem Test zu lernen, manchmal erledigte sie etwas mit ihren Eltern, war beim Arzt oder mit ihrer Mutter einkaufen.

Jetzt wusste ich, dass zumindest ein Teil dieser Geschichten nur Ausreden waren. Aus irgendeinem Grund fuhr sie an den Stadtrand von Opole und verbrachte in der *Kappa* Zeit mit Leuten, die ich nicht kannte.

Mit Leuten, die größtenteils aus kaputten Familien stammten. Darüber sprach sie in der Aufnahme nur kurz, aber auch ohne ihre Ausführungen bekamen Kliza und ich den Eindruck, dass Pater Antoni dort so etwas wie eine Erziehungseinrichtung geleitet hatte.

Es ging ihm nicht nur um Spiel und Spaß, sondern auch darum, die Jugendlichen aus ihrer vergifteten Umgebung herauszureißen. Und es gelang ihm. Nur für einen von ihnen wurde es noch schlimmer.

Der, den sie Jonatan nannte, unterschied sich nicht sehr von den anderen. Er war in einer armen Familie aufgewachsen, sein Vater trank und schreckte nicht davor zurück, die Hand gegen seine Frau und seinen Sohn zu erheben. Es kam vor, dass er das machte, sobald sie von der Sonntagsmesse zurückkamen.

Anstatt in schlechte Gesellschaft zu geraten und die Sünden des Vaters zu wiederholen, wandte sich Jonatan in die entgegengesetzte Richtung. Seine Erziehung sagte ihm, dass er in der Kirche Hilfe finden konnte, und als er auf Pater Antoni traf, trat ein Mensch in sein Leben, der ihm gefehlt hatte.

Der Junge war von Anfang an in der *Kappa*, zumindest behauptete das Ewa. Er war Pater Antonis rechte Hand, und der vertraute ihm eigentlich grenzenlos. Sie verbrachten viel Zeit zusammen, und ziemlich lange glaubten die meisten, dass diese Nähe daher kam, dass der eine keinen Vater und der andere keinen Sohn hatte.

Damit endete Ewas kohärente Erzählung, den Rest bekamen wir nur in Fetzen. Aber wir konnten das ganze Bild ohne Probleme zusammensetzen.

Es gab Fragmente, in denen es um Jonatans Homosexualität ging, um die Verdächtigungen der anderen und schließlich um jemanden, den Ewa David nannte. Wir erfuhren nichts weiter von ihm, aber aus dem Kontext ging hervor, dass ein wichtiges Ereignis mit ihm verbunden war.

Es waren ein paar abgerissene Sätze, die mir bedeutend erschienen. Ich schrieb sie in ein kleines Notizbuch, das ich in Bronowiczs Gerümpelkarton gefunden hatte.

«... llte es Damian erzählen, als ...»

«... Antoni sagte uns all ...»

«... natan Falk ...»

«... nie dazu gekommen, wenn ...»

«... te die rei ...»

Wir schauten uns die Kassette zweimal an, dann setzten wir uns aufs Sofa und brüteten über meinen mageren Notizen. Mir schien, als bemühten wir uns, die Aufzeichnung der Blackbox nach einem Flugzeugabsturz zu lesen.

Jola zog das Blatt zu sich hin, studierte es und holte tief Luft.

«Schalt noch mal an», sagte sie.

«Noch mal?»

«Ich muss was überprüfen.»

«Was?»

Sie erklärte es nicht, aber ich wusste, solange wir das Ganze nicht noch einmal gesehen hatten, würde sie mir nicht sagen, worum es ging. Ich konnte mich jedoch schnell überzeugen, dass sie sich nur für ein Fragment interessierte. Das, in dem der letzte von mir aufgeschriebene Satz vorkam.

Wir schauten uns diesen Teil mehrmals an. Mit jedem Mal blinzelte Kliza stärker, dann klatschte sie plötzlich in die Hände.

«Du hast sie falsch verstanden», verkündete sie.

«Was heißt das?»

«Dass ein ‹m› am Ende ist.»

Ich sah Jola zweifelnd an.

«Und? Was bringt uns denn ‹ ... te die reim ...›?»

«Versuch mal ein paar Verben, die auf ‹ ... te› enden.»

Ich verzog das Gesicht, weil ich nichts anderes tat, seit ich diese wenig sagenden Fragmente aufgeschrieben hatte.

«Von der Intonation her passt mir ‹fragte› oder ‹ersuchte› », fügte Kliza hinzu. «Findest du nicht?»

«Das kann genauso gut auch was anderes sein.»

«Aber wenn nicht? Probier's mal aus.»

« ‹Ich fragte die rein.› Das ist genauso bedeutend wie ...»

« ‹m› am Ende», berichtigte sie mich. «Es verschwindet fast im Rauschen, aber es ist da. Ich bin sicher.»

«Okay, in diesem Fall fragte oder ersuchte sie die reim ...»

Kaum hatte ich das gesagt, fühlte ich, wir mir ein Schauer über den Rücken lief.

«Absolut unmöglich», teilte ich ihr mit. «Ewa kannte die Reimanns nicht. Sie hat sie nie getroffen, ihre Pfade haben sich nie gekreuzt.»

«Also hat Kasandra Ewas Fall zufällig gefunden?»

«Ja», sagte ich. «Das heißt, nein.»

«Aha.»

Ich schüttelte nervös den Kopf.

«Es geht mir darum, dass sie doch jahrelang nach solchen Fällen suchte. Als sie auf Ewa stieß, begann sie mit ihren Vorbereitungen. Den Rest weißt du selbst.»

«Ich weiß so viel, wie sie dir gesagt hat.»

Ich sah mir den von Kliza verbesserten Satz noch einmal an. Es sah tatsächlich danach aus, als solle das Reimanns heißen. Vielleicht gaukelte uns aber auch nur unser Verstand etwas vor, was wir beide wussten, aber nicht unbedingt etwas mit der Wahrheit zu tun haben musste?

Trotzdem echoten mir Jolas Worte im Kopf.

«Ich weiß auch nicht, Kliza.»

«Macht nichts. Überleg noch ein bisschen. Du wirst zum selben Ergebnis kommen wie ich.»

«Okay», antwortete ich, nur um des lieben Friedens willen, dann schaute ich mir die übrigen Sätze an. Besonders den, der mit «... natan» begann. Es war offensichtlich, auf wen er sich bezog, aber das war der einzige Hinweis, in dem sich auch der Nachname fand. Zumindest ein Teil davon.

«Jonatan Falkowski?», fragte ich. «Meinst du, das ist möglich?»

«Wenn man bedenkt, wie behilflich uns Karolina Falkowska alias Tipsy war und wie sie gleich darauf ihre Runde zu einigen interessanten Orten in Opole machte? Ja.»

«Dann ist das ihr Bruder?»

«Oder Ehemann. Wir wissen nichts über sie, vielleicht hatte sie früher einen anderen Nachnamen.»

«Als Mann passt er nicht wirklich. Zumindest nicht, wenn es um ein traditionelles Ehepaar geht.»

Jola nickte.

«Dann vielleicht sonst jemand aus der Familie», gab sie zu. «Wie auch immer, von Falkowska werden wir nichts erfahren.»

«Aber?»

«Ich habe nicht gesagt, dass es ein Aber gibt.»

«Es hängt in der Luft.»

Kliza erhob sich und lief eine Weile durch das Wohnzimmer. Schließlich blieb sie unter einem Dachfenster stehen und schaute zu dem Platz hinüber, in dessen Mitte die Ceres von Opole stand, ein Springbrunnen, der einige Figuren gleichen Geschlechts in eindeutigen Posen darstellte. Deshalb nannte man den Plac Daszyńskiego schon seit ewigen Zeiten «Schwuchtelplatz».

«Möglich, dass Falkowska eine Tour zu all ihren Bekannten gemacht hat, um sich zu versichern, dass niemand den Mund aufmacht», meinte Jola schließlich. «Sie bemüht sich sehr, etwas zu verbergen. Was man von der Person, zu der sie uns unbedachterweise geführt hat, nicht sagen kann.»

«Meinst du Electra?»

«Ja», bestätigte Kliza. «Sie wollte offensichtlich reden.»

«Auf jeden Fall. Nur dass sie selbst gesagt hat, dass sie das nicht darf.»

«Also hat sie die Kassetten für sich sprechen lassen.»

Wir schauten uns wieder das auf dem Tisch liegende Notizbuch an.

«Damit können wir versuchen, auch den Rest von ihr zu erfahren, Wern.»

«Wie?»

«Es kommt darauf an, wie gut du dich mit Poker auskennst.»

«Ist das irgendein *Minecraft*-Mod?»

Sie sah mich schräg an, dann faltete sie das Blatt zusammen und zeigte zur Tür. Eigentlich wäre mir lieber gewesen, wir hätten vorher eine gemeinsame Bluff-Strategie vorbereitet, aber ich protestierte nicht.

Kurze Zeit später fuhren wir schon nach Szczepanowice und hofften, dass wir Electra zu Hause antreffen würden. Und dass die Informationen, die wir aus den Aufnahmen erhalten hatten, dazu führen würden, dass uns die Frau die Lücken füllte.

Vor Ort erkannten wir, dass wir zu optimistisch gewesen waren. Wer auch immer dieses Unternehmen steuerte, das die Wahrheit verdecken sollte, er war nicht untätig gewesen. Und er kümmerte sich wohl auch darum, dass wir nicht weiterkamen.

Electra trafen wir nicht an, aber ihr Nachbar teilte uns in ziemlich groben Worten mit, wir sollten uns fernhalten. Seine Entschlossenheit bewies er, indem er uns die Tür vor der Nase zuschlug. Wir gingen zum Auto zurück und überlegten, was wir tun sollten. Erst als Electras Nachbar aus dem Haus kam, startete ich den Motor. Denn diesmal machte er den Eindruck, als wollte er uns ohne Worte klarmachen, dass wir hier nicht erwünscht waren.

Wir fuhren, ohne zu überlegen, los, Richtung Zentrum.

«Hier gibt es wohl nichts mehr für uns», sagte ich leise. «Eigentlich weder hier noch sonst wo.»

Kliza sah mich enttäuscht an, als hätte sie diesen Pessimismus nicht von mir erwartet.

«Offensichtlich gibt es da eine Mauer des Schweigens», fügte ich hinzu. «Und jemand passt gut auf, dass niemand ausbricht.»

«Nicht jemand, sondern Antoni.»

Obwohl ich früher dafür gewesen wäre, nicht von Schuld auszugehen, sah ich jetzt, dass das falsch war. Auch ohne die Einzelheiten war Ewas Aufnahme für den Geistlichen belastend genug.

«Kein Schweigen währt ewig», antwortete Kliza philosophisch. «Sogar Mönche, die ein Schweigegelübde ablegen, reden im Schlaf.»

«Das hat was.»

«Mehr als was. Es ist die Wahrheit.»

«Was schlägst du also vor? Ewa können wir nicht fragen, Blitz auch nicht. Es bleiben uns ein paar Personen, die eher zugeben würden, Nickelback zu hören, als sich zu einer Verschwörung zu bekennen.»

Jola sah mich forschend an.

«Ich höre da eine Autodiagnose. Hast du kürzlich zu *How You Remind Me* getanzt?»

«Nein, aber vielleicht sollte ich das. Mit ein bisschen Glück würde sich das positiv auf meine psychische Gesundheit auswirken.»

«Ich habe eine bessere Idee, wie sich das machen lässt.»

«Schieß los», antwortete ich und bog auf die Ulica Niemodlińska ab. «Ich nehme jeden Vorschlag an.»

«Pressen wir Falkowska aus.»

«Gute Idee. Und danach nehmen wir Pommes frites dazu.»

Wieder schien es mir, als tadele mich ihr Blick.

«Wir haben jetzt ein paar Informationen mehr, also können wir es probieren», sagte sie. «Im schlimmsten Fall lässt sie uns abblitzen.»

«Oder holt ihre Kumpels aus der Siedlung.»

Beide Möglichkeiten schienen wahrscheinlich, aber ich war einer

Meinung mit Kliza, dass wir keine andere Wahl hatten. Das letzte Mal hatte Falkowska ein bisschen kopflos reagiert, indem sie uns zu den Personen geführt hatte, die in die Sache verwickelt waren. Vielleicht gelang es uns jetzt, etwas Ähnliches zu erreichen.

«Aber erst fahren wir nach Hause», sagte Jola.

«Warum?»

«Es liegt sowieso auf dem Weg, oder?»

«In dieser Stadt liegt alles auf dem Weg.»

Ich übertrieb nicht. Von einem Ende zum anderen fuhr man auch zu den Hauptverkehrszeiten höchstens eine halbe Stunde. Stau hieß, einige Minuten an der Ampel zu stehen, die langen, über mehrere Kilometer hinweg, die man aus großen Städten kennt, gab es hier nicht. Dafür liebte ich Opole.

Wir blieben nur kurz zu Hause. Kliza nahm die Kassette mit, die wir im Keller gefunden hatten, prüfte noch etwas im Internet, dann gab sie das Signal zum Abmarsch.

«Weißt du, wo hier die nächste UPS-Filiale ist?», fragte sie.

«Ja.»

«Wo?», fragte sie, wedelte dann aber sofort mit der Hand. «Klar. Auf dem Weg.»

Kurze Zeit später gaben wir ein Päckchen mit der Kassette in der Filiale an der Ulica Kasprowicza auf. Zuerst schien es mir ein Fehler, aber schließlich musste ich eingestehen, dass es keinen Sinn hatte, die Aufnahme noch einmal anzusehen. Wir kannten sie beide auswendig, und Kliza war der Meinung, dass wir mit ein bisschen Glück unser Wissen erweitern konnten.

Jola hatte das Päckchen an einen ehemaligen Bekannten von Reimann Investigations adressiert, der sich auf Probleme mit Geräten spezialisiert hatte. Sie war nicht sicher, ob er das Band reparieren konnte, aber selbst wenn nicht, kannte er sicher jemanden, der dazu in der Lage war.

Das war keine dumme Idee. Der Mann aus der Firma neben dem

Krapfenladen kannte sich vielleicht aus, aber er machte nur das, was sich für ihn lohnte. Stundenlang über einem Stück deformierten Bandes zu sitzen gehörte sicher nicht dazu. Und vielleicht überstieg es auch seine Fähigkeiten.

Von der UPS-Filiale fuhren wir zu McDonald's, wo wir Falkowska anzutreffen erwarteten. Ich vermutete, dass es nicht schwer sein würde, wenn die Arbeitszeiten im Fast-Food-Gewerbe tatsächlich so waren, wie man es in den Medien nachlesen konnte.

Wir gingen hinein und entdeckten Karolina an einer Kasse. Als sie uns sah, zitterte sie nervös, bekam sich aber sofort wieder in den Griff. Dann schickte sie uns ein pflichtschuldiges Lächeln.

«Ihr schon wieder?», fragte sie, als wir an der Theke stehen blieben. «Wenn ihr auf ein verbilligtes Happy Meal aus seid, muss ...»

«Wir sind auf die Wahrheit aus», unterbrach Kliza.

Ein guter Zug, dachte ich. Wir mussten unsere Entschlossenheit sofort demonstrieren und unserer Gesprächspartnerin klarmachen, dass wir uns diesmal nicht einfach abspeisen ließen.

«Und es scheint, als könntest du sie uns servieren», fügte ich hinzu.

Wir standen Schulter an Schulter an der Theke, als wären wir bereit, mit Gewalt aus ihr das herauszuholen, weshalb wir hier waren.

Sie schaute uns ungläubig an und lachte kurz.

«Seid ihr noch ganz richtig im Kopf?», fragte sie. «Ich hab euch alles erzählt, was ich weiß.»

«Nur nicht, dass dein Bruder regelmäßig in der *Kappa* war», gab Jola zurück. «Und dass er sich dort nicht nur auf ein Verhältnis mit Antoni eingelassen hat, sondern auch mit jemand anderem.»

Falkowska sah sich um.

«Passt auf ...»

«Gerne», schnitt Jola ihr das Wort ab. «Aber nur wenn du die Wahrheit sagst.»

«Das habe ich letztes Mal schon.»

«Ach ja. Du hast nur die Sachen ausgelassen, die für uns am wichtigsten waren.»

«Ich weiß nicht, was ihr wollt, aber ...»

«Nichts als die Wahrheit», unterbrach Jola sie wieder. «Dann lassen wir dich in Ruhe.»

Wieder ein Kontrollblick rechts und links. Ich fürchtete, sie würde einem Mitarbeiter ein Zeichen geben, dass es höchste Zeit sei, das Security-Personal zu holen.

«Seht ihr nicht, dass ich arbeite?», fragte sie verärgert. «Ich hab jetzt keine Zeit für eure Dramen.»

«Es dauert nicht lang», versicherte ich.

«Uns interessiert nur eine Person», fügte Kliza hinzu. «Jonatan Falkowski.»

«Dein Bruder.»

«Den du in deiner Geschichte vergessen hast.»

Nun waren wir am Zug, wie zwei Angreifer eines führenden europäischen Clubs, die gerade das Spiel ihres Lebens in der Champions League ablieferten. Wir waren nicht aufzuhalten.

Zumindest schien es mir so, solange die restlichen Kunden ruhig blieben.

«Was redet ihr da für einen Scheiß?», fragte Karolina. «Geht da weg, die Leute wollen bestellen.»

Sie beugte sich vor und nahm mit der hinter uns stehenden Frau Blickkontakt auf.

«Was darf es sein?», fragte sie.

Die Kundin wollte antworten, aber Kliza hielt sie mit einer Handbewegung auf.

«Gleich», sagte sie, dann drehte sie sich wieder zu Falkowska um. «Erst erledigen wir unsere Bestellung.»

«In diesem Fall ist es höchste Zeit, dass ihr sie aufgebt und von hier ...»

«Dann bitte ich um Information zu dem, was in der *Kappa* passiert ist», sagte ich. «Bitte mit Soße süß-sauer.»

«Und für mich ein paar Fakten über Jonatan», fügte Jola hinzu.

Wir fühlten uns ungewöhnlich sicher, solange diese dummen Witze noch funktionierten. Falkowska war jedoch nicht zum Lachen zumute. Sie drehte sich hilfesuchend zu ihren Kollegen um.

Einer kam zu uns, und aus dem Hinterzimmer drangen Stimmen. Ich vermutete, dass der Schichtleiter schon verständigt worden war.

«Gibt es ein Problem?», fragte der Mann und stellte sich neben Falkowska.

«Sie wollen keine Bestellung aufgeben, aber auch nicht Platz machen.»

«Hey, jetzt reicht's», rief einer von hinten. «Hier warten Leute.»

«Moment», begann Jola.

«Können Sie bitte den anderen Gästen ermöglichen, ihre Bestellung aufzugeben», sagte der Mann.

«Schmeiß sie raus!», schlug einer der Kunden vor.

Ich bemerkte, dass wir nicht nur den Unwillen Karolinas gegen uns hatten, sondern auch den Hunger der Leute in der Schlange. Trotzdem wollte ich nicht lockerlassen. Ich legte die Hand auf die Theke und sah Falkowska direkt in die Augen.

«Sag uns, wo dein Bruder ist.»

Der Mann schob sie beiseite und stand nun direkt vor mir.

«Bitte gehen Sie, sonst bin ich gezwungen ...»

«Uns interessiert nur, wo wir den Bruder dieser Dame finden können», fiel ich ihm ins Wort und machte dabei eine fast anklagende Geste zu Karolina hin. «Mir reicht eine Telefonnummer. Und dann sind wir weg, und ihr habt kein Problem mehr.»

«He!», meldete sich wieder der Schreihals aus der Schlange. «Schmeiß die raus!»

Der Angestellte suchte im Gesicht von Falkowska die Bereitschaft, uns das zu geben, was wir wollten, und die schwierige Situation so schnell wie möglich zu beenden. Karolina schüttelte den Kopf, als hätte sie nicht vor, mit uns zusammenzuarbeiten, aber dann beugte sie sich zu mir.

«Arschkarte», verkündete sie. «Ich hab keinen Bruder. Und jetzt verschwindet von hier, bevor ihr eins in die Fresse kriegt.»

«Wir wissen von Jonatan.»

«Einen Scheiß wisst ihr», gab sie zurück, und diesmal hatte ich den Eindruck, sie sage die Wahrheit. «Jonatan ist nicht mein Bruder, ich habe keine Geschwister. Prüft das selbst nach.»

Kliza zitterte nervös, und ich spürte die drängenden Blicke der Leute ringsum immer mehr.

«Und jetzt raus», fügte Falkowska hinzu.

Wir ließen von ihr ab, zumindest teilweise. Als wir den McDonald's verließen, begleitet vom einsamen Klatschen des Schreihalses, vereinbarten wir, auf Karolina zu warten, bis sie ihre Schicht beendet hatte.

Jola setzte sich draußen an einen Tisch und nutzte die Gelegenheit, Falkowskas Worte zu prüfen. Sie holte ihren Laptop aus dem Rucksack und hatte nach ein paar Minuten alles, was sie brauchte. Ich wollte gar nicht fragen, zu welchen Datenbanken sie Zugang hatte.

«Wern ...», begann sie unsicher. «Dieses Flittchen hat wohl die Wahrheit gesagt.»

«Wie bitte?»

Ich stellte mich hinter sie und schaute auf den Monitor.

«Sie hat wirklich keinen Bruder», erklärte sie. «Außerdem hab ich niemanden gefunden, der Jonatan Falkowski heißt.»

«Unmöglich.»

«Aber es ist so», antwortete sie so entschlossen, dass es sinnlos war, mich weiter zu widersetzen. «Es sieht so aus, als hätten wir etwas missverstanden.»

«Was? Auf der Aufnahme ist es doch deutlich zu hören, es geht um einen Jonatan Falk...»

Ich brach meinen Satz ab mit dem Gefühl, als bliebe mein Herz stehen.

«Wern?»

«Oh Scheiße», brachte ich hervor.

Kliza sah sich um, als sei plötzlich jemand aufgetaucht, der uns bedrohte. Dann drehte sie sich zu mir.

«Was ist los?», fragte sie.

«Es geht nicht um Falkowski, sondern um Falkow.»

«Wovon redest ...»

«J. Falkow», sagte ich, dann schloss ich die Augen.

«Jonatan Falkow.»

10

Ich hatte keine Zweifel, dass wir auf der richtigen Fährte waren. Der Beamte, der mir bei dem Hotel in Chrząstowice geholfen hatte, vor der Polizei zu fliehen, war tatsächlich der Jonatan aus Ewas Aufnahme.

Ich fühlte, dass das eine grundlegende Bedeutung für das Verständnis der ganzen Sache hatte, aber immer noch konnte ich sie nicht entschlüsseln. Kliza auch nicht. Eine Zeitlang saßen wir schweigend da und starrten auf die alten Wohnblocks aus der Zeit der Volksrepublik, die den Horizont ausfüllten.

«Okay», sagte Jola schließlich und schlug mit der Hand auf den Tisch. «Also haben wir Jonatan. Einen Typen, der in seiner Kindheit wahrscheinlich von Antoni sexuell missbraucht wurde.»

«Mhm.»

«Und der deine Ewa aus der *Kappa* kannte.»

«Sieht so aus.»

«Außerdem hat er dort Blitzer getroffen.»

«Und Dawid, mit dem er eine Beziehung hatte.»

Wir hatten anfänglich angenommen, dass sich dieser Name nur auf die biblische Gestalt bezog, aber ebenso gut konnte er auch der richtige sein, so wie bei Jonatan.

«Jahre später verschwindet Ewa, Blitz stirbt, und Falkow ist in all das verwickelt», fuhr Kliza fort. «Das ist kein Zufall.»

«Nein, ist es nicht», antwortete ich leise, als würde ich mich zu einem Verbrechen bekennen.

Jola schien auf ihre eigenen Gedanken konzentriert und sich nicht bewusst, dass ich neben ihr saß.

«Irgendwo in dem Ganzen hat auch Kasandra ihren Platz», sprach sie weiter. «Sie kommt aus offensichtlichen Gründen ins Spiel, um dich auszunutzen und vor Robert zu fliehen. Dann wird ihr Kind entführt, und du findest in deiner neuen Wohnung eine Videokassette mit Ewas Aufnahme ...»

Als sie abbrach, erinnerte sie sich schließlich an meine Anwesenheit.

«Was heißt das alles?», fragte sie und klappte den Laptop zu.

«Nur eine Person kann uns diese Frage beantworten.»

«Falkow.»

«Stimmt.»

«Weißt du, wo wir ihn finden?»

«An dem Ort, von dem aus er uns die ganzen Probleme bereitet hat», antwortete ich und holte tief Luft. Ich verstand, dass ich endlich die Chance hatte, dass jemand alle Karten vor uns aufdeckte.

Aber wie sollte ich das erreichen? Falkow hatte keinen Grund, etwas zu verraten. Dagegen hatte er im Überfluss Gründe, die ihm geboten zu schweigen.

«Weißt du, was das alles bedeuten kann?», meldete sich Kliza.

«Ehrlich gesagt, nein. Ich habe keine Ahnung.»

Sie legte ihre Hand auf meine, und ich erzitterte, als hätte ich einen Stromschlag bekommen. Jola war auch verwirrt, vielleicht mehr als ich, und ich verstand, dass diese Geste des Mitgefühls ein Reflex gewesen war. Sie fühlte, dass ich in diesem Moment Unterstützung brauchte, und hatte sie automatisch angeboten.

«Vielleicht haben wir das alles von Anfang an falsch interpretiert.»

«Das heißt?», fragte ich. «Von welchem Anfang sprichst du?»

«Von dem Überfall bei der Spötterloge.»

Ich schüttelte den Kopf, aus irgendeinem Grund nicht bereit, diesen Gedanken zuzulassen.

«Denk mal nach», fügte Kliza hinzu. «Was weißt du wirklich über jene Nacht?»

«Alles, was ich sollte.»

«Von Kasandra.»

«Sie hat nur wiederholt, was Ewa auf die Kassetten gespielt hat.»

«Eben. Was Ewa aufgenommen, dir aber nie selbst gesagt hat», bemerkte sie. «Und du hast keine Ahnung, in welcher Umgebung sie die Filme gedreht hat oder was sie eigentlich sagen wollte.»

Ich lachte und breitete die Arme aus.

«Weißt du, wie das klingt?», fragte ich, wollte aber nicht auf die Antwort warten. «Wie eine Verschwörungstheorie, die jemand vor elf Jahren auf den Weg gebracht hat, und ich habe seitdem blind daran geglaubt.»

Kliza antwortete nicht.

«Was schlägst du konkret vor?», fragte ich.

«Konkret? Nichts. Ich sage nur, dass wir überlegen sollten ...»

«Was?»

Wieder hatte ich den Eindruck, als wolle sie mich trösten. Diesmal zitterte aber nicht einmal ihre Hand.

«Falkow war in all das schon lange vor dem *Highlander* verwickelt», verkündete sie. «Vielleicht wollte er sich auf irgendeine Art für das rächen, was ihm in der *Kappa* zugestoßen war.»

«Das ist absurd.»

«Überzeugen wir uns», antwortete sie hartnäckig.

«Wie?»

«Indem wir zum Präsidium fahren, Wern. Wir legen ihm alles dar, was wir wissen. Wir geben ihm zu verstehen, dass wir Beweise haben, dass er sexuell missbraucht wurde. Und dass wir vorhaben, sie öffentlich zu machen.»

Ich fasste mir an die Schläfen und begann sie zu massieren. Ich hatte keine Kopfschmerzen, aber irgendwie schien mir diese Geste angebracht.

«Im schlimmsten Fall schickt er uns weg», fuhr sie fort.

«Oder er bemüht sich, die Beweise zu vernichten.»

«Davor müssen wir keine Angst haben.»

Sie hatte recht, die Kassette war wohl schon auf dem Weg zu ihrem Bekannten in Nordpolen. Es gab keine Möglichkeit, dass Jonatan Falkow sie ortete. Wenn ihm überhaupt daran lag, die Beweise zu vernichten. Und wir hatten schließlich auch keine Ahnung, was ihn antrieb.

«Hast du einen besseren Vorschlag?», fragte Kliza.

«Nein.»

«In diesem Fall ...»

«In Ordnung», sagte ich. «Probieren wir es.»

Jola griff sofort nach ihrem Handy.

«Was machst du?», fragte ich.

«Ich rufe im Präsidium an.»

«Feine Idee. Warn ihn, dass wir vorhaben, ihn zu verhören.»

Sie ignorierte meinen Einwand und wählte die Nummer.

«Ich frage nur, ob er heute Dienst hat», erklärte sie. «Vielleicht ist er genauso plötzlich verschwunden wie sein Vorgesetzter.»

Kliza nannte der Beamtin an der Rezeption einen falschen Namen, dann verkündete sie, sie habe der Polizei etwas zu sagen. Sie betonte, dass sie das nur tun würde, wenn sie mit Falkow sprechen konnte.

«Können Sie mich mit ihm verbinden?»

Die Gesprächspartnerin begann zu erklären, dass das auf diese Weise nicht funktionierte, aber sie sagte mit keinem Wort, dass Jonatan heute nicht im Dienst war. Das reichte uns.

Wir fuhren zum Präsidium. Je näher wir dem Zentrum kamen, desto dichter wurde der Verkehr. Nach zwanzig Minuten stellten wir das Auto zu Hause auf dem Hof ab, dann gingen wir zu Fuß zur Ulica Korfantego.

Am Himmel hingen dunkle Wolken, die Regen versprachen, aber wir hatten nur ein paar Minuten zu gehen. Wir waren beide davon überzeugt, dass wir spätestens nach einer Viertelstunde in Falkows Büro sitzen und ihm alles eröffnen würden, was wir erfahren hatten, weil wir damit rechneten, dass es wichtig war.

Wir irrten uns. Kaum traten wir durch das Tor, stand der letzte Mensch vor uns, den wir zu sehen erwartet hatten.

Er versperrte uns den Weg und sah uns mit völlig unverständlicher Wut an. Seine Uniform trug er nicht, aber ich zweifelte keinen Moment, dass er bewaffnet war.

Kommissar Prokocki stand leicht breitbeinig da und wartete offensichtlich, dass wir etwas sagten. Keiner von uns wusste allerdings, was wir sagen und wie wir das Erscheinen des Polizisten überhaupt bewerten sollten.

Verfolgte er uns? War er die ganze Zeit auf dem Laufenden, beobachtete er unseren Fortschritt? Wenn er uns gesehen hatte, als er an der *Kappa* vorbeifuhr, dann bestimmt. Aber damals hatte nichts darauf hingewiesen.

Wie auch immer, er war in das, was dort passiert war, verwickelt. Ich wusste nicht, wie, aber ich war sicher, dass es so war.

«Was treibt ihr denn?», sagte er schließlich.

Kliza war genauso verwirrt wie ich, deshalb wusste ich, dass ich ihr den Menschen nicht vorstellen musste, auch wenn sie ihn bisher nie persönlich getroffen hatte.

«Was stimmt denn nicht mit euch?», fügte er hinzu.

Ich sah, dass die Emotionen in ihm so schnell hochkochten, dass er sie gleich nicht mehr beherrschen konnte. Ich spürte, dass ich die Spannung lösen musste, gleichzeitig aber die Initiative ergreifen. Eigentlich müsste ja ich eine Forderung stellen, Vorwürfe erheben und ihm die Schuld für das, was passiert war, in die Schuhe schieben.

Er wandte sich zum Hof auf der anderen Straßenseite und wies mit der Hand dorthin.

«Zeit, euch zur Vernunft zu bringen», stieß er hervor.

Ich hatte den Eindruck, als kehrte ich in die Schulzeit zurück und würde an der Tafel abgefragt.

«Uns?», antwortete ich. «Dich hat wohl etwas komplett ...»

«Nicht hier», fiel er mir ins Wort.

Wieder zeigte er zum Hofeingang. Ich erkannte schnell, dass es das Risiko wert war, auch wenn dort eine ganze Schar seiner Kumpels auf uns wartete.

Zum ersten Mal wollte Prokocki etwas von uns und nicht umgekehrt.

Wir traten durch das offene Tor, liefen um eine Schranke herum und bogen nach rechts ab. Ganz am Ende eines kleinen, verwahrlosten Platzes blieben wir hinter den letzten dort geparkten Autos stehen.

Prokocki lehnte sich an eine alte, zerfallene Mauer, die uns vom nächsten Hof hinter den Gebäuden trennte. Er nahm eine Schachtel Zigaretten heraus und zündete sich eine an, ohne uns welche anzubieten.

«Wieso um alles in der Welt habt ihr nach Falkow gefragt?», fragte er.

«Und wieso meinst du, dass wir das gemacht haben?», gab Kliza zurück.

«Erbarmen ...»

«Wenn das eine Erklärung sein soll, beenden wir das Gespräch am besten schnell wieder.»

Prokocki nahm einen hastigen Zug.

«Nichts passiert im Präsidium ohne mein Wissen», meinte er.

«Klar», antwortete Jola spöttisch. «Und die Beamtin ruft dich an, nur weil jemand nach einem deiner Untergebenen fragt. Verfolgst du uns?»

«Ich kontrolliere eher, was ihr macht.»

«Auf welcher Grundlage?»

«Sorge um euer Wohlbefinden.»

Kliza schaute ihn mitleidig an, und er blies Rauch in ihre Richtung.

«Wollt ihr wirklich Zeit damit verlieren?», fragte er. «Oder können wir endlich zur Sache kommen?»

Keiner von uns hatte eine Ahnung, was eigentlich der Kern der Sache war. Noch nicht. Es schien offensichtlich, dass wir in Kürze nicht nur verstehen würden, warum Prokocki auf die *Kappa* aufpasste, sondern auch seine Rolle in diesem ganzen Durcheinander.

«Kommen wir zur Sache», erklärte sich Kliza einverstanden. «Warum wundert es dich so, dass wir Kontakt zu Falkow aufnehmen wollten?»

Er machte einen Zug und schaute uns an wie zwei Idioten.

«Das fragst du wirklich?»

Jola schwieg, und ich hatte nicht vor, etwas zu sagen.

«Moment mal ...», stöhnte Prokocki. «Habt ihr die Kassette nicht angeschaut?»

«Welche Kassette?», antwortete Kliza.

Der Polizist zog sich noch einmal Rauch in die Lungen, während er auf unsere Reaktion wartete. Wir jedoch taten alles, um uns unsere Überraschung nicht anmerken zu lassen. Er hatte in einem Ton gefragt, als läge ihm tatsächlich daran, dass wir uns mit der Aufnahme vertraut machten.

Als wäre er auf unserer Seite.

«Warte mal ...», sagte ich. «Dann hast du die Videokassette in meiner Wohnung deponiert?»

Er antwortete nicht, aber in seinen Augen sah ich Argwohn. Wahrscheinlich überlegte er, ob ich versuchte, ihn auf irgendeine Art auszutricksen, während ich verstehen wollte, wie es möglich war, dass ausgerechnet Prokocki mir die Kassette dagelassen hatte.

«Also?», trieb ich ihn an.

Er stieß Rauch durch die Nase aus, dann zog er wieder die Schachtel aus der Tasche. Diesmal bot er uns Zigaretten an, als meinte er, sie könnten als Friedenspfeife fungieren. Kliza nahm sich keine Zigarette, sondern die ganze Schachtel, und steckte sie in die Tasche. Der Polizist sah sie ungläubig an, und ich spürte die ersten Regentropfen auf der Haut.

«Ich hab keine Ahnung, wer dir diese Kassette untergeschoben hat», sagte er schließlich.

«Aber du weißt, was drauf ist?», fragte ich.

«Natürlich. Und nicht nur auf der, sondern auch auf der zweiten, die ihr gefunden habt.»

Wieder schaute er erst mich, dann Kliza an.

«Aber ihr habt sie offensichtlich nicht angeschaut.»

«Sie war beschädigt.»

«Weiß ich», gab er zu. «Aber man konnte sie anschauen.»

«Nur Fetzen», dann erzählte ich ihm kurz, was uns der VHS-Spezialist gesagt hatte.

Prokocki hörte zu und unterbrach mich nicht. Irgendwann entdeckte ich, dass er von der Entwicklung der Sache enttäuscht war, als hätte er wirklich damit gerechnet, dass wir die ganze Aufnahme gehört hatten.

«Wenn du schon weißt, was auf der zweiten Kassette ist», meinte Jola, «solltest du auch wissen, was in der *Kappa* passiert ist. Und wie um alles in der Welt die Kassette dort aufgetaucht ist und wie sie dann der Mesner bekommen hat.»

Er nickte, sagte aber nichts. Er schien bereit, uns mehr zu verraten, aber gleichzeitig unsicher, wo er anfangen und wie er das alles in Worte fassen sollte.

«Wie viel wisst ihr?»

«Kommt drauf an, was du meinst», antwortete ich.

«Über die Kassetten.»

«Wir wissen, dass Ewa sie aufgenommen hat, wahrscheinlich in Obice bei Kielce.»

Prokocki hob die Augenbrauen.

«Und wer hat dir das gesagt?»

Also hatte ich ins Schwarze getroffen. Wunderbar, endlich war etwas bestätigt.

«Kasandra», antwortete ich. «Sie ist mit Glazur dort auf deine Spur gestoßen, sie haben die richtige Hütte gefunden und darin die Kassetten, die ihr erlaubt haben, sich auf ihre Rolle vorzubereiten.»

Ich musste ihm nichts weiter erklären, er erinnerte sich genau an das, was vor einem Jahr passiert war.

«Wie habt ihr diesen Ort gefunden?», fragte er.

«Du hast dich wohl nicht gut genug darum gekümmert, dein Versteck vor Kajman un ...»

«Das war überhaupt kein Versteck, verdammt noch mal», unterbrach er mich, trat die Zigarette auf dem Boden aus und machte einen Schritt in meine Richtung. «Ich hab schon vor einem Jahr versucht, dir einzutrichtern, dass es keinen Kajman gibt. Er war eine Erfindung, durch die ...»

«Kasandra hat ihn nicht erfunden.»

Er presste die Lippen zusammen und sah mir fest in die Augen.

«Stimmt», gab er zu. «Nicht sie.»

«Was soll denn das heißen?»

«Du hast Ewas Aufnahme gesehen, den Rest kannst du dir selbst zusammenreimen.»

«Willst du mir einreden, dass sie ihn sich ausgedacht hat?»

Er machte einen Schritt zurück, lehnte sich an die Mauer und zündete die nächste Zigarette an. Mir schien, als zitterten ihm dabei die Hände.

«Das versuche ich dir schon seit einem Jahr zu erklären, Werner», antwortete er.

Ich erinnerte mich, wie er mir eingeredet hatte, dass Kajman nicht existiert, dass er nur ein Teil der Manipulation Kasandras war und dass es niemand auf mich oder Ewa abgesehen hatte. Und dass ihre Leiche auf der Insel Bolko gefunden worden war.

Als Todesursache wurde später Selbstmord angegeben, aber ich war nicht bereit, irgendetwas, was dieser Mensch sagte, zu glauben.

Und trotzdem vermittelte er den Eindruck, als würde er nicht lügen.

«Ich verstehe gar nichts», sagte ich verärgert. «Vielleicht kannst du es mir erklären?»

«Ewa war tatsächlich in Obice. Sie hat dort die Kassetten aufgenommen, und ich habe sie später zur *Kappa* gebracht. Mein Fehler war, dass ich sie nicht kontrolliert habe, denn offensichtlich hat jemand von Kasandras Leuten eine davon an sich genommen und vielleicht überspielt. Ich weiß es nicht, schwer zu sagen.»

«Aber ...», ich musste einen Moment Pause machen, um meine Gedanken zu sammeln. Es nieselte ein bisschen stärker. «Was hast du überhaupt in der *Kappa* gemacht?»

«Wir haben dort manchmal schwierigen Jugendlichen geholfen.»

«Wir?»

«Freiwillige vom Präsidium.»

Ich drehte mich zu Kliza um und bemerkte, dass sie den Rest soeben erraten hatte.

«Du und Falkow?»

«Ja.»

«Aber er ...»

«Ging sehr lange dorthin», vollendete Prokocki für mich. «Bevor er bei der Polizei angefangen hat. Eigentlich habe ich mich durch ihn dort beworben, er hat mich überzeugt.»

Mein Gott, langsam fügten sich die Mosaikteile zu einem Ganzen zusammen. Bisher hatte ich keinen blassen Schimmer gehabt, was es hatte darstellen sollen, aber so langsam wurde in diesem Durcheinander ein Bild sichtbar.

«Es gibt keinen Kajman, verstehst du?», fügte er hinzu und nahm wieder einen tiefen Zug. «Es gab auch nie einen.»

«In diesem Fall ...»

«Verschwand Ewa aus einem völlig anderen Grund.»

Der Schmerz in seiner Stimme war deutlich zu hören. Und er bestätigte mir das, was mir seit einiger Zeit klar war: Der Kommissar war aktiv am Verschwinden meiner Verlobten beteiligt gewesen. Nur wusste ich nicht, auf wessen Seite er dabei stand.

«Du wurdest vor elf Jahren zufällig für diese Sache eingeteilt, oder?», fragte ich.

Er nickte, sah mir dabei aber nicht in die Augen.

Warum war ich nicht vorher darauf gekommen? In diesem ganzen Durcheinander war doch genau das logisch. Nie gefundene Täter, unklare Umstände und ein Polizist, der auch nach Jahren nicht bereit war zuzulassen, dass Blitz und ich auf Ewas Spur stießen.

«Hast du ihr was angetan?»

«Nein.»

Diesmal näherte ich mich ihm, aber Kliza packte mich an der Hand. Wieder durchfuhr mich diese Berührung wie ein leichter Stromschlag. Ich schüttelte mich und machte mir bewusst, dass ich die Wahrheit nur erfahren würde, wenn ich jetzt Ruhe bewahrte.

Aber ich wollte noch etwas anderes von ihm wissen.

«Wo ist Kasandra?», fragte ich.

Prokocki schien erstaunt.

«Also wirklich, Werner ...», antwortete er zweifelnd. «Das fragst du mich gerade jetzt?»

Ich ignorierte den unausgesprochenen Vorwurf in seiner Stimme. Und wieder musste ich mich beherrschen, um nicht zu übertreiben. Ich wollte die nächste Frage stellen, aber Kliza kam mir zuvor.

«Wir haben lange genug im Dunkeln getappt», sagte sie. «Meinst du nicht, es wäre Zeit, uns alles zu erklären?»

Der Kommissar holte Luft.

«Das dauert vielleicht ein Weilchen», erwiderte er. «Außerdem braucht es vielleicht ein gutes Getränk, damit man die bittere Wahrheit schlucken kann.»

Unsere Mundwinkel zuckten nicht einmal. Prokocki schickte noch einmal einen Kontrollblick ringsum, dann schlug er vor, zum nächsten Getränkeladen zu gehen.

Ich stimmte sofort zu – ich wäre mit allem einverstanden gewesen, denn ich sah, dass der Kommissar seine Entscheidung schon getroffen hatte. Er wollte uns die ganze Wahrheit sagen. Von Anfang an. Von dem Moment, als in der *Kappa* das geschah, was später auf das Leben so vieler Menschen einen Schatten werfen sollte.

11

Ich dachte, wir würden auf den Hof hinter dem Copyshop zurückkehren, aber Prokocki behauptete, das sei nicht der richtige Ort für ein solches Gespräch und er müsse uns etwas zeigen.

Wir widersetzen uns nicht. Also stiegen wir in den Felicia und fuhren nach Wójtowa Wieś. Nicht weit von der Kapelle sagte der Kommissar, ich solle nach links abbiegen, kurze Zeit später passierten wir die Brücke über den Flutkanal. Sie führt auf die Insel Bolko, auf der angeblich Ewas Leiche gefunden worden war, aber nicht sie war das Ziel unserer Fahrt.

Der leichte Nieselregen, bis eben nur unangenehm, war zu einem hartnäckigen Wolkenbruch geworden, als fiele Gottes Zorn auf uns und der Allmächtige meine, es sei höchste Zeit, alle Sünden der Welt wegzuwaschen. Wir parkten ein Stück hinter der Most Pajêczy, der Spinnenbrücke, dann zogen wir Regenjacken an und gingen zu Fuß zur Brücke zurück. Obwohl ich mein ganzes Leben lang in Opole gelebt hatte, war mir der Name dieses Übergangs über den Oder-Kanal unbekannt gewesen.

Wir gingen zu dem niedrigen Deich gleich unter dem ersten Brückenjoch. Als ich jung war, hatte ich hier mehr Bier getrunken, als ein gesunder Menschenverstand raten würde, aber nicht nur ich. Der Ort war seinerzeit ziemlich beliebt, bis ihn die Obdachlosen in Besitz nahmen.

Jetzt lag dort Müll herum, der eher den Lieblingsplatz von Drogenabhängigen als von Jugendlichen und einzelnen Betrunkenen vermuten ließ. Die mächtigen Konstruktionselemente der Brücke schufen eine klaustrophobische Atmosphäre, der in der Luft hängende Uringestank und der allgegenwärtige Dreck machten, dass man diesen Ort so schnell wie möglich verlassen wollte.

Das Unbehagen wurde von dem Geräusch des schnell über das Wehr fließenden Wassers und dem Anblick des Schaums noch verstärkt. In dem anhaltenden Rauschen sprachen wir etwas lauter, aber ich vermutete, dass wir nicht befürchten mussten, jemand könnte uns hörte.

Niemand war hier.

Zumindest dachte ich das, bis hinter dem Pfeiler ein Mann hervortrat. Er hatte offensichtlich auf uns gewartet. Als wir ihn das letzte Mal gesehen hatten, trug er einen Kollar. Jetzt hatte er ihn abgelegt.

Gleich hinter ihm kam Karolina Falkowska. Sie erinnerte auch nicht an die überhebliche, direkte Frau, die wir vor kurzem noch ausquetschen wollten.

«Was soll denn das?», fragte Kliza und sah Prokocki an.

In ihrer Stimme war ein bisschen Furcht zu hören, was mich keineswegs verwunderte. Auch ich hatte das Gefühl, dass wir in eine ziemlich plumpe Falle geraten waren.

«Du nimmst uns zu einer *Kappa*-Versammlung mit und vergisst, uns das zu sagen?», fügte sie hinzu.

«Ganz ruhig.»

Jola sah sich nervös um. Hier war niemand, der uns zu Hilfe kommen konnte, und den drei Leuten waren wir unterlegen. Vor allem, weil einer von ihnen eine Waffe hatte.

«Jetzt werdet ihr alles erfahren», versicherte uns Prokocki und zog die Flasche heraus, die er im Geschäft gekauft hatte. Ich wollte ihm vertrauen, aber mein Optimismus hatte mich komplett verlassen. Ein Fragezeichen stand hinter allem, was mir eben noch als sichere Sache erschienen war.

«Warum sind wir hier?», fragte Kliza.

Er machte den Wodka auf und nahm einen Schluck.

«Ich hab euch zu nichts gezwungen. Ihr seid selbst hierhergefahren, oder?»

«Weil du gesagt hast, dass wir hier alles erfahren werden.»

«Und so soll es sein», erklärte er mit matter Stimme.

Ich konzentrierte mich so sehr auf den Priester und Falkowska, dass mir entging, wie eine weitere Gestalt aus der Deckung trat. Electra war noch mehr herausgeputzt als bei unserer letzten Begegnung.

Sie schenkte uns als Einzige ein kleines Lächeln. Die anderen machten den Eindruck, als hielten sie Totenwache.

Aber für wen?

Bevor ich eine Antwort auf diese Frage hatte, kamen die drei auf uns zu. Sie begrüßten Prokocki, uns bedachten sie nur mit einem kurzen Blick. Als Einziger sprach Antoni.

«Grüß Gott.»

Kliza und ich nickten ihm zu, dann sah er den Kommissar an.

«Haben sie die Kassetten angeschaut?», fragte er.

«Nur teilweise. Sie waren beschädigt.»

Der Geistliche schnalzte missbilligend.

«Und deshalb wollten sie Jonatan kontaktieren?», fragte er.

«Ja.»

«Das heißt, sie wissen nicht, was geschehen ist ...»

«Nein», bestätigte Prokocki und nahm seine Zigaretten. «Ich dachte, es wäre am besten, wenn Sie alles erklären.»

Antoni setzte sich auf die Deichböschung, dann lud er uns mit einer Handbewegung ein, neben ihm Platz zu nehmen.

«Danke», antwortete Jola. «Wir wollen uns hier nicht häuslich niederlassen. Sobald wir die Erklärung haben, sind wir weg.»

«Das wird sich zeigen.»

Kliza hob ungläubig die Augenbrauen und lachte.

«Drohen Sie uns? Ernsthaft?»

«Aus meinem Mund wird niemand jemals eine Drohung hören.»

Jola sah nicht überzeugt aus, vielleicht weil eine Versicherung wie «niemand jemals» selten ihren Zweck erfüllte. Kliza stützte die Hände in die Seiten und sah damit aus, als wollte sie ihren Gesprächspartner zum Duell fordern.

«Lassen wir diese christlichen Versprechen», sagte sie. «Und tun Sie das, wozu Sie hergekommen sind.»

«Und das heißt?», fragte Antoni. «Was ist das deiner Meinung nach?»

«Keine Ahnung. Dass Sie uns die Wahrheit sagen, nehme ich jedenfalls nicht an.»

«Warum?»

Kliza kam näher, und Prokocki zuckte leicht. Diese kleine Bewegung bewies mir, dass der Kommissar ständig bereit war zu intervenieren. Vielleicht zu Recht, denn davon, was Antoni zu sagen hatte, hing ab, wie sich die Situation entwickelte.

«Müssen Sie wirklich fragen?», fragte Jola und schnaubte.

«Ja», antwortete der Geistliche ruhig. Seine Beherrschtheit machte Jola deutlich zu schaffen. «Ich habt ja nicht das ganze Material angeschaut, also weiß ich nicht, ob ihr überhaupt versteht, worum es geht.»

«Wir verstehen, dass Sie Jonatan sexuell missbraucht haben.»

Der Priester öffnete leicht den Mund und wurde blass. Ich war mir nicht sicher, ob das von den aufsteigenden Urindämpfen oder der Konfrontation mit der Wahrheit kam.

«Wie bitte?»

«Ewa spricht auf der Aufnahme über eure Beziehung», schaltete ich mich ein.

«Eine enge Beziehung», fügte Jola hinzu. «Und darüber, wie das die anderen Leute sahen.»

Falkowska lachte gönnerhaft und schüttelte den Kopf. Sie wollte etwas sagen, aber Antoni hielt sie mit einer Handbewegung zurück. Sie protestierte nicht, was bewies, wie hoch dieser Geistliche in der *Kappa* geschätzt wurde.

«Ja ...», sagte er.

«Das heißt, es stimmt?», regte sich Jola auf. «Sie geben es zu?»

«Es stimmt, dass meine Schützlinge das am Anfang so sahen.»

Ich blickte zu Electra und Karolina. Sie sahen nicht zufrieden aus, aber eigentlich hatte ich den Eindruck, als würden sie uns Vorwürfe machen, dass wir überhaupt an so etwas gedacht hatten.

«Ich hatte eine besondere Verbindung zu Jonatan», fügte er hinzu. «Aber vor allem deshalb, weil ich der erste Mensch war, dem er sich anvertraut hatte.»

«Wegen seiner sexuellen Orientierung?», fragte ich.

Der Geistliche nickte leicht.

«Und dann haben Sie das ausgenutzt, oder?», fügte Kliza hinzu. «Sie haben den verlorenen Jungen getröstet, weil er nirgends verstanden wurde? Vielleicht haben Sie ihm gesagt, dass Sie dieselben Gefühle für Männer haben, und ...»

«Nein. So war es nicht.»

«Klar.»

«Hör mir bitte zu.»

«Das muss ich nicht, um zu wissen, was dort passiert ist», unterbrach sie ihn. «Das läuft mehr oder weniger immer gleich ab. Erst spielt ihr den Schutzengel und holt uns aus einer schlechten Umgebung heraus, versprecht uns Fürsorge und gebt uns ein sicheres Gefühl, und dann ...»

Sie brach ab und fluchte leise. Wenn ich bis dahin nur vermuten konnte, dass ihre Sicht der Dinge mit Erlebnissen aus ihrer Kindheit zusammenhing, war ich mir jetzt sicher.

Kurz herrschte eine spannungsgeladene Stille. Ich blickte aufs Flussufer, aber der Regen verhüllte mir die Sicht.

«Wenn du ...», begann Antoni.

«Was? Mit jemandem darüber sprechen willst?», vervollständigte sie für ihn. «Dann was? Kann ich mich an dich wenden, weil du Erfahrung darin hast, junge, unwissende Menschen zu manipulieren?»

Der Priester schaute sie an, in seinem Blick lagen Mitgefühl und Hilfsbereitschaft, oder zumindest schien es mir so. Ebenso gut konnte es aber auch eine jahrelang eingeübte Reaktion sein.

«Jonatan war nicht unwissend», antwortete der Geistliche nach einem Moment. «Er wusste von seiner Orientierung schon lange und hatte sie verkraftet.»

«Das ist kein Problem, das man verkraften muss», entgegnete Jola.

«Ich habe mich nicht präzise ausgedrückt.»

«Dann bemühen Sie sich ein bisschen mehr.»

Er nickte, von ihrer Auffassung nicht abgeschreckt. Prokocki nahm noch einen Schluck, und ich hoffte, er würde es dabei bewenden lassen. Das Letzte, was wir brauchten, war ein Kerl mit einer Waffe, der nicht mehr klar denken konnte.

«Jonatan kam zu mir, weil er Hilfe brauchte. Aber nicht solche, wie ihr denkt.»

«Was für eine dann?», fragte sie.

«Er wusste nicht, wie er sich in der Kirche zurechtfinden sollte.»

«Das heißt?»

Antoni zog die Knie hoch, dann starrte er auf den Deich. Er sah aus wie ein verlorenes Kind, das keine Hoffnung mehr hat, dass seine Eltern es wiederfinden.

«Er lebte in einer Lüge und versteckte seine sexuelle Orientierung vor allen. Ihm war bewusst, dass ihn weder seine Familie noch die Gemeinschaft akzeptieren würden.»

«War er religiös?», fragte ich.

«Sicher.»

Das passte nicht mit dem Bild von Falkow zusammen, das ich hatte. Aus meiner Sicht war er ein korrupter Opportunist, bereit, alles zu tun, um sich mit Kajmans Geld die Taschen zu füllen.

Aber vielleicht irrte ich mich. Wenn ich die Situation von Anfang an falsch verstanden hatte, war Falkows Rolle vielleicht eine ganz andere.

«Er wollte in einer Beziehung leben und die Wunder der Liebe erfahren, wie jeder Mensch», sprach Antoni weiter. «Aber gleichzeitig wollte er der Kirche angehören.»

«Und?»

«Er bat mich, ihm zu helfen, diese zwei Wünsche in Einklang zu bringen.»

Der Geistliche machte eine kurze Pause, und die plötzliche Stille wurde nur vom Rauschen des Wassers gestört.

«Jonatan hatte eine Beziehung und liebte den anderen Jungen wirklich», fügte er nach einem Moment hinzu. «Aber er liebte auch Gott. Und wir suchten zusammen einen Weg, damit er weder auf die eine noch auf die andere Liebe verzichten musste.»

Kliza schien noch nicht überzeugt. Ich jedoch hatte den Eindruck, dass der Schmerz in der Stimme des Priesters nicht vorgetäuscht war.

«Die Zeiten waren anders damals», fuhr er fort. «Heute gibt es Initiativen für Gläubige mit anderer sexueller Orientierung, und der Heilige Vater sagt, wenn man ihn nach Homosexuellen fragt: ‹Wer bin ich, über sie zu urteilen?› Es ist nicht ideal, aber besser. Die Anzahl der Geistlichen, die Homosexualität als Krankheit ansehen, wird immer kleiner, immer seltener werden Therapien vorgeschlagen, dafür aber öfter geholfen. Doch damals waren die Umstände völlig anders …»

Er brach ab, hob den Blick und starrte zum anderen Flussufer hinüber. Dann sah er mich abwartend an.

«Und gutherzig, wie Sie sind, haben Sie versucht, ihm zu helfen?», fragte Kliza, bevor ich mir überlegt hatte, wie ich seine Worte aufnehmen sollte.

«Ja.»

«Sehr hilfsbereit», murmelte sie.

«Ich habe nicht nur ihm geholfen», erklärte er. «Zu mir kamen mehrere Leute, die für sich einen Platz in der Kirche suchten, und ich ... ich hätte sie nie weggeschickt.»

Entweder hatten wir diesen Menschen außerordentlich schlecht eingeschätzt, als wir ihm Pädophilie vorwarfen, oder aber er war ein sehr guter Schauspieler. Nur auf der Grundlage dessen, was er uns versicherte, war es unmöglich zu entscheiden, welche Version der Wahrheit entsprach.

«Pater Antoni hat alles getan, um ihm zu helfen», schaltete sich Electra ein.

Wieder ging mir durch den Kopf, dass alle, mit denen wir sprachen, ihm mit gleichbleibender Wertschätzung begegneten. Vielleicht war da etwas dran.

«Nicht nur ihm», wiederholte Falkowska die Worte des Priesters.

«Der Pater hielt ... und hält immer noch Messen für sie.»

«Für sie?», fragte ich.

«Für Schwule», antwortete Karolina und hob dann die Hand, als wolle sie andeuten, dass es für Gott höchste Zeit sei, mir die Gnade der Klugheit zuteilwerden zu lassen. «Zum Beispiel, wenn sie einen Jahrestag ihrer Beziehung feiern. Dann kommen ihre Familien zusammen, die Bekannten ... Insgesamt ist es fast so, als hätten sie sich getraut, oder nicht?»

«Nicht ganz», widersprach Antoni leise. «Aber ja, ich halte für sie die Messe, damit sie Gott für die Liebe danken können, die sie ...»

«So ein Unsinn», warf Kliza ein. «Du hast diesen Jungen benutzt.»

In seinen Augen erlosch etwas, als hätte er einen Schlag zu viel bekommen. Wieder herrschte einen Moment Schweigen, und ich blickte vielsagend zu Jola hinüber, weil ich hoffte, sie würde so ein wenig nachlassen. Je länger sie den Geistlichen attackierte, desto mehr entfernten wir uns von dem, was uns am meisten interessierte.

Es schien, als hätte sie endlich verstanden.

«Er war wie ein Sohn für mich», sagte Antoni schließlich. «Ich hätte ihm nie Leid zugefügt.»

Karolina und Electra wandten den Blick ab, und ich spürte ein unausgesprochenes Bedauern, das alle Versammelten zu beherrschen schien.

«Jonatan war zutiefst religiös, er machte eine Pilgerreise, ging regelmäßig zur Beichte, empfing die Kommunion ...»

«Sie machen Witze, oder?», schnitt ihm Jola das Wort ab.

Ich fluchte in Gedanken.

«Niemand hätte ihm die Absolution erteilt.»

«Ich schon.»

Ich runzelte die Stirn und sah ihn mir genau an. Natürlich wusste ich von Priestern, die Homosexuellen auf jede mögliche Weise halfen, ihnen auch die Absolution erteilten und ihnen damit erlaubten, an einer Gemeinschaft teilzuhaben. Manchmal taten sie es, weil sie selbst so orientiert waren, manchmal entsprang es einer liberaleren Auffassung der Amtspflichten.

«Sie sind auch ...»

Ich musste den Satz nicht beenden. Antoni sah mich ruhig und warm an, als erheitere es ihn, dass ich den Gedanken aus irgendeinem Grund nicht vollendete.

«Ja», bestätigte er. «Und ich habe keine Angst zu sagen, dass es in der Kirche viele Priester gibt, die schwul sind. Aber hat das denn überhaupt eine Bedeutung? Genauso gut könntet ihr über den Wert eines Menschen aufgrund seiner Körpergröße urteilen. Das ist zwar keine Orientierung, aber ...»

«Lassen wir diese Ausführungen», fiel Kliza ihm ins Wort. «Und diese nette Geschichte.»

«Ihr wollt wissen, was in der *Kappa* passiert ist, aber ...»

«Genau das», antwortete sie entschlossen.

«Aber das hat direkt mit dieser netten Geschichte, wie du sie nennst, zu tun.»

«In welcher Hinsicht?», fragte ich und setzte mich neben den Priester.

Glaubte ich ihm? Schon, ja. Aus irgendeinem Grund hatte ich von Anfang an das Gefühl gehabt, dass diese ganze Sache mit der Pädophilie nur unsere Einbildung war. Die leider auf Ereignissen aufbaute, die sich auf der ganzen Welt abspielten, nicht nur in unserer unmittelbaren Umgebung. Letztlich waren wir vielleicht nur dem Gefühl, kollektive Verantwortung zu haben, zum Opfer gefallen. Ich wusste nicht, woher es kam, aber es schien in der menschlichen Natur verankert zu sein. Schon die Information, dass ein Priester seine Hand auf das Knie eines Jungen gelegt hatte, reichte. Den Rest hatten wir uns selbst dazugereimt.

«Von den Kindern aus der *Kappa* wusste keins von Jonatans sexueller Orientierung», sagte Antoni.

Diejenigen, die ins *Haus Antoni* gingen, waren eigentlich keine Kinder, sondern normale Gymnasiasten, die nur darauf warteten, jeden zu demütigen, der sich in irgendeiner Form vom allgemein angenommenen Standard abhob. In diesem Sinne waren die Prinzipien, die in der Welt der Jugendlichen herrschten, nicht diskriminierend – jede Andersartigkeit wurde gleich behandelt.

«Jonatan versteckte es vor allen außer mir», fügte der Geistliche hinzu.

«Und Dawid», ergänzte ich. «Falls das sein richtiger Name ist, und nicht eine biblische Parabel.»

Der Priester bestätigte es mit einem leichten Nicken, aber ich wusste nicht, was genau das bedeutete.

«Also hieß er so? Sein Freund?», fügte ich hinzu.

«Genau. Dawid Kałwak.»

Kliza öffnete den Mund, und ich starrte Antoni an. Oben fuhr ein Auto über die Brücke, das Dröhnen verstärkte meinen Schock noch.

«Warte mal ...», ächzte ich.

«Der Bruder von Andrzej Kałwak, ja», sagte der Geistliche. «Der die Fotos in der *Kappa* gemacht hat, er hatte damals so eine Art Hobbyfotostudio, aber das machte er kostenlos, wegen seines Bruders.»

Ich versuchte diese Elemente zu einem schlüssigen Ganzen zusammenzusetzen, aber noch fehlten zu viele Teile. Meine Phantasie begann fieberhaft die Lücken zu füllen, allerdings fürchtete ich, dass sie dabei zu weit ging.

Das dumpfe Dröhnen hörte auf. Das Auto hatte irgendwo hinter der Brücke geparkt.

«Warten wir auf jemanden?», fragte ich unsicher.

Jola zuckte, als habe sie erkannt, dass das Gespräch in eine Richtung ging, die ihr höchste Wachsamkeit gebot.

«Ich hab was gefragt», sagte ich entschlossener und sah dabei Prokocki an.

Der verschränkte seine Hände im Nacken und wandte sich dann nach links zu dem Weg, der auf den Deich führte. Wir alle richteten unseren Blick dorthin, und dann wurde uns bewusst, dass wir tatsächlich auf jemanden warteten.

Auf jemanden, der alle Antworten hatte.

Als Ewa hinter dem Pfeiler hervorkam, setzte mein Herzschlag aus.

12

Sie sah nicht so aus, wie sie mir in Erinnerung geblieben war. Auch nicht, wie ich sie mir vorgestellt hatte.

Sie unterschied sich von ...

Von wem? Von was? Von meiner eigenen Vorstellung, wie sie nach all den Jahren aussehen würde? Von Kasandra, deren Physiognomie ich mit der Ewas gleichzusetzen begonnen hatte?

Auf den Aufnahmen war sie nicht gut zu sehen gewesen, aber auf jeden Fall sich selbst ähnlicher. Oder zumindest der Version, die ich noch im Gedächtnis hatte.

Die Ewa, die plötzlich unter der Spinnenbrücke erschien, war eine vollkommen andere. Sie hatte ihre Haarfarbe verändert, das Oval ihres Gesichts unterschied sich von dem, das ich kannte, sie trug völlig ungewohnte Kleidung, und sie roch auch nicht wie früher. Ihr Blick war fremd, ihre Körpersprache absolut unverständlich und ihre Bewegungen künstlich und gestelzt.

Das Einzige, was ich erkannte, war der Mund. Seine Konturen kannte ich sehr gut, jedes Detail und jede Unvollkommenheit.

Ich stand langsam auf, aber sofort wurden meine Knie zu Butter.

Pater Antoni hielt mich zurück und sagte etwas, das ich nicht verstand. Das Dröhnen, dass ich gerade noch gehört hatte, schien mit verstärkter Intensität zurückzukommen und wie ein lähmendes Echo in meinem Kopf zu hallen.

Ich sah Ewa an, wusste, dass sie etwas sagte, doch ihre Worte drangen nicht zu mir durch.

Erst nach einem Moment verstand ich von dem, was sie sagte, ein einziges, gut bekanntes Wort.

Tiger.

Die Intonation, die Mundbewegung, der Blick. Alles stimmte. Alles gehörte zu der Ewa, die ich kannte. Meiner Ewa. Nur dass es eine Maske zu sein schien, auf dem Gesicht einer Person, die eigentlich jemand anders war.

Antoni half mir, mich wieder zu setzen. Ich war nicht imstande, mich auf den Beinen zu halten.

Kliza kam zu mir, legte mir die Hand auf die Schulter und versuchte, meinen hektischen Blick festzuhalten.

Schließlich tätschelte sie mir leicht die Wange, als müsste sie mich tatsächlich wiederbeleben.

«Wie ...», brachte ich hervor.

Ich sah Prokocki an. Den Menschen, der mir ein Jahr lang versichert hatte, meine Verlobte sei tot. Sein Gesichtsausdruck war versteinert, ohne jede Emotion. Ähnlich verhielt sich der ganze Rest, mit Ausnahme von Kliza und mir.

«Ich ... Das verstehe ich nicht», flüsterte ich.

Was sonst konnte ich sagen?

Sicher, ich hatte mir die ganze Zeit eingeredet, dass Ewa noch lebte, aber jetzt stand ich der Realität gegenüber. Und der Tatsache, dass sich Ewa elf Jahre lang irgendwo versteckt hatte.

Sie legte ihren Regenschirm hin, dann kam sie vorsichtig auf mich zu, als fürchtete sie, mich zu verscheuchen.

Sie ging vor mir in die Hocke und sah mir direkt in die Augen. Mir schien, als wolle sie mich davon überzeugen, dass sie tatsächlich hier war. Greifbar. Endlich, nach so langer Zeit.

Aber warum hatte ich das Gefühl, als sei die Distanz zwischen uns größer als jemals zuvor?

«Damian?», fragte sie unsicher.

Sie sprach wie zu einem Irren, dem man keine Zwangsjacke angelegt hatte, obwohl man es sollte. Ich schüttelte den Kopf und erkannte, dass der Vergleich gar nicht so fern der Wahrheit war, wie ich das gewollt hätte.

«Woher ... wie ...», stammelte ich.

«Ich erklär dir alles.»

«Aber ...»

«Du musst dich nur beruhigen.»

Ihre Hand zuckte, als wollte sie sie auf meine Hand legen, aber im letzten Moment überlegte sie es sich anders. Dafür war ich ihr dankbar. Wenn es jetzt zu irgendeinem physischen Kontakt gekommen wäre, nur zu einer leichten Berührung, wäre ich aufgesprungen und geflohen.

Ich verstand meine Reaktion nicht. Ich hatte nicht erwartet, dass sie so ausfallen würde.

Unzählige Male hatte ich mir diese Situation vorgestellt, als ich mir eine erneute Begegnung ausmalte. Aber jedes Szenario hatte anders ausgesehen als dieses hier. In dem einen fiel sie mir um den Hals, in einem anderen fasste ich sie unter den Achseln und hob sie hoch.

In keinem war vorgesehen, dass ihre Berührung so tiefe Unruhe verursachen würde.

Das war nicht die erträumte Begegnung nach Jahren. Nichts an dieser Situation war das.

«Mein Gott ...», sagte ich leise und schloss die Augen. «Du musst ... du musst mir alles ...»

«Ich erklär dir alles», sagte sie noch einmal.

Ich fuhr mir mit den Händen durch das Haar und rieb mir nervös den Nacken.

«Was ist mit dir passiert?», fragte ich. «Wo warst du? Warum hast du nie ...»

«Du wirst alles erfahren, Tiger, ich verspreche es dir.»

Sie hätte mir das endlos versichern können, trotzdem war ich nicht bereit zu glauben, dass ich endlich die ganze Wahrheit erfahren würde. Nach all diesen Lügen, Manipulationen und Irrwegen schien es einfach unmöglich, ans Ziel zu gelangen.

Und trotzdem stand Ewa jetzt vor mir. Bereit, mir ihre ganze Geschichte zu erzählen. Diesmal die wahre.

13

Ich musste erst einmal zu mir kommen. Nachdem ich sie fieberhaft ausgefragt, sie mir aber versichert hatte, alles sei in Ordnung, schaffte ich es endlich, meine Gefühle zu beherrschen. Zumindest so weit, dass ich in der Lage war zu hören, was sie mir zu sagen hatte.

Zu viele Fragen brannten mir auf den Lippen. Wenn sie es mir nur erlaubt hätte, ich hätte sie weiter mit Fragen bombardiert und ihr keine Zeit gelassen, sie zu beantworten. Glücklicherweise wusste sie das.

Die anderen schwiegen. Es war gut, dass sie da waren, denn sonst hätte ich mich vielleicht auf Ewa gestürzt wie auf einen lebenslang gesuchten Schatz und auf jede erdenkliche Art versucht, mich davon zu überzeugen, dass sie tatsächlich existierte.

«Wie viel haben Sie ihm gesagt?», wandte sich Ewa an Antoni.

«Eigentlich nur so viel, dass Jonatan seine sexuelle Orientierung vor jedem verborgen hat, außer mir und Dawid.»

«Und von ...» Sie brach ab und sah ringsum. «Von dem, was hier passiert ist?»

«Noch nichts.»

Ich hatte den Eindruck, als sei ihre Kehle wie zugeschnürt. Sie sah sich die Umgebung an, als habe sie traumatische Erinnerungen an diesen Ort.

Aber hier war ihr doch nichts passiert. Das, was unser Leben zerstört hatte, hatte an einem anderen Arm des Flusses, der unsere Stadt durchschnitt, stattgefunden. Nicht weit entfernt, Luftlinie vielleicht zwei Kilometer, aber nicht hier. Ewa sollte eigentlich gar nicht hier sein.

Ich blinzelte ungeduldig und holte tief Luft.

«Vielleicht ist das gut so», meinte Antoni. «Es ist besser, wenn du ihm alles erzählst.»

Sie nickte gedankenverloren, dann kam sie etwas näher.

Das war der Moment. Der Augenblick, auf den ich gewartet hatte. Jetzt sollte ich alles erfahren, was passiert war.

Ewa sah sich die Versammelten an, dann richtete sie ihren Blick auf mich.

«Das, was du hören wirst, könnte dich ...»

«Sprich einfach», fiel ich ihr ins Wort.

Sie nickte, und einen Moment lang schien es, als würde ich die Situation kontrollieren.

«Wir waren hier ziemlich oft», begann sie. «Von der *Kappa* aus ist es eine Viertelstunde zu Fuß – wenn man schnell geht, sogar weniger. Dieser Platz war so gut wie jeder andere, vor allem für Jugendliche, die ein bisschen trinken und rauchen wollten ...»

Sie brach ab, und ich konnte mich des Eindrucks nicht erwehren, dass mir die Realität gerade ziemlich den Arsch versohlte. Allein die Tatsache, dass Ewa das Clubhaus *Kappa* nannte, reichte vollkommen, damit ich erkannte, dass sie dort Zeit verbracht hatte. Ohne mein Wissen. Nein, noch schlimmer: Sie hatte es aus irgendeinem Grund vor mir verheimlicht.

Ich wollte sie reden lassen. Aber ich konnte das nicht einfach so ignorieren und ihr erlauben, weiterzusprechen.

«Warum hast du mir nie davon erzählt?», fragte ich.

Sie zog die Augenbrauen zusammen, weil sie nicht wusste, wovon ich sprach.

«Dass du in die *Kappa* gegangen bist.»
«Dazu komme ich gleich, Tiger, aber ...»
«Nein», unterbrach ich sie. «Sag es mir jetzt.»
Sie sah mich enttäuscht an.
«Und nenn mich nicht so», fügte ich hinzu. «Zumindest das kannst du jetzt für mich tun.»
Wieder antwortete sie mit einer oberflächlichen Kopfbewegung und ließ sich dabei nicht anmerken, ob es für sie genauso schmerzlich war, diese Worte zu hören, wie für mich, sie auszusprechen. Aber irgendwie musste ich das tun.
«In Ordnung», sagte sie.
Sie riss sich zusammen und fuhr dann fort.
«Ich hab dir nicht von der *Kappa* erzählt, weil ich mich dort mit Blitzer getroffen habe.»
«Getroffen in dem Sinne, dass ...»
«Wir eine Affäre hatten.»
Ich spürte, wie meine Kehle trocken wurde.
«Wenn man das so nennen kann, wenn zwei Teenager zusammenkommen und ...»
«Du machst wohl Witze.»
Sie senkte den Blick und seufzte. Mir ging durch den Kopf, dass nicht nur ich, sondern auch sie sich diese Begegnung jahrelang ausgemalt hatte. Und mit Sicherheit verlief sie jetzt nicht so, wie sie gedacht hatte.
«Wir waren dumm», sagte sie. «Jung, unbedacht und einfach ...»
Sie zuckte die Schultern, aber nicht nonchalant.
«Wir haben dumme Sachen gemacht», fügte sie hinzu. «Und wir waren sicher nicht die Einzigen.»
«Willst du mir sagen ...»
«Ich hab dich betrogen, Damian. Ja.»
Das wollte ich nicht hören. Und sie hatte es mir nicht sagen wollen. Vielleicht fingen wir aus diesem Grund genau damit an.

Hatte ich das wirklich nicht erwartet? Immerhin hatte sie sich mit anderen in der *Kappa* getroffen und mir nichts davon erzählt. Da war eine Affäre die logischste Schlussfolgerung. Bis jetzt hatte ich sie mir nur nicht gestattet.

«Du ... du und Blitz?», fragte ich. «Das ist doch ... ihr wart doch ...»

Mir wurde bewusst, dass die Spannung, die nach dem Gymnasium zwischen den beiden geherrscht hatte, das Resultat dieser Affäre gewesen sein musste. Vielleicht hatte sie nicht lange gedauert, aber real war sie, egal, wie viele Jahre vergangen waren und wie sie begonnen hatte.

War das das erste Mal in der Geschichte, dass es zwischen drei guten Freunden zu einer solchen Situation kam? Nein, bestimmt nicht. In der Welt der Teenager ist es eigentlich normal, und ich vermutete, dass sich niemand aufgeregt hatte, als Ewa plötzlich mit Blitz ankam.

«Es hat nicht lange gedauert», fügte sie hinzu. «Eigentlich war es vorbei, nach dem das hier passiert ist.»

Ihre Worte erreichten mich immer weniger. Der Schock kam zurück, ich versuchte, ihn abzuschütteln.

«Blitz hatte lange Zeit ein schlechtes Gewissen, er wollte dir alles erzählen.»

Ich sagte nichts. Wahrscheinlich hatte Blitzkrieg genau wegen seines schlechten Gewissens und entgegen aller Logik hartnäckig den Kontakt zu mir gehalten. Er war in die Kneipen gekommen, in denen ich arbeitete, er wollte mir auf jede mögliche Art helfen. Und dann hatte er alles getan, damit wir Ewa wiederfanden.

Er war ein Weiberheld, daran hatte ich nie Zweifel gehabt. Er war aber auch ein Freund, besser als jeder andere, den ich in meinem Leben gehabt hatte. War das durch die Tatsache, dass er sich wie ein Grünschnabel auf eine kurze Affäre mit meiner Freundin eingelassen hatte, nun anders?

«Und wir hätten es gemacht, Damian. Ich schwöre, dass wir dir alles erzählt hätten ...»

«Aber?»

«Aber wir konnten nicht, wegen der Sache, die hier passiert ist», antwortete sie.

Aus den Augenwinkeln sah ich, wie Prokocki nickte.

«Was ist denn passiert», fragte schließlich Kliza und erinnerte mich so daran, dass ich nicht allein mit Ewa hier war. Und dass es höchste Zeit war, Details zu erfahren. Nicht wer mal mit wem eine Beziehung hatte, sondern was wirklich geschehen war.

Ewa stand auf und schob die Hände in die Taschen ihrer hellen, eng anliegenden Jeans.

«Wir ich schon gesagt habe, kamen wir manchmal zum Trinken her», sagte sie, und ich hatte den Eindruck, als hörte ich einen komplett anderen Menschen. «Auch in dieser Nacht, als alles zusammenstürzte.»

«Wann war das?», mischte sich Jola ein.

«Ende der Neunziger.»

«Und was ist zusammengestürzt?»

Kliza hatte die Entscheidung getroffen, die Initiative zu ergreifen, und ich hatte nichts dagegen.

«Alles», antwortete Ewa. «Unser ganzes Leben, unsere Zukunft. Nach dieser Nacht war nichts mehr wie vorher.»

«Wir waren zu sechst hier», sprach sie weiter. «Ich, Blitz, Electra, Karolina, Jonatan und Dawid. Wir haben billigen Wein getrunken, grässliche Zigaretten geraucht und Witze über alles gemacht, was uns eingefallen ist. Wir saßen unter der Brücke und fühlten uns wie die Könige der Welt. Als könnten wir alles.»

Ich kniff die Augen zusammen.

«Jonatan hat wie immer weniger getrunken. Vielleicht weil er religiös war, vielleicht aber auch, weil er ein sehr ernstes Gespräch mit Pater Antoni hinter sich hatte.»

Jola und ich sahen den Geistlichen an, der nickte.

«Ich hatte ihn davon überzeugt, dass er nicht länger in dieser Lüge leben konnte», nahm er das Thema auf. «Und Jonatan beschloss, seiner Familie von Dawid zu erzählen. Ihnen alles zu erklären, und dann wollten wir alles dafür tun, dass seine Eltern das akzeptierten.»

«Und?», fragte Kliza. «Hat es geklappt?»

«Es kam nie dazu», schaltete sich Ewa ein. «Bevor Jonatan seine Familie informieren konnte, erzählte er es uns.»

Sie hielt den Atem an, dann zeigte sie mit der Hand auf einen Platz direkt bei der Wehrstufe, über die das Wasser rauschte.

«Genau da», sagte sie. «Am Anfang dachten wir, das sei ein Scherz, es wollte uns einfach nicht in den Kopf, dass Jonatan schwul sein könnte, dass die beiden anders sein sollten ... und das sie ein Paar waren.»

Das wunderte mich nicht. Es war das Ende der Neunziger, und der Film *Philadelphia* mit Tom Hanks in der Rolle eines aidskranken Schwulen sorgte abends für Kontroversen. An Produktionen wie *Modern Family* und *Orange Is the New Black* wagte noch niemand zu denken. Ellen DeGeneres hatte sich damals gerade erst als Lesbe geoutet, und zwar in den Vereinigten Staaten, wo ein ganz anderes politisch-gesellschaftliches Klima herrschte als in Polen. Hillary Clinton überlegte noch, ob sie später, als ehemalige First Lady, an der Gay-Pride-Parade teilnehmen würde. In Holland waren gleichgeschlechtliche Ehen noch nicht legalisiert worden, und es sollte noch mehrere Jahre dauern, bis in Polen ein schwuler Abgeordneter gewählt wurde.

Heute hätte Jonatans Outing auf die Jugendlichen, die Serien auf Netflix sahen, in denen der Großteil der Hauptdarsteller nicht heterosexuell war, keinen großen Eindruck gemacht. Damals aber war es anders gewesen.

«Als sie uns das erzählt haben, fingen wir an zu spotten, du weißt schon ...», fuhr Ewa fort. «Wir waren ein bisschen angeheitert und nicht bereit für das, was Jonatan und Dawid uns sagen wollten. Sie waren offen zu uns, und wir hatten nur unseren Spaß. Als sie sich an der Hand nahmen, lachten wir noch mehr über sie.

Sie unterbrach kurz, sah auf den auf der Strömung schwimmenden Schaum. Dann sah sie wieder mich an.

«Weißt du, wie wenig es braucht, um jahrelang aufgebaute Träume zu zerstören?», fragte sie. «Jonatan hatte ja so lange geträumt. Er wollte nicht mit diesem Geheimnis vor den anderen leben, er hatte auf den richtigen Zeitpunkt gewartet, die Wahrheit zu sagen. Und genau an diesem Abend hat er das dank Pater Antoni gemacht.»

«Und wir haben ihn plattgemacht», fügte Electra hinzu. «Wir haben ihn einfach fertiggemacht.»

«Wir haben über ihn gelacht, über Dawid, ihre Beziehung, Sex, über alles, was uns einfiel», sprach Ewa weiter. «Die Situation geriet schnell außer Kontrolle. Es gab eine Rauferei, einen Kampf ...»

Wieder starrte sie den Platz am Wasser an.

«Und?», fragte Kliza. «Was genau ist dann passiert?»

Diese Frage konnten wir uns schon beantworten, zumindest halbwegs. Wir brauchten noch die letzte Bestätigung, aber damit beeilte sich niemand.

«Blitz übertrieb es mit einem Kommentar, Dawid wollte ihn verprügeln», ergriff Falkowska das Wort. «Sie schlugen sich ein bisschen, Ewa mischte sich ein, und ... ach.»

«Das war der wichtigste Moment», vervollständigte Ewa für sie. «Ich habe mich auf Dawid geworfen, er hat mich weggestoßen und die Kontrolle verloren. Gerade als er mich schlagen wollte, hat ihn Jonatan am Kragen gepackt und zurückgerissen ... zu stark ... unglücklich ...»

Sie ließ den Blick nicht vom Flutkanal.

«Ist Dawid in den Kanal gefallen?», fragte Jola nach.

«Ja», bestätigte Ewa. «Wir wollten ihn rausholen, aber die Strömung war zu stark. Wir sind am Ufer entlanggerannt, aber dann ...»

Ich sah, wie schwer ihr das Sprechen fiel, und ich wollte sie nicht dazu zwingen fortzufahren.

«Zwei, drei Kilometer weiter unten haben ihn Leute gesehen», sprach sie weiter, dabei atmete sie unregelmäßig, als durchlebte sie alles noch einmal. «Sie haben ihn aus dem Wasser gezogen, aber es war zu spät. Dawid war schon tot.»

Ich versuchte mich daran zu erinnern, ob das in den Medien damals erwähnt worden war. Name und Nachname kamen mir nicht bekannt vor, ich erinnerte mich nicht, ob ich jemals etwas von einem Unfall am Flutkanal gehört hatte.

Das wunderte mich nicht. Wie viele Jugendliche werfen sich vor einen Zug, und dann hört man nichts mehr von ihnen? Auf eine nichtssagende Überschrift in einer Lokalzeitung achteten nur die Familie und Bekannten. Wenn jemand ertrank, war es ähnlich. Von hunderttausend Menschen in Polen sterben zwei auf diese Art. Und Fälle wie Dawid Kałwak gingen in herzlosen Statistiken unter.

«Was habt ihr gemacht?», fragte Kliza.

«Das Einzige, was sie konnten», schaltete sich Antoni ein. «Sie kamen zu mir.»

«Und Sie haben ihnen gesagt, dass ...»

«Nichts habe ich ihnen gesagt. Außer bis zum Morgen zu warten und Hilfe im Gebet zu suchen.»

«Und? Was hat das geändert?»

Ewa drehte sich um und machte einen Schritt in unsere Richtung.

«Am Morgen hat die Polizei einen Abschiedsbrief in Dawids Wohnung gefunden», sagte sie.

«Und ihr habt ...»

«Mein Gott, nein», fiel sie mir ins Wort. «Er hatte ihn schon viel früher geschrieben, als er eine Krise hatte und nicht mehr mit seiner Umgebung zurechtkam. Ein oder zwei Jahre vor dem Unfall ... Und er hatte auch nie vor, sich umzubringen. Aber das war bedeutungslos.»

«Also haben die Ermittler das als Selbstmord angesehen?»

«Ja. Sie dachten, er sei von der Brücke gesprungen.»

«Aber das ...»

Sie brach ab, als sie erkannte, dass Prokocki nicht umsonst anwesend war. Wir sahen ihn an, und er holte tief Luft. Es war klar, er hatte ihnen geholfen, den Konsequenzen zu entgehen.

Er kannte Jonatan Falkow anscheinend besser, als ich gedacht hatte. Und vielleicht verband ihn mit dem Priester etwas, das ich nicht wusste. Ich wartete, dass er es erklärte, aber das hatte der Kommissar offenbar nicht vor. Und ich wollte keinen Druck ausüben, denn seine Motivation war für mich momentan zweitrangig.

«Und dann?», fragte ich.

«Was glaubst du?», meinte Electra. «Alle sind in ihr Leben zurückgekehrt.»

«Zumindest soweit das möglich war», fügte Ewa hinzu. «Ich habe die Sache mit Blitz beendet und ...»

«Bist zu mir zurückgekommen.»

«Ich hab dich nie verlassen, Tiger.»

Ich verzog das Gesicht, einerseits, weil sie das gesagt hatte, andererseits ihrer Wortwahl wegen. Irgendwie hätte das besser zu Kasandra gepasst.

Ewa hob entschuldigend die Hände.

«Vielleicht hast du mich tatsächlich nie verlassen», gab ich zu. «Aber später offensichtlich schon.»

«Ich konnte nicht anders.»

«Weil?»

Wieder ging sie vor mir in die Hocke, dann schaute sie unruhig auf die Uhr. Ich begriff, dass die Gefahr, die sie gezwungen hatte, sich die letzten Jahre zu verstecken, noch immer existierte. Und dass es für sie ein Risiko war, zu lange hierzubleiben.

«Musst du irgendwohin?», erregte sich Kliza.

«Nein. Aber ich fürchte, viel Zeit haben wir nicht.»

«In dem Fall musst du eben noch ein paar Minuten erübrigen», gab Jola zurück und zeigte auf mich. «Du bist ihm ein bisschen mehr schuldig als ein Viertelstündchen an Erklärungen.»

«Weiß ich.»

Ich wollte sagen, dass jetzt nicht die Zeit für ein Wortgefecht war, aber das brauchte ich nicht. Ich sah, dass Ewa weiterreden wollte.

«Wir mussten uns alle wieder im Leben zurechtfinden, und irgendwie versöhnten wir uns mit dem, was passiert war. Jahrelang blieb es für uns aber ein Schreckgespenst.»

«Einige fürchteten, die Wahrheit würde ans Licht kommen», fügte Karolina hinzu.

«Und andere verloren allmählich die Besinnung», ergänzte Ewa. «So war es mit Jonatan. Wir sahen, dass es ihm immer schlechter ging ... Aber niemand wusste, dass es so schlimm war.»

«Du sprichst von dir», fiel ihr Electra ins Wort. «Ich hab von Anfang an gesagt, dass es so kommt. Und an seiner Stelle wäre ich sicher auch so geendet. Du hast ihm alles genommen, was er hatte, und das in einem Moment, als ...»

«Ich?»

«Wenn du dich damals nicht in den Kampf eingemischt hättest, wäre nichts passiert.»

Pater Antoni erhob sich und zog damit die Aufmerksamkeit aller auf sich.

«Es war nicht ihre Schuld», sagte er. «Nicht ihre und auch nicht eure. Es war ein unglücklicher Unfall, und für das, was Jonatan später gemacht hat, kann man niemandem die Schuld geben.»

«Außer ihm selbst», bemerkte Falkowska.

Ich hatte den Eindruck, dass wir langsam zum Kern der Sache vordrangen.

«Was hat er gemacht?», fragte ich.

Ich musste meiner Verlobten nicht ins Gesicht sehen ... nein, meiner ehemaligen Verlobten ..., um zu wissen, dass das, was sie mir gleich sagen würde, das schwierigste Geständnis ihres Lebens war.

«Er hat langsam die Kontrolle verloren», begann sie. «Die Zukunft, die er in greifbarer Nähe hatte, war ihm plötzlich entglitten. In einem Moment hatte er alles verloren, aber das war nur der Anfang seines Wegs in den Irrsinn.»

«Was hat er gemacht?», wiederholte ich.

Bevor Ewa antworten konnte, war zweimal der Ton einer Hupe zu hören. Prokocki kam zu uns, schob seinen Ärmel zurück und klopfte nervös auf die Armbanduhr.

«Es wird Zeit», verkündete er.

14

Ich überlegte keinen Moment, sondern packte Ewa am Arm und zog sie leicht zu mir hin. Sie zuckte zusammen, als hätte sie sich verbrannt, dann sah sie mir direkt in die Augen. Es war klar, dass ich sie nicht loslassen würde, bevor sie mir alles bis zum Ende erzählt hatte.

«Dann ist also er für alles verantwortlich?», fragte ich.

«Ja», antwortete der Kommissar für sie. «Das ist alles bei ihm wieder hochgekommen.»

«Ganz plötzlich, nach so vielen Jahren?»

«Es war ein langer Prozess, Wern», fügte Ewa hinzu.

Ich ließ sie unwillkürlich los, und sie trat automatisch ein paar Schritte zurück.

«Was ist?», fragte sie und runzelte die Stirn.

Diese Frage konnte ich mir selbst stellen. Erst dann bemerkte ich, dass es eine Reaktion auf den Namen war, den sie verwendet hatte. Sie hatte mich nie so genannt, die Abkürzung meines Nachnamens hatte sich Kliza bei unserem ersten Chat auf RIC ausgedacht, dann hatte Kasandra sie übernommen. Und aus irgendeinem Grund benutzte ihn Ewa jetzt unbewusst.

Etwas stimmte nicht. Abgesehen von allen Dingen, die ich schon gehört hatte, und auch von denen, die ich mir selbst dazudenken konnte. Da war noch etwas.

«Er ist völlig irre geworden», fügte Falkowska tadelnd hinzu. «Er hat Ewa wegen allem die Schuld gegeben, was damals passiert ist.»

«Sie und Blitz», fügte Electra hinzu.

Ich ließ meine ehemalige Verlobte nicht aus den Augen und versuchte festzustellen, was eigentlich wirklich los war. Sie schwieg, als sie bemerkte, dass etwas nicht stimmte.

«Wir müssen gehen», warf Prokocki ein. «Jede Sekunde hier ist ...»

«Warte», unterbrach ihn Ewa und streckte mir die Hand hin.

Ich ignorierte sie, und sie zog die Hand nach einem Moment zurück.

«Wern ...»

«Warum nennst du mich so?», fragte ich in so feindseligem Ton, dass ich damit sogar mich selbst überraschte. «Früher hast du das nicht gemacht.»

Die Falte zwischen ihren Augen wurde tiefer, als bereite ihr etwas physische Schmerzen.

«Weil dich alle so nennen», sagte sie leise. «Und seit einiger Zeit erfahre ich nur durch sie etwas über dich. Durch sie lerne ich dich wieder kennen. Sie sind mein Fenster, durch das ich in deine Welt schauen kann und ...»

«Das heißt? Wen meinst du?»

Sie schüttelte den Kopf, deutlich unzufrieden damit, dass das Gespräch Umwege nahm. Ich ermahnte mich in Gedanken, dass ich mich, um das ganze Bild zu erfassen, nicht auf die Details konzentrieren durfte.

«Egal», sagte ich. «Also war alles, was passiert ist ... alles, was uns passiert ist, Falkows Rache?»

Ewa nickte kaum merklich.

«Er hat die Kontrolle über sich verloren», sagte sie. «Er versteht nicht mehr, was moralisch ist und was nicht. Die Grenze zwischen Gut und Böse existiert bei ihm schon lange nicht mehr. Und dadurch ...»

«Das heißt, er hat die Leute an der Spötterloge angeheuert?»

Der Schlag war gemein, Ewa spürte ihn deutlich.

«Ja», gestand sie. «Er wollte mich dafür büßen lassen, was ihm zugestoßen war. Denn in mir sah er die ganzen Jahre über die Haupttäterin.»

Und offensichtlich hatte seine Erzählung auch die anderen beeinflusst, denn einen Moment lang bekam ich den Eindruck, dass Karolina und Electra Jonatans Auffassung teilten.

«Ich weiß nicht, was er geplant und was er spontan entschieden hat, mit diesen Gefühlen, die ihn zerrissen, mit denen er nicht klarkam ...»

«Du sprichst so, als sei das nicht seine Schuld.»

«Gewissermaßen ist sie das nicht.»

Ich drehte ihr den Rücken zu und schaute Kliza an. Ihr Gesicht drückte nur Ratlosigkeit aus. Sie wollte mir helfen – zu verstehen, aus Ewa weitere Informationen herauszuholen, überhaupt –, aber sie hatte keine Ahnung, wie.

«Versetz dich in seine Situation.»

«Mach ich. Aber ...»

«Aber es wird dir nie richtig gelingen», unterbrach mich Ewa. «Denn du müsstest erst mal jahrelang in der Ablehnung leben, dann ebenso lange darum kämpfen, damit zurechtzukommen, und dann die erträumte, innere Akzeptanz zu erleben und die Hoffnung, dass sich alles gibt.»

Vielleicht hatte Jonatans Weg tatsächlich so ausgesehen. Und vielleicht endete er damals unter der Brücke wie ein Frontalzusammenstoß mit einem heranbrausenden Lkw. Aber das rechtfertigte nicht den Wahnsinn, dem er verfallen war. Nichts konnte das.

«Er wollte mich bestrafen», fügte Ewa mit matter Stimme hinzu, und ihr Blick wurde leer. «Damals hat es angefangen. Heute glaube ich nicht, dass er bereit war, noch weiterzugehen, aber damals ... Mein Gott, ich war sicher, dass das erst der Anfang war. Dass er erst dich umbringt und dann mich.»

«Und deshalb bist du geflohen?»

Noch vor einer Stunde hätte ich so etwas nicht geglaubt. Meine Ewa musste einfach so fliehen? Weil sie Angst hatte? Von niemandem gezwungen, musste sie mich einfach so verlassen? Aus eigenem Willen?

Mich? Den Menschen, ohne den sie sich ein Leben nicht vorstellen konnte? Mit dem sie jahrelang zusammen gewesen war und dem sie sich diese ganze Zeit vollständig hingegeben hatte?

Jetzt musste ich diese Überzeugung überdenken. Von Beginn an gab es Fehler.

«Ich konnte nicht in mein altes Leben zurück», fügte sie hinzu. «Ich konnte es einfach nicht.»

Ich spürte, dass sie mir ihre Gefühle von damals enthüllen und beschreiben wollte. Die irrationale, vollkommen absurde Scham, die bei vielen vergewaltigten Frauen auftritt. Überwältigende Angstgefühle. Die Angst, dass das erst der Anfang von Falkows Rache sein könnte.

Aber sie sprach nicht davon. Weil sie wusste, dass ihr die Zeit unerbittlich davonlief, begann sie schnell zu erzählen, wie sie Antoni um Hilfe gebeten und der Prokocki kontaktiert hatte.

Der Kommissar erfuhr schließlich die ganze Geschichte. Er fühlte sich für seinen Untergebenen verantwortlich, wollte aber nicht übereilt handeln. Beweise gab es eigentlich keine, und es konnte nichts Gutes dabei herauskommen, auf dieser Grundlage Anschuldigungen zu erheben.

Ich hörte mir ihre Geschichte an, hatte aber den Eindruck, dass sie etwas erzählte, was ihr ein Polizeibeauftragter diktiert hatte. In den Medien kamen ähnliche Formeln vor – normalerweise dann, wenn jemand wieder zu Sinnen kam, das Unheil aber schon geschehen war und als Ausweg nur eine Rechtfertigung blieb.

In Wirklichkeit lieferte sie nichts anderes als ein modellhaftes Beispiel dafür, wie man Dreck unter den Teppich kehrt und die eigenen Leute deckt.

Prokocki hatte sich darum gekümmert, dass Ewa verschwand, ein neues Leben begann und keinen Polizisten mehr mit ihren Aussagen bedrohte. Er hatte ihr eingeredet, das sei das Beste, er könne sie so schützen. Er hatte sicher auch gesagt, dass es gar keine Beweise gebe, das heißt, am Schluss stünde Aussage gegen Aussage. Und die Aussagen eines Beamten in Uniform hätten mehr Gewicht.

Deshalb hielt er sie von allem fern und täuschte schließlich das Auffinden ihrer Leiche auf der Insel Bolko vor. Er hatte sie vor keiner Bedrohung vonseiten eines Kajman beschützt, denn der existierte tatsächlich nicht.

Sie war eine Bedrohung für die Polizei gewesen.

Als ich das verstanden hatte, wurde mir auch klar, dass Ewa nicht aus eigenem Willen verschwunden war.

Sie war das Opfer und wusste es selbst nicht.

«Hurensöhne ...», flüsterte ich, dann sah ich den Kommissar an. «Das ist alles ...»

«Stimmt, wir haben Fehler gemacht», fiel mir der Kommissar ins Wort und stellte die Flasche auf die Böschung. «Aber jetzt wollen wir sie wiedergutmachen.»

«Wiedergutmachen?», zischte ich. «Mein Freund ist wegen dir gestorben.»

Der Beamte stellte sich neben Ewa, und erst als er ihr die Hand auf den Rücken legte, erschien in ihren leeren Augen wieder ein Funke, der bewies, dass sie zu uns zurückgekehrt war.

«Wern ...», flüsterte sie. «Tiger ...»

«Dann habt ihr also Blitzers Unglück verursacht», fügte ich hinzu. «Es ist alles eure Schuld.»

Das schlimmste war, dass sie das nicht zur Kenntnis zu nehmen schienen. Auf ihren Gesichtern sah ich nicht einmal den Schatten eines schlechten Gewissens.

«So ist es nicht ...», sagte Ewa. «Alles wäre gut gewesen, wenn nicht ...»

«Was? Wenn ich dich nicht gesucht hätte?»

«Nein. Gerade das hat mir keine Probleme verursacht.»

Natürlich nicht. Prokocki hatte dafür gesorgt, dass zehn Jahre lang niemand etwas Konkretes herausfinden konnte. Er hatte gut aufgepasst, dass niemand den wirklichen Ereignissen auf die Spur kam.

«Das Problem tauchte erst vor einem Jahr auf», sagte der Polizist. «Als Kasandra beschloss, die Situation für sich zu nutzen.»

Kliza stellte sich neben mich, als sei ihr bewusst geworden, dass ich Unterstützung brauchte. Sie hatte bereits alles verstanden, ich dagegen war noch dabei, die Informationen zu ordnen.

«Sie hat die ganze Lawine von Ereignissen losgetreten», fügte Ewa hinzu. «Sie hat die Kassetten in Obice gefunden und ...»

«Auf denen du von Kajman redest.»

«Das war die Version für dich», sagte sie und sah weg. «Sie sollte dich davon überzeugen, dass ...»

Sie konnte den Satz nicht vollenden, und ich wollte nicht, dass sie es tat.

Ich hatte noch im Kopf, was mir Prokocki hinter dem Copyshop gesagt hatte. Dass Ewa sich Kajman ausgedacht hatte. Vielleicht um mit dem Trauma bei der Spötterloge zurechtzukommen, aber vielleicht auch aus einem anderen, pragmatischen Grund.

«Kasandra hat meine Aufnahme genutzt. Sie hat dir eingeredet, dass das alles die Wahrheit ist. Sie hat dich manipuliert und in eine Richtung gelenkt, mit der sie ihre Ziele erreichen konnte.»

Ich war nicht bereit, das alles zu glauben, aber gleichzeitig wusste ich, dass ich es sollte. Ich hatte keinen Grund, Kasandra zu trauen.

Ewa zu diesem Zeitpunkt auch nicht – obwohl ich im Grunde meiner Seele wusste, dass diese Version die Wahrheit war.

Das Schicksal hatte mir gleich zwei Schläge versetzt. Erst mit der einen, dann mit einer anderen Frau. Beide hatten mir gezeigt, wie leicht man ein Schiff steuern kann, dass Sehnsucht und den Drang nach Wahrheit in den Segeln hat.

«Blitz wusste, was vor Jahren passiert ist», fuhr Ewa fort. «Und Falkow war klar, dass nur wenig Zeit vergehen würde, bis Blitz entdecken würde, dass mein Verschwinden mit den Ereignissen am Flutkanal verbunden war.»

«Dann hat er ihn umgebracht?», fragte ich, obwohl ich es nicht musste.

Prokocki nickte.

«Er hat alle Spuren verwischt», fügte er hinzu. «Ich konnte nichts beweisen. Aber jetzt sieht die Situation anders aus.»

«Warum?»

Er schaute Kliza und dann wieder mich an.

«Auf der Kassette, die ihr nicht anschauen konntet, ist alles drauf, was euch Ewa gerade erzählt hat», sagte er. «Die ganze Aussage. Das können die Personen, die ihr selbst gefunden habt, bestätigen.»

Ich musterte die Menschen, die unter der Brücke standen. Niemand sagte etwas. Aus der Ferne ertönte wieder das Hupen.

«Ihr habt alles, was ihr braucht», sagte der Kommissar.

«Außer unmittelbaren Beweisen.»

«Die braucht ihr nicht.»

«Wirklich?», fragte ich zweifelnd. «Aber ich denke ...»

«Mich interessiert nicht, was du denkst», unterbrach er mich. «Wenn ihr das reparierte Band bekommt, könnt ihr handeln.»

«Das reicht nicht für eine Verurteilung.»

«Mach dir da mal keine Sorgen. Wir haben uns darum gekümmert, dass es reicht.»

In seiner Stimme lag Sicherheit, aber mir schien sie komplett unbegründet. Allerdings hatte ich keine Zeit für einen Streit, denn als Ewa wieder auf ihre Uhr sah, wusste ich, dass sich unsere Begegnung dem Ende zuneigte.

Sie machte einen Schritt in meine Richtung, doch ich hielt sie mit einer Handbewegung auf. Jeder physische Kontakt, auch nur ein Händeschütteln, war in diesem Moment das Schlimmste, was passieren konnte.

«Vielleicht nächstes Mal», sagte ich wie der größte Idiot.

«Es wird kein nächstes Mal geben, Tiger.»

«Was?»

«Ich muss noch heute verschwinden. So wie damals.»

«Aber ...»

Wieder hupte oben jemand.

«Wir haben keine Zeit mehr», sagte Prokocki, dann ging er zu der Treppe, die auf den Damm führte.

Ewa folgte ihm, und mir wurde bewusst, dass ich sie jetzt tatsächlich zum letzten Mal sah. Ich machte einen Schritt in ihre Richtung, aber Kliza fasste mich heftig am Arm und hielt mich zurück.

Ich drehte mich wütend zu ihr um.

«Lauf ihr nicht hinterher, Wern», sagte sie. «Das hast du schon zu lange gemacht.»

«Ich muss.»

«Nein», antwortete sie entschlossen. «Es reicht.»

Ich befreite meinen Arm und drehte mich zu Ewa um. Aber ich bewegte mich nicht vom Fleck. Ich wusste, Kliza hatte recht.

Viel zu lange war ich einem Gespenst hinterhergelaufen, von dem ich glaubte, es sei das Glück. Zu lange hatte ich mir vorgemacht, dass sich aus dem Schutt, zu dem mein Leben geworden war, wieder etwas aufbauen ließ. Zu lange hatte ich in der Überzeugung gelebt, etwas Außergewöhnliches verloren zu haben.

Erst jetzt konnte ich klarsehen.

In dem Moment, als Ewa aus meinem Blickfeld verschwand, verstand ich es: Das war das Ende. Ich würde sie nie wiedersehen, ich würde mir nie wieder vormachen, dass das, was wir hatten, wertvoll gewesen war.

In Wahrheit war sie nur ein Abschnitt meines Lebens gewesen. Der war abgeschlossen.

Jetzt kam ein ganz neuer.

Teil III

1

«Ewa?», fragte ich ungläubig und sah die Person am Steuer an.

Unwillkürlich machte ich einen Schritt nach hinten. Weg von der maroden Bushaltestelle und in Richtung des Gefängnisses. Noch vor einem Moment wäre jede Bewegung, die mich Zamtuz wieder näher brachte, das Letzte, das ich zu tun bereit gewesen wäre.

Aber jetzt hatte ich ein Gespenst vor mir. Mein Selbsterhaltungstrieb gewann die Oberhand.

Ich starrte sie an und redete mir ein, dass das jemand anderes war. Sie hatte kein Recht, hier zu sein. Ich war mit Prokocki verabredet, er hätte mich vom Gefängnis abholen sollen. Und jetzt war sie da. Und sah mich an, als wäre nie was gewesen. Als hätte ich sie sogar erwarten sollen.

«Steigst du ein?», wollte sie wissen. «Der nächste Bus kommt in einer Stunde.»

Ich trat näher zur Fahrertür.

«Überrascht?», ergänzte Ewa.

«Das ist ... noch ziemlich untertrieben.»

«Also bin ich dir eine Erklärung schuldig?»

«Die Frage kannst du dir doch selbst beantworten.»

«Stimmt, das kann ich wirklich», entgegnete sie und sah prüfend in den Rückspiegel. «Ich bin dir gar nichts schuldig, schließlich habe nicht ich dein Leben geraubt, sondern du meins.»

Aus dem Auto drang leise Gitarrenmusik, die neue Platte der Foo Fighters. Wie passend. Und alles andere als zufällig. Ewa hatte dieses Album absichtlich ausgesucht, keine Frage.

«Ich frage nur noch ein einziges Mal: Steigst du ein?»

«Ich warte auf Prokocki.»

«Er konnte nicht kommen.»

«Und dann hat er dich geschickt?», fragte ich ungläubig. «So leichtsinnig wäre er nicht.»

Ewa schnalzte verächtlich mit der Zunge. Dann wies sie mit der Hand auf die Umgebung.

«Hier ist niemand», erklärte sie. «Also haben wir es riskiert. Aber wenn du lieber hierbleibst, ist das okay.»

Sie würde nicht ohne mich hier wegfahren. Sonst hätte sie das schon getan. Außerdem brauchten sie mich. Nur deshalb hatte Prokocki mich aus dem Gefängnis geholt.

Ich stieg ein, und Ewa drückte das Gaspedal durch.

«Wohin fahren wir?»

«Erfährst du zu gegebener Zeit.»

«Ich würde es aber gerne gleich wissen.»

«Ich würde jetzt auch gerne was anderes machen ...»

«Warum bist du dann gekommen?», fragte ich.

Ewa hatte keine Lust zu antworten. Über ihr Gesicht huschte ein halbes Lächeln, als führe sie gerade einen verschlagenen Plan aus. In Wirklichkeit war sie hier, weil sie mich brauchte. Und ich hatte nur gefragt, weil ich wollte, dass sie das zugab. Aber sie wollte nicht.

«Und was soll der Soundtrack?», fuhr ich fort.

«Ich mag nur die Foo Fighters. Genauso wie du.»

«Ehrlich gesagt kenne ich nur ein paar Songs.»

«Ja? Aber ihre Konzerte scheinst du gerne zu besuchen.»

Ich schielte zu ihr rüber und sagte nichts. Hoffentlich stand uns keine lange Fahrt bevor. Ich betrachtete die Bauten am Wegesrand und versuchte festzustellen, in welche Richtung wir uns bewegten.

Die Gegend um Opole kannte ich ziemlich gut, alles um Zamtuz herum dagegen weniger.

«Als Schauspielerin bist du unübertroffen, das muss ich dir lassen», sagte Ewa. «Hast du dich lange auf die Rolle deines Lebens vorbereitet?»

Ich heftete meinen Blick fest auf ihr Gesicht und wartete, bis sie zu mir herübersah.

«Seit mein Mann anfing, mich zu schlagen.»

«Ach ...»

«Aber mit den Vorbereitungen fing ich eigentlich erst an, als mir klar wurde, dass ich nicht sein letztes Opfer sein würde. Als Nächstes wäre mein Sohn dran gewesen.»

Ewa sagte nichts. Wenn sie Mitleid empfand, ließ sie es sich zumindest nicht anmerken. Als wir das Ortsschild passierten, verstand ich langsam, wo wir waren.

«Konntest du dir niemand anderen aussuchen?», fragte sie nach einer Weile.

«Nein.»

«Warum?»

«Aus verschiedenen Gründen.»

Sie sah kurz zu mir herüber.

«Das reicht mir nicht», zischte sie.

«Es muss dir reichen», hielt ich dagegen. «Ich habe nicht vor, mich vor dir zu rechtfertigen.»

«Wenn nicht vor mir, vor wem dann? Es war meine Identität, die du geklaut hast.»

«Du hast freiwillig darauf verzichtet.»

«Klar.»

«Und du hast die Wahrheit nicht verdient. Es gibt nur einen einzigen Menschen, dem ich die Wahrheit schuldig bin», antwortete ich und sah wieder hinaus auf die Landschaft. «Und der kennt sie jetzt.»

Ewa lachte leise auf.

«Und du besitzt auch noch die Frechheit ...», fiel sie schnaubend ein. «Damian hat doch keine Ahnung, dass du ihm die erste Kassette in der neuen Wohnung untergeschoben hast.»

Ich schwieg.

«Wie hast du das eigentlich angestellt, wenn wir schon dabei sind?»

Ich schwieg weiter.

«Wir haben noch etwas Zeit», fügte sie hinzu. «Du kannst mir all das erzählen, was Tomek auch schon weiß.»

Es dauerte einen Moment, bis ich begriff, dass sie Prokocki meinte.

«Er hat dir doch bestimmt schon alles erzählt», entgegnete ich.

«Keine Zeit. Er hat alle Hände voll zu tun.»

«Stimmt wahrscheinlich.»

«Wegen dir», fügte sie hinzu und drehte die Musik leiser.

Es war eine Lüge, dass ich nur ein paar Songs der Foo Fighters kannte. Ich hatte sie bei den Vorbereitungen zu meiner Rolle gehört und auch danach. Jetzt erkannte ich *The Line* vom letzten Album. Dave Grohl sang davon, dass die Wahrheit wie eine schmutziggraue Wolke ist, die aus dem Nichts auftaucht.

«Also?», wollte Ewa wissen. «Wie hast du die Kassette in die Wohnung geschafft? Hast du das alleine gemacht?»

«Nein.»

«Stimmt. Schließlich warst du damals nicht in Opole. Hast du jemanden bestochen? Vielleicht sogar Bronowicz, nachdem du erfahren hattest, dass Damian ihm die Wohnung abkaufen wollte? Du hast dich sicher irgendwie auf dem Laufenden gehalten und wusstest, was Damian unternahm.»

Ich nickte.

«Das war also so?»

«Ja», gab ich zu.

«Werd konkreter.»

«Ich habe Bronowicz bezahlt, wie du gesagt hast. Und ihm einen Urlaub in Funchal spendiert.»

«Wo?»

«Auf Madeira.»

«Klar», murmelte sie, «schließlich musstest du dafür sorgen, dass ihn Werner nicht ausfindig macht. Zumindest eine Weile lang. Bis du dein Ziel erreicht hattest.»

Ich drehte die Musik lauter, um ihr zu verstehen zu geben, dass ich nicht die geringste Lust auf dieses Gespräch hatte.

«Und Bronowicz war mit allem einverstanden?», fragte sie.

«Ich hab ihm eingeredet, dass die Sache mit der Kassette ein Witz unter Freunden sei, so eine Art Willkommen in der neuen Bleibe.»

«Und das hat er geglaubt?»

«Keine Ahnung. Wenn nicht, dann haben ihn das Flugticket und der Hotelgutschein für Madeira überzeugt.»

Ewa lachte auf. Und ihr Lachen klang fast anerkennend, als wollte sie mich dafür loben, dass ich mit Bronowicz fertiggeworden war. In Wahrheit war es ein Kinderspiel gewesen. Stefan hatte sein ganzes Leben in Opole verbracht, es brauchte nicht viel, um ihn zu überzeugen, dass es höchste Zeit war, mal was von der Welt zu sehen.

Die Kassette zu deponieren und Wern in den Keller zu lassen war lächerlich einfach gewesen.

«Wo hast du die Kassette aufgenommen?», fragte Ewa und riss mich aus meinen Gedanken.

«Hm?»

«Wo hast du die VHS bespielt? Welchen Ort hast du gewählt, um ein weiteres Mal so zu tun, als wärst du ich? Sag schon!», präzisierte sie, als würde ihr der Gedanke daran eine perverse Freude bereiten.

«In Deutschland.»

«Unmittelbar bevor du hierhergekommen bist?»

Ich nickte.

«Und Damian hat dich nicht erkannt? Er hat nicht erraten, dass du das warst und nicht ich?»

«Nein», gab ich zurück und fokussierte weiter die vorbeiziehenden Häuser. Nach dem Aufenthalt in Zamtuz erfreute sich mein Blick sogar an Ruinen, verwilderten Grünflächen und löchrigen Gehwegen.

«Bravo.»

Schließlich wandte ich mich Ewa zu.

«Wie hast du das fertiggebracht?», fragte sie.

«Auf der Aufnahme sieht man doch kaum etwas. Ich ließ Bild und Ton verzerren. Es lässt sich doch eigentlich gar nicht sagen, wer da zu sehen und zu hören ist.»

«Außer es ist Autosuggestion im Spiel.»

«Mhm.»

«Und hast du dir irgendeine nette Geschichte ausgedacht», warf sie mit ihrem schiefen Lächeln ein, «oder bist du bei der alten geblieben?»

«Ich bin bei der alten geblieben.»

Ewa erstarrte für einen Augenblick in theatralischer Bewunderung, auch wenn in dieser Geste kein Deut wahrer Empfindung lag. Sie gab einen leisen Pfiff von sich, dann bog sie von der Hauptstraße ab. Weil sie sich an die Geschwindigkeitsbegrenzung hielt, fuhren wir langsamer als alle anderen Verkehrsteilnehmer.

«Du hast wirklich Chuzpe», kommentierte sie schließlich. «Du nimmst nicht nur meine Identität an, sondern redest Damian auch noch ein, dass ich diese Kassette für ihn aufgenommen und in einem Haufen Gerümpel deponiert habe. Bravo. Chapeau.»

«Wern hat das nur geglaubt, weil ...»

«Wern, Wern, Wern», unterbrach Ewa mich und verdrehte die

Augen. «Wer ist eigentlich auf diesen Namen gekommen? Will Damian, dass man ihn jetzt so nennt?»

«Vielleicht.»

Sie hatte mich nicht ausreden lassen, weil sie selbst sehr genau wusste, dass ich Werner zu keinem Zeitpunkt die Wahrheit erzählt hatte. Sonst wäre mein Plan niemals aufgegangen. Richtig, ich hatte ihn ausgenutzt. Aber die Bedingungen dafür hatte Ewa geschaffen.

«Ist auch egal», sagte sie gleich darauf. «Jetzt zählt nur, dass du tust, was wir von dir verlangen.»

Ich äußerte keine Zustimmung, denn genau darauf wartete sie jetzt.

«Klar?»

«Mhm», brummte ich wieder.

«Nur deshalb bist du aus dem Gefängnis raus. Und nur deshalb hast du eine Chance, deinen Sohn zurückzubekommen. Ist dir das klar?»

«Ja», sagte ich jetzt entschieden.

Wir parkten bei einem Gebäude aus kommunistischer Zeit, einem geschlechtslosen Klumpen, der jedem Betrachter unsere düstere Existenz im alten System ins Gedächtnis rief.

Ich stieg aus dem Auto und begrüßte die Frau, die am Eingangstor wartete.

«Electra», stellte sie sich mir vor. «Komm rein, wir haben wenig Zeit.»

2

Diesmal stammte das Szenario nicht von mir. Alles, was ich in die Kamera sagen sollte, hatten mir Prokocki und Ewa diktiert. Der Hintergrund war so gewählt, dass er an denjenigen aus dem Video «3/15» erinnerte. Ich schlug vor, das neue Material «7/15» zu nennen, und die beiden waren einverstanden.

Auch die erste Kassette hatte ich unter Zeitdruck aufgenommen, aber damals lief die Arbeit besser. In erster Linie, weil ich nur wiederholt hatte, was Werner ohnehin schon von mir wusste. Jetzt stand eine völlig neue Erzählung an.

In der Rolle von Ewa sollte ich diesmal über die *Kappa* sprechen, über Jonatan und Dawid, die Ereignisse an der Spinnenbrücke und schließlich die Folgen dieses Unglückstags. Nach einigen Versuchen schaffte ich es schließlich, den Großteil so aufzunehmen, dass meine drei Zuschauer zufrieden waren.

Ewa, Prokocki und Electra waren offensichtlich angetan von dem Ergebnis. Ich selbst weniger.

«Das klappt nicht», sagte ich nur.

«Es muss klappen», sagte der Kommissar. «Und du wirst alles Nötige dafür tun.»

«Du verstehst nicht ...»

«Nein, du verstehst nicht, dass du deine Elternrechte los bist, wenn die Sache nicht nach Plan läuft. Dann bleibt dein Sohn nicht nur ein paar Tage noch in der Universitätsklinik, sondern gleich ein paar Jahre.»

Er hatte keine Ahnung, was er redete, aber das änderte nichts am Ernst der Lage. Mir blieb noch vieles zu tun, bis ich Wojtek würde mit nach Hause nehmen können. Aber für den Moment wollte ich gar nicht daran denken.

Ich tat alles, um mir nicht vorstellen zu müssen, wie er in seinem Krankenbett lag, gepflegt von Fremden. Als denkender Mensch wusste ich, dass ihm nichts drohte und er in den besten Händen war. Als Mutter hätte ich alles getan, um mich so schnell wie möglich selbst um ihn zu kümmern.

«Spiel den Rest ein», forderte Electra.

«Gut, aber ...»

«Kein Aber», mischte Prokocki sich ein, «mach einfach. Und zwar so, dass es überzeugend klingt.»

Ich gab mir die größte Mühe. Trotzdem war ich absolut sicher, dass hier die größte Schauspielkunst nichts half.

Die Aufnahmen nahmen einige Tage in Anspruch. Als schließlich die letzte Szene im Kasten war, brachte Prokocki mir eine Flasche Prosecco. Bei ihrem Anblick packte mich Ekel, aber der war nur vorübergehend. Als ich ablehnte, goss er den beiden anderen ein. Kaum sah ich den Alkohol ihre Lippen berühren, bat ich ihn, auch mir ein Glas einzuschenken.

Einige Schlucke später wuchs meine Selbstsicherheit plötzlich erheblich.

«Das kauft uns Wern nie ab», sagte ich, ohne zu zögern.

«Vorher hat er's auch getan», bemerkte Ewa.

«Weil ich die Aufnahme jemandem gegeben habe, der sie so bearbeitet hat, dass sie wie ein altes VHS-Band aussah, mit Störungen und so Zeugs ... Jetzt bekommt Damian ein klares Bild, auf dem er sofort erkennt, wer da zu ihm spricht.»

Endlich drang ich zu ihnen durch.

Sie hatten sich so auf ihren Plan versteift, dass ihnen jede Abweichung davon wie ein Ding der Unmöglichkeit vorkam. Diese Arroganz hätte sie um den Erfolg gebracht, wenn ich sie nicht rechtzeitig darauf aufmerksam gemacht hätte.

«Wenn das so ist, werden wir auch dieses Material entsprechend bearbeiten», meldete sich der Kommissar zu Wort. «Ich finde jemanden, der dem Video solche Effekte verpassen kann.»

«Im äußersten Fall können wir das Band einfach beschädigen», ergänzte Electra.

Prokocki schien skeptisch.

«Im äußersten Fall», stimmte er zu.

Seit einigen Tagen beobachteten sie Damian, verfolgten ihn auf Schritt und Tritt. Uns allen war klar, dass er zwar gerade seinem eigenen Schwanz nachjagte, aber das konnte sich auch schnell ändern.

Und das tat es.

Ewa entdeckte, dass Kliza und er Fotos aus der *Kappa* auf einem Spotted-Profil hochgeladen hatten. Dazu fragten sie die anderen User, ob jemand die dort abgebildeten Personen kenne. Aber in der Flut blödsinniger Kommentare ließ sich kein einziger brauchbarer Hinweis finden.

Dann aber kam der Durchbruch. Karolina Falkowska, die ich nur deshalb kannte, weil ich in der Aufnahme über sie sprechen musste, identifizierte auf einem der Fotos Andrzej Kałwak.

Ich erstarrte beim Anblick dieses Namens.

Hatte Zamtuz vor Augen, den kleinen Raum, in dem sich mein ganz persönlicher Horror abgespielt hatte. Und den Menschen, der ihn mir bereitet hatte.

«Was hat das zu bedeuten?», fragte ich Ewa.

Wir saßen zu zweit im Keller und starrten auf den Computer. Wenn mich niemand störte, würde ich die Wahrheit aus ihr herauskriegen, da hatte ich keine Zweifel.

Aber sie drehte sich um und schrie:

«Tomek!»

Prokocki kam sofort die Treppe hinuntergelaufen. Electra war dicht hinter ihm. Beide sahen beunruhigt aus, als erwarteten sie, dass ich Ewa mit Faustschlägen traktierte. Als sie sahen, dass sie in Sicherheit war, atmeten sie auf.

Ihre Entspannung währte nur so lange, bis sie auf den Computerbildschirm blickten.

«Soll sie doch der Teufel ...», zischte Electra. «Was stellt dieses dumme ...»

«Leidet offensichtlich an geistiger Verwirrung», kommentierte Ewa.

«Seit dem Tag ihrer Geburt.»

«Bleibt ruhig», empfahl Prokocki und beugte sich über den Computer. «Jemand soll sie sofort anrufen und sagen, dass das weg muss. Und Andrzej auch. Er soll das Profil löschen, wenn er keinen Ärger haben will.»

Ärger? Ich war bereit, diesem Menschen die Hölle auf Erden zu bereiten, teilte aber den Raum mit Leuten, die ihn schützen wollten.

«Moment mal ...», setzte ich an.

«Warte kurz», unterbrach mich Prokocki, «ich erklär dir gleich alles.»

Karolina Falkowska war nicht zu erreichen, ihr getaggtes Profil hing wie eine schwarze Wolke über uns, aus der jeden Moment ein heftiges Gewitter losbrechen konnte. Allerdings bekamen sie Kałwak schnell ans Telefon. Er löschte das Konto umgehend.

Ich sah Prokocki an und wartete auf eine Erklärung. Als die Krise überwunden war, setzte er sich auf den Rand des Schreibtischs und erklärte mir langsam, dass Kałwak der Bruder von Dawid war.

Ein Amateurfotograf, der sich irgendwann einmal bereit erklärt hatte, eine Fotosession mit den Jugendlichen aus der *Kappa* zu machen. Heute Gefängniswärter, vor einer Weile auf eigenen Wunsch nach Zamtuz versetzt.

Mehr musste er nicht sagen. Wenn Prokocki ihn wenigstens teilweise in seinen Plan eingeweiht hatte, war in Kaływak ein williger Helfer gefunden. Vielleicht hatte er ihm versprochen, später die Wahrheit über Dawid ans Licht zu bringen. Oder sonst etwas.

Klar war jedenfalls, dass Prokocki verantwortlich war für das, was mit mir geschehen war.

Er hatte mich vergewaltigt. Nicht mit Taten, aber mit Worten.

Und ich hatte keine Lust auf seine Erklärungen oder Ausreden. Früher oder später würde er mir einzureden versuchen, er habe überhaupt nichts mit Kaływaks Taten zu tun.

Ich wusste es besser.

Statt mich auf Prokockis Worte zu konzentrieren, hörte ich Electra zu, die mit Falkowska sprach. Als auch der Kommissar begriff, dass sie Karolina endlich erreicht hatte, beendete er das Thema Kaływak schnell.

«Hat sie den Tag entfernt?», fragte er nervös.

«Ja.»

«Hat Werner Kontakt mit ihr aufgenommen?»

Electra nickte und presste die Lippen aufeinander.

«Warum hat diese Geisteskranke Kaływak überhaupt getaggt?», zischte er.

«Sie hat nicht darüber nachgedacht.»

«Stell auf Lautsprecher», befahl der Kommissar und rieb sich nervös den Nacken.

Durch Falkowskas Leichtsinn entglitten ihm die Dinge. Sein Plan war gerade fertig, da drohte dieser eine Hashtag auf Facebook alles zunichtezumachen. Gott sei Dank vertrauten ihm all diese Menschen. Und taten, was er sagte.

«Hallo?», rief Falkowska in den Hörer.

«Wo bist du?», fragte der Kommissar.

«Auf der Arbeit. Ich habe ...»

«Hast du dich mit Werner getroffen? Hast du mit ihm gesprochen?»

«Noch nicht.» In ihrer Stimme mischten sich Gehorsam und Koketterie. «Er will hierherkommen, zum *Mäcces*. Und ich soll ihm vom *Kappo Verde* erzählen und davon ...», hier zögerte sie. «Aber ich sage ihm nichts, versteht sich.»

«Nein», fiel Prokocki ein, «du erzählst ihm alles, was du weißt.»

«Aber ... was genau weiß ich denn?»

Eins musste ich ihm lassen. Er konnte wirklich schnell reagieren, wenn es die Situation erforderte. Jahrelange Polizeiarbeit machte vielleicht im Lebenslauf wenig her, im wirklichen Leben aber war sie Gold wert.

Falkowska sollte ihm sagen, dass sie sich Kaływak wegen seines komischen Nachnamens gemerkt hatte.

«Du bist auf keinem der Fotos, also sagst du ihm, dass du damals nicht im *Haus Antoni* warst.»

«Okay.»

«Und dann ergänzt du noch, dass ihr dort eher Filme gedreht habt. Fotos wurden nur ein einziges Mal gemacht. Merkst du dir das?»

«Ja, schon, nur ...»

«Nur was?»

«Was sage ich, wenn die mich fragen, warum Kaływak in meiner Freundesliste ist?»

«Dann sagst du denen einfach, dass sie keine Ahnung von Facebook haben», zischte der Kommissar durch die Zähne, und mir schien, er hätte Lust, seine Faust auf das Telefon niedersausen zu lassen. «Sag ihm, dass er dir eine Einladung geschickt hat und du jede annimmst, egal von wem sie kommt. Oder etwas in der Art.»

«Okay», murmelte sie, «und weiter?»

«Am Abend kommst du zu mir auf die Polizeiwache.»

«Und?»

«Kriegst weitere Instruktionen.»

Das war's von seiner Seite. Er legte auf, dann zuckte er ratlos die Achseln. Es brauchte keine Gesten und wissenden Blicke, ich verstand auch so, dass Falkowska das schwarze Schaf in der Gruppe war.

Die nächsten paar Stunden verbrachten wir damit, weiter an den Aufnahmen zu arbeiten. Electra versuchte jemanden zu finden, der für die nötigen Effekte sorgen konnte, aber ihre Mühen waren vergeblich. Alles sah danach aus, dass wir das Band selbst beschädigen und hoffen mussten, dass genügend davon intakt blieb, damit die Botschaft bei Wern ankam.

Als es an der Tür läutete, erstarrten wir.

«Erwartest du jemanden?», fragte Prokocki.

Electra schüttelte den Kopf, während der Kommissar kurz überlegte und sich dann auf den Weg nach oben machte. Die anderen gingen hinterher, ich ebenfalls. Als wir aus dem Fenster sahen, stieß Prokocki einen kräftigen Fluch aus.

«Was macht die hier?»

Ich lugte durch den Spitzenvorhang und sah Falkowska, die mit dem Telefon in der Hand am Zaun hin und her lief.

«Sie kriegt Panik», bemerkte Electra.

«Und ruft jemanden an», ergänzte Ewa.

Prokocki sah auf sein Handy und quittierte die Situation mit einem deftigen Ausdruck.

«Der Akku ist tot», erklärte er und sah zu Electra rüber. «Schau mal nach, ob diese hohle Nuss nicht bei dir angerufen hat.»

Wie auf Bestellung hielt sich Karolina draußen das Telefon ans Ohr, und gleich darauf klingelte es bei Electra. Sie ging ran und stellte auf laut. Sie hielt das Telefon in einiger Entfernung von ihrem Gesicht, als ekele sie sich davor, und sah unruhig hinaus zu Falkowska.

«Hallo!», rief Karolina.

«Was zur Hölle machst du hier?»

«Ich kann nicht bis zum Abend warten, die beiden wissen einfach zu viel.»

«Was meinst du damit?»

«Ich kann dir alles erzählen, wenn wir uns sehen. Wo bist du?»

«Im Haus.»

«Dann lass mich rein, Scheiße noch mal!»

Electra wollte zur Tür, doch Prokocki hielt sie zurück. Er packte sie kräftig am Handgelenk und zog sie mit einem Ruck zu sich heran, als wollte er sich an ihr abreagieren. Dann sah er noch einmal aus dem Fenster.

«Was ist?», wollte Electra wissen. «Stimmt etwas nicht?»

«Ich weiß nicht genau.»

«Glaubst du, sie kann ...»

«Die kann rein gar nichts, nur unfähig sein», unterbrach er sie.

Sie sah ihn mit zweifelndem Blick an, aber schon kurz darauf begriff auch sie, wie tragisch die Folgen einer Entdeckung Electras sein könnten. Schließlich befanden sich in ihrem Haus zwei Personen, die für das Gelingen des Plans unabdingbar waren.

Prokocki winkte in meine Richtung, dann lief er wortlos in Richtung Terrassentür auf der Hinterseite des Gebäudes.

«Sag Falkowska, sie soll zu den Garagen kommen», instruierte er Electra, «dort können wir reden.»

Einen Augenblick später saßen wir in Electras Wagen, und ich hörte Prokocki einen Beamten anrufen. Der war ohne Zweifel schon länger in der Gegend gewesen, nur für alle Fälle.

«Übertreibst du nicht?», wollte ich wissen, als er den Motor anwarf.

«Nein.»

«Von ihr geht keine Gefahr aus», bemerkte ich, «sie ist vielleicht nicht die Hellste, aber harmlos.»

«Das wird sich zeigen.»

Wir fuhren eine Seitenstraße entlang, dann bogen wir ab und hielten auf ein paar heruntergekommene Garagen zu. Falkowskas Punto wartete schon. Wir hielten direkt vor dem Punto. Prokocki wollte die Tür öffnen. Dann zögerte er.

«Hol euch der Teufel», stieß er hervor.

Es dauerte nur ganz kurz, bis ich verstand, was er meinte. Einige Meter hinter dem Fiat stand der Škoda Felicia. Drinnen erkannte ich Wern, aber ich vermutete, er würde mich aus dieser Entfernung und durch die Scheiben zweier Autos hindurch nicht erkennen.

«Und? Hab ich's nicht gesagt?», brachte der Kommissar nervös hervor. «Diese Idiotin kreuzt hier ungewollt mit Anhang auf.»

Prokocki gab seinem Untergebenen einige Befehle, während ich versuchte, mit der Situation klarzukommen. Als sich die erste Aufregung legte, spürte ich ein leichtes Lächeln auf meinem Gesicht. Aber ich riss mich sofort zusammen.

Keine Ahnung, warum Damian an Falkowska drangeblieben war, aber offensichtlich hatte er sehr viel mehr beobachtet, als Prokocki annahm. Das verkomplizierte den Plan, aber gleichzeitig verschaffte es mir eine gewisse Genugtuung.

Und es ließ mein Herz höherschlagen. Wenn ich aus dem Fenster blickte, sah ich Wern. Er war bloß ein paar Meter entfernt, ich brauchte nur die Hand auszustrecken, dann würde ich ihn fast berühren können. Aber ich wusste, dass uns in Wirklichkeit viel mehr trennte.

Als der von Prokocki herbeigerufene Beamte zur Tat schritt, gab der Kommissar Karolina das Zeichen wegzufahren. Er setzte zurück und trat heftig aufs Gas. Karolina fuhr schnell hinter uns her.

Ich sah noch in den Rückspiegel. Ob ich das Richtige tat?

Jetzt konnte ich nicht mehr viel tun, aber vielleicht hatte ich gleich zu Anfang die falsche Entscheidung getroffen. Ich hatte vor der Wahl gestanden: Die oder Wern? Ich hätte mich für Wern entscheiden und versuchen können, gemeinsam mit ihm aus der Sache rauszukommen.

Vielleicht hätten wir das sogar geschafft.

Und wären zusammengeblieben? Das war reine Utopie. Ich war unfähig, mich an jemanden zu binden, außerdem war ich der letzte Mensch, für den Wern Gefühle haben konnte. Außer Mitleid und Hass.

Plötzlich spürte ich Prokockis Hand auf meiner Schulter. Ich zuckte, als hätte mich ein Stück glühendes Eisen berührt.

Mir wurde sofort übel. Noch die kleinste Berührung sorgte dafür, dass die Erinnerung an meinen Horror mit Robert wieder in mir aufstieg. Und an das, was später im Gefängnis passiert war.

Ich schloss die Augen, öffnete sie aber gleich wieder, weil sich die Übelkeit verstärkte.

Als ich Prokockis gleichgültigen Blick sah, wurde mir klar, dass ich für die allermeisten Menschen bloß eine statistische Größe war. Eine von vielen vergewaltigten und missbrauchten Frauen.

Ich konnte nie begreifen, warum der Schwerpunkt dieser Aufstellungen des Grauens gerade auf uns liegt. Warum nicht auf den Männern, die vergewaltigen? Warum zählen die Statistiker die Opfer und nie die Täter?

«Er fehlt dir, was?», fragte Prokocki spöttisch.

«Vielleicht.»

«Wenn das so ist ...»

«Das ist egal», unterbrach ich ihn, «vollkommen egal. Wir machen alles wie gehabt.»

Einen Moment sah er mich durchdringend an, und ich spürte, dass er an meiner Entschiedenheit zweifelte.

«Bist du sicher?»

«Absolut.»

Als wir wieder in Electras Haus waren, blieb uns keine Zeit zum

Nachdenken. Die Tatsache, dass Wern bis hierhin gekommen war, drängte uns zur Eile. Kurz darauf fuhren Werner und Kliza vor dem Haus vor. Der Beamte hatte sie nicht allzu lange in Schach gehalten. Sie warteten. Sicher darauf, dass jemand rauskam.

Unterdessen machten wir uns an die Arbeit.

3

Electra wartete ungefähr eineinhalb Stunden, bevor sie aus dem Haus ging. Sie benutzte den Hinterausgang, lief zur nächsten Bushaltestelle und machte sich von dort wieder auf den Weg zum Haus, als wäre sie gerade aus dem Bus gestiegen. Sie musste Wern klar zu verstehen geben, dass da irgendein Geheimnis existierte, das niemand aus der *Kappa* verraten durfte. Sie musste ihn in eine bestimmte Richtung lenken, aber ohne dabei viel Konkretes anzubieten. Er musste sich selbst auf die Suche machen, damit der Plan funktionierte.

Währenddessen fuhr Prokocki mit der Kassette in die Ulica Daszyńskiego. Es blieb nicht genug Zeit, um die Aufnahme ausgiebig zu bearbeiten, deshalb beschädigten sie die Kassette einfach und entschieden nach einer schnellen Prüfung, dass es reichen musste.

Der Kommissar hatte keinen Kellerschlüssel, verschaffte sich aber ohne Mühe Zutritt. Er lockerte ein paar Schrauben und öffnete die Tür. Nachdem er das Band in einer Pappschachtel deponiert hatte, drehte er eine der Schrauben am Schloss nicht fest, damit Damian und Kliza ohne größere Anstrengung selbst in den Keller gelangen konnten.

Eine Weile nach ihrem Gespräch mit Electra würden sie sich dorthin begeben. Sie würde ihnen erklären, dass Stefan Bronowicz

Mesner in der Gemeinde von Pater Antoni gewesen war. Dass es sich dabei um reinen Blödsinn handelte, war bedeutungslos. Was zählte, war, dass wir Wern damit auf eine bestimmte Spur brachten.

Ich war zufrieden, weil sie mir erlaubt hatten, die Kassette mit «7/15» zu beschriften. Neben ihr würde Damian im Keller noch einige andere Kassetten finden und zuerst sicher denken, dass er damit die ganze Geschichte in Händen hielt.

Nur gab es keine Geschichte, und das Etikett «7/15» war nicht mehr als ein Hinweis. Ich wusste nicht, ob ich das Richtige tat und ob Werner meinen Hinweis verstehen würde. Aber ich spürte, dass ich einfach etwas unternehmen musste. Selbst wenn mir das schaden sollte.

Nachdem er wieder in Electras Haus war, wollte Prokocki, dass ich mit Damian Kontakt aufnahm.

«Bist du verrückt geworden?», entfuhr es Ewa. «Einmal hat er uns hier fast gefunden, willst du das ein zweites Mal riskieren?»

«Uns droht keine Gefahr.»

«Das glaubst *du*.»

«Nein», ging ich dazwischen, «denn wir benutzen RIC.»

Der Kommissar nickte zufrieden, dann wies er auf den Platz vor dem Computer. Er goss mir einen Prosecco ein, dann trieb er mich mit einer Handbewegung zur Eile an. Ein merkwürdiges Gefühl überkam mich, als wäre ich die ganze Zeit im Kreis gelaufen und säße nun wieder in meinem Dachzimmer in Rewal.

Trotzdem tat ich, was Prokocki wollte. Fragte Wern aus, woher er seine Informationen habe, tat so, als wüsste ich selbst nicht besonders viel, zum Schluss versicherte ich ihm, dass ich das alles nur tat, um ihm zu helfen.

Das war nicht gelogen. Unser Plan richtete sich zwar gegen ihn, trotzdem würde im Endeffekt aber auch er davon profitieren. Nur würde er das niemals erfahren.

Es sei denn, er könnte etwas mit der Aufschrift auf der Kassette anfangen. Sich klarmachen, dass es keine fünfzehn Bänder gab und der Titel anders zu verstehen war.

Als Warnung vor falschen Propheten.

4

Wir ließen Wern und Kliza nicht aus den Augen. Zwar vermuteten wir, dass sie das Video anschauen und dann etwas unternehmen würden, auch hatten wir eine ungefähre Vorstellung davon, was. Trotzdem zogen wir es vor, die beiden im Auge zu behalten.

Wir waren konsterniert, als sie entschieden, wieder in die Ulica Wojska Polskiego zu fahren. Sie parkten wie einen Tag zuvor in der Nähe von Electras Haus, dann stiegen sie aus dem Wagen.

«Was machen die hier?», fragte Ewa beunruhigt.

Wir sahen Prokocki an, normalerweise hatte er alle Antworten parat. Doch jetzt blickte auch er ziemlich verwirrt drein.

«Ich weiß nicht», sagte er kurz, dann blickte er nervös zu Electra. «Kommst du immer noch so gut mit deinem Nachbarn aus?»

«Mit welchem?»

«Der aussieht, als hätte man ihn als Säugling im Fitnessstudio abgegeben.»

«Ganz gut.»

«Dann soll er den beiden mal ein bisschen Angst einjagen», wies der Kommissar Electra an. «Sag ihm, dass sie dich nicht in Ruhe lassen wollen.»

Er sprach fieberhaft, und Electra machte sich sofort an die Ausführung. Sie rief ihren Nachbarn an, und der versprach sogleich, sich um die beiden aufdringlichen Besucher zu kümmern.

Wir betrachteten das Schauspiel aus dem ersten Stock und sahen, wie Kliza und Damian bald davonzogen, ohne eine Gelegenheit gehabt zu haben, mit Electra Kontakt aufzunehmen. Sie stiegen wieder in den Wagen und fuhren davon, als der Nachbar einige Schritte in ihre Richtung machte.

«Das ergibt keinen Sinn», sagte ich in die Stille hinein.

Ewa und Electra sahen mich fragend an.

«Was wollten die hier?», fügte ich kopfschüttelnd hinzu. «Wenn sie das Video bis zum Ende geschaut haben, sollten sie ...»

«Vielleicht wollten sie sich nur versichern, dass alles tatsächlich stimmt», bemerkte Electra.

«Wenn dem so ist, kontaktieren sie als Nächstes Falkowska.»

Wieder blickten wir zu Prokocki, aber der stand schweigend und in Gedanken versunken am Fenster.

«Das könnte ein Problem geben», meldete sich Ewa. «Es braucht nicht viel, und sie verplappert sich.»

«Also was machen wir?», fragte Electra.

Niemand von uns hatte eine gute Antwort parat, also entschieden wir, dass es das Beste sei, noch abzuwarten. Unsere Geduld wurde nicht lange auf die Probe gestellt. Wern und Kliza fuhren direkt zu McDonald's in der Ulica Czêstochowska.

Unmittelbar nachdem sie wieder gegangen waren, berichtete uns Karolina in allen Einzelheiten von dem Zwischenfall. Wir verstanden sofort, dass unser Plan kurz vor dem Scheitern stand.

«Die Kassette muss stärker beschädigt gewesen sein, als wir dachten», bemerkte ich. «Andernfalls hätten sie Falkow nicht mit Falkowski verwechselt.»

Ich sah die anderen vorwurfsvoll an, auch wenn nicht zu erwarten gewesen war, dass sie die Kassette in so kurzer Zeit so präparierten wie ich seinerzeit. Schließlich hatte ich damals einen Spezialisten aus Nürnberg beauftragt und ihm für seine Dienste viel Geld bezahlt.

«Habt ihr euch das Band überhaupt noch einmal angesehen?», wollte ich wissen.

«Ja», bestätigte Ewa. «Die Aufnahme war zwar ziemlich ruiniert, aber man konnte etwas verstehen.»

«Etwas?»

«Wir hatten nicht die Zeit, uns das Ganze anzusehen ... Deswegen haben wir Ausschnitte ausgewählt.»

«Auf gut Glück?»

Sie nickte kaum merklich und mir fiel ein, dass das Band dort, wo es am stärksten beschädigt war, Sprünge gemacht haben konnte, um nur diejenigen Ausschnitte wiederzugeben, die in Ordnung waren. Ich konnte mich nicht erinnern, ob so etwas bei alten VHS-Kassetten vorkam, aber logisch schien es mir.

«Wenn sie nur Teile der Aufnahme kennen, haben wir ein Problem», bemerkte Ewa.

«Ganz ruhig», unterbrach Prokocki, «alles lässt sich retten und solche Kassetten erst recht.»

«Die Frage ist nur, ob sie das noch rechtzeitig schaffen.»

Noch eine Weile lang redete der Polizist beruhigend auf uns ein, und es schien, als wäre seine Ruhe nicht gespielt. Das änderte sich allerdings, als er von der Polizeidirektion die Information bekam, dass eine Frau wissen wollte, ob Jonatan Falkow heute Dienst hatte.

«Also haben sie verstanden, dass es nicht um irgendeinen Falkowski geht», brummte Electra.

«Das schon», quittierte Ewa, «ansonsten aber herzlich wenig. Und das könnte zum Problem werden.»

«Weil?»

«Weil sie nicht einfach so nach Falkow fragen. Die wollen mit ihm reden.»

Sie trat an Prokocki heran und sah ihm tief in die Augen.

«Du musst sie aufhalten», sagte sie zu ihm. «Sonst geht alles den Bach runter.»

«Ich weiß.»

Wieder schien er ganz ruhig.

«Hast du eine Idee?»

«Ganz einfach: Ich verhafte die zwei vor der Polizeidirektion.»

«Und dann?»

«Dann finde ich heraus, wie viel sie wissen. Den Rest flüstere ich ihnen ein.»

«Das bringt nichts», schaltete Electra sich ein, «du kannst quatschen, soviel du willst, aber im Endeffekt wird Damian dir kein Wort glauben. Du hast ihm ein geschlagenes Jahr lang versucht einzureden, dass Ewa tot ist.»

Die betroffene Person holte tief Luft.

«Bring sie zur Spinnenbrücke», schlug sie vor. «Pater Antoni soll ihnen alles erklären.»

«Vielleicht glauben sie ihm auch nicht.»

Hier hatte Electra recht, kein Zweifel. Wern war von anderen Leuten schon so oft belogen worden, dass er keinen Grund hatte, dem Priester zu glauben.

«Du musst das machen», sagte ich in ihre Richtung.

Ewa sah mich unsicher an. Sie widersetzte sich, ein paar Sekunden lieferten wir uns ein Wortgefecht, aber schließlich sah sie ein, dass es keine andere Möglichkeit gab. Prokocki war einverstanden und fuhr gleich darauf ins Zentrum, um Wern vom größten Fehler abzuhalten, den er in dieser Situation begehen konnte.

Wir wollten uns an dem Ort treffen, wo einst Dawid Kałwak ins Wasser gestürzt war, obwohl Ewa noch immer nicht ganz überzeugt schien. Je mehr Zeit verging, desto irrationaler verhielt sie sich. Wurde panisch, nannte alles einen Fehler und die bevorstehende Begegnung mit Damian eine Tragödie, die alles, worauf sie jahrelang hingearbeitet hatte, auf einen Schlag zunichtemachen würde.

Sie bekam eine Panikattacke, wie ich sie von mir selbst kannte.

«Lass uns allein», sagte ich zu Electra. «Hol Karolina ab und bring sie zur Bolko. Dort wartet ihr auf uns.»

«Aber ...»

«Ihr fangt ohne Ewa an, sie stößt dann später dazu», sagte ich entschieden.

In ihren Augen sah ich Zögern und fehlendes Vertrauen, aber schließlich schaffte ich es, sie zu überzeugen, dass dies der einzig vernünftige Weg war. Sie ging aus dem Haus. Ewa und ich waren allein. Ich fühlte mich nicht wohl in meiner Haut. Ihr ging es sicher ähnlich.

Langsam gelang es mir, sie ein wenig zu beruhigen – in erster Linie mit dem Verweis auf Prokocki, dem sie schier endlos vertraute. Wenn er den Plan akzeptiert hatte, gab es keinen Grund zur Sorge. Dann erklärte ich ihr lang und breit, dass ich sie da rausholen würde, sollte auch nur das Geringste schiefgehen.

«Ich warte mit laufendem Motor gleich hinter der Brücke. Du steigst nur auf den Deich, und schon sind wir weg.»

Sie lief in der Küche umher, suchte etwas im Kühlschrank, öffnete Schränke und Schubladen. Ich wusste nicht, ob sie wirklich etwas finden wollte oder einfach ein zwanghaftes Verhalten an den Tag legte. Endlich hörte sie auf und drehte sich zu mir um.

Sie hatte sich beruhigt, aber ihren Blick konnte ich nicht deuten. Etwas funkelte in ihren Augen. Wut? Ein unausgesprochener Vorwurf? Schwer zu sagen.

«Wie sehr kann ich dir vertrauen?»

«Nimm dir Prokocki als Maß.»

Ich hoffte, damit wäre sie beruhigt.

«Woher weiß ich, dass du nicht abhaust, sobald ich ausgestiegen bin?»

«Du weißt genau, dass das nicht geht.»

«Doch, es geht. Du bist nicht mehr in Haft, Tomek hat alle Formalitäten erledigt. Du bist frei.»

«Aber mein Sohn nicht.»

«Den wird dir niemand wegnehmen», redete sie weiter, «du kannst einfach ins Krankenhaus gehen und ihn mitnehmen.»

Theoretisch wäre das sicher ohne weiteres möglich gewesen. Praktisch aber würde ich für Prokocki damit zum Feind Nummer eins avancieren. Und das wollte ich nicht riskieren. Die Sache musste zu Ende gebracht werden. Für Wojtek. Und für Wern.

Das erklärte ich ihr, so gut ich konnte. Endlich schien es, als hätten sie meine Worte überzeugt.

Wir stiegen in Electras Wagen, denselben, mit dem Ewa mich aus Zamtuz abgeholt hatte. Aber diesmal saß ich am Steuer.

Wir fuhren zu der Insel. Der Weg war kurz, und ich vermutete, dass wir in zehn Minuten auf der Spinnenbrücke stehen würden.

Zehn Minuten sind nicht viel. Können einem aber trotzdem wie eine ganze Ewigkeit vorkommen.

Solange ich auf Ewa eingeredet hatte, realisierte keine von uns, dass wir ganz alleine waren. Erst als wir im Auto saßen, war es so weit.

Wortlos wechselten wir Blicke. Obwohl beide scheinbar ungerührt, wussten wir nur zu gut, dass es in uns beiden brodelte.

Als aus den Lautsprechern die ersten Takte des Liedes erklangen, das wir auf dem Weg aus Zamtuz gehört hatten, lief es mir kalt den Rücken runter. Die Atmosphäre schien mit einem Mal zäh wie geschmolzenes Blei.

«Kannst du mir eines sagen?», durchbrach Ewa die Stille.

«Klar.»

Die Leichtigkeit, mit der ich das sagte, wirkte auf mich selbst fast komisch. Dabei würde sich unsere Beziehung in wenigen Minuten vollkommen wandeln. Dazu mussten wir nur nach Bolko kommen.

«Hast du von Anfang an geplant, mit Glazur abzuhauen?»

«Ja», erwiderte ich ohne Zögern.

Sie schüttelte den Kopf, als hätte ich sie falsch verstanden.

«Ich weiß, du hast alles genau geplant, lange bevor du zur Tat geschritten bist ...», sagte sie und starrte geradeaus. «Aber ich meine, ob du später nicht ... also ...»

Sie hielt inne, als warte sie, dass ich den Satz vollende.

«Deine Meinung doch noch geändert hast», brachte sie mit Mühe hervor. «Wenigstens für einen Moment?»

«Was meinst du damit?»

«Na, du weißt doch ...»

«Nein, weiß ich nicht.»

«Du bist mit Damian geflohen, ihr hattet Wojtek dabei und eine Menge Geld ...», fuhr sie fort, «hast du da nie daran gedacht, ihn zu warnen?»

«Vor mir selbst?»

Sie lachte auf, aber ohne jede Fröhlichkeit.

«Vor dem, was ihn erwartet», korrigierte sie.

«Du meinst also, ob ich daran gedacht habe, Glazur hängenzulassen und mit Wern abzuhauen?»

«Genau das meine ich.»

Ich konnte verneinen, soviel ich wollte, sie würde sich nicht überzeugen lassen. Sie hatte sich ihre Version der Ereignisse schon lange zurechtgelegt.

«Nein», sagte ich nach einem Augenblick. «Damals habe ich nicht daran gedacht.»

«Aber später schon?», fragte sie lebhaft. «Hast du bereut, was du getan hast?»

Das klang, als stelle sie sich selbst die Frage.

«Ich hab so manches bereut», antwortete ich vieldeutig.

«Aber das doch auch, oder? Mit der Zeit hast du begriffen, dass du einen Fehler gemacht hast?»

Ich sah sie forschend an.

«Warum willst du das unbedingt wissen?», fragte ich.

«Reine Neugier.»

«Die ist vielleicht fehl am Platz.»

Die Aggressivität in meiner Stimme überraschte sogar mich selbst. Zwar hatte ich für Ewa wenig übrig, aber normalerweise kontrollierte ich meine Emotionen. Diesmal allerdings hatte es nicht viel gebraucht, um mich aus der Ruhe zu bringen.

«Da hab ich wohl einen wunden Punkt getroffen», bemerkte sie.

«Sieht ganz danach aus.»

Für einen Moment ließen wir Dave Grohl zu Wort kommen. Es lief gerade der Titelsong vom Album *Concrete and Gold*. Psychedelisch, er erinnerte an die besten Nummern von Pink Floyd. Der vielstimmige Gesang fegte meine Gedanken durcheinander. Das Lied selbst begann mit dem Geständnis, den Verstand verloren zu haben.

«Würdest du etwas anders machen?», wollte Ewa jetzt wissen. «Ich meine, wenn du die Zeit zurückdrehen könntest?»

«Frag lieber, ob es etwas gibt, das ich nicht ändern würde.»

«Verstehe.»

«Ich habe meine Kräfte falsch eingeschätzt», platzte es auf einmal aus mir heraus, obwohl ich nicht vorgehabt hatte, ihr gegenüber offen zu sein. «Ich dachte, ich würde schon irgendwie klarkommen mit dem, was Robert mit mir gemacht hat.»

Warum erzählte ich ihr das? Vielleicht wollte ich ihr Mitgefühl? Oder ihr zeigen, dass ich nicht so schlecht war, wie sie dachte? Wollte ich Verständnis?

Wahrscheinlich von allem ein bisschen. Die echte Ewa war mir zwar vollkommen unbekannt, aber ich hatte mich lange genug in ihre Rolle hineinphantasiert. Und für eine Weile war ich zu einer Art Phantasie-Ewa geworden.

«Posttraumatische Belastungsstörung?», fragte sie geradeheraus.

«Wahrscheinlich ja. Wenn auch nie diagnostiziert.»

Ich musste nicht hinzufügen, dass ich keine Hilfe gesucht hatte, weil ich überzeugt war, dass mir ohnehin keiner helfen konnte. Das wusste Ewa genau. Und kannte es sicher von sich selbst.

«Sooft Glazur mir nahe kam, versuchte mich zu berühren ...»

Ich stockte, schüttelte mich und versuchte, mich auf die Straße zu konzentrieren. Es begann heftig zu regnen, und ich schaltete die Scheibenwischer ein. Ewa schwieg, als wolle sie mich zu keinen weiteren Geständnissen drängen.

«Es war kaum zu ertragen», fuhr ich fort. «Jede Berührung erinnerte mich an Roberts Schläge.»

«Kann ich mir vorstellen.»

«Ich habe dagegen angekämpft, aber er musste mir nur in die Augen sehen, und schon war Robert wieder da. Der den normalen Ehemann gab. Und auf die Nacht wartete, um sein wahres Gesicht zu zeigen.»

Als ich Luft holte, bemerkte ich, dass mein Atem ungleichmäßig ging. Dann blickte ich zu Ewa.

«Weißt du, welche Funktion Träume haben, zumindest nach Meinung mancher Wissenschaftler?», fragte ich.

Sie schüttelte den Kopf.

«Sie sollen Erinnerungen und Emotionen voneinander trennen. Dafür sorgen, dass wir uns erinnern, aber uns diese Erinnerung nicht mehr belastet.»

«Klingt überzeugend.»

«Sehr überzeugend. Abends gehst du mit einem Problem schlafen, und wenn du am Morgen aufwachst, ist alles nur noch halb so schlimm. Kennt jeder», sagte ich. «Bei einer posttraumatischen Belastungsstörung ist diese Funktion gestört.»

«Schon gehört.»

«Normalerweise haben Albträume eine reinigende Wirkung», fuhr ich fort. «In meinem Fall nicht.»

Oder in unserem? Wahrscheinlich wäre das treffender gewesen.

«Das Gehirn versucht, diesen Mangel zu beheben, also wiederholt es den Prozess Mal um Mal. Es zeigt uns die Bilder des Grauens, damit der reinigende Effekt sich einstellt, erreicht damit aber das genaue Gegenteil.»

«Als würde ein System immer wieder hochgefahren, in der Hoffnung, dass es einen Neustart gibt?»

«Etwas in der Art, ja.»

Wie viele Nächte konnte ich letztes Jahr als gut verbuchen? Wenige. Die meisten endeten damit, dass ich gar nicht schlief oder aber schweißgebadet aufwachte. Glazur ertrug das nur schlecht. Mir schien, meine nächtlichen Schreie rissen ihn nicht nur aus dem Schlaf, sondern auch aus seinen Träumereien. Davon, dass wir ein normales Leben führen könnten.

Seine Anwesenheit war mir unerträglich, ebenso wie das Bewusstsein dessen, was ich ihm antat. Ich hatte lange versucht, gegen das eine wie das andere anzukämpfen. Aber schließlich gab ich auf und konzentrierte mich auf Wojtek. Meine ganze Existenz kreiste nur um ihn. Und ich war sicher, dass es immer so bleiben würde – bis zu dem Tag, als man ihn entführte.

«Kasandra?»

Meine Gedanken waren in eine beunruhigende Richtung abgedriftet.

«Was?», sagte ich mit belegter Stimme. «Hast du was gefragt?»

«Nein, aber du hast die Ausfahrt verpasst.»

Ich sah in den Rückspiegel, fluchte leise, dann fuhr ich auf den Seitenstreifen. Ein entgegenkommender Wagen verhinderte, dass ich sofort wendete. In meiner Lage war es eine Leistung, ihn überhaupt bemerkt zu haben.

«Glaubst du, mit Damian wäre es anders gewesen?», wollte Ewa wissen.

«Ich weiß es nicht.»

Mein Eindruck war, dass ich ihr genau dieselbe Frage stellen musste. Während ich die Stirn in Falten legte, verpasste ich den Moment, der es erlaubt hätte, mich wieder in den Verkehr einzuordnen.

«Die Frage stellst du dir auch, oder?», forderte ich sie heraus. «Was gewesen wäre, wenn du bei ihm geblieben wärst.»

«Manchmal.»

«Hast du eine Antwort?»

Ein Lächeln huschte über ihren Mund.

«Die Antwort haben wir beide, glaube ich.»

Das hätte normalerweise alles bedeuten können, aber nicht für uns. In diesem Augenblick verstanden wir einander besser als irgendwer sonst auf dieser Welt. Jede von uns hatte ihre Geschichte, aber unsere Leben lagen gleichermaßen in Trümmern. Das rauchende Schlachtfeld, auf dem unsere Zukunft verglomm, war für uns beide vertrautes Terrain.

Innerlich lachte ich bei diesem Gedanken. Wie durch ein Wunder hatten wir endlich doch eine gemeinsame Sprache gefunden.

Ich wendete den Wagen und fuhr zu der Brücke, die Bolko und Wojtowa Wieś miteinander verband. Wir überquerten sie und hielten wie geplant unmittelbar dahinter an.

Niemand war hier, und das Wetter lud auch nicht zum Spazierengehen ein. Einige wenige Besucher mochten auf der anderen Seite unterwegs sein, in der Gegend, wo der Zoo und der Hochseilgarten waren.

«Fahr besser noch ein Stück weiter», riet Ewa.

«Ist es nicht besser, wenn ...»

«Nein», unterbrach sie mich, «sonst sieht dich Damian noch zufällig.»

Also fuhr ich ein Stück weiter und stellte das Auto auf einem kleinen Parkplatz oben auf dem Deich ab. Ewa wollte schon die Tür öffnen, aber dann zögerte sie und sah mich noch einmal an.

«Du wartest hier?», wollte sie sich vergewissern.

«Ja», bestätigte ich, drehte mich nach hinten und hielt ihr einen Regenschirm hin.

«Danke», sagte sie, «das dürfte nicht lange dauern.»

«Dafür wird Prokocki schon sorgen», antwortete ich und sah mich um. «Sollte euch irgendwer sehen, ist alles vorbei.»

Sie hatten wenig Zeit, aber vermutlich kannten Wern und Kliza die wichtigsten Fakten ohnehin schon. Für Ewa galt es jetzt, ein paar Lücken zu schließen und ansonsten nur das zu bestätigen, was alle anderen sagten.

Als sie die Tür öffnete, wandte ich mich ihr zu.

Was dann passierte, hatte ich nicht kommen sehen.

In Ewas Hand funkelte ein metallischer Gegenstand. Ehe ich verstand, dass sie ein Messer in der Hand hielt, das sie aus einer der Küchenschubladen genommen haben musste, war es zu spät.

Eine schnelle, entschiedene Bewegung, und schon bohrte sich die Klinge in meinen Bauch.

Mein Blick verlor sich hinter einem Nebelschleier, meine Hände wurden taub, und aus meiner Brust drang ein halb erstickter Schrei.

Sofort presste ich die Hände auf die Wunde und sah Blut zwischen meinen Fingern hervorquellen.

Dann stach Ewa ein zweites Mal zu.

Glatt wie beim ersten Mal fuhr das Messer in meinen Bauch. Ich sah die Klinge in meinem Leib verschwinden und wieder daraus hervorkommen.

«Endlich widerfährt dir Miststück Gerechtigkeit», sagte sie. «Genauso hast du es doch mit deinem Mann gemacht, oder?»

Mir trat der Moment vor Augen, als ich die Glasscherbe in Roberts Hals rammte.

Ich öffnete den Mund, brachte aber keinen Ton hervor. Ich sank zusammen, und mein Kopf hing schlaff zur Seite.

Vielleicht hatte ich mir genau das gewünscht? Mich von Ewa einlullen lassen, damit sie mit mir Schluss machen konnte?

«Du wolltest ich sein?», zischte sie, während sie ihre Hand an einem Taschentuch abwischte. «Bitte schön. Du hast nur vergessen, dass ich schon tot bin.»

Sie nahm mein Handy, zog den Autoschlüssel ab, stieg aus und öffnete den Regenschirm, als wäre nichts. Durch die offene Tür weidete sie sich an meinem Anblick. Ich zwang mich, ihr in die Augen zu sehen, um vielleicht irgendwie zu ihr durchzudringen. Sie zu überzeugen, dass sie einen Fehler machte, mir noch immer helfen konnte, es noch nicht zu spät war. Dass sie mir noch immer das Leben retten konnte.

Aber ich erkannte ihr Gesicht nicht. Im Regen war da nur ein Profil – und auch das hinter einem Schleier.

Das Blut strömte aus meinem Bauch, einer der Stiche musste einen neuralgischen Punkt getroffen haben.

«Hast du gedacht, ich würde nicht darauf kommen?», sagte sie. «Für wie dumm hältst du mich?»

Ich versuchte, die Hand auszustrecken, aber mir fehlte die Kraft. Schlaff hing ich im Sicherheitsgurt.

«Hast du wirklich geglaubt, ich würde die Ähnlichkeit nicht erkennen?», fuhr sie fort. «Reimann und Kajman?»

Sie schlug die Tür zu und ließ mich sterbend im Auto zurück.

5

Die Zeit verging in mir völlig unverständlicher Weise. Mal schien mir, Ewa sei erst einige Sekunden weg, dann wieder war ich überzeugt, dass ich schon seit Stunden alleine im Auto saß.

Wahrscheinlich wurde ich immer wieder bewusstlos. Es schüttete noch immer wie aus Kübeln, also konnte nicht sehr viel Zeit vergangen sein. Zu dieser Jahreszeit waren Regenschauer normalerweise kurz.

Ich versuchte mich umzudrehen und nach meiner Handtasche zu greifen, aber mir fehlte die Kraft. Dann fiel mir ein, dass Ewa mein Telefon mitgenommen hatte. Hilfe rufen konnte ich also nicht, außerdem war ich gar nicht sicher, ob überhaupt jemand bereit war, mir zu helfen.

War das so geplant?

Prokocki hatte bekommen, was er wollte: eine Aufnahme und Erklärungen. Zwar sollte ich alles Wern gegenüber noch einmal bestätigen, aber der Kommissar konnte auch beschlossen haben, auf diesen Teil des Plans zu verzichten.

Würde er Ewa einen Mord durchgehen lassen?

Warum nicht? Was sie zuletzt gesagt hatte, deutete darauf hin, dass sie kaum etwas sehnlicher wünschte. Offiziell und von Amts wegen war sie tot – Prokocki hatte dafür gesorgt, dass die Leiche auf der Bolko ihr zugeschrieben wurde.

Die Polizei würde die Mörderin niemals finden, denn sie existierte aus ihrer Perspektive nicht. Finden würden sie nur mich. Mit zwei Stichwunden in einem Auto auf einem abgelegenen Parkplatz. Würden sie einen Selbstmord annehmen? Wer weiß. Sie würden schnell herausbekommen, was mir in Zamtuz widerfahren war. Zwar gab es bessere Wege, sich das Leben zu nehmen, aber im Endeffekt konnten sie alles auf den Wahnsinn schieben.

Das Messer. Wo war das Messer?

Ich sah mich mit zitterndem Blick um. Auf dem Beifahrersitz sah ich einen blutigen Gegenstand.

Also war das der Plan gewesen. Vielleicht von Anfang an.

Das im Haus war keine Panikattacke. Ewa hatte gewollt, dass wir alleine blieben, damit sie ausführen konnte, worauf sie so lange gewartet hatte.

Ich hustete und spürte eine Flüssigkeit aus meinem Mund laufen. Auf dem Armaturenbrett war Blut. Wieder fiel mein Kopf zur Seite, als ginge meiner Nackenmuskulatur der Saft aus.

Ich wollte mich losschnallen, aber mir fehlte die Kraft. Unter größter Anstrengung schaffte ich es, eine Hand ans Lenkrad zu bringen und zu hupen.

Das Geräusch klang wie eine Erlösung für mich. Es schien zu versprechen, dass jemand käme und sich für das verlassene Auto auf dem abgelegenen Parkplatz interessieren würde.

Aber da war keiner.

Es dauerte eine Ewigkeit, bis ich das zweite Mal hupte. Ich spürte deutlich, dass mir nicht mehr viel Zeit blieb. Das Blut sprudelte geradezu aus meinem Bauch.

Ich drückte die Hupe.

Hörten sie mich denn nicht?

Sie würden nicht in meine Richtung gehen, wenn ich nicht auf mich aufmerksam machte. Ihr Ziel war sicher der große Platz auf der anderen Seite, wo die meisten Autos parkten.

Vielleicht waren sie schon auf dem Weg dorthin?

Ich hupte ein weiteres Mal und hatte das Gefühl, meine Eingeweide platzten. Ich wimmerte jetzt vor Schmerz. Er verschlug mir den Atem.

Nein, das ist nicht der Schmerz, dachte ich noch. Ich starb. Mein Körper schaltete sich einfach aus.

6

Der starke Regen ließ nicht nach, durch den dichten Vorhang aus Wasser konnte ich fast nichts sehen. Ich stand unter der Brücke und sah Ewa hinterher. Ich wollte mich bewegen, ihr nachlaufen, sie aufhalten und auf irgendeine Weise dafür sorgen, dass sich alles änderte.

Vielleicht hielt ich mich im letzten Moment zurück, weil ich doch noch zur Vernunft kam. Das war nicht die Person, mit der ich mich verlobt hatte. Dieser Mensch existierte schon lange nicht mehr.

Deshalb verabschiedete ich Ewa so. Ich schaute ihrem Nachbild hinterher, wie es im Regen verschwand.

Der Stoß eines Ellbogens riss mich aus meinen Gedanken. Ich drehte mich zu Kliza um, die mir eine Schachtel Zigaretten hinhielt.

«Ich rauche nicht», sagte ich.

«Macht nichts.»

Sie gab mir die Marlboro Gold, und ich sah mir das Bild und die Warnung des Ministeriums an. Ich fand es sehr unpassend. Wenn der Gesetzgeber mich davon überzeugen wollte, nicht zur Zigarette zu greifen, sollte er sich mehr anstrengen. Die weißen Buchstaben auf weißem Grund schienen mir wie Hohn. «Das Rauchen aufgeben – für Ihre Lieben weiterleben.»

Jola gab mir Feuer, und ich wurde von einem Hustenanfall gepackt, als wollte ich meine Lunge ausspucken. Wir setzten uns auf den Damm und starrten auf den von Regentropfen aufgewühlten Fluss.

Wieder ertönte die Hupe. Ich vermutete, wer auch immer auf Prokocki und den Rest wartete, wollte sie damit zur Eile antreiben.

«Eines hast du sie nicht gefragt, Wern», sagte Kliza schließlich.

«Nur eines?», murmelte ich.

«Das Wichtigste. Warum sie geflohen ist.»

Ich drehte die rauchende Zigarette zwischen den Fingern.

«Musste ich nicht.»

«Weil?»

«Weil ich es absolut verstehe», antwortete ich schwerfällig und zerstreute das Wölkchen mit einem Finger. «Falkow ist damals total durchgedreht. Er hat ihr beim *Highlander* die Leute auf den Hals gehetzt und ihr zu verstehen gegeben, dass das erst der Anfang ist.»

Jola nahm sich auch eine Zigarette, brach sie dann in zwei Hälften und schüttete den Tabak auf den Boden.

«Sie hat sich an Prokocki gewandt, und der hat ihr gesagt, sie solle fliehen, er würde alles erledigen.»

«Und dann hat er die Sache unter den Teppich gekehrt.»

«Da war er nicht der Erste und nicht der Letzte», antwortete ich und sah zu, was Kliza mit dem Tabak machte. «Aber das ist auch nicht wichtig. Zugeben wird er sowieso nichts.»

«Sicher nicht», stimmte sie zu. «Aber was ist danach passiert? Er hat Ewa in einem sicheren Versteck in Obice untergebracht, ein bisschen gewartet, Falkow hat sich in der Zwischenzeit beruhigt, und ... und dann?»

Ich zuckte die Schultern und hörte, wie ein Auto über die Brücke fuhr.

«Warum ist sie nicht zurückgekommen?», fragte sie.

«Aus Angst.»

«Nein. Das ist nicht genug.»

Ich wusste, worauf sie hinauswollte. Sie wollte, dass ich mit der Sache ein für alle Mal abschloss. Aber dafür musste ich der Wahrheit ins Auge sehen.

«Sie wollte nicht zurück, Wern», fuhr sie fort. «Irgendwann hat sie wohl erkannt, dass das die perfekte Gelegenheit war, ein neues Leben anzufangen. Sie hat diese Kassetten für dich als Abschiedsgeschenk aufgenommen, aber anscheinend kam etwas dazwischen, und du hast sie nicht bekommen.»

«Etwas?», fragte ich durch zusammengebissene Zähne. «Kasandra ist ihnen auf die Spur gekommen. Und dann sind sie spurlos verschwunden.»

Jola nickte, schien aber nicht überzeugt.

«Wie auch immer, es war ihre Entscheidung», betonte sie. «Niemand hat sie zur Flucht gezwungen, es war ihr freier Wille.»

Ich verstand nicht, warum sie das hätte machen sollen. Bei uns lief alles gut, glücklicher hätten wir nicht sein können. Wir planten die Zukunft, hatten große Träume und das Gefühl, es könnte nur besser werden.

So hatte ich damals gedacht. Jetzt aber wusste ich, dass das alles Einbildung gewesen war.

«Irgendwas fehlt mir aber noch», sagte Jola.

«Was?»

«Eine stärkere Motivation. Etwas, das Ewa zu dieser endgültigen Entscheidung gebracht hat.»

«Zum Beispiel?»

«Weiß ich nicht», antwortete Kliza und quälte die nächste Zigarette. «Aber beantworte dir die Frage selbst: Was beeinflusst das menschliche Verhalten am meisten?»

«Der Wunsch, sich zu bereichern?»

«Wern ...»

«Eifersucht? Hass? Angst?»

Sie schüttelte scheinbar mitleidig den Kopf.

«Verlangen?»

«Ich kann nicht glauben, dass du in einer solchen Situation noch witzig sein kannst.»

Sie lächelte dünn, und ich warf die Marlboro weg und klopfte mir die Hände ab.

«Aber du warst nah dran, vom sexuellen Verlangen ist es ja nicht weit bis zur Liebe», fügte sie hinzu.

«Meinst du, sie hatte was mit Prokocki?»

«Nein.»

Sie hatte ohne Zögern geantwortet, aber ich wusste nicht, ob diese Selbstsicherheit so angebracht war. In diesen elf Jahren war so viel passiert, dass eigentlich jede Erklärung zutreffen konnte.

«Ich hab gesehen, wie sie ihn anschaut», fügte sie hinzu. «Und glaub mir, ich weiß, wie eine Frau jemanden anschaut, den sie mal geliebt hat. Bei ihr ist das nicht so.»

«Also hat sie einen anderen gefunden?»

«Nein», antwortete sie ebenso entschlossen. «Ich denke, dass Blitz von ihrer Flucht wusste.»

Ich hob die Augenbrauen und wartete darauf, dass Kliza diese Aussage auf clevere Art in einen Scherz verwandeln würde. Sie sagte aber nichts weiter, sondern schüttelte weiter Tabak aus der Zigarette.

«Sag mir, wie oft du ihn gesehen hast, nachdem Ewa verschwunden war?»

«Oje ...»

«Selten, stimmt's?»

«Er kam ziemlich oft in die Bars, in denen ich gearbeitet habe.»

«Aber warst du irgendwann mal bei ihm zu Hause? Seid ihr irgendwo zusammen hingegangen? Habt ihr euch irgendwann mal getroffen, wenn du das vorgeschlagen hast?»

Ich hatte ihn nur einmal besucht – und wenn es möglich wäre, hätte ich das gerne vergessen. Wir hatten uns immer an Orten getroffen, wo ich arbeitete, das stimmte. Und es kam auch vor, dass sich Blitzer längere Zeit nicht meldete.

«Nein», antwortete ich schließlich. «Wir haben uns dann getroffen, wenn er Lust hatte zu kommen.»

«Und wieso nur dann?»

Gute Frage, dachte ich mir. Ich hatte immer angenommen, er käme aus alter Sympathie und dem Wunsch heraus, seinem Kumpel zu helfen, der nicht nur seine Freundin, sondern seine ganze Zukunft verloren hatte.

Aber jetzt musste ich mir definitiv die Frage stellen, ob diese Motivation für all die Jahre stark genug gewesen war. Gewissensbisse wären es auf jeden Fall.

Kliza sah mich an und suchte in meinen Augen Verstehen. Sie fand es. Und musste weiter nichts sagen. Sie nahm die nächste Zigarette und machte mit ihr das Gleiche wie mit den anderen.

«Warum machst du das?», fragte ich. «Ist das deine Art, dich vom Rauchen abzuhalten, oder ...?»

«Nein.»

Sie stand auf, warf die Zigarette auf den Boden und zertrat dann die ganze Schachtel.

«Ich wollte nur etwas kaputt machen, was ihm gehört hat.»

Ihre Worte echoten in meinem Kopf. Ich stand auf und starrte die zerquetschte Packung und den verstreuten Tabak an, dann nickte ich dankbar. Wir setzten unsere Kapuzen auf und gingen los.

Die Regentropfen klopften so laut auf das wasserdichte Material, dass wir uns nicht unterhalten konnten, also gingen wir schweigend zum Parkplatz. Sollte das das Ende sein? Ich konnte es nicht glauben.

Aber ich hatte alles erfahren, was ich vor elf Jahren herauszufinden versucht hatte. Ich sah sowohl die Ereignisse an der Młynówka, als auch mein ganzes Leben in einem ganz neuen Licht. In einem beunruhigenden, aber richtigen Licht.

Und deshalb konnte ich jetzt neu anfangen.

Wir setzten uns in den Felicia, ich startete den Motor. Mit dem Blick suchte ich die Umgebung ab, als könnte ich dort noch Ewa entdecken. Offensichtlich musste ich noch einige Zeit mit solch irrationalen Reaktionen rechnen.

Einerseits war sie die letzte Person, die ich sehen wollte, andererseits hätte ich alles dafür gegeben, noch kurz mir ihr zu sprechen.

Aber der Parkplatz war leer. Falls sich jemand bei diesem Wetter auf die Insel getraut hatte, hatte er es sich nach diesem Wolkenbruch sicher anders überlegt. Wir waren die Letzten hier.

Wir fuhren auf der asphaltierten Straße am Damm entlang. An schönen Tagen war hier alles voll mit Inlineskatern und Radfahrern, und auf der Insel kamen noch Jogger, Spaziergänger und Leute mit Hunden hinzu. Dass hier jetzt alles menschenleer war, befriedigte mich irgendwie. Als wäre das mein Auftritt. Nur meine Vorstellung, die hier gegeben wurde. Und obwohl auch andere daran teilhatten, strich ich alle Ehrungen ein.

Ewa, Prokocki und der Rest würden vielleicht für ein paar Tage oder Wochen noch eine Rolle spielen. Ich würde alles die nächsten Jahre immer wieder erleben. Vielleicht bis zum Ende meines Lebens. Ich sah die Treppe, die vom Damm hinunterführte, als wir auf die Spinnenbrücke fuhren. Dann richtete ich den Blick nach vorne und drückte stärker aufs Gas.

Mir schien, als hörte ich irgendwo hinter uns wieder die Hupe.

Ich ignorierte sie.

«Musst du irgendwohin, Wern?», fragte Kliza.

«Zu einem neuen Leben.»

«Dann beruhige dein eiliges, wütendes Inneres mal, sonst kommen wir nämlich nicht weit.»

Ich nahm den Fuß vom Gas. Sie hatte recht. Der Felicia besaß diese ganzen Kontrollsysteme, die es mir erlaubt hätten, wie wahnsinnig im Regen zu fahren, nicht. Die Wahrheit war nur, dass ich so schnell wie möglich von der Insel wegwollte. Wir fuhren über den Flutkanal und den Abstieg zum Damm auf der rechten Seite, dann fuhren wir Richtung Wójtowa Wieś.

Irgendetwas ließ mir aber keine Ruhe. Als hätte ich etwas vergessen oder etwas unter der verdammten Brücke liegengelassen.

Ich blieb an der Kreuzung vor der Hauptstraße stehen und warf einen Kontrollblick nach links. Es kam kein Auto, also konnte ich ruhig abbiegen. Trotzdem schaltete ich nicht in den ersten Gang.

«Stimmt was nicht?», fragte Jola.

«Dieses Hupen ...»

«Ja und?»

Ich schaltete den Blinker ein, dann verschob ich den Schaltknüppel.

«Meinst du nicht, dass es vom See her kam?»

«Hä?»

«Als wir losgefahren sind ...»

Ich stockte, als ich mich erinnerte, dass sich Kliza mit der Topographie der Insel Bolko und der Umgebung nicht auskannte.

«Ist es dir nicht so vorgekommen, dass die Hupe nicht vom Parkplatz her kam?»

«Was weiß denn ich?»

Ich sah noch einmal nach links. Ein Lieferwagen fuhr vorbei, ansonsten war die Straße leer. Kurz dachte ich daran, umzudrehen und nachzuprüfen, was mir da keine Ruhe ließ. Viel Zeit würden wir nicht verlieren.

Nein, ich übertrieb. Ich meinte dort Komplikationen zu sehen, wo keine waren. Der Ton einer Hupe aus der falschen Richtung war kein Grund, zur Insel zurückzufahren. Ewa war schon lange weg, für mich gab es dort nichts mehr.

«Fahren wir jetzt?», fragte Kliza.

Ich nickte und drückte endlich aufs Gas, diesmal aber langsamer, weil ich das Wasser in den Spurrillen sah. Eine zu hohe Geschwindigkeit würde uns sicher ein Erlebnis wie auf der Eisbahn bescheren.

Ich fuhr Richtung Zentrum. Aber ich konnte mich nicht des Eindrucks erwehren, dass wir etwas Wichtigeres als die Vergangenheit zurückgelassen hatten.

7

Wie viel Zeit blieb mir noch?

Fünf Minuten, zehn? Aus meinem Bauch kam nicht ein Rinnsal von Blut, sondern ein ganzer Strom. Das hatte keine Ähnlichkeit mit dem, was ich in Filmen und Serien gesehen hatte. Darin blieb den Verletzten ausreichend Zeit, einen hochtrabenden Monolog zu halten oder doch zumindest noch Hilfe zu rufen.

Keines dieser Dinge konnte ich. Ich blutete aus und hatte nicht einmal die Kraft, meinen Sicherheitsgurt zu öffnen. Ich versuchte es hartnäckig, als würde ein offener Gurt noch etwas ändern können.

Aber irgendwie gelang es mir. Die Tür öffnen und aussteigen ging zwar immer noch nicht, aber zumindest konnte ich mich auf dem Fahrersitz freier bewegen. Mir schien, ich würde weniger stark bluten, wenn ich mich streckte.

Ich machte ein paar hilflose Bewegungen, die keine Wirkung zeigten. Ich konnte nicht einmal mehr die Hupe erreichen.

Aber die hätte ohnehin nichts gebracht. Wern war sicher schon lange weg, die anderen ebenfalls. Keiner konnte mir helfen.

Eine Weile lang versuchte ich dagegen anzukämpfen, dass mir die Augen zufielen. Aber dann ergab ich mich. Ich spürte ein Wohlgefühl von meinem Körper Besitz ergreifen, als belohnte mich jemand dafür, dass ich den aussichtslosen Kampf aufgab.

Dann dachte ich an Wojtek. Wer würde sich um ihn kümmern?

Was war mit Glazur? Würden sie ihn freilassen, weil er eigentlich nichts getan hatte? Oder würden sie ihn wegen Behinderung der Justiz drankriegen?

Und Wern? Würde er Ewa glauben?

Ich hätte ihm gerne alles erklärt. Er hatte die Wahrheit verdient, von Anfang bis Ende. Viel zu lange war er von allen möglichen Leuten belogen worden.

Und das würde so weitergehen. Nur ich kannte die ganze Wahrheit und war bereit, sie mit ihm zu teilen.

Was würde er jetzt machen? Ein neues Leben beginnen? Sie und mich vergessen?

Der letzte Gedanke war schmerzhafter als alle Wunden.

8

Ich fuhr langsam, weil ich es nicht riskieren wollte, ins Schleudern zu geraten. Wir näherten uns der Orlen-Tankstelle an der Gabelung auf der Ulica Krapkowicka, der Verkehr Richtung Zentrum wurde stärker. Immer noch dachte ich darüber nach, was mir da keine Ruhe ließ, aber das behielt ich für mich. Kliza wollte auch so schnell wie möglich von der Bolko weg und alles vergessen, was wir in der letzten Zeit erlebt hatten.

Außerdem hatten wir einiges zu erledigen. Wenn wir die reparierte Kassette bekamen, konnten wir uns endlich Falkow widmen. Ich überlegte schon, wie wir vorgehen sollten.

Ich fuhr noch ein Stück, aber bevor ich Richtung Stadtmitte abbog, gab ich mich geschlagen. Also blinkte ich und fuhr zur Tankstelle.

Jola schielte zur Tankanzeige.

«Wir haben genug Benzin», bemerkte sie. «Also liegt das Problem nicht im Tank, sondern in der Blase?»

Ich hörte nicht, was sie sagte. Ich versuchte, im Kopf alles zu überfliegen, was mich quälte, seit wir die Insel verlassen hatten.

«Wern?», fragte Kliza gereizt.

Ich schaute sie an und blinzelte.

«Das Hupen kam ganz sicher aus der anderen Richtung», sagte ich schließlich.

«Mein Gott ...», stöhnte sie. «Und was heißt das?»

«Dass Ewa und die anderen von der Brücke aus zum Parkplatz gegangen sind.»

«Und?»

«Wer auch immer da gehupt hat, hat nicht auf sie gewartet. Er hat jemand anderen gemeint.»

«Dann war es eben ein Hup-Fan. Oder derjenige hat auf jemanden gewartet.»

«Auf wen?», fragte ich und sah in die Richtung, aus der wir gekommen waren. «Dort war es so leer wie in Tschernobyl nach '86.»

Jola wedelte mit der Hand.

«Hör auf», sagte sie und zeigte auf die enge Straße, die von der Tankstelle wegführte. «Wir fahren in die Stadt. Nach all dem brauch ich ein paar ordentliche Ura-Maki.»

Sie setzte sich aufrecht hin und sah mich auffordernd an.

«Wern ...»

«Lass mich nachdenken.»

«Es gibt nichts zum Nachdenken. Jemand hat gehupt, na und?»

«Normalerweise würde ich dir recht geben, aber in dieser Situation ...»

Ich schwieg und zog die Augenbrauen zusammen. Ich hatte verstanden, was nicht stimmte. Hupe hin oder her, es gab noch etwas, was nicht zusammenpasste. Wenn ich nicht so benommen gewesen wäre, hätte ich es bestimmt sofort bemerkt.

«Ich flehe dich an ...», stöhnte Kliza ratlos.

Ich legte den Rückwärtsgang ein.

«Mach keine Witze!»

«Wir haben nur ein Auto gehört», gab ich zurück und setzte schnell zurück. «Als wir beide noch unter der Brücke waren.»

«Was?»

«Denk nach, Kliza! Nur ein Auto ist gerade über die Brücke davongefahren, aber sie sind doch vorhin mit zweien gekommen.

Wir haben ein zweites Auto gehört, als alle außer Ewa schon da waren.»

Sie drehte sich zu mir um und öffnete den Mund, um zu protestieren, aber im letzten Moment verstand sie.

«Du hast recht», bekannte sie. «Aber vielleicht ist das zweite Auto in die andere Richtung gefahren?»

«Wie denn? Die zweite Straße auf dem Deich ist gesperrt.»

«In dem Fall ...»

Sie beendete den Satz nicht, weil es nicht nötig war.

Diesmal war es mir egal, ob wir ins Schleudern gerieten oder nicht. Ich gab Vollgas und fuhr zu dem Ort zurück, den ich eben nie wieder hatte sehen wollen.

Der Rückweg schien mehr Zeit in Anspruch zu nehmen. Schließlich fuhren wir über die Brücke, und ich bog rechts ab.

Der Regen hatte nachgelassen, deshalb sahen wir schon aus der Ferne das einsame Auto. Jemand hatte es auf einem provisorischen Parkplatz abgestellt. Als die Infrastruktur ausgebaut wurde, hatte man einen weiträumigen Platz hinter dem Zoo geplant, aber irgendwann hielten alle, die von den Dörfern außerhalb von Opole auf die Bolko kamen, hier an.

Wir fuhren zu dem Auto und sahen sofort eine Frau, die ohnmächtig auf dem Fahrersitz zusammengesunken war. Das Gesicht war vollständig von Haaren verdeckt.

«Schläft sie?», fragte Jola.

Ich fürchtete, dass es nicht so war. Und wer auch immer diese Person war, sie musste in die Sache verwickelt sein.

Wir setzten die Kapuzen auf und stiegen aus. Kaum waren wir bei dem Auto angekommen, sahen wir den Blutfleck, der sich auf der Kleidung der Frau und der Polsterung ausbreitete.

Sofort wollte ich die Wagentür aufreißen, doch sie ließ sich nicht öffnen.

Ich überlegte nicht, sondern sah mich nach etwas um, womit ich die Scheibe einschlagen konnte. Als ich zu dem Steinhaufen an der Böschung ging, hämmerte Kliza schon an die Scheibe auf der Fahrerseite.

«Hallo!», schrie sie. «Hörst du mich?»

Ich kam mit dem größten Stein zurück und zog die Jacke aus.

«He!» Jola gab sich nicht geschlagen. «Lebst du noch?»

Ich wickelte die Jacke um meine Hand, dann schlug ich den Stein mit aller Kraft in die hintere Scheibe. Glücklicherweise war es kein neues Auto mit stabilen Fenstern. Das Glas gab sofort nach, und ich schlug auch noch die aus dem Rahmen ragenden Stücke heraus. Dann griff ich durchs Fenster, öffnete die Tür und kletterte in den Wagen. Vorsichtig drehte ich die Frau um. Dann erstarrte ich.

«Kas?», stieß ich hervor.

Kasandras Körper war schlaff, sie schien nicht mehr zu atmen.

Ich war wie gelähmt. Die Gedanken stürmten auf mich ein, ich verstand überhaupt nicht, was los war. Ich sah, dass sie angegriffen worden war, offensichtlich mit einem scharfen Gegenstand. Ich hatte die irrationale Schlussfolgerung, dass Roberts Leute sie schließlich gefunden und Gerechtigkeit geübt hatten. Auge um Auge.

«Wern!»

Mir wurde bewusst, dass auch Kliza versuchte, in das Auto zu steigen. Ich zog den Knopf an der Beifahrertür hoch. Jola sprang sofort ins Auto, beugte sich über Kasandra und legte ihr zwei Finger an die Halsschlagader.

Die Zeit schien stillzustehen.

«Mein Gott», ächzte sie.

«Ist sie tot?»

Meine Stimme klang fremd, als käme sie nicht nur von einer anderen Person, sondern aus einer anderen Welt.

«Nein, nein ... Da ist ein schwacher Puls», sagte Kliza.

Sie war ganz blass, fast so wie Kas. Beide kamen wir nicht mit dem Schock zurecht, in den uns Kasandras Anblick versetzt hatte. Wir hatten sogar vergessen, den Notarzt zu rufen

«Mein Gott», wiederholte Jola ungläubig. «So viel Blut ...»

Auf der Fußmatte sammelte sich schon eine Pfütze, und vielleicht sorgte gerade dieser verheerende Anblick dafür, dass ich plötzlich rational dachte. Ich nahm mein Handy und wählte die Notrufnummer.

«Notrufzentrale?»

Durch die ruhige, fast gelangweilte Stimme des Telefonisten fühlte ich mich fast in eine surrealistische Welt versetzt.

«Notruf», knurrte der Mann emotionslos.

«Ich brauche ...», ich kam ins Stocken, weil meine Stimme versagte.

«Hallo?»

«Ich brauche einen Krankenwagen», sagte ich schließlich.

«Worum geht es?»

Meine Kehle war so trocken und zusammengeschnürt, dass es mir schwerfiel, etwas herauszubringen.

«Stichwunden», stieß ich hervor.

«Sind Sie verletzt?»

«Nicht ich, sie. Sie verblutet ...»

«Wo sind Sie?»

Ich dankte dem Mann in Gedanken dafür, dass er sich nicht versichern wollte, nicht genauer nachfragte und mich nicht zwang, die Situation zu beschreiben. Er wollte zuerst das Wichtigste erledigen, um zu wissen, wohin er den Krankenwagen schicken sollte, und sich dann um den Rest kümmern.

«Insel Bolko», sagte ich. «Neben ... neben ... von Winów her.»

«Nicht weit von der Brücke?»

«Ja, ja», stieß ich nervös hervor und schaute Kliza an. «Hinter der Brücke nach rechts. Bitte schnell kommen, sie ... sie hält nicht mehr lang durch.»

Ich klang wie ein Irrer, zumindest kam es mir so vor. Mich hatte die irrationale Angst befallen, dass der Mann in der Notrufzentrale mich für verrückt halten und ablehnen könnte, zu helfen.

«Schnell», wiederholte ich und sah Kasandras geschlossene Augen an. «Sie hält nicht mehr lange durch.»

«Der Krankenwagen ist schon unterwegs», versicherte mein Gesprächspartner.

Seine Stimme war wachsamer, schärfer und sachlicher geworden. Ich bekam das Gefühl, dass Kasandras Leben in den Händen von jemandem lag, der wusste, was er tat.

Dann begann der Mann mich nach Einzelheiten zu fragen und bemühte sich, vor dem Eintreffen des Krankenwagens so viel wie möglich zu erfahren. Viel konnte ich nicht sagen. Selbst wenn ich imstande gewesen wäre, die Situation angemessen einzuschätzen – ich konnte mich nicht artikulieren.

Der Mann versuchte mich zu beruhigen und weitere Informationen zu erhalten, aber erfolglos. Ich war noch immer nicht imstande, einen klaren Gedanken zu fassen.

«Kennen Sie sie?», fragte er schließlich.

«J-ja.»

«Wie heißt sie?»

«Kasandra.»

«Sehen Sie die Wunde?»

«Nein», antwortete ich unsicher und sah auf die blutige Kleidung. «Aber es sieht so aus, dass ... ich weiß nicht, sie ist am Bauch.»

«Ziehen Sie bitte Kasandras Bluse hoch.»

Sein Ton ließ keinen Widerspruch zu, also tat ich wie geheißen.

«Zwei tiefe Wunden», stammelte ich. «Von einem Messer.»

«Ist das Messer noch in der Wunde?»

«Nein.»

Unfreiwillig sah ich mir die dunkelroten Streifen auf Kasandras nacktem Bauch an und spürte, wie mir schwindlig wurde.

«Sie sind im Auto, ja?»

Ich antwortete mit einem leisen Murmeln.

«Nehmen Sie den Verbandskasten», sagte der Mann. «Ziehen Sie sich die Handschuhe an und versuchen Sie die Blutung mit einer Kompresse oder einem Verband zu stoppen.»

«Aber ...»

«Irgendein steriles Material. Es darf kein Schmutz in die Wunde gelangen.»

Er sprach so ruhig, als verstünde er den Ernst der Situation nicht.

«Hören Sie mich?»

«Ja.»

«Tun Sie, was ich sage.»

«Aber ich ...»

«Üben Sie einfach Druck aus. Der Krankenwagen ist schon losgefahren, er wird gleich da sein. Aber in dieser Zeit kann Kasandra verbluten. Wenn Sie mehr als eine Wunde hat, versorgen Sie die schlimmste. Verstehen Sie mich?»

Scheiße, daran hätte ich selbst denken können. Ich gab das Handy an Kliza weiter, dann machte ich mich auf die Suche nach dem Erste-Hilfe-Kasten. Als ich ihn gefunden hatte, riss ich nervös ein Verbandspäckchen auf, legte die Kompresse über beide Wunden und drückte. Kas stöhnte halb bewusstlos.

Während Jola weitere Instruktionen entgegennahm, achtete ich darauf, den Druck nicht zu verringern. Ich ließ Kasandra nicht aus den Augen, als würde sich ihre Situation verschlechtern, wenn ich mich nur kurz nach dem Krankenwagen umsah.

Die Blutung schien etwas nachzulassen, aber im Verbandskasten befand sich nichts, womit ich sie vollständig stillen konnte. Ich hätte alles für ein Stück Klebeband oder etwas anderes gegeben, das kein Blut durchließ.

«Wo sind sie?», schrie ich.

«Sie kommen, Wern.»

«Sie sollten schon längst da sein, verdammte Scheiße.»

«Sie tun sicher, was sie können.»

Kasandra stöhnte wieder, leise, kaum hörbar. Ich konnte nicht aufhören, daran zu denken, dass wir wertvolle Minuten gewonnen hätten, wenn ich vorher umgedreht oder vor der Abfahrt nachgedacht hätte.

Wenn es deshalb zu spät wäre, würde ich mir das nie verzeihen. Ich wusste das genauso gut wie Kliza, die aus dem Auto gestiegen war und sich nervös nach dem Rettungswagen umsah. Aber es war keine Sirene zu hören.

«Frag ihn, wo sie sind!», rief ich ihr zu und sah auf meine blutüberströmten Hände.

Jola tat, was ich ihr gesagt hatte, dann schlug sie mit der Hand aufs Wagendach. Das verhieß nichts Gutes.

Schließlich riss ich den Blick von Kasandra los und sah Kliza an. Sie beugte sich zum offenen Fenster.

«Sie sind gleich da.»

«Frag, wo sie sind.»

«Der Typ am Telefon sagt, dass sie gerade versuchen, durch die Ulica Niemodlińska zu kommen.»

«Verdammt ...», zischte ich und drückte stärker.

«Ist das weit von hier?»

Für die Verhältnisse in Opole war es nicht weit. Nur dass es jetzt bedeutungslos war, den Verkehr in einer Großstadt mit dem hiesigen zu vergleichen. Auch schon eine Entfernung von ein paar hundert Metern konnte für Kasandra tragisch enden.

Plötzlich stöhnte sie noch einmal, dann erschlaffte ihr Körper noch mehr. Mich überkam die nackte Angst, denn mir schien es, als sei aus Kasandra soeben das Leben entwichen.

«Kliza ...»

«Was ist?»

«Kontrollier ihren Puls.»

«Ich hab doch erst ...»

«Mach!»

Sie stieg ein und legte noch einmal zwei Finger auf Kasandras Halsschlagader, dann warf sie mir einen entsetzten Blick zu. Sie musste nichts sagen.

Kasandras Herz stand still.

«Raus mit ihr!», rief ich. «Jetzt!»

«Aber ...»

«Kliza!»

«Und das Blut?»

Sie hatte recht, bei Gott, sie hatte hundert Prozent recht. Ich dankte ihr im Geiste dafür, dass sie nicht den Kopf verloren hatte, und nahm sofort meine Jacke, um Kasandras Bauch zu verbinden. Ich drückte, so stark ich konnte, dann winkte ich Jola hektisch zu.

Wir zogen Kasandra aus dem Auto und legten sie auf den unebenen, überfluteten Asphalt. Augenblicklich waren wir durchnässt, aber der Regen war das kleinste Problem. Das schmutzige Wasser durfte nur nicht in die Wunden gelangen.

«Schau, ob sie atmet», wies ich Kliza an und legte gleichzeitig die Hände auf Kasandras Brust.

Jola legte eine Wange an Kasandras Mund, dann schüttelte sie den Kopf.

«Ich spür nichts», sagte sie.

Ich begann eine Herzmassage und betete, dass dadurch die Blutung nicht stärker würde. Ich wusste nicht, was ich tat. Ich konnte mich nicht einmal mehr erinnern, wie oft ich beatmen und wie oft drücken sollte. Dreißigmal drücken. Meinte ich zumindest. Und beatmen? Zweimal, dreimal? Wahrscheinlich zweimal.

Ich tat, was ich konnte, um Kasandra am Leben zu erhalten. Ich kämpfte um sie, bis ich endlich die ohrenbetäubende Sirene hörte und der Krankenwagen neben uns in den Rinnsalen hielt.

Die Rettungsassistenten waren schneller erschienen als erwartet. Erst dann begriff ich, dass sie vom Zentrum her gekommen waren, also die gesperrte Straße benutzt hatten. Gott sei Dank.

Einer übernahm die Wiederbelebung, der zweite öffnete die Hecktüren des Krankenwagens und zog die Trage heraus. Dann bemerkte ich, dass Kasandra von selbst atmete – flach, nicht wie eine Person, die aus dem Wasser gezogen wurde und nach einer Mund-zu-Mund-Beatmung nach Luft schnappt.

Ich beobachtete, wie sie sie auf die Trage legten, es schien mir, als sähe ich alles durch einen Nebel – als sähe ich eine Simulation, nicht die reale Welt.

Ich blinzelte, aber das Bild wurde nicht schärfer. Es regnete auch wieder kräftig.

Ich kniete mich neben die Trage, wischte mir die Stirn ab und sah Kas an. Mir schien, als bewegte sie ihren Mund, aber vielleicht war das nur eine Täuschung. Trotzdem berührte ich sie. Ich legte meine Handfläche auf ihre Wange und verstand selbst nicht, was ich tat. Dann beugte ich mich noch weiter vor.

Ich hatte recht gehabt. Sie bewegte den Mund und versuchte, mir etwas zu sagen.

Etwas, das für mich von gigantischer Bedeutung war.

«Gehören Sie zur Familie?», fragte ein Rettungsassistent in roter Jacke.

«N-nein.»

Er nickte, als hätte er eine Formalität erledigt, dann hoben beide die Trage hoch. Ich lief hinter ihnen her, aber sie hielten mich zurück. Sie legten Kasandra in den Wagen, einer sagte etwas zu mir. Ich verstand nicht und wollte ihn bitten, es zu wiederholen, aber der zweite schloss bereits die Tür.

Ich würde sie nicht aufhalten. Weil es hier um jede Sekunde ging.

Außerdem hatte mir Kasandra alles gesagt, was ich wissen musste.

9

Manchmal reicht eine Sekunde, um sich zu verlieben, eine Patrone, um sich das Leben zu nehmen, und ein Lächeln, um zu verstehen, was Glück ist. In meinem Fall hatte ein kurzer, undeutlicher Satz schon gereicht, dass ich die Angelegenheit wieder in die Hand nahm.

Ich hatte nicht ganz verstanden, was Kasandra mir sagen wollte, aber das musste ich auch nicht. Ein bestimmtes Wort hatte gereicht. Und der starke Entschluss, diesmal nicht nachzulassen.

Ich hatte genug.

Genug gewartet, genug in Unwissenheit gelebt, war lang genug eine Marionette in einer Vorstellung gewesen, die jemand anders aufführte. Jetzt war die Zeit gekommen, dass ich die Initiative ergriff. Und selbst zu demjenigen zu werden, der die Fäden in der Hand hielt.

Die Entscheidung traf ich noch im strömenden Regen auf der Insel Bolko. Sie festigte sich, als ich am Abend mit Kliza an dem Platz saß, wo alles begonnen hatte. In meiner neuen, irgendwann mal erträumten und jetzt verfluchten Wohnung im Dachgeschoss.

Während sich Jola nach Kasandras Zustand erkundigte, kehrte ich in Gedanken zu jenen Momenten zurück, als ich die erste Kassette gefunden hatte, und wie sich dann alles entwickelte.

Die Ereignisse waren wie auf dem Boden verstreute Bausteine, die man auf unterschiedliche Art zusammensetzen konnte. Jeder Baustein schien zu passen, aber jeder führte auch zu einer ganz anderen Lösung.

Der Architekt schien keine letzte, verpflichtende Form geplant zu haben. Es hing nur von mir ab, was ich als richtige oder falsche Version akzeptierte.

Aber leider gibt es die Wahrheit nicht in Variationen. Es muss eine richtige Art geben, alle Elemente zu einem Ganzen zusammenzusetzen.

Ich glaubte, sie zu kennen.

«Okay», riss mich Kliza aus meinen Überlegungen. «Ich hab was herausbekommen.»

Sie setzte sich auf das Sofa neben mir. Vor uns auf dem Couchtisch lagen leere Sushi-Schachteln, schmutzige Stäbchen und ein Rest Wasabi.

Ich sah Jola an und überlegte, auf welche Weise sie es geschafft hatte, vom Klinikpersonal Informationen zu bekommen. Oder gar nicht von dort? Ich erinnerte mich, dass sie bei der Polizei einen Informanten hatte.

«Also?»

«Sie ist in der Chirurgie.»

«Schon klar, dass sie nicht in der Neonatologie ist», antwortete ich leise. «Wie geht es ihr?»

Schon als Kliza «gut» sagte, wusste ich, dass es nicht so schlecht stand. Wir kannten uns zwar nicht wirklich, aber ich schätzte sie genug, um zu wissen, wie sie sich verhalten würde, wenn es nicht gelungen wäre, Kasandra zu retten.

«Ihr Magen wurde perforiert», sagte Jola.

Das klang nicht so gut.

«Ist es ernst?»

«Was denkst denn du?», gab sie zurück und warf eine ungeöffnete Sojasoße in eine Sushi-Schachtel. «Hast du irgendwann mal gehört, dass ein Messerstich in den Bauch nicht ernst ist?»

Ich antwortete nicht.

«Aber es hätte schlimmer kommen können», fügte sie nach einem Moment hinzu.

Der Täter hatte zwar ihre Schlagader getroffen, aber die Aorta hatte nicht zu sehr gelitten. Sie sagten etwas von einer Abzweigung.

In dieser Hinsicht erwartete ich das Schlimmste. Mir schien, dass Kasandra eine erschreckende Menge Blut verloren hatte.

«Sie hatte Glück, dass wir sie gefunden haben, Wern.»

«Schwierig, in dieser Situation von Glück zu reden.»

«Wenn wir nicht gewesen wären, wäre sie dort verblutet. Du. Ich wollte ja ...»

«Lass das», fiel ich ihr ins Wort.

Einen Moment lang starrte sie gleichgültig vor sich hin, dann nickte sie leicht. Ich vermutete, dass sie ihre Gewissensbisse nicht so leicht loswurde, aber jetzt war nicht der richtige Moment, sich damit zu beschäftigen.

«Sie hat fast zwei Liter verloren», fügte Jola hinzu. «Damit war sie an der Grenze zum Kollaps.»

«Aber sie wird es schaffen. Das ist das Wichtigste», betonte ich. «Hat sie die Operation schon hinter sich?»

«Ja. Drei Stunden hat sie gedauert. Sie haben auch ein CT des Abdomens gemacht, aber mehr weiß ich nicht.»

«Wie lange muss sie dortbleiben?»

«Mindestens drei bis vier Wochen.»

Das müsste reichen, dachte ich mir. In dieser Zeit konnte ich alles erledigen, was ich mir vorgenommen hatte – und wenn es gutging, würde Kasandra aus dem Krankenhaus in eine neue Welt kommen. Zumindest in einem gewissen Sinne.

«Weiß man etwas über den Täter?», fragte ich.

«Nein. Sie haben die Tatwaffe gefunden, aber es sind keine Fingerabdrücke drauf.»

«Wie kann das sein?»

Jola zuckte die Schultern, und ich dachte mir, dass es genügend Gründe dafür gab. Vielleicht hatte der Täter Handschuhe getragen, oder den Messergriff abgewischt, er konnte aber auch einen Kontakt bei der Polizei haben. Jemanden, der entweder die Spuren verwischt oder die Tatwaffe ausgetauscht hatte.

«Haben sie das Auto untersucht?», fragte ich. «Wissen sie, wem es gehört?»

«Bestimmt. Aber das haben sie mir nicht verraten.»

Im Prinzip war das bedeutungslos. Der Besitzer des Wagens war der letzte Mensch, der sein Opfer darin liegen lassen würde. Wenn wir jemanden als Verdächtigen ausschließen konnten, dann ihn.

«Wer würde so was machen, Kliza?»

«Wahrscheinlich einer von denen, die uns unter der Brücke mit ihren Geschichten unterhalten haben.»

Wir sahen uns an, wollten aber nicht das Offensichtliche aussprechen. Ewa war die Hauptverdächtige. Sie war als Letzte aufgetaucht.

Nein, es gab keine Beweise, dass sie es gewesen war. Und reine Vermutungen waren zu wenig, als dass ich sie verdächtigt hätte, Kasandra das Leben nehmen zu wollen. Vielleicht war sie zu Schlimmerem fähig, als ich bisher gedacht hatte. Aber Mord? Nein, eher nicht.

«Die werden es schon herausfinden», sagte Jola. «Und wenn nicht – Kasandra wacht sicher bald auf und kann den Täter identifizieren.»

«Denkst du?»

«Sie war sicher nicht zufällig in dem Wagen. Und sicher hat sie auch kein gesichtsloser Mensch überfallen.»

«Das hab ich nicht gemeint ...»

«Weiß ich», antwortete sie und seufzte. «Du wolltest sagen, dass sie wahrscheinlich jemand erpresst hat. Und schließlich zwingen wollte zu schweigen.»

«Oder schlimmer.»

Unpräzise Worte, Euphemismen, unklare Bezeichnungen. Das schien uns alles unerlässlich, um das Gleichgewicht zu halten. Aber eigentlich war für uns klar: Wenn wirklich Ewa versucht hatte, Kasandra zu töten, würde nur ein Mensch sie schützen können. Prokocki.

«Wir werden ihr helfen», erklärte ich.

Jola sah mich an, als hätte sie sich gerade dazu verpflichtet, einen Pakt mit dem Teufel einzugehen.

«Bist du sicher, dass du das willst?»

«Ja.»

«Auch wenn du dann gegen Ewa vorgehen musst?»

«Ewa ist tot», sagte ich und versuchte dabei, meine Stimme ruhig klingen zu lassen. «Vor einem Jahr wurde ihre Leiche auf der Bolko gefunden.»

Ich spürte Klizas Zögern. Sie verstand nicht, auf welche Art ich Kas helfen wollte, weil sie annahm, dass man Ewa nicht zur Verantwortung ziehen konnte.

Sie musste es nicht verstehen.

«Ich bin nicht sicher, ob sich das ausführen lässt, Wern.»

«Vertrau mir einfach», antwortete ich. «In dieser zweiten Sache.»

«Zweite Sache?»

Jetzt waren wir endlich zu dem gekommen, was mich am meisten interessierte. Die Initiative zu ergreifen.

Ich stand vom Sofa auf und ging zum Kühlschrank. Ich überlegte, ob es nicht besser sei, das Bier zu lassen und nüchtern zu bleiben. Dann kam ich zu dem Schluss, dass das unnötig war. Das war am Morgen nützlich, nicht jetzt.

«Es geht mir um Falkow», sagte ich.

«Was ist mit ihm?»

Ich setzte mich wieder neben Jola, öffnete zwei Dosen Heineken und gab ihr eine.

«Zuerst einmal brauchen wir einen Kontakt zu jemandem beim BIA.»

«Dem Büro für Interne Angelegenheiten?», fragte sie und nahm den ersten Schluck.

«Kennst du da jemanden?»

«Nein, aber ich kann jemanden kennenlernen.»

«Perfekt», antwortete ich und nickte, als sei das Thema damit abgeschlossen.

Jola sah mich fragend an.

«Willst du das von dieser Seite her angehen?», fragte sie. «Wäre es nicht besser, die Kassette dem Staatsanwalt zu geben und ihn seine Arbeit machen zu lassen?»

«Ich geb die Kassette niemandem.»

«Was?»

«Wenn sie von der Reparatur kommt, stecke ich sie mit der ersten zusammen in den Karton und mache ihn zu.»

«Wovon redest du?»

Ich stellte die Dose ab und lächelte. Ich wusste, was Kliza dachte: Der ist verrückt geworden. Das Schicksal hat ihn zu sehr verprügelt, und jetzt hat er den Kontakt zur Realität verloren.

«Ich werde Falkow nicht benachrichtigen», sagte ich. «Auch nicht die Staatsanwaltschaft oder das Büro für Interne Angelegenheiten.

«Aber ...»

«Ich habe genau das Gegenteil vor. Dafür sorgen, dass er so lang wie möglich bei der Polizei bleibt.»

Sie dachte, ich würde ihr alles erklären, aber das hatte ich nicht vor. Diesmal wollte ich die einzige Person sein, die wusste, was wirklich vor sich ging.

10

Die Prognose war gut. Die beiden Einstiche lagen dicht beieinander, und nur einer von ihnen hatte meinen Magen verletzt. Hätte Ewa ein anderes Organ oder die Bauchschlagader getroffen, ich hätte kaum bis zur Ankunft des Krankenwagens durchgehalten. Die Ärzte hätten nur noch meinen Tod feststellen können.

Aber so war mein Zustand in einer mehrstündigen Operation stabilisiert worden. Nach einer Woche im zweiten Stock der Klinik an der Aleja Witosa fühlte ich mich um ein Vielfaches besser. Am liebsten hätte ich die chirurgische Station – und überhaupt das Krankenhaus – sofort verlassen, aber die Ärzte erklärten mir, dafür sei es noch zu früh.

Mindestens zwei Wochen sollte ich zur Beobachtung dableiben. Mein Zustand sollte streng überwacht werden, was beunruhigend klang, aber die Ärzte versicherten mir, dass es keinen Grund zur Sorge gab – keine Infektion, keine Entzündung des Bauchfells.

Alles sah danach aus, als behielte man mich zur Sicherheit da.

Ich erwartete, dass früher oder später jemand vorbeikommen würde. Aber keiner kam. Wern, Kliza, Prokocki – niemand. Mit Prokocki hatte ich am ehesten gerechnet. Er musste doch vorbeikommen, um in Erfahrung zu bringen, ob ich schweigen würde.

Aber so lange Wojtek hier im Krankenhaus war, hatten sie ohnehin die besseren Karten. Ich versuchte, den Oberarzt zu überreden, mich zu ihm zu lassen, aber er blieb standhaft. Allerdings verbürgte er sich dafür, dass Wojtek in den besten Händen war.

Ich verstand nicht, warum Damian nicht kam. Die Sanitäter erzählten mir, dass er mir das Leben gerettet hatte. Er hatte mich wiederbelebt, bis sie gekommen waren. Als einer der Sanitäter übernahm, sollte ich kurz zu mir gekommen sein und undeutlich etwas gemurmelt haben. Natürlich erinnerte ich mich an nichts.

Er würde mir das alles selbst erzählen, aber inzwischen waren sieben Tage vergangen, und ich hatte keinerlei Nachricht von ihm. Konnte er sich denken, was im Wagen vorgefallen war? Wenn ja, dann bedeutete seine Abwesenheit, dass er zu Ewa hielt. Vielleicht hatte er erst noch gezögert, sich schließlich aber auf ihre Seite geschlagen.

Es dürfte für sie eine Kleinigkeit gewesen sein, ihm ein weiteres Mal etwas vorzumachen. Eine nette Geschichte darüber, wie sie von mir angegriffen worden war, hatte sicherlich genügt.

Selbstverteidigung mit einem Küchenmesser, in weiser Voraussicht mitgenommen aus Electras Haus.

Das ergab natürlich alles keinen Sinn. Aber Wern liebte seine Verlobte, und Liebe funktioniert wie ein Lösungsmittel – sie löst Probleme, bleibt aber mit einem Risiko behaftet. Führt zwar nicht zu Hautirritationen, Vergiftungserscheinungen oder Entzündungsprozessen, dafür aber ruft sie einen vollkommenen Verlust der Rationalität hervor. Damian würde Ewa jedes einzelne Wort glauben.

Als ich mir eingeredet hatte, dass dieses Szenario am allerwahrscheinlichsten war, klingelte mein Telefon.

Man hatte es kurz nach meiner Einlieferung ins Krankenhaus gefunden. In Wojteks Krankenzimmer. Die Mitarbeiter vermuteten, dass ich es bei einem meiner Besuche dort liegengelassen hatte.

Blödsinn. Aber ich verstand den Fingerzeig. Prokocki konnte

Wojtek schaden. Der Kommissar hatte das Telefon bei ihm deponiert. Und zwar nicht aus Versehen.

Vielleicht ließ mich das Klingeln deshalb zusammenfahren. Ich griff widerstrebend zum Telefon, sah aber auf dem Display, dass es zum Glück nicht Prokocki war. Was mich erreicht hatte, war die automatische Nachricht einer mir wohlbekannten Nummer.

Der Zugangscode zu RIC. Er konnte nur von einem einzigen Menschen kommen.

Ich starrte auf die offene Tür und dachte nur noch daran, dass ich unbedingt einen Laptop brauchte. Keine Ahnung, warum Wern mich über RIC kontaktieren wollte, aber er tat das sicher nicht ohne triftigen Grund. Und mit Sicherheit hatte er wenig Zeit.

Ich hielt nach einer Krankenschwester Ausschau, aber es war wie verhext – gerade jetzt war keine zu sehen. Als ich unter starken Schmerzen den Oberkörper aufrichtete, sah ich unmittelbar neben meiner Tür einen Kopf.

Ich öffnete den Mund, um auf mich aufmerksam zu machen, überlegte es mir im letzten Moment aber anders. Wie redete man eine Krankenschwester an? Schwester? Nein, das klang zu sehr nach älteren Menschen, außerdem erinnerte ich mich an eine Protestaktion von Krankenschwestern, bei der es darum ging, dass die Anrede Schwester ... ihren Brüdern vorbehalten sein sollte.

Warum eigentlich? Ich fand daran nichts Respektloses. Im Gegenteil schien mir diese Anrede eher das Vertrauen zu transportieren, das Patienten diesem Teil des medizinischen Personals entgegenbrachten.

Großer Gott, welche Gedanken machte ich mir da eigentlich?

«Schwester», hörte ich mich sagen, «könnte ich vielleicht einen Computer benutzen?»

«Hmmm ...», hörte ich es von draußen brummen.

Das war eine männliche Stimme. Und die reichte aus, um mich in Unruhe zu versetzen. Ich hielt die Luft an, in der Erwartung, der ungebetene Gast werde sich zeigen, gleichzeitig war ich bereit, aus dem Bett zu springen und davonzurennen.

«Das dürfte schwierig werden», hörte ich von draußen.

Ich starrte ungläubig auf den Korridor hinaus. Die Stimme war mir sofort vertraut vorgekommen, aber ich musste ihn erst sehen, um ganz sicher zu sein.

Endlich tat er mir den Gefallen. Wern lugte in mein Krankenzimmer und lächelte mir zu, während in seiner rechten Hand ein Display leuchtete.

«Aber ich vermute, du kommst darüber hinweg, schließlich können wir ja auch ohne RIC ganz gut ein bisschen quatschen», fügte er hinzu und trat ins Zimmer.

Ich konnte ein Lächeln nicht unterdrücken. Für die Umstände, unter denen wir uns trafen, fiel es vielleicht sogar einen Tick zu breit aus. Aber meine Erleichterung war so unerwartet und groß, dass es mich einfach überwältigte.

Mir schien, ihm gehe es ähnlich, aber vielleicht sah ich auch einfach nur, was ich sehen wollte.

«Außerdem bist du schon mit viel größeren Schwierigkeiten klargekommen», sagte er und zeigte auf meinen Bauch.

«Ich hatte ja etwas Hilfe.»

Er setzte sich an den Bettrand und berührte meine Hand, als wolle er mich begrüßen, wisse aber nicht recht, wie.

«Etwas?», fragte er und zog die Hand wieder zurück. «Offensichtlich hast du noch nie jemanden wiederbelebt.»

«Es lag auch noch nie jemand sterbend in meinen Armen, der es wert gewesen wäre.»

«Stimmt», sagte er, «in meinen dafür schon.»

«Ach so ...», erwiderte ich und kniff die Augen zusammen. «Und hast du es geschafft, diese Person zu retten?»

«Zum Glück ja.»

«Hat sie dich dafür irgendwie belohnt?»

«Bis jetzt hatte sie noch keine Gelegenheit», erklärte er, «aber ich hoffe, es ist bald so weit.»

Ich überlegte.

«Und hast du eine Vorstellung davon, wie diese Person ihre Dankbarkeit ausdrücken sollte?»

«Ich dachte da an ein romantisches Abendessen an der Młynówka.»

Ich hob die Brauen.

«Nicht unbedingt im *Highlander*», schränkte er gleich ein. «Vielleicht eher in einer Kneipe an der Ulica Szpitalna. Von dort hat man einen ganz netten Blick auf die Młynówka, findest du nicht?»

«Ich finde, das ist eine aufregende Idee.»

«Und ich hab noch eine.»

Er legte seine Hand auf die Bettdecke, dann beugte er sich zu mir vor und sah mir fest in die Augen.

«Die wäre?»

«Die Gerettete könnte mir als Dankeschön die ganze Wahrheit sagen.»

Aus seinem Gesicht verschwand jede Mimik, und mir schien, als stoße ich frontal mit der harten Realität zusammen. Ich blinzelte nervös, und Wern richtete sich auf. Er wurde verlegen, offensichtlich hatte er eine andere Reaktion erwartet.

«Kas, ich wollte dich nicht ...»

«Ist nicht der Rede wert», unterbrach ich ihn schnell.

«Entschuldige.»

Ich winkte ab, als wäre wirklich nichts passiert. Dafür schien Wern erst jetzt klarzuwerden, dass ich mich im ersten Teil unseres Gesprächs keineswegs verstellt hatte.

«Hör mal ...», setzte er an.

«Ich bin auf Droge und leicht benebelt», fiel ich ihm ins Wort, «und nicht mal sicher, ob du wirklich hier bist, Wern.»

«In Person.»

«Weil du Antworten willst?»

Er nickte leicht, noch immer etwas verwirrt.

«Ewa hat dir sicher alles erklärt», sagte ich und wartete auf seine Reaktion.

Daran würde ich einige wichtige Dinge ablesen können.

Weil ich Ewa erwähnt hatte und er bislang nicht wusste, dass wir einander kannten.

Und weil Damian eine gemeinsame und glaubwürdige Version der Ereignisse brauchte. Wenn der Plan aufgehen sollte.

«Ja, das hat sie», entgegnete er. «Aber nach dem Fünkchen Wahrheit in dieser Räuberpistole kann ich noch lange suchen.»

«Das heißt?»

Er seufzte und stand vom Bettrand auf. Ging ans Fenster und schaute eine Weile nach draußen.

«Du weißt genau, was das heißt», sagte er dann. «Denn schließlich hast du bei der ganzen Sache mitgemacht.»

«Bei der Sache?»

Er drehte sich um und schaute misstrauisch zu mir herüber.

«Es ist sinnlos, mich noch länger anzulügen», sagte er entschieden.

Er hatte sich verändert. Auf den ersten Blick wirkte er wie der Alte, aber je länger das Gespräch dauerte, desto augenfälliger wurde der Wandel. Er schien viel selbstsicherer, als würde jetzt er die Lage kontrollieren.

Aber war das überhaupt möglich?

Prokocki und Ewa hatten alles sehr genau vorbereitet. Auf dieser Etappe war vorgesehen, dass Werner einfach Ruhe gab. Und nun schien es, als habe er das glatte Gegenteil vor.

«Besonders, weil ich deine Hilfe brauche», ergänzte er.

«Was soll ich tun?»

«Du musst für eine Weile in ein anderes Krankenzimmer umziehen.»

Ich hätte alles erwartet, aber das sicher nicht.

«Und wie hilft dir das?»

«Es hilft, einige Dinge endgültig zu klären.»

Er trat wieder ans Bett und setzte sich diesmal von der anderen Seite darauf. Er sah mich aus ausdruckslosen Augen an.

«Eine untypische Bitte», bemerkte ich, «und eigentlich bin ich der falsche Ansprechpartner.»

«Ich kläre das mit dem Oberarzt. Aber ich will dein Einverständnis.»

«Einverstanden», antwortete ich, ohne zu überlegen, denn es schien mir bedeutungslos.

Aber offensichtlich war es das nicht, andernfalls hätte Wern nicht auf meine Zustimmung bestanden. Als ich ihn gerade fragen wollte, was daran so wichtig war, begann er zu reden.

«Ich kann dir alles erklären», sagte er, «aber zuerst brauche ich ein paar Auskünfte von dir.»

«Welche?»

«Ein paar ... aber vielleicht ist das auch untertrieben.»

«Mhm ...», brummte ich leise und hoffte, meine Stimme würde nicht verraten, wie nervös ich war.

Wie viel wusste er? Und warum glaubte er Ewas Story nicht?

«Fangen wir damit an, warum du diese Kassetten aufgenommen hast.»

«Ich?»

«Hör auf, mich zum Narren zu halten», entgegnete er und senkte für eine Sekunde den Blick. «Das hast du jetzt lange genug getan.»

In seiner Stimme klang kein Vorwurf, eher tiefe Enttäuschung. Und vielleicht war es gerade diese Enttäuschung, die mir einen Stich ins Herz versetzte.

Er sollte nicht erfahren, dass beide Aufnahmen von mir stammten.

Beide führten mit ihrer schlechten Qualität das Sehen an seine

Grenzen und forderten die Phantasie heraus, die Lücken zu füllen. Im Grunde war mein Gesicht auf beiden Aufnahmen gar nicht zu erkennen.

Wern erwartete eine Antwort, aber ich wusste nicht, für welche ich mich entscheiden sollte. Nur ein paar Worte, und der Plan von Prokocki und Ewa war zunichtegemacht. Aber was sage ich da – es war inzwischen nicht nur ihr Plan, schließlich machte ich seit einer Weile ebenfalls mit.

«Ich weiß, wer deinen Sohn entführt hat», durchbrach schließlich Damian die Stille. «Und du weißt es auch, nur deshalb hast du die erste Kassette aufgenommen.»

Ich holte tief Luft, dann nickte ich langsam.

Es wäre sinnlos gewesen, die Wahrheit länger zu verbergen. Insbesondere, weil Werner sie – teilweise zumindest – ohnehin zu kennen schien.

11

Im Grunde genommen störten mich Lügen nicht. Nicht an sich. Das Problem war nur, immer, wenn mich jemand anlog, zeigte er mir, dass ich die Wahrheit nicht wert war.

Ich sah in die Augen der Frau, von der ich in meinem Leben die meisten Lügen gehört hatte, und überlegte, ob sich das irgendwann ändern würde. Kasandra konnte die aktuelle Version ihrer Geschichte aufrechterhalten, aber ich wusste, dass sie das im Grunde ihrer Seele nicht wollte.

Sie hatte das bewiesen, als sie mir nach der Reanimation die kurze Botschaft übermittelt hatte. Ich war sicher, dass sie sich nicht daran erinnerte, aber das war egal – wichtig war, warum sie es gemacht hatte.

«In Ordnung», sagte sie schließlich. «Was soll ich dir erzählen?»

«Alles. Von dem Moment an, als Wojtek verschwunden ist.»

Sie fuhr sich mit der Hand durch das Haar und schloss die Augen. Obwohl sie Krankenhauskluft trug, seit Tagen keinen Spiegel gesehen hatte und nicht das geringste Make-up im Gesicht hatte, sah sie entzückend aus. Ich hatte keine Angst, mir das einzugestehen. Es reichte schon, dass mich alle anderen anlogen, ich selbst musste das nicht tun.

«Du hast gedacht, dass ich ihn entführt habe, ja?», fragte ich.

Sie öffnete die Augen und sah mich schweigend an.

«Als du erfahren hast, dass man ihn in Opole gefunden hat, hast du dir genau das gedacht», fügte ich hinzu. «Oder irre ich mich?»

«Nein, du irrst dich nicht», gab sie zu. «Aber ich habe nicht logisch gedacht, Wern. Ich hatte den Eindruck, dass sich Wut oder sogar Hass in diesem Jahr in dir angestaut haben und dass du schließlich ...»

«Dass ich aus Rache beschlossen habe, dein Kind zu entführen?»

Sie nickte leicht.

«Ich weiß, das war ...»

«Das war eigentlich ganz rational», fiel ich ihr ins Wort. «Andere Typen, die plötzlich verlassen wurden, ticken noch viel mehr aus.»

Bevor ich bemerkte, wie jämmerlich das klang, war es schon zu spät. In Kasandras Augen erschien Mitgefühl, das ich überhaupt nicht erwartet hatte. Ich merkte, dass es besser war, das Thema schnell zu beenden.

«Aber du warst nicht hundert Prozent sicher, dass ich es war.»

«Stimmt.»

«Und das, was du über Kajman gesagt hast, als wir uns zum ersten Mal gesehen haben, war die Wahrheit.»

Sie nickte. Gut, sie war bereit, alles zu offenbaren. Sie wollte nicht länger leugnen, ein neues Szenario schaffen oder sich an das halten, was Ewa und Prokocki erfunden hatten.

«Bevor ich nach Opole gekommen bin, habe ich mehrere Möglichkeiten in Betracht gezogen. Einmal dachte ich, du seist es gewesen, einmal Kajmans Leute», sagte sie. «Als ich endlich zu Verstand gekommen bin, habe ich erkannt, dass wahrscheinlich sie Wojtek entführt hatten.»

Ich spürte, dass sie mir nicht die ganze Wahrheit sagte. Diesmal machte sie das nur, um mich nicht zu verletzen. Denn als sie hierhergekommen war, musste sie gedacht haben, dass ich der Kidnapper war.

«Also hast du die erste Kassette aufgenommen ...», sagte ich.

«Ja. Noch in Deutschland.»

«Und warum?»

Sie schloss die Augen, als schämte sie sich für das, was sie getan hatte.

«Ich wusste, wenn Kajman hinter allem stand, würde mir nur eine Person helfen können. Du», sagte sie, ohne die Augen zu öffnen. «Aber mir war auch bewusst, dass du nicht bereit warst, das für mich zu tun.»

«Und deshalb musstest du mich manipulieren. Wieder.»

«Ja», bekannte sie offen. «Das erste Band sollte dir nur weismachen, dass es noch andere gibt. Ich wollte sie hier aufnehmen, auf das reagieren, was passieren würde ...»

Ich sollte also wieder die Marionette sein. Und sie, die laufend den Fortschritt unserer kleinen Ermittlung analysierte, wollte die entsprechenden Fäden ziehen.

Ich konnte mir ohne Schwierigkeiten vorstellen, wie sie das machte. Wie sie eine weitere Kassette aufnahm, um mich zu dieser oder jener Handlung zu zwingen. Nein, nicht zu zwingen. Ich hätte alles aus freiem Willen gemacht und die nächsten Kassetten gesucht.

Sie wollte das wiederholen, was sie mit den USB-Sticks gemacht hatte.

Dafür konnte ich ihr keine Schuld geben. Sie versuchte ihren Sohn zu finden und benutzte ein Werkzeug, das sich schon einmal bewährt hatte. Jede andere Mutter wäre zu einem ähnlichen Schritt bereit gewesen. Vielleicht zu einem drastischeren.

«Du wolltest mich steuern. Erneut.»

«Ja.»

Sie bemühte sich, die Scham in ihrer Stimme zu verbergen, aber ohne Erfolg.

«Du warst sicher, dass mich Kajmans Leute im Auge hatten.»

«Stimmt», sagte sie und holte tief Luft, als wollte sie eine Last abwerfen, die sie schon zu lange auf ihren Schultern getragen hatte. «Sie haben mich in Deutschland gefunden und sofort begriffen, dass sie auf diese Weise endlich das erreichen konnten, worauf sie gewartet hatten.»

«Ewa finden.»

«Ja. Für Kajman war das nicht nur Ehrensache. Wegen ihr musste er den Rest seines Lebens im Gefängnis verbringen, mit ihren Aussagen hatte sie seine Organisation zerstört. Ich vermute, dass Rache seitdem das einzige Ziel dieses Menschen gewesen war.»

Es war schwierig, dem zu widersprechen. Obwohl Prokocki und Ewa mit allen Mitteln versucht hatten, mich zu überzeugen, dass nichts davon die Wahrheit und die Bedrohung durch Kajman erfunden war.

«Sie haben Ewa jahrelang gesucht», fuhr Kas fort. «Ohne Ergebnis. Die einzige Person, die ihr auf die Spur gekommen ist, war ich.»

«Meinst du die Kassetten in Obice?»

«In Obice gab es keine Kassetten, Wern.»

Ich schüttelte nervös den Kopf. Ich hatte gedacht, ich hätte alles verstanden und Kasandra würde mir jetzt die ganze Wahrheit sagen. Aber ihre letzte Aussage passte nicht dazu.

«Woher kanntest du dann die ganzen Fakten aus Ewas Leben?»

«Aus ihren Notizbüchern.»

«Notizbücher?»

«Sie hat keine Filme aufgenommen. Es war meine Idee, das zu machen», gestand sie. «Aber als sie in Obice war, hat sie ihre Geschichte aufgeschrieben. Warum, weiß ich nicht. Vielleicht wollte sie die Zeit totschlagen, vielleicht dachte sie, dass Prokocki diese Aufzeichnungen irgendwann an dich weiterleiten würde, oder vielleicht wollte sie auch nur ihr bisheriges Leben zusammenfassen, bevor sie ein neues beginnen konnte ...»

Als Kas verstummte, stellte ich mir diese Situation vor. Wie Ewa in einem alten, verwahrlosten Haus in einem Dorf bei Kielce saß. Voller Furcht, weil sie nicht wusste, was die Zukunft brachte. Sie musste sich bewusst gewesen sein, dass Kajman ihre Spur jederzeit finden konnte. Prokocki hatte sicherlich alles getan, um das zu verhindern, aber eine hundertprozentige Sicherheitsgarantie konnte er ihr nicht geben.

«Alles, was ich dir über diesen Ort erzählt habe, ist die Wahrheit», fügte Kasandra nach einem Moment hinzu.

«Nur dass es keine Videos gab, sondern Notizen.»

«Ja.»

Ich stand vom Bett auf und ging im Zimmer auf und ab. Endlich hatte ich den wahren Beginn der Geschichte, jetzt brauchte ich den Rest.

«Wie du weißt, haben Kajmans Leute schließlich entdeckt, dass ich als Einzige Ewa auf die Spur gekommen bin», sagte Kas.

«Das war kaum zu übersehen, schließlich bin ich wegen ihnen durch ganz Polen geflüchtet.»

Kasandra nickte.

«Seitdem haben sie mich gesucht», sagte sie. «Und dann haben sie mich endlich gefunden und Wojtek entführt. Auf diese Weise wollten sie mich zwingen, sie zu Ewa zu führen.»

Nur dass sie selbst nicht gewusst hatte, wo sie sie suchen sollte. Sie hatte jedoch gewusst, dass die Aufzeichnungen aus Obice Hinweise liefern konnten. Und sie auf den Kassetten aufgenommen, damit ich mir das Material ansehen und etwas herausfischen konnte. Und das hatte ich ja schließlich auch.

Ich lehnte mich mit dem Rücken an die Wand neben dem Bett.

«Haben die Entführer mit dir Kontakt aufgenommen?», fragte ich.

«Nein, damals nicht. Erst später, als sie sicher waren, dass mir der Ernst der Situation klargeworden war.»

Dann hatte sie also, trotz allem, was sie behauptet hatte, ganz am Anfang noch gedacht, dass ich der Entführer war. Ich wollte mir nicht vorstellen, was sie damals durchgemacht haben musste. Sie wusste, dass sie mich steuern konnte, aber vorher musste sie ihr Spiel durchziehen.

«Warum hast du Klizas Nickname auf die Kassette geschrieben?»

«Ich wusste, dass dich das ablenken würde, für alle Fälle.»

«Wolltest du vorgeben, sie hätte etwas damit zu tun?»

«Wenn das notwendig gewesen wäre.»

Natürlich, wenn etwas nicht so gelaufen wäre, wie sie gedacht hatte, hätte sie Kliza in all das hineingezogen. Nur dass die selbst in Opole aufgetaucht war, ernsthaft besorgt, was mit Kasandra und Wojtek passiert war. Bereit, zu helfen.

«Wenn du zu viel entdeckt hättest, dachte ich, kann ich ...»

«Was?», unterbrach ich sie. «Jemand anderen mit reinziehen?»

«Nein. So tun, als hätte Jola dir die Kassette geschickt, weil sie das letzte Jahr über Gewissensbisse hatte», antwortete sie ruhig. «In einer Krise hätte ich mich bei ihr gemeldet und gefragt, ob sie ...»

«Bei deinem nächsten Spiel mitmachen will.»

Sie nickte kaum merklich. Das war berechtigt, und ich vermutete, Kliza wäre einverstanden gewesen, wenn sie gewusst hätte, wie viel auf dem Spiel stand.

«Doch Wojtek ist ins Krankenhaus gekommen», bemerkte ich. «Und Jola ist von selbst aufgetaucht.»

«Sie und Glazur.»

«Eben.»

«Wie du dich bestimmt erinnerst, haben sie ihn aus dem Krankenhaus geholt. Sie haben befürchtet, dass er in Gefahr sein könnte, daher dieser Entschluss.»

«Was ist überhaupt mit ihm passiert?»

Ich sah, dass sie nicht darüber sprechen wollte. Vielleicht wusste sie die Antwort aber auch nicht.

«Ich habe keine Ahnung, Wern», antwortete sie leise. «Ich weiß es wirklich nicht. Irgendetwas muss schiefgelaufen sein, als sie ihn entführt haben. Vielleicht hatten sie einen Unfall, vielleicht wollte er fliehen, vielleicht hatten sie einfach Pech ... Aber immerhin haben sie ihn nicht dort gelassen, wo es passiert ist, sondern ins Krankenhaus gebracht.»

«Von dort hat ihn Glazur abgeholt und eine Notiz an meiner Wohnungstür hinterlassen, weil er nicht sicher war, ob er mir vertrauen konnte. Deshalb wollte er, dass du allein zum Plac Wolności kommst.»

«Und dann hat uns die Polizei festgenommen.»

Und ich hatte kurz darauf Kliza getroffen, die über einer Portion Sushi auf Glazur wartete.

Alle diese Ereignisse bildeten ein stimmiges Puzzle, dessen Teile ich von Anfang an gesehen hatte. Ohne ein endgültiges Bild konnte ich sie aber nicht an ihren Platz legen. Als Einzelteile konnten sie auch zu ganz anderen Ergebnissen führen.

Von Kas zusammengelegt, ergaben sie endlich einen Sinn.

«Du hast damals geschrien, ich soll mich um Wojtek kümmern», bemerkte ich. «Und dann noch, dass es noch mehr Kassetten gibt und ich sie finden soll.»

Auf ihrem Gesicht zeichnete sich echte Reue ab. Ich verstand nicht, woher sie kam, bis ich mich erinnerte, dass es damals keine weiteren Kassetten gab, weil sie sie noch nicht aufgenommen hatte.

«Ich wollte nur nicht, dass du aufhörst zu suchen», meinte sie.

«Aber nicht die Aufnahmen, sondern Ewa.»

Ich schluckte mühsam.

«Alles, was ich auf der ersten Kassette aufgenommen habe, stammt aus ihren Notizen, Wern», sagte sie, und wieder bekam ich den Eindruck, dass sie eine Last von sich abwarf. «Ich habe alles Wort für Wort wiedergegeben. Weißt du, warum?»

«Nein», antwortete ich, obwohl ich es sehr wohl wusste.

«Weil ich mir dachte, dass in den ganzen Notizen etwas ist, das ich nicht sehe. Etwas, das mir entgangen ist, das du aber sehen würdest.»

Damit hatte sie recht. Die Sätze über die Kapelle, die mich auf eine konkrete Spur gebracht hatten. Die Kapelle, die Ewa nur deshalb erwähnt hatte, weil sie in der *Kappa* gewesen war. Kas hatte sie in den Aufnahmen auf den USB-Sticks und im Internet ausgelassen, weil sie ihr nicht nützlich erschienen waren, aber schließlich hatten sie sich doch als wichtig erwiesen.

«Ich wollte, dass du weitergräbst ... dass du diese Aufnahme genau ansiehst, einen Hinweis suchst, in der Vergangenheit stocherst und ...»

«Auf Ewas Spur stoße», beendete ich den Satz für sie. «Du wusstest nämlich, dass Kajmans Leute mich beobachten. Und dass ich sie zu ihr führen würde.»

Sie widersprach nicht. Sie hatte angenommen, dass ich mich eingehend mit der Videokassette beschäftigen würde, wenn ich die anderen, die sie erwähnt hatte, nicht fand. Dass ich sie so oft anschauen würde, bis ich Hinweise hatte. Und sie hatte sich nicht geirrt.

«Das Leben meines Kindes stand auf dem Spiel», sagte sie, überzeugt, dass das alles erklären und rechtfertigen würde.

Und vielleicht war es so. Wir gaben uns beide einen Moment, um uns mit dieser Erkenntnis anzufreunden.

«Als ich ins Gefängnis gekommen bin, haben sich Kajmans Leute bei mir gemeldet», begann sie wieder.

Ich hatte den Eindruck, dass das ein gigantisches Missverständnis war. Ich wusste nicht, was ihr in Zamtuz widerfahren war, aber wenn nur die Hälfte der Geschichten über diesen Ort stimmte, konnte es nichts Gutes gewesen sein.

«Ich bin in einer Zelle mit drei Frauen gelandet, die ... tja, sie waren bereit, alles zu tun, was Kajman von ihnen verlangte und wofür er sie bezahlte ... Und ich ...»

Sie verstummte und suchte nach Worten. Unwillkürlich legte ich meine Hand auf ihre, aber sie zog sie sofort zurück, als hätte sie sich verbrannt.

«Entschuldigung», stieß ich hervor.

«Nein, du ... es ist ...»

«Du musst nicht darüber reden.»

Sie nickte dankbar, und ich konnte mir den Rest auch denken. Wenn Kajman Kasandras Zellengenossinnen bezahlt hatte, konnte das nur in eine Richtung weisen. Er hatte das perfekte Werkzeug in der Hand, um sie zur Zusammenarbeit zu zwingen.

«Haben sie dir ein Ultimatum gestellt?», fragte ich.

Sie schüttelte den Kopf und starrte mit leerem Blick zur Decke.

«Die Frauen haben sich klar geäußert», fügte sie hinzu. «Entweder helfe ich Kajman, oder es wird noch viel schlimmer.»

«Und? Hast du zugestimmt?»

«Ich war dazu bereit.»

«Aber?»

«Aber Prokocki hat sich rechtzeitig mit einem anderen Vorschlag bei mir gemeldet», antwortete sie schwerfällig. «Das erste Mal kam er nur, um etwas herauszufinden. Er wollte feststellen, wie viel ich weiß, warum ich die erste Kassette aufgenommen habe und warum ich überhaupt in Opole war ...»

Ich murmelte bestätigend.

«Er hat auch die Umgebung der *Kappa* kontrolliert», sagte ich. «Als Kliza und ich bei der Kapelle waren, haben wir gesehen, wie er vorbeigefahren ist.»

«Er hat Angst gehabt, dass jemand Ewa auf die Spur gekommen sein könnte. Deshalb hat er alle losen Enden kontrolliert.»

«So sieht es aus», sagte ich. «Aber welchen Vorschlag hat er dir denn gemacht?»

«Eigentlich hat er nur suggeriert, dass da bald was kommt, und in seinem Namen tauchte dann Pater Antoni bei mir auf. Nachdem du angefangen hattest, ihn zu suchen. Er wollte auch herausfinden, wie viel ich weiß … und ob ich bereit wäre, mit ihm zusammenzuarbeiten.»

«Und du hast zugestimmt?»

«Hatte ich eine andere Möglichkeit?»

Nein, hatte sie nicht.

«Prokocki hat mir nicht nur versichert, dass ich aus Zamtuz rauskomme, sondern auch, dass der Staatsanwalt das Verfahren einstellt.»

«Einfach so? Ohne Gerichtsverfahren?»

«Ja», bestätigte sie. «Dem steht nichts im Weg, wenn die Ermittler feststellen, dass aus Notwehr gehandelt wurde.»

In diesem Punkt musste Prokocki die Staatsanwaltschaft nicht einmal manipulieren oder einen Gefallen einfordern. Die Situation war klar, das Problem waren eigentlich nur meine Aussagen und auch dass Kas über die Grenze geflohen war. Sie hatte das aber nicht getan, um sich der Verantwortung zu entziehen, sondern aus Furcht, die Leute ihre Mannes würden Rache an ihr verüben.

«Ich hab dich etwas später angerufen, als schon alles erledigt und besprochen war.»

«Und du hast mich gefragt, ob ich sicher bin, dass ich Kliza trauen kann.»

«Weil ich selbst nicht sicher war», gab sie zu. «Außerdem …»

«War es nützlich für dich, in meinem Kopf Unruhe zu stiften.»

Sie bestätigte es nicht, aber das musste sie auch gar nicht. In dieser Phase musste sie eigentlich alle als potenzielle Gegner sehen. Und vielleicht stellte sie auch den Grund in Frage, warum Jola nach Opole gekommen war. Aus ihrer Perspektive konnte Kajman prinzipiell an jeden herankommen.

In diesem Gespräch hatte sie mir gesagt, ich solle eine Aussage machen, damit sie aus dem Gefängnis entlassen wurde. Das hatte ich, und dann hatte Prokocki seinen Plan in die Tat umgesetzt.

«Ewa hat mich aus Zamtuz abgeholt», sagte sie. «Du kannst dir vorstellen, wie erstaunt ich war.»

«Klar.»

«Später haben wir uns bei Electra versteckt. Dort habe ich die zweite Kassette aufgenommen. Mit Ewas neuer Version.»

Ich blinzelte und dachte daran, dass wir uns entweder verfehlt hatten oder dass die beiden dort gewesen waren, während wir versuchten, etwas aus Electra herauszubekommen. Ich schob den Gedanken beiseite und beschloss, dass es höchste Zeit war, das anzusprechen, was wirklich wichtig war.

«Und wozu das alles?», fragte ich.

«Um dich in die Irre zu führen.»

«Ja, das habe ich bemerkt», murmelte ich vor mich hin. «Aber warum?»

«Aus zwei Gründen. Erstens haben Ewa und Prokocki erkannt, dass es die einzige Möglichkeit war, dass du endlich die Version des Kommissars akzeptieren und lockerlassen würdest. Er wollte dich davon überzeugen, dass die ganze Sache mit Kajman nur von mir erfunden worden war.»

«Aber ...»

«Sie haben begriffen, dass du die größte Bedrohung für sie warst und immer noch bist, Wern. Du hättest nicht aufgegeben, wenn du wirklich überzeugt gewesen wärst, dass sie vor jemandem geflohen ist. Du hättest nachgeforscht, und je näher du Ewa gekommen wärst, desto mehr wäre sie in Gefahr gewesen.»

Ich musste nicht lange nachdenken, um zu verstehen, dass sie recht hatte. Vielleicht war es von Anfang an so gewesen. In diesem Sinne hatte alles, was ich gemacht hatte, Kajman in die Hände gespielt.

Was wäre gewesen, wenn ich früher schon auf die Spur der *Kappa* gekommen wäre? Allein, ohne Prokocki, der alles kontrollierte. Es hätte in einer Tragödie enden können.

«Wir brauchten eine glaubwürdige Geschichte, die du komplett glaubst ... Wir mussten sicher sein, dass du ein für alle Mal loslässt. Und wie konnten wir das besser erreichen als damit, dass wir dir das Herz brachen? Wenn du erkannt hättest, dass Ewa aus eigenem Willen geflohen ist und dich vorher mit deinem Freund betrogen hat, hättest du sie weiter gesucht?»

«Vielleicht nicht», gab ich zu. «Aber diese Affäre mit Blitz ...»

«Die hatte sie wirklich.»

Ich wollte keine Emotionen zeigen, aber gleichzeitig bemerkte ich, dass ich den Blick gesenkt hatte. Es war wohl besser, sich nicht auf diesen Aspekt zu konzentrieren.

«Gab es den Unfall unter der Spinnenbrücke wirklich?», fragte ich.

«Ja. Die ganze Geschichte ist wahr. Und das ist der zweite Grund, warum sie beschlossen, sie zu benutzen.»

«Weil sie glaubwürdig war.»

«Nein, nicht deshalb», sagte Kas, ohne zu zögern. «Sie wollten zwei Fliegen mit einer Klappe schlagen. Einerseits dich zu überzeugen, dass es sich nicht mehr lohnt, Ewa zu suchen, andererseits dafür zu sorgen, dass Falkow aus der Polizei fliegt.»

«Verstehe ich nicht.»

Kas sah mich zweifelnd an. Sie schien anzudeuten, dass ich zwar alles verstand, sie aber dazu zwingen wollte, gewisse Dinge direkt auszusprechen.

«Ist die zweite Kassette aus der Reparatur gekommen?», fragte sie.

«Ja.»

«Dann weißt du, dass da alles drauf ist, was du unter der Brücke schon gehört hast. Das Ereignis selbst ist die Wahrheit, aber alles, was später passiert ist, nicht.»

«Okay», gab ich zu. «Weil sich Falkow nie gerächt hat.»

«Aber er war und ist einer von Kajmans Leuten. Verstehst du?» Sie machte eine Pause, gab mir aber keine Zeit zu antworten. «Er hat ihn über alles informiert und vielleicht sogar Blitz umgebracht. Jedenfalls hatte er auf irgendeine Weise die Hände im Spiel. Nur hat er keine Spuren hinterlassen.»

«Und Prokocki wusste das.»

«Ja. Ihm wurde bewusst, dass er ihn nicht mit herkömmlichen Methoden zu fassen bekommen würde», antwortete sie, und ich sah, dass ihr Mund trocken war. «Das Material auf der Kassette reicht nicht für eine Verurteilung vor Gericht, aber zumindest wird Falkow nicht mehr bei der Polizei arbeiten können.»

Ich verstand, dass Prokocki alles aus einem einzigen Grund getan hatte: Ewa in Sicherheit zu bringen. Und er wollte mich besänftigen und Falkow loswerden, weil er davon ausging, dass er damit jede Gefahr beseitigen würde.

Und das schlimmste war, er hatte recht. In beiden Fällen.

«Diese Aufnahme war wichtig», fügte Kas hinzu. «Erst als sich zeigte, dass sie so beschädigt war, dass man sie nicht vollständig abspielen konnte, hatten sie ein Problem.»

Weil das zu einer völlig falschen Interpretation hatte führen können, fügte ich in Gedanken hinzu. Ähnlich wie bei allen anderen Fakten, die mir untergeschoben worden waren, hatten die Fetzen der Aufnahme eine gefährliche Fehlinterpretation verursacht.

Da war zum Beispiel das Fragment «...te die rei...», das Kliza fehlerhaft mit m am Schluss gelesen und gedacht hatte, dass es darum ging, sich mit den Reimanns in Verbindung zu setzen. In Wirklichkeit war es Teil des Satzes «wählte die Reinkarnation», der erklären sollte, warum Ewa angeblich ein neues Leben beginnen musste.

So wenig war nötig gewesen, um die Realität in einem falschen Licht zu sehen.

Prokocki hatte das genau gewusst. Und es gegen mich verwendet.

«Ohne diese Kassette ...»

«Wäre alles verloren gewesen», beendete ich Kasandras Satz. «Also sind sie auf die Idee gekommen, mich unter der Spinnenbrücke zu treffen.»

Kas stieß erleichtert Luft aus, als hätte sie gerade einen schwierigen Marathon hinter sich. In gewissem Sinne war es so. Wir waren an den Punkt gelangt, an dem alles zusammenlief. Nur war das für mich nicht das Ende. Für sie auch nicht.

Ich brachte ihr Wasser, blieb noch ein bisschen und verließ schließlich das Krankenhaus.

Kliza wartete am Haupteingang auf mich. Als sie sah, dass ich die Treppe herunterkam, zog sie eine Schachtel Marlboro Gold aus der Tasche.

«Hat sie alles zugegeben?», fragte sie.

«Ja.»

Ich nahm eine Zigarette und drehte sie zwischen den Fingern.

«Dann können wir jetzt loslegen?»

«Auf jeden Fall», versicherte ich, lächelte und brach die Zigarette auseinander. Ich schüttete den Tabak aus und warf die Zigarette befriedigt in den Mülleimer. «Höchste Zeit», fügte ich hinzu.

12

Die Patientin war stabil, und die Stichwunden heilten gut, aber die Ärzte ließen keinen Zweifel daran, dass man sie weiter beobachten musste. Mit ihrem Einverständnis wurde allerdings die Entscheidung getroffen, sie aus der Allgemeinen Chirurgie in ein Krankenhaus unweit von Opole zu verlegen.

Der Mann, den das alles überaus interessierte, fand heraus, dass der Krankenwagen ohne Polizeischutz unterwegs sein würde. Gute Entscheidung. Sonst würde die Polizei nur unnötige Aufmerksamkeit auf die Patientin lenken, deren Identität zu diesem Zeitpunkt aber geheim bleiben sollte.

Der Mann wusste noch mehr. Wer im Krankenwagen sitzen würde und welchen Weg man nehmen wollte: raus aus der Stadt über die Ulica Luboszycka, dann über die Umgehungsstraße, schließlich Richtung Dobrzeń oder Krzanowice.

Der Fahrer des silbernen Lanos fuhr hinter dem Krankenwagen her und erwartete die Entscheidung des Fahrers. Krzanowice hätte ihm am ehesten zugesagt. Die Wege in der Gegend waren eng und weitab vom Schuss.

Ein Lächeln huschte über sein Gesicht, als er sah, dass sein Wunsch erfüllt wurde. Von der Umgehungsstraße bog der Krankenwagen nach rechts ab, dann fuhr er, die zulässige Höchstgeschwindigkeit penibel einhaltend, in Richtung Czarnowąsy.

Eine Weile fuhr der Mann dem Krankentransport hinterher, nachdem einige Dörfer durchfahren waren, entschied er, zu überholen. Er konnte den Weg jetzt auch alleine finden und wusste, wo er Kasandra erwarten sollte.

Zehn Minuten nachdem er die Umgehungsstraße verlassen hatte, kam er an einem zweisprachigen Ortsschild vorbei, das auf Polnisch Świerkle und auf Deutsch Horst lautete. Er bog in einen holprigen Weg ein, der durch den Wald führte und so schmal war, dass er eigentlich eine Einbahnstraße hätte sein müssen.

Der Asphalt war zerfurcht und ohne Straßenmarkierungen, einen Fahrbahnrand gab es nicht. Ein idealer Ort, um den Krankenwagen anzuhalten.

Der Mann hielt ungefähr auf halbem Weg zwischen zwei Dörfern, dann stieg er aus dem Auto und ließ die Tür offen stehen. Was er vorhatte, war nicht übermäßig kompliziert.

Er lächelte beim Gedanken daran. Alle dachten sie, man könnte ihn einfach so hinters Licht führen. Werner machte sich vor, er hätte die Lage unter Kontrolle, Ewa, sie könnte sich verstecken. Und Kasandra führte sich auf, als wäre sie der einzige Mensch, der sich echten Machiavellismus leisten konnte.

In Wirklichkeit hatten sie keinen Schimmer, was sie tun und wie weit sie gehen mussten, um ihre Ziele zu erreichen. Der Mann, der den Krankenwagen erwartete, wusste das sehr genau.

Als er den Wagen die Ortsausfahrt von Świerkle passieren und in seine Richtung fahren sah, machte er sich bereit. Die Waffe war an ihrem Platz, der Wagen stand so, dass niemand vorbeikäme.

Er hatte nicht vor, den Fahrer mit Waffengewalt zum Anhalten zu zwingen, ganz im Gegenteil. Es würde völlig ausreichen, ihn und die anderen Insassen an ihre beruflichen Pflichten zu erinnern.

Als der Wagen so nah war, dass er die Gesichter hinter der Scheibe erkennen konnte, fasste er sich mit der einen Hand an den Brustkorb, die andere riss er in einer theatralischen Geste nach oben. Er verzerrte das Gesicht, als fühlte er einen überwältigenden Schmerz, dann wankte er hinüber zu seinem Wagen.

Als er sich am Wagendach festkrallte, kam der Krankenwagen neben ihm zum Stehen.

Er hörte, wie der Motor abgestellt wurde und von beiden Seiten die Türen aufgingen. Wie sollte es auch anders sein? Diese Leute spulten ihr Programm ab, jeder ihrer Schritte war vorhersehbar.

Blitzschnell würden sie ihn erreicht haben, doch statt eines Hilfsbedürftigen wäre da ein kerngesunder Mann mit einer Waffe. Zwei Schüsse würden genügen.

Und ein dritter für die Patientin.

Dann würde alles enden. Nach so vielen Jahren Mühen und Opfer würde diese Angelegenheit endlich zu den Akten gelegt. Und das Leben der Sanitäter war ein lächerlich geringer Preis dafür.

Der Mann hörte, wie sie hinter ihm stehen blieben. Er holte Luft, seine Finger umschlossen den Griff der Pistole, dann schloss er für einen Moment die Augen. Zeit zu handeln.

Er drehte sich um, bereit, die Pistole zu ziehen und sofort zu feuern. Der bloße Anblick seiner Glock würde schon dafür sorgen, dass die Sache ein Kinderspiel wäre.

Doch ihm bot sich ein unerwarteter Anblick.

Beide Sanitäter richteten Pistolen auf ihn. Der Mann erkannte sofort das von der Polizei genutzte Modell, das er selbst gerade bei sich trug. Und das er nicht mehr ziehen konnte.

«Büro für Interne Angelegenheiten!», rief einer von ihnen. «Waffe fallen lassen!»

Ehe er sich versah, hatten die beiden Männer Jonatan Falkow umringt, ein dritter sprang gerade aus dem Krankenwagen. Sie rissen ihn zu Boden und schrien, Widerstand sei zwecklos.

Er spürte, wie ihm einer der Männer die Pistole aus dem Holster zog. Mit der Pistole war auch alles andere verloren.

«Wie ...», wimmerte er.

«Maul halten, du Drecksack!»

Er wollte sich umdrehen, um den Schreihals zu sehen. Hob den Kopf, aber sofort griff ihm jemand in den Nacken und drückte ihn zurück auf den Boden.

Was war passiert? Seine Informationen hatte er aus sicherer Quelle.

Kajman selbst hatte dafür gesorgt, dass er jetzt hier war. Und ihm versichert, dass die Sache damit ein für alle Mal enden würde.

13

Ich lag im zweiten Stock des Klinikums in Opole und erwartete Wern. Mir schien, als würde ich jede Kuhle in der Matratze, jeden Mangel an der Zimmerdecke und jede Nuance meiner Aussicht aus dem Fenster kennen.

Als Damian gefragt hatte, ob ich mit einer Verlegung einverstanden wäre, hatte ich zunächst wirklich gedacht, er wolle mich woandershin bringen. Schnell stellte sich heraus, dass er damit nur eine Nebelkerze zünden wollte. Ich sollte alle Formalitäten hinter mich bringen, damit es so aussah, als würde ich das Krankenhaus verlassen, aber in Wirklichkeit blieb ich, wo ich war.

Mir war nicht klar, warum das Ganze. Er hatte versprochen wiederzukommen, wenn alles vorbei war. Und zu erklären, an was ich da eigentlich beteiligt gewesen war.

Einige Tage vergingen, aber er kam nicht. Etwas konnte schiefgegangen sein, außerdem bestand die Möglichkeit, dass er seine Meinung einfach geändert hatte. Es würde völlig ausreichen, wenn er sich daran erinnerte, was ich ihm angetan hatte.

Aber dann kam er doch. Kaum stand er im Zimmer, bemerkte ich die nächste Veränderung an ihm. Er sah aus ... als hätte er mit dem Leben seinen Frieden gemacht? Nein, eigentlich noch mehr. Er schien entspannt.

«Hast du ein paar Tage Urlaub gemacht, Wern?»

Er lächelte fast selig.

«Im Gegenteil. Ich habe geschuftet wie ein Stier.»

«Und trotzdem wirkst du vollkommen erholt.»

«Weil ich endlich das Recht habe, so zu wirken.»

Eine Hand hielt er hinter dem Rücken versteckt, und ich ahnte, dass er Blumen dabeihatte. Ich musste eine ganz schön saure Miene machen, denn plötzlich räusperte er sich nervös.

«Keine Sorge, keine Iris», sagte er und hielt mir eine schwarze Orchidee entgegen.

Er stellte sie auf den Nachttisch, dann setzte er sich auf den Bettrand.

«Tiger-Orchidee», erklärte er und zeigte auf die Blume. «Hat mir gleich gefallen, und auch der Name passt ganz gut.»

Meine Mundwinkel hoben sich leicht, ich nickte. Ich sah Wern an, aber der fokussierte die Blume. Auch ich mochte sie, irgendwie passte sie zu mir. Er hatte gut gewählt, nicht nur wegen des Namens.

«Ist alles nach Plan gegangen?», fragte ich schließlich.

«Ja», sagte er, dann schüttelte er heftig den Kopf, als falle ihm ein, dass er wegen etwas ganz anderem hier war. «Für eine Weile bist du wieder Ewa.»

«Was meinst du damit?»

Wieder lächelte er. Diesmal aber lächelte ich nicht zurück. Ich hatte kein Problem damit, wenn man mich im Unklaren über Dinge ließ, aber was ich keinesfalls wollte, waren noch mehr Manipulationen.

«Aber nur für eine einzige Person», ergänzte er.

«Kannst du mir das erklären?»

«Genau deshalb bin ich hier», sagte er mit zufriedener Stimme.

Im ersten Moment wurde ich wütend, aber dann erinnerte ich mich, dass Wern bis dahin noch nie Geheimnisse vor mir gehabt hatte, sondern immer nur ich vor ihm. Es war nur allzu verständlich, dass ihm dieses unbekannte Gefühl jetzt eine gewisse Freude bereitete.

«Wer, wenn nicht du, hat ein paar Erklärungen verdient?», fragte er. «Schließlich hast du alles in Bewegung gebracht, Kas.»

«Ich?»

«Als du nach der Wiederbelebung die Kraft hattest, mir eine kurze Nachricht zu übermitteln.»

«Eine Nachricht?»

«Eigentlich nur zwei Wörter.»

«Ich erinnere mich nicht.»

Zufriedenheit zeichnete sich in seinem Gesicht ab.

«Ich weiß nicht, was ich dir gesagt habe», fügte ich hinzu.

Er beugte sich zu mir vor. Dann flüsterte er mir ins Ohr:

«Sieben. Fünfzehn.»

Als er sich wieder aufgerichtet hatte, sah ich ihn lange an. Hatte ich zwischen zwei Ohnmachten wirklich gerade das hervorgebracht? Es war nicht auszuschließen. Schließlich hatte ich die Bezeichnung gewählt und die Kassette beschriftet.

Für mich waren diese Zahlen wichtig. Und vielleicht hatte mein Unterbewusstsein dafür gesorgt, dass diese Information Damian erreichte.

«Hättest du das nicht getan, ich hätte die Beschriftung auf der Kassette sicher vergessen», fuhr er fort, «aber weil du diese beiden Wörter gesagt hast, als dein Leben am seidenen Faden hing, bin ich dem Hinweis nachgegangen. Sie waren wirklich eine Warnung vor falschen Propheten.»

Ich nickte schweigend.

«Die 7/15 auf der Kassette war dein letzter Versuch, mir eine helfende Hand zu reichen», redete er weiter. «Und ein ziemlich gerissener dazu. Weder Prokocki noch sonst wer hat verstanden, dass du mir damit einen Hinweis gegeben hast. Sie dachten alle, dass das einfach eine Nummerierung war.»

Ich schob mich Richtung Kopfende, obgleich jede Veränderung meiner Lage nach wie vor mit beträchtlichen Schmerzen verbunden war. Je länger die Operation zurücklag, desto größer schienen meine Beschwerden manchmal. Eine Rolle spielte sicher die Tatsache, dass man die Schmerzmitteldosis immer weiter reduzierte.

«Schließlich haben Kliza und ich verstanden, dass du den einzig möglichen Weg gewählt hattest, um mich vor Prokocki, Ewa, Antoni und den anderen zu warnen. Vor den falschen Propheten. Du wolltest mir signalisieren, dass ich ihnen nicht glauben soll.»

Das Signal war eigentlich kaum vernehmbar gewesen. Es hätte nichts ausgelöst, wenn ich Wern nicht – dem Tode nahe – noch einmal darauf gestoßen hätte. Er hätte es vergessen oder zu einer Bagatelle erklärt.

Und es nie und nimmer in Verbindung gebracht mit dem, was ich ihm einmal über RIC ... na ja, in einem Anfall von Zuneigung geschrieben hatte. Nämlich dass es gar keine fünfzehn Kassetten gab.

Vielleicht war es ausgleichende Gerechtigkeit, dass gerade Ewa die Situation gerettet hatte. Kein Messer in meinem Bauch – kein Geflüster in Damians Ohr. Und Damian wäre weiter durch die Weltgeschichte geirrt und hätte überall nur das Falsche gesucht.

«Und was hast du dann gemacht?», fragte ich.

«Erst mal hab ich begriffen, dass ich nicht mehr von allen belogen werden will.»

«Und dann?»

«Dann bin ich zum einzigen Menschen gegangen, der bereit war, mir die Wahrheit zu sagen.»

Ich wartete, dass er mir den Namen verriet. Ein paar Leute fielen mir ein, aber sie schienen mir nicht die richtigen. Meine Kandidaten waren entweder ahnungslos oder wären nicht bereit gewesen, ihr Wissen mit Wern zu teilen.

Es sei denn ...

Beim bloßen Gedanken daran, dass er auf eine so gefährliche Idee gekommen sein konnte, lief es mir kalt den Rücken herunter. Aber er hatte mit dem Rücken zur Wand gestanden, verzweifelt und zu allem bereit.

«Du hast Kajman getroffen?», fragte ich geradeheraus.

«Nein», kam es wie aus der Pistole geschossen, «aber Kliza.»

«Was?!»

«Sie hatte schon vor einer Weile einen Besuch beantragt, auch wenn es damals darum ging, etwas aus ihm herauszubekommen. Diesmal haben wir ein anderes Ziel verfolgt.»

Ich öffnete den Mund, sagte aber nichts.

«Zuerst wollte ich nicht, aber dann hat sie mich überzeugt. Wir mussten Kajman ja nicht die ganze Wahrheit sagen. Und konnten ihm eine realistischere Version der Ereignisse präsentieren ... glaubwürdiger, aber dafür weiter weg von der Wahrheit.»

«Wovon redest du?»

«Wir haben ihn glauben lassen, dass Ewa hergekommen ist, um gewisse Dinge zu Ende zu bringen.»

«Ist ja in gewisser Weise auch richtig.»

«Genau das ist es ja. Deshalb war es auch so einfach, ihn zu überzeugen», erklärte mir Wern. «Und seine Reaktion sprach Bände. Augenscheinlich machte er immer noch Jagd auf sie, also ...»

«Also habt ihr begriffen, dass Prokocki log.»

«Ja. Damit hatten wir die Bestätigung, dass wir deine Warnung korrekt gedeutet hatten. Und man uns betrogen hat.»

Ich schaute auf die schwarze Orchidee, dann auf Damian.

«Welche Geschichte habt ihr Kajman untergejubelt?»

«Dass Ewa mich und Falkow loswerden will. Also eigentlich die Wahrheit», erwiderte er und sah ebenfalls zur Orchidee hinüber. «Nur haben wir noch eine Kleinigkeit hinzugefügt.»

«Und was?»

«Dass sie verletzt im Krankenhaus liegt ... wegen einer Meinungsverschiedenheit zwischen dir und ihr.»

Auch in dieser Hinsicht hatten sie sich nicht weit von der Wahrheit entfernt. Wie jede gute Lüge war auch diese hier auf Wahrheit gebaut.

«Wir sagten ihm, dass sie in der Klinik in der Aleja Witosa liegt, unter falschem Namen.»

«Nämlich meinem.»

«Genau so ist es. Wir erzählten ihm, Prokocki habe dafür gesorgt. Und ihre Verlegung in eine andere Klinik eingefädelt. Zu ihrer eigenen Sicherheit.»

Jetzt sah ich ihm direkt in die Augen. Wern hätte Falkow mit Hilfe der Kassetten ausschalten können. Aber er wollte es richtig krachenlassen. Anstatt ihm ein internes Disziplinarverfahren wegen der damaligen Ereignisse einzubrocken, hatte er Falkow in eine Intrige verwickelt, aus der dieser ohne strafrechtliche Konsequenzen nicht mehr herauskommen würde.

«Eine solche Gelegenheit konnte sich Kajman nicht entgehen lassen», erzählte Wern weiter. «Er musste jemanden auf den Krankenwagen ansetzen.»

«Und nicht irgendwen, sondern seinen Mann bei der Polizei von Opole.»

«Richtig.»

«Und weiter? Hast du Prokocki ein Angebot gemacht, das er nicht ablehnen konnte? Ihn überzeugt, er würde so zwei Fliegen mit einer Klappe schlagen?»

«Nein. Prokocki war nicht eingeweiht.»

An Damians Stelle hätte ich mich an den Kommissar gewandt. Ihre Interessen waren zwar nicht deckungsgleich, aber Prokocki hätte wahrscheinlich mitgemacht. Schließlich konnte er auf diese Weise einen Maulwurf in den Reihen der Polizei enttarnen.

«Wir wollten kein Risiko eingehen», fügte Wern hinzu. «Außerdem hat sich unser Kommissar in einen zweiwöchigen Urlaub verabschiedet. Kannst du dir das vorstellen?»

«Das ist doch nicht möglich ...»

«Offensichtlich ist er der Meinung, diesmal selbst dafür sorgen zu müssen, dass Ewa untertaucht. Und zwar für immer. Aber selbst wenn er da wäre – wir wollten nichts mit ihm zu tun haben. Uns schien das BIA der bessere Partner.»

Ich hob fragend die Augenbrauen.

«Büro für Interne Angelegenheiten der Polizei», belehrte mich Damian. «Und die ließen sich nicht lange bitten.»

Er drehte die Orchidee ein wenig, als würde die richtige Position der Blume seiner Erzählung die Krone aufsetzen.

«Im Krankenwagen saßen drei Beamte, eine ganze Abteilung war in Bereitschaft. Wir vermuteten, Kajman würde Falkow selbst schicken, aber sicher waren wir uns nicht.»

Ich konnte mir ein Lächeln nicht verkneifen. Werner hatte gewonnen. Nach all dem, was er durchgemacht hatte, war er es gewesen, der schließlich alle anderen Beteiligten gegeneinander ausgespielt hatte. Er hatte dafür gesorgt, dass ich jeden Überblick verlor. Prokocki nahm er aus dem Spiel. Und Falkow ließ er ins Gefängnis wandern.

«Wie viel kriegt er?», fragte ich.

«Genug, um gleich ein paar Generationen von iPhones zu verpassen.»

«Können sie ihm den Mord an Blitz nachweisen?»

«Das weiß ich nicht. Kommt stark darauf an, ob Kajman einen Deal mit der Polizei eingeht», antwortete Wern betrübt. «Aber die Chance ist vorhanden, es dürfte kein großes Problem sein zu beweisen, dass Falkow sein Mann war und Ewa in seinem Auftrag aus dem Weg räumen sollte.»

Ich nickte, zufrieden darüber, welches Ende die Geschichte genommen hatte.

«Ich überlege nur, ob Falkow das alles des Geldes wegen gemacht hat oder ob es ihm auch um das ging, was damals unter der Spinnenbrücke passiert ist», fügte Damian hinzu und sah mich erwartungsvoll an.

«Mich brauchst du nicht zu fragen», entgegnete ich, «ich kenne die Antwort nicht.»

«Aber wenn du raten solltest, würdest du sagen ...»

«Dass er die Gelegenheit nutzen wollte, um sich für damals zu rächen.»

Für mich klang das logisch, zumindest nach dem, was Ewa und die andern uns erzählt hatten. Dieser tragische Unfall hatte Jonatans Leben ruiniert. Er war nie wieder der Alte geworden, und als Kajman auftauchte, verstand Falkow, dass sie einen gemeinsamen Feind hatten.

Geld allein hätte wahrscheinlich nicht ausgereicht, um einen Polizeioffizier zu kaufen. Aber in diesem Fall verfügte Kajman über eine viel wertvollere Währung.

«Und was weiter, Wern?»

«Wenn alles gutgeht, zerschlagen sie Kajmans Organisation. Falkow hat sich lange genug in seinem Dunstkreis bewegt, um dieses und jenes über bestimmte Personen sagen zu können.

«Und wird er reden?»

«Wenn nicht, wandert er ins Gefängnis, und zwar mit dem Stigma eines korrupten Polizisten. Jeder weiß, das führt zu nichts Gutem.»

Die Erwähnung der rauen Wirklichkeit hinter den Gefängnismauern vertrieb mir mit einem Schlag die gute Laune. Das blieb auch Wern nicht verborgen.

«Und da ist noch was», schob er schnell hinterher.

«Was denn?»

«Man wird auch Andrzej Kałwak anklagen», sagte er, und ich hielt den Atem an. «Es wurde festgestellt, dass er Falkows Komplize war. Sie haben Kontakt gehalten, und Kałwak wusste seit langem, was mit Falkows Bruder passiert war.»

Ich schloss die Augen.

«Und als du in Zamtuz eingetroffen bist, war er bereit ...»

«Mir wie Migota, Tante und Kamikaze die Hölle auf Erden zu bereiten», brachte ich den Satz mit geschlossenen Augen zu Ende. «Alles, solange ich sie nur zu Ewa führen würde.»

Kajman wollte wegen ihrer Aussage mit ihr abrechnen, Jonatan und Kałwak wegen der außer Kontrolle geratenen Situation unter der Spinnenbrücke. Den dreien ging es darum, Ewa zu fassen zu kriegen.

«Zum Glück bist du standhaft geblieben.»

Ich öffnete die Augen und sah auf meinen Bauch hinunter.

«Zum Glück? Das Ergebnis war, dass Ewa mich ausweiden wollte.»

Die Ironie kam bei Wern nicht an. Auf dem Korridor ging jemand vorüber, wir warteten schweigend ab, bis er sich ein paar Schritte entfernt hatte.

«Du solltest etwas unternehmen», bemerkte Damian.

«Die Ärzte unternehmen schon alles Nötige.»

«Ich meine nicht die Wunden, sondern dass sie dich töten wollte ... Sie sollte vor Gericht gestellt werden.»

«Nein», sagte ich sofort.

Ich hoffte, damit wäre das Thema erledigt, aber Wern wollte nicht lockerlassen. Das sah ich ihm an, war aber sicher, dass er sich schließlich überzeugen ließe. Und letzten Endes entschied noch immer ich, was die Polizei erfuhr. Inzwischen war ich auch so weit zur Ruhe gekommen, dass mir der Angriff von Ewa gar nicht mehr völlig unverdient schien.

«Sie ist jetzt in Sicherheit, Kajman hat seinen Mann bei der Polizei verloren, und mir geht es jetzt nur um ...»

«Kałwak wird auch im Gefängnis landen», unterbrach Wern

mich, als ginge es ihm darum, mir den Rest des Themas zu ersparen.

Ich dankte ihm mit einem schwachen Lächeln, obwohl jeder Gedanke an den Gefängniswärter wie ein weiterer Stich in den Bauch wirkte.

«Das meinte ich nicht», sagte ich.

«Was dann?»

«Dass es mir jetzt nur um Wojtek geht.»

Damian dachte kurz nach. Vielleicht überlegte er, ob es jetzt wirklich nur um Wojtek ging.

«Verstehe», sagte er schließlich. «Und du kannst dich auf mich verlassen, ganz egal, was kommt.»

Das war mir klar, aber ich hatte nicht erwartet, dass er das so offen sagen würde. Mir schien, er selbst war überrascht. Er wurde verlegen und räusperte sich.

«Warum hat Ewa dich überhaupt angegriffen?», wollte er wissen.

Ich zuckte die Schultern und seufzte.

«Ich hab ihre Identität geklaut, Wern. Reicht das nicht?»

«Vielleicht.»

«Außerdem hat sie sich noch Gott weiß was zusammenphantasiert. Und dann ist irgendwas in ihr geplatzt.»

Damian sagte nichts.

«Aber soll ich ihr das übelnehmen? In ihren Augen war ich das Böse schlechthin», gab ich zu. «In deinen Augen sollte ich das eigentlich auch sein.»

«Bist du auch», sagte er leise, dann wies er auf die Blume. «Und trotzdem hab ich Blumen mitgebracht.»

«Weil?»

«Weil das Böse anziehend ist.»

«Ich hab noch nie ein übleres Kompliment bekommen, Wern.»

Er rieb sich den Nacken. Und dann war der alte Wern wieder da, der durch halb Polen gehetzt war, um ein paar kümmerliche Informationen über seine Verlobte aufzutun. Noch nicht verdorben von all dem, was später kam.

«Hast du dir mal überlegt, warum uns das Böse immer so besonders erscheint?», fragte er. «Warum machen uns die Schlagzeilen von brutalen Mördern an, während uns diejenigen von Freiwilligen in Afrika kaltlassen?»

Ohne den Blick von ihm zu wenden, schüttelte ich leicht den Kopf.

«Weil das Gute allgegenwärtig ist», erklärte er mir mit einem Lächeln. «Es steckt in uns und umgibt uns. Das ist banal, aber wahr. Das Böse hingegen ist eine Abweichung von der Norm, etwas Besonderes. Deshalb ist es interessant.»

Ich gab ihm ein schales Lächeln zurück.

«Das Kompliment wird dadurch nicht besser.»

«Ich will darauf hinaus, dass du etwas Besonderes bist», erwiderte er und sah mir direkt in die Augen, «und wirklich unergründlich.»

Hätte er den Blick nur für einen kurzen Augenblick abgewandt, ich hätte in diesen Worten einen doppelten Boden vermutet. Einen versteckten Sinn, der ein geheimnisvolles Ziel verfolgte.

Aber so war es nicht. Aus Werns Blick sprach Aufrichtigkeit. Und die Erwartung einer ganz neuen Zukunft.

Und diese Zukunft begann für uns beide gerade jetzt.

Ganz egal, ob Damian zu dem gleichen Schluss gelangen würde wie Ewa.

Nachwort

Geschichten in der 1. Person haben Vor- und Nachteile. Sie erlauben uns Autoren, tiefer in die Psyche der Figuren einzutauchen, gleichzeitig aber verengen sie die Perspektive. Eine Handlung lässt sich so zwar leichter erzählen, aber es droht ein Abgleiten ins Gewohnte und allzu Gewöhnliche – schließlich spricht der Schriftsteller – sprechen wir alle – im Alltag unentwegt in der 1. Person.

Das größte Plus freilich ist die Möglichkeit des unzuverlässigen Erzählens. Der Leser weiß immer nur so viel wie die Figur, aus deren Perspektive das Geschehen erzählt wird. Und Figuren können lügen.

Wie ist das im Fall Kasandras? Ist die Ähnlichkeit von «Kajman» und «Reimann» nur Zufall?

Darauf soll sich jeder selbst einen Reim machen. In beiden Büchern hat Kasandra uns ihre Geschichte erzählt. Die Fakten liegen vor, jetzt müssen wir – wie im echten Leben – eine Entscheidung treffen: glauben oder nicht glauben?

Die Sorge, die sie am Schluss des Romans formuliert, mag ein Hinweis darauf sein, dass noch manches Geheimnis seiner Entdeckung harrt. Genauso gut aber kann es sich um die bloße Sorge handeln, Wern könnte sich irgendeinen Blödsinn einbilden.

Ich habe keinen Zweifel, welche Variante korrekt ist.

Und Du?

Wie auch immer Deine Antwort lautet, an dieser Stelle gebührt Dir Dank dafür, dass Du Dir diese Frage gemeinsam mit mir stellst. Diese und viele weitere Fragen, über denen wir seit Jahren gemeinsam Welten, Figuren und Erzählungen kreieren.

Mein Dank gilt auch den zahlreichen mutigen Frauen, die nach der Lektüre der *Kalten Sekunden* entschieden haben, die in der polnischen Ausgabe angegebene Nummer anzurufen. Die Organisatoren der Aktion «Ich liebe dich. Ich achte dich.» haben genauso wie auch ich nicht mit einem so gewaltigen Feedback gerechnet – und jeder Anruf ist für mich eine Bestätigung dafür, dass meine Arbeit einen Sinn hat. Würden wir in einer perfekten Welt leben, müsste niemand jemals zum Hörer greifen und einen solchen Anruf tätigen. Aber so ist es nun mal nicht. Fast eine Million Polinnen werden jährlich Opfer von häuslicher Gewalt, das ist ein Fall alle 40 Sekunden.

Was auch immer Ihr macht, welche Entscheidung auch immer Ihr trefft, denkt daran, Ihr seid nicht allein. Wenn Ihr Hilfe braucht, erreicht Ihr unter der Nummer 801 109 801 immer jemanden, der bereit ist, Euch eine helfende Hand zu reichen.

Auch diesmal danke ich meinen Eltern, Freunden, Bekannten und Mitarbeitern, die mich bei diesem Roman unterstützt haben. Obwohl das Schreiben eine einsame Arbeit ist, denn man ist gezwungen, sich für einige Stunden täglich in seinem Arbeitszimmer (und in seiner Welt) einzuschließen, entsteht kein Buch im luftleeren Raum. Das Zu-Papier-Bringen einer Geschichte ist lediglich der Endpunkt eines kreativen Prozesses, den man sich als Austausch mit der Umgebung vorstellen muss.

Im Zusammenhang mit Kasandra gewann gerade dieser Aspekt zentrale Bedeutung, denn ich musste die Geschichten zahlreicher Frauen kennenlernen, die häusliche Gewalt erlebt hatten. Habt vielen Dank dafür, dass Ihr bereit wart, mir diese Geschichten zu erzählen, und mit Eurem Mut zu einem Vorbild für viele andere wurdet.

Remigiusz Mróz
Opole, 23. Juli 2018

PS: Die meisten im Buch beschriebenen Orte gibt es wirklich. Im *Kaiseki* und im *Tulsi* kann man ganz gut essen, Werners Wohnung befindet sich in einem Haus am Plac Daszyńskiego, in dem ich meine Kindheit verbracht habe (soweit ich weiß, ist der Dachboden nicht zu einer Wohnung ausgebaut worden). Die *Kappa* habe ich mir ausgedacht, die Kapelle dagegen gibt es wirklich – sie sieht anders aus als beschrieben und liegt ein Stück entfernt, aber die dazugehörige Legende ist authentisch.

Remigiusz Mróz
Die kalten Sekunden

Hätte ich ihr den Heiratsantrag einen Moment früher gemacht, wäre das nie passiert. Wir wären nicht angegriffen worden, und sie wäre nicht für immer aus meinem Leben verschwunden.

384 Seiten

Zehn Jahre nach jener traumatischen Nacht ist Damian Werner ein Schatten seiner selbst. Die polizeilichen Ermittlungen im «Fall Ewa» wurden eingestellt, Damian selbst hat die Hoffnung begraben, seine Verlobte jemals wiederzusehen. Bis sein bester Freund ihm ein Foto im Netz zeigt: Ein Unbekannter sucht eine schöne junge Frau, die er auf einem Konzert gesehen hat. Damian kann es nicht fassen. Es ist Ewa. Eindeutig. Alles ist wieder da. Natürlich glaubt die Polizei ihm nicht, daher beauftragt Damian kurzerhand eine Detektei. Kasandra, die Chefin von Reimann Investigations, will alles daransetzen, Ewa zu finden. Doch sie erwartet auch etwas von Damian. Etwas, mit dem Damian nie im Leben gerechnet hätte …

«Schnürt einem die Luft ab, geht unter die Haut – erschreckend und schmerzhaft realistisch.» *Cosmopolitan*

Weitere Informationen finden Sie unter **rowohlt.de**